KB056060

# 얼굴의 탄생

한국 현대시의 화자 연구

**이현승**

1973년 전라남도 광양에서 태어났다.

고려대학교에서 「1930년대 후반기 한국시의 언술 구조 연구—백석·이용악·오장환을 중심으로」로 박사학위를 받았다.

한경대학교, 경희대학교, 광운대학교, 중앙대학교, 고려대학교에서 강의했으며, 고려대학교 BK21 한국어문학교육연구단, 민족문화연구원의 연구교수를 거쳐 현재 가천대학교 리버럴아츠칼리지에서 교수로 재직 중이다.

PARAN LOGOS 0002 얼굴의 탄생—한국 현대시의 화자 연구

**1판 1쇄 펴낸날** 2020년 12월 30일
**지은이** 이현승
**펴낸이** 채상우
**디자인** 최선영
**인쇄인** (주)두경 정지오
**펴낸곳** (주)함께하는출판그룹파란
**등록번호** 제2015-000068호
**등록일자** 2015년 9월 15일
**주소** (10387) 경기도 고양시 일산서구 중앙로 1455 대우시티프라자 B1 202호
**전화** 031-919-4288
**팩스** 031-919-4287
**모바일팩스** 0504-441-3439
**이메일** bookparan2015@hanmail.net

ⓒ이현승, 2020, printed in Seoul, Korea

ISBN 979-11-87756-90-3 93810

**값** 22,000원

*이 저서는 2020년도 가천대학교 교내 연구비 지원에 의한 결과입니다(GCU-202001
 170001). This work was supported by the Gachon University research fund of
 2020(GCU-202001170001).

# 얼굴의 탄생

## 한국 현대시의 화자 연구

이현승

    이 책은 그간 공부하는 사람으로서 쓰고 발표해 온 글들을 모아서 편 것이다. 하나의 주제를 염두에 두고 집필한 책은 아니고, 대체로 화자와 화법을 강하게 의식하면서 공부하고 쓴 글들이다. 박사학위 논문을 준비하면서 '문체론'에 매료되었고, 문체에 대한 유연한 접근 방식이 필요하다는 문제의식을 가지고 글을 쓰게 되었다. 문학에 대한 논의들 중에서 아마도 가장 오래된 논의들 중의 하나일 것이면서도 문체만큼 그 정의가 불분명한 연구 범주도 드물 것이다. 그 이유는 문체를 수사학의 범주와 같이 고정된 실체가 있다고 인정하는 관점이 있는가 하면, 문체란 작품의 향수가 만들어 내는 주된 효과라고 정의하는, 그러므로 그 실체가 고정되어 있지 않다고 보는 관점이 함께 공존하기 때문이다. 더욱이 이 개념은 역사적 맥락 위에서 자생한 것이 아닌 번역을 통해서 전달된 것이어서, 하나의 용어 안에 비슷하지만 다른 정의에서부터 아예 전혀 다른 이해가 공존하는 문제가 발생하기에 이르렀다고 할 수 있다. 물론 수사학의 체계와 같이 문체를 정의하고 정리하는 일이 불가능한 것은 아니겠으나 이런 방식의 접근은 필연적으로 문체에 대한 도식적 이해를 낳게 되어 결과적으로는 역사적으로 수사학이 그랬듯이 가장 끔찍한 문학론이 되어 버릴 공산이 크다.

    한 작가의 작품을 읽으면서 그 작가만의 개성을 그의 문학어 안에서 발견하고 싶은 욕망은 필연적으로 그 작가만의 문체적 고갱이에 대하여 규명하고 싶은 욕구를 낳는다. 이렇게 '작품을 읽고 난 후에 구성된 무엇'이면서도 작품을 읽은 사람의 영향에서 더 자유로운 창작자만의 고유한 개성을 바르트는 문체라고 보았다. 효과로서의 문체는 실체로서의 문체와는 달리 작품을 단조로운 기호 체계로 도식화하지 않는다는 점에서 작품에 대한 창조적 이해와 재해석을 가로막지 않는다는 장점이 있다. 그래서 실체를 선분하는 방식의 접근법보다는 효과에서부터 출발해서 그 표현(문채)과 의도, 그리고 작품이 응답하는 전제로서의 시대(사회 역사 등등)를 모두 아우르는 방식으로 귀납해 가는 연구 방법이 더욱 유연한 방법이라고 생각했다. 작품을 분석한답시고 지나치게 도식적인 해석을 남발하는 것도 딱한 노릇이지만, 해석의 과잉을 경계하는 것도 공부에서는 중요한 문제라고 생각한다. 따라서 효과로서의 문체론은 더욱 형식적이고 가시적인 지표들이 필요하다고 생각되었다. 나는 그것을 화자와 화법 그리고 내면세계라고 생각했다.

화자와 화법과 내면세계는 어느 것 하나를 따로 떼어 놓고 이야기할 수 없는 연관을 가지고 있다. 실제 세계에서는 말없이도 존재가 있지만, 언어로 이루어진 작품이라는 공간에서는 화자가 존재하지 않는 상황을 상상할 수 없다. 그러므로 화자는 이 모든 문학적 행위에서 가장 중요한 위치를 차지한다. 화자는 종래의 관점에서처럼 성별이나 나이, 직업적 전형성으로 특화될 수 있고, 심문이나 변호와 같은 발화 조건의 전형성을 통해서도 구현될 수 있고, 이미 존재하는 문학 텍스트 속의 배역(캐릭터)을 원용하고 감정을 이입함으로써 만들어질 수 있다. 어떤 의미에서든 화자는 발화의 누빔점이라고 할 수 있다. 실제의 시인과 완전히 동일하다고 할 수 없는 분열과 결여의 맥락에서 화자는 선택되며, 그 선택과 배제에 대하여 의미화가 가능하다. 화법은 그 발화가 놓여 있는 자리나, 화행의 전략적인 방법 등을 두루 밝혀 줄 수 있는 형식이고, 화자를 구성하고 증명하는 최종적인 근거가 된다는 점에서 중요하며, 같은 맥락에서 화자와 화법은 상호 의존적일 수밖에 없다. 화법을 통해서 화자를 유추할 수도 있고, 대화의 국면을 재구성할 수도 있다. 그리고 세계와 화자의 관계를 중계하고 있는 이 내면세계가 없다면 화자의 발화는 시작되지 않을 것이므로 발화가 시작되는 내면 상태이자, 발화의 완결과 함께 마무리되는 심리적·이념적 세계상으로서 중요하다.

이 책에 실려 있는 글들은 하나의 책을 염두에 두고 쓴 글은 아니지만, 그러나 위와 같은 문제의식을 가지고, 문학작품을 향수한 결과로 남는 문체를 그러나 조금은 더 구체적이고 실체적인 형식 위에서 논의하고자 쓴 글들이다. 제1부에서는 화자론을 중심으로 문제제기와 각론을 백석과 김수영, 서정주의 시를 대상으로 검토하였다. 화자론이 단 하나의 결정적인 화자를 목표로 하는 순간 그 화자는 실제의 시인에게 삼투되어 버릴 확률이 크다. 실제 시인과는 분리된 자리에서 발화를 따라가는 것이 유연한 독법이며 생산적인 독해일 것이다. 제2부에서는 화법을 살폈고 백석의 장면화와 이용악의 간접화법을 분석하였다. 백석의 언어 사용은 연구자로서 지대한 관심을 가진 영역이다. 특별히 방언의 사용뿐 아니라 장면화의 방법은 백석의 언어 사용에서 매우 중요하게 기억될 부분이라고 생각한다. 이용악의 시는 선행 연구에서도 이미 규명되었지만 화자와 타자의 말이 가지는 대립상을 가장 유연하게 결합한 화법이라는 점에서 주목할 필요가 있다. 제3부에서는 시의 발화가 최종적으로 드러내고 있는 내면세계를 백석과 오장환의 시를 중심으로 살폈다. 백석 시의 환상성은 구성적 대상으로서의 환상보다는 실제 세계를 탈구축하는 비판적 대상으로서의 환상성에 주목한 연구이고 백석 시의 로컬리티는 백석이 이 지역성이라는 것을 강력하게 의식하고 탐색한 시인이었다는 것을 증명하고자 한 연구이다. 오장환의 시에서 느껴지는 가장 강력한 매력은 부정의 정신이었다고 생각한다. 초기 시에서 그가 보여 준 전통 세계나 근대도시에 대한 부정적 인식은 그가 자신을 얼마나 비좁은 희망의 세계로 밀어붙였는지를 짐작게 한다. 추가적으로 그의 아방가르드 시인 장시 「전쟁」은 1930년대 초반에 이미 그가 눈에 보이는 세계를 뛰어넘는 투시력으로 근대 세계 전반을 조롱할 만한 퍼스펙티브를 가지고 있었다는 것을 증명하고도 남는다. 제4부는 공부하는 사람으로서 가진 질문들이다. 운율론은 자유율의 형식적 모순을 돌파하기 위해서 필요한 것들을 점검해 본 논의이다.두 개의 교육론은 교양 교육의 한 가능성을 시 쓰기에서 찾아본 논의와 시 교육에서 은유, 상징, 알레고리에 대한 위상이 재조정될 필요가 있다는 것을 역설한 논의이다. 문학의 시간과 삶의 시간은 실제로 출생 시간이 많이 차이가 나지 않는 오장환과 김수영의 시간을 삶의 시간과 문학의 시간 위에서 대비시켜 본 비교론이다. 문학과 정치는 한국의 시에서 하나를 빼고는 다른 하나를 논의할 수 없는 애증의 관계일 수밖에 없다는 것을 새삼 확인하게 되었다.

나는 쇼펜하우어가 한 말 "도덕을 가르치기는 쉽다. 그러나 그것을 증명하기는 어렵다"는 말을 좋아한다. 쇼펜하우어의 말처럼 도덕을 가르치기 위해서는 회초리만 있으면 되지만, 왜 그것이 그러한가를 입증하는 문제는 난감할 수밖에 없는 문제이다. 문학 연구도 그러하다. 한 편의 시를 사랑하는 것만으로도 문학은 충분하지만 그것을 통해서 무엇을 말한다는 것은 말할 수 없는 너무 많은 것을 대면해야 하는 일이다. 사면초가의 답답함이 공부하는 동안 느끼는 대부분의 기분이지만, 그 답답함의 한가운데, 어떤 구체화된 질문들이 만들어지는 순간이 언제고 이 미련한 공부를 계속하게 만드는 이유였다. 손에 쥐고 있는 대답은 많지 않지만 질문을 쥐고 있는 순간만큼은 막막한 삶이 조금은 더 나아갈 여지를 가지게 되고, 활력을 얻게 되는 것 같다. 더 나은 삶을 위해서는 저 질문들이 필요하다. 우리는 너무나 많은 질문에 둘러싸여 있고 원하든 원하지 않든 결국 대답해야만 한다. 조금 더 고민하고 조금이라도 더 나은 질문을 되돌려주기 위해서 지금까지의 질문들을 갈무리해 보았다. 오랜 시간 동안의 연구지만 다시 한 권으로 묶는 동안에 손볼 것들이 많았다. 소소한 질문에서부터 구성과 흐름에 이르는 제책 작업은 지난하고 더딘 작업이었다. 글을 고쳐 쓰니 새로 쓰고 말겠다고 말했는데, 사실 고쳐 쓰는 일은 새로 쓰는 일이기도 했다. 연구서의 출간을 결심하게 해 준 가천대학교의 지원 사업에 감사한 말씀을 드린다. 이렇게 시작하면 감사를 드릴 사람이 너무 많아서 일일이 열거하기도 어렵지만, 당장에는 미욱한 글을 멋진 책으로 만들어 준 출판사 파란과 파란의 여러 인형(仁兄)들, 누구보다 채상우 형에게, 그리고 나의 동지 이근화, 그리고 지민 하민 유민 준우라는 이름들에게, 여러 부모님들과 가족들에게, 이 책의 여러 인용을 감당한 선행 연구자들께, 끝으로 내게 공부하는 것이 삶을 더 나은 것으로 바꿀 수 있다는 일깨움을 주신 김인환, 최동호, 그리고 황현산 선생님께 부족한 감사의 인사를 올린다.

2020년 12월 이현승

# 차례

제1부 얼굴의 발견―화자론

# 화자론 비판과 백석 시의 유년 화자

## 1. 서론

1930년대는 한국의 현대문학이 장르적으로 확립된 시기이다. 프로문학과 민족문학으로 양분되어 있던 1920년대의 시단은 1930년대가 되면서 카프 해체, 시문학파와 구인회의 결성 등의 사건들을 통과하면서 순수한 예술적 자각과 새로운 방법에 대한 모색이 구체화되었다.[1] 현대시의 장르 확립이란 결국 언어에 대한 자각, 전대의 감정의 분출을 절제하고 미적 거리를 확보함으로써 세련된 자기표현이 가능해졌다는 것을 의미한다.[2] 세련된 자기표현과 미적 거리의 확보는 현대적 시의 필요충분조건이라 할 수 있다. 자기를 인식하기 위해서는 자기를 포함하고 있는 현실에 대한 자각이 필요하다. 일종

---

1  정한숙, 『현대 한국문학사』, 고려대학교 출판부, 1981, p.189.
2  김명인도 그의 학위논문에서 언어에 대한 자각과 자유시의 발전을 1930년대 시의 중요한 시사적 의미로 보았다. 김명인, 「1930년대 시의 구조 연구—정지용·김영랑·백석의 시를 중심으로」, 고려대학교 박사학위논문, 1985, p.20.

의 거리 두기가 필요한 것이다. '다름'과 '차이'를 인식하는 사고 위에서 미학적 거리는 확보된다. T. S. 엘리엇이 강조한 '시인 특유의 개성'이란 넓게는 그 시인을 포함하고 있는 전통과의 대비, 좁게는 장르적 규범으로서의 '시'와 시인 개인의 시적 발화와의 대비를 통해서 얻어지는 것이다.[3] 1930년대의 시인들은 전통과 당대적 지평에 대한 대타적 자기 인식과 그에 따른 거리 위에서 독특한 자기 목소리와 화법을 가지고 있었다.[4]

문학사적으로 볼 때 백석은 1930년대 후반기에 작품 활동이 집중된 시인으로 1930년대 시인들에게서 공히 발견되는 자유시 양식에 대한 체화가 보이면서도 화자, 화법, 미의식에서 다른 시인들과 분명한 차이를 갖는 시인이다.[5] 백석의 이러한 차이는 무엇보다 시적 발화의 특이성으로 드러나는데, 백석 시가 갖는 수사적 특성들로 반복과 부연, 나열, 엮음의 원리, 혹은 기법으로서의 서사성 등이 주목되어 왔다.[6] 백석 시의 화자에 주목한 연구들에서는 백석 시의 화자

3 T. S. Eliot, 황동규 역, 「전통과 개인의 재능」, 황동규 편, 『엘리어트』, 문학과지성사, 1978, pp.144-145.

4 이 글과는 직접적인 관련이 없지만, 1930년대의 한국문학이 표나게 '전통'에 침잠하고, 그것의 복원을 주장했던 것을 우리는 기억할 수 있다. 황종연, 「한국문학의 근대와 반근대─1930년대 후반기 문학의 전통주의 연구」, 동국대학교 박사학위논문, 1991.

5 오문석도 이러한 대타 의식을 '계몽에 의한 자기부정'과 반성적 사유의 한 실천으로 보았다. 오문석, 「1930년대 후반 시의 '새로움'에 대한 연구」, 상허문학회, 『1930년대 후반 문학의 근대성과 자기 성찰』, 깊은샘, 1998.

6 고형진, 「백석 시 연구」, 고려대학교 석사학위논문, 1983; 김명인, 「백석 시고」, 『우보 전병두 박사 화갑기념논문집』, 1983; 이숭원, 「풍속의 시화와 눌변의 미학」, 박호영·이숭원, 『한국시문학의 비평적 탐구』, 삼지원, 1985; 최두석, 「백석의 시 세계와 창작 방법」, 『우리 시대의 문학』 6, 1987; 김헌선, 「한국 시가의 엮음과 백석 시의 변용」, 『한국 현대 시인 연구』, 신아, 1988; 고형진, 「1920-30년대 시의 서사 지

를 유형화하고 그에 상응하는 어조와 청자 분석을 통해 백석의 시 의식을 규명하고자 하였다.[7] 이들의 화자 분석은 대부분 야꼽슨과 채트먼의 담론 모델을 토대로 백석 시의 화자 유형을 살피고, 각각의 유형이 의미하는 화행의 태도나 세계 인식의 태도 등을 분석하였다. 이경수의 유형 분석이 백석 시의 화자를 인격화된 세 유형으로 나누었다면(유년/익명/성인), 이숭원과 장도준의 화자론은 백석의 시에 대한 분석을 넘어서는 일반화된 화자 유형을 제시하는 데까지 나아가고자 하였다.

이숭원과 장도준의 화자 분류는 시인과 화자를 분리하고, 이를 유형으로 제시했다는 데 의의가 있다.[8] 그러나 그 분류의 정합성은 보완이 필요하다. 예를 들어 이숭원의 분류에서 '시인 화자'라는 개념

---

향성과 시적 구조」, 고려대학교 박사학위논문, 1995; 이경수, 「한국 현대시의 반복 기법과 언술 구조」, 고려대학교 박사학위논문, 2002 등의 논문을 참고할 수 있다.

7  이경수, 「백석 시 연구—화자 유형을 중심으로」, 고려대학교 석사학위논문, 1993; 이숭원, 「백석 시의 화자와 어조 연구」, 『한국시학연구』 1, 1998; 이숭원, 「백석 시에 나타난 자아와 대상과의 관계」, 『한국시학연구』 19, 2007; 장도준, 「백석 시의 화자와 표현 기법에 관한 연구」, 『어문학』 58, 1996; 장도준, 「한국 현대시 텍스트의 시적 주체 분열에 대한 연구—김기림, 이상, 백석의 시를 중심으로」, 『배달말』 31, 2002; 장도준, 「한국 현대시의 화자 유형과 대화성에 대한 연구」, 『한국어문연구』 15, 2004. 고형진의 박사학위논문에서도 '극화된 화자'와 같은 개념이 사용되고는 있으나, 시와 소설의 구분 없이 일종의 서술자의 지위에서 화자를 논하고 있으므로 이 글의 논점과는 구분된다고 할 수 있다.

8  이숭원은 화자와 청자의 관계 및 시적 담론의 성격을 기준으로 네 가지 유형으로 화자를 분류했다. 시인 화자, 시인의 대리인, 집단화된 우리, 중립적 화자로 나누었다. 그러나 시인 화자와 집단화된 우리는 포함관계에 있고, 시인의 대리인과 중립적 화자가 함께 걸치고 있는 모종의 '투사'나 '감정이입'을 생각하면 네 개의 유형이 갖고 있는 정합성이 다소 불안정한 구조라고 할 수 있다. 장도준은 화자가 시적 발화의 전면에 나타나는가에 따라 현상적 화자와 함축적 화자로 나누고, 현상적 화자를 다시 세 유형으로 분류하였다. 허구적 주체, 시인의 시점, 허구적 객체가 각각 그것이다.

은 결국 시인에 대한 사전 정보를 시의 독해에 적용한 결과이다. 화자 분석이란 시인과 화자의 분리를 전제하는 형식주의적 관점에서 접근하는 것이므로 '시인 화자'라는 개념 자체가 다소 어정쩡하다. 시인과 화자는 일정한 정서적 거리를 갖고 있을 뿐이지 어떤 화자도 실제로 시인의 구속력으로부터 완전히 자유로울 수는 없기 때문에 이와 같은 유형 분석이 만들어지는 것이다. 장도준은 현상적 화자의 세 유형을 허구적 주체, 시인 시점, 허구적 객체로 나누었는데, 허구적 객체가 말을 할 수 있다는 것 자체가 난센스이다. 왜냐하면 화자란 이미 말을 하는 자의 지위를 가리키는 용어이기 때문이다. 객체가 말을 한다기보다는 대화의 상대가 잘 보이지 않는, 화용적 상황에서 가장 먼 '자기 인식'의 말들로 보는 편이 옳을 것이다. 에밀 벤브니스트에 의하면 화자는 대화에 의해서 발생한다. 곧 말을 하는 행위를 통해서 주체가 되는 것이 바로 대화의 구조이기 때문이다.[9] 나아가 이러한 화자 분석의 문제점은 화자의 위상과 '주체'의 차원에 대한 검토를 포함하지 않았다는 점이다. 본질적으로 주체란 기표(언어)를 통해서 구성되는 것이다.

  화자의 유형 분석이 자꾸만 그 시인의 정체성에 의존하게 되는 것은 역설적으로 모든 시의 화자가 쉽게 특정되는 것은 아니기 때문이다. 모든 시가 다 대화성을 강하게 띠는 것도 아니며, 박목월의 「윤사월」 같은 시에서처럼 직접적인 감정 표현에서 멀어질수록 발화의 화자는 더 특정하기 어려워지기 때문이다. 그럼에도 불구하고 화자

---

9 에밀 벤브니스트, 『일반언어학의 제문제 II』, 황경자 역, 민음사, 1992, p.104. "이것이 〈대화〉의 구조이다. 상대자의 위치에 있는 두 형상은 교대로 발화 행위의 주역이 된다."

분석이 시인에 대한 기저 정보에 의존하게 되면 시의 분석은 시인의 전기적인 영향력 밖으로 나아가기 어렵고, 그 시적 표현의 독창성을 분석하기가 더 어려워진다. 이러한 악순환을 막기 위해서는 시인과 화자의 관계 설정 내지 관계의 재정립이 필요하다. 발화의 주체가 화자라면 시 쓰기의 주체가 시인이다. 결국 시 쓰기의 주체가 시인이라는 점을 생각하면 시인과 화자의 분리가 그리 쉽지 않지만, 시에 개입하지 않는 자연인으로서의 시인의 범주가 훨씬 크다는 생각을 염두에 둔다면 시인과 화자는 닮았고 영향 관계 속에 있지만 결코 동일인일 수는 없다. 따라서 화자의 연구는 시인과 구별되는 지점에서 발화의 내적 맥락을 따라갈 필요가 있다.

## 2. 화자─드러냄과 감춤의 변증법

화자를 통해 시를 분석하기에 앞서 화자가 갖는 독특한 위상을 먼저 짚고 넘어가야 한다. 시인이 서 있는 지평이 작품의 생산 과정과 완료 시점 전반에 있다면, 화자의 지평은 언제나 시적인 말하기의 와중에 놓인다. 시 속에서 호명되고 특정되는 경우도 있지만 우선은 말하는 목소리가 있고 그 목소리를 통해서 화자는 추상된다. 이는 시의 발화가 단순히 '느낌과 생각의 전달'이 아니라 느낌과 생각 자체이기도 하며, 느낌과 생각을 '발생시키고 전이시키는 행위'이기 때문이다. 이처럼 시의 발화란 이미 기획된(의도된) 것과는 다른 즉흥성과 불확정성이 개입되기 쉬운 행위이다. 제시 형식의 특성상 시의 발화는 희곡이나 소설에서처럼 발화자를 표나게 드러내지 않고 발화 자체를 통해서 발화자를 드러낸다. 시의 화자 분석에서 발화 분석이 먼저고 화자 분석이 나중인 것은 이 때문이다.

화자 분석의 어려움은 여전히 남는다. 목소리를 통해서 발화 주체를 상상하고 추상하는 일이 가능하지만, 모든 시의 화자가 뚜렷한 하나의 캐릭터로 추상되는 것은 아니다. 이른바 중층적인 발화나 복합적인 발화는 화자 분석을 어렵게 한다. 지금까지의 화자 분석이 발화의 분석에서 화자 분석으로 나아가지 않고, 화자를 먼저 직관적으로 상정하고 발화 분석으로 나가는 관행을 보인 이유이기도 하다. 물론 현대의 시의 화자가 더 복잡한 발화의 형태를 가지는 것에 비해 과거의 시의 화자가 조금 더 단일한 화자, 시인에 근사한 화자였던 것도 일정한 사실이다. 하지만 화자를 단일하고 분명한 누군가로 상정하고자 하는 연구의 방법은 누가 보더라도 자연인으로서의 시인과 구별되는 화자가 특정되는 시에만 집중하는 결과를 낳았다. 남성 시인이 여성적 목소리를 내거나, 노년에 이른 시인이 어린아이의 목소리를 보여 주는 등 화자와 시인의 거리가 뚜렷한 경우가 화자론의 주된 분석틀이 되는 것이다. 그도 아니면 볼프강 카이저의 '배역시(Rollengedichte)'에서처럼 전형적인 인물의 입을 빌려 말하는 방법이 분석하기 쉬울 것이다.[10] 앞서 보았듯 화자론의 대표적인 난센스는 시인과 화자를 분리시켜 놓고도 시인 화자를 분류 유형에 넣는 것이다. 하지만 시인 화자와 배역시의 화자는 결과적으로 같은 구조 속에 놓여 있는 화자일 뿐인데, 이는 시인과 화자의 분리 자체가 화

---

[10] 볼프강 카이저는 "특정한 인물의 입을 통해서 표현하는 시"를 배역시라고 명명했다. 배역이란 극에서의 역할과 같은 말이므로 역할시라고 차이는 없겠다. 이렇게 일정한 역할을 통해서 시의 발화를 하려고 할 경우 두 가지의 조건이 필수적인데, 한편으로는 배역 자체의 전형적 성격이 충분해야 하고, 다른 한편으로는 배역의 전형성을 뛰어넘는 개인적이고 창조적인 활력을 불어넣어야 한다. 카이저에 의하면 주로 자기표현에 주력했던 낭만주의 이후 배역시는 퇴조를 보이는데, 낭만주의의 자기표현과 배역 자체의 전형성이 양립하기란 곤란할 것이 자명하기 때문이다. 볼프강 카이저, 『언어예술작품론』, 김윤섭 역, 예림기획, 1999, pp.287-288.

자의 지위를 일종의 배역화하는 것이기 때문이다.

화자의 배역화라는 지점을 조금 더 일반적인 지점에서 살펴볼 필요가 있다. 벤브니스트의 언술 개념과 라깡의 주체 개념을 통해 언술 행위가 갖고 있는 중층적 구조를 분석하는 앤터니 이스톱도 시인과 화자의 분리에 주목하면서 이들의 관계를 일종의 오인의 관계로 명명하였다.[11] 주체의 자기 인식은 언제나 대타자의 말이나 거울과 같은 이미지를 통해서만 가능한데, 이때 자기를 가리키는 말이나 이미지는 언제나 보충되어야만 하는 불완전함을 가지고 있다는 점에서 오인일 수밖에 없다. 그럼에도 불구하고 이러한 오인을 통해서만 모든 주체는 '자기'의 발견과 인식으로 나아갈 수 있는 것이다. 이것은 실제의 '나'와 말로 표명된 '나'의 불일치를 시사한다. 이러한 주체 개념을 화자 개념에도 대입해 볼 수 있다. 화자란 언제나 언술 행위의 주체인 '나'를 드러내기 위한 착오의 과정인 셈이다. 발화 자체에 집중해서 보면 화자란 시인과 엄연히 분리되어 있는 발화의 주체이다. 그리고 이러한 발화자는 시인의 시작에 의해서 만들어진다는 점에서 시인의 정신이나 정체성과 일정한 관련을 가질 수밖에 없다. 감정과 정서적인 측면에서 시인과 화자는 유사한 관련을 가질 수밖에 없지만 그렇다고 동일하지 않기에 시인과 화자는 오인의 관계이면서 분열의 결과라고 볼 수 있다. 곧 화자는 어디까지나 현실의 몸이 없는, (발화라는) 기표로만 존재하는 주체이다. 화자는 말을 하고, 말을 하는 한에서 화자이다. 메소드 연기를 하는 배우에게서 배우가 아닌 배역을 보듯 독자는 시의 발화인 텍스트(시)를 따라가면서 얼마간 시인과는 다른 발화의 주체를 그리면서 시를 읽는다. 독

---

11 앤터니 이스톱, 『시와 담론』, 박인기 역, 지식산업사, 1994, p.75.

자가 얼굴이 가려진 목소리를 듣고 그 음성의 주체를 상상하는 과정을 제공하지 않는 시, 누가 썼는지를 금방 알 수 있는 시는 좋은 긴장감을 유지하기 어렵다.[12] 그러므로 시인과 화자의 관계는 일종의 변증법적 관계라고 볼 수 있다.

시인 자신이 대타자의 세계에서 근본적 균열과 결핍의 대가로 이름을 얻은 주체이듯, 화자는 사물과 현상이라는 타자의 결여가 발생시키는 응시의 다른 효과이다. 화자는 작품 속에서 응시하는 자이고 응답하는 자이다. 시인이 화자를 고르는 것이 아니라 타자의 응시에 화답하는 과정을 통해서 구성되는 것이 화자이다. 사물과 실재의 응시에 의한 목소리를 화자의 실체라고 할 수 있으며 이는 시인의 분열된 자아라고 볼 수 있다. 매번 주체란 타자와의 접촉면에서 발생하는 것이기 때문이다. 시인과 화자의 관계는 실제의 인간과 그의 자아와의 관계와 비슷하다. 공교롭게도 우리가 페르소나나 퍼소나라고 부르는 사회적 자아는 한 인간이 사회적 관계 위에서 분열되면서 만들어지는 자아의 이름이기도 하다. 그러나 시의 화자는 단순히 사회적 관계의 한 역할이나 그것의 본보기인 '배역'에만 머물지 않는데, 시의 발화는 분열과 퇴행의 어느 방향으로도 만들어지고 또 중첩이 가능하기 때문이다. 한 인간은 시간적으로만 상상계와 상징계를 거치는 것이 아니라(상상계를 나와서 상징계로 들어가는 것이 아니라) 초

---

12 T. S. 엘리엇도 「시의 세 가지 음성」이라는 글에서 "시인은 그것을 완전히 다 말할 때까지는 자기가 말해야 할 것을 알지 못하는 것"이라고 하여 글쓰기 자체가 즉흥성과 동시성을 포함하는 것임을 말했다. 이 말을 시인과 화자의 분리와 함께 이해할 수 있다면, 같은 글의 끝에 있는 다음의 말도 매우 분명하게 이해할 수 있을 것이다. "각 인물은 스스로 말을 하고 있는 것이지, 다른 어느 시인도 그 인물로 하여금 그러한 말을 하도록 할 수는 없는 것이다." T. S. 엘리엇, 최창호 역, 「시의 세 가지 음성」, 황동규 편, 『엘리어트』, pp.205-206, p.212.

시간적으로도 상상계나 상징계 그리고 실재계에 관련되어 있다.

라깡의 분석에서 이름을 얻는다는 것은 상징계의 호명을 받고 주체가 된다는 것을 의미한다. 상징적 거세 또는 오이디푸스화의 조건은 언제나 상징적 질서인 대타자의 호명인데, 이는 시의 발화가 곧 시라는 장르적(양식적) 발화이므로 화자라는 분열된 주체를 낳는 질서는 시적 언어의 체계가 될 것이다. 시인이 시를 쓰고 시집을 출판하는 시-장르의 문법을 내면화한 사람이라면 화자는 발화의 동기가 되는 감정의 충일이나 인식의 전환을 '말하는' 주체인 것이다. 시인이 이 경험에 대해 보고자적 위치로 물러날 수 있지만, 화자는 언제나 발화를 통해서 (동시적으로) 경험한다. 화자는 분열된 시인 주체로서 시에 머물고 발화는 그 분열에서 시작된다. 따라서 화자 분석을 통해 시를 분석하는 일은 시인의 전기적인 생애나 사전 정보와는 떨어진 자리에서 시의 발화를 따라가 화자를 만나는 과정에 다름 아니다. 시어의 배열을 통한 선택과 배제를 따라 분석하면서 결핍과 분열 주체를 만나는 일이 화자론의 귀납적 분석이다.

### 3. 분열된 주체로서의 유년 화자

백석 시의 외관을 결정짓는 요소들은 방언의 사용, 풍속과 풍경의 시화 같은 것이다. 연구자들은 백석의 시가 갖고 있는 이러한 요소들을 다기한 방향으로 검토하여 왔다. 그러나 문학사적 맥락에서나 당대적 맥락에서나 백석의 『사슴』을 바라보는 방식에는 언제나 '고향'과 '유년'이라는 시선이 매개되어 있다. 백석이 시집 『사슴』을 선광인쇄에서 200부 한정 출판하였을 때 김기림과 오장환은 각각 즉각적인 촌평을 발표하였다.[13] 김기림이 "일련의 향토주의와는 명료하게 구별되는 '모더니티'"를 읽었다면, 오장환은 백석의 시가 "압날"이나 "감정"이나 "의견"은 제시하지 않고 "아모 센치도 나타내지 안코 동화의 세계로 배회한다"고 썼다. 이러한 상반되는 견해 속에서 더욱 잘 보이는 것은 백석의 시적 특징뿐만 아니라 이들 논자들의 시적 지향이기도 하다. 두 촌평 모두에서 '고향'이나 '풍속'이라는 소재가 아니라 그러한 소재를 제재화하는 방법에 대한 각자의 문제의식을 볼 수 있다. 김기림의 "철석의 냉담"은 저 1920년대적 감정의 분출과 과잉에 대한 김기림 자신의 대타적 자기 인식이기도 한 것이다. 오장환의 불만은 두 가지인데, 하나는 향토적 세계에 대해 감정 표현이 없어서였고("아모 센치도 나타내지 안코"), 다른 하나는 세계를 바라보는 필연적 동기인 현실 의식이 드러나지 않는 것("동화의 세계로 배회")에 대한 불만이었던 것 같다. 오장환은 백석의 시가 회고와 향수를 전면에 내세우지도 않고, 다른 한편 불우한 현실에 대해 이렇다 할 정치적 관점을 내세우지 않는 것이 마음에 들지 않았던 것 같다. 하지만 오장환과는 다른 관점에서 유년 시절을 시화한다고 해서 현실에 대한 관점이 없는 것은 아니다.[14] 김기림과 오장환의 상반된 견해는 '고향과 풍속'에 대한 김기림과 오장환의 지향이 아니라, '고향과 풍속'을 불러오는 '유년의 화자'를 중심으로 숙고하면서 지양해 나갈 필요가 있다.

편의적으로 볼 때에도 『사슴』에는 분명하게 구별되는 여러 '나'가 제시되어 있다. 「여우난곬족」과 「고방」 「고야」에 나오는 '나'는 「여승」

**13** 김기림, 「『사슴』을 안고—백석 시집 독후감」, 『조선일보』, 1936.1.29; 오장환, 「백석론」, 『풍림』 5, 1937.4.

**14** 윤지관의 논의는 바로 '정치적 견해가 표명되지 않았다'는 점에서 정치적 견해의 표명을 제약하거나 억압하는 정체를 드러내는 순수시의 역설적 특성을 언급한 것이다. 윤지관, 「순수시의 정치적 무의식」, 『외국문학』, 1988.겨울.

이나 「통영」의 '나'와는 분명히 구분된다. 앞의 시들의 화자가 유년의 목소리에 가까우므로 뒤의 시들에 나오는 화자와는 구별이 뚜렷하다. 지명으로만 보더라도 '여우난골'이나 '오금덩이' '정주성'과 같은 지역 명칭은 시인 백석 자신의 유년과 연관이 깊은 공간이다. 반면에 '통영'이나 '창의문외' '카키자키' 같은 지명은 백석 자신의 유년과는 거리가 멀다. 이렇게 시집 『사슴』에는 고향과 유년이 성인이 된 이후의 풍물들과 함께 나타나 있다. 최정례는 백석의 『사슴』의 구조와 표현 형태를 밝히는 논문에서 『사슴』 제1부의 시를 '근원 지향적 주제'를 담고 있는 시들로 명명하였다.[15] 이경수도 주로 유년의 경험과 관련된 시편들이 어린 화자를 전면에 내세워 상실된 원형 세계에 대한 회복 의지를 드러냈다고 분석하였다.[16] 최정례의 '근원 지향'이나 이경수의 '원형 세계의 회복 의지'는 시인 백석이 왜 유년의 세계를 그리려고 하였는가라는 문제에 대한 답변으로 마련된 것이다. 국권 상실의 시대에 가족공동체가 훼손되지 않은 시기의 체험을 풍속과 맛의 세계를 통해 일깨우고 있다고 본 것이다. 따라서 시집 『사슴』에 나타난 유년 시절이나 고향의 풍속이 시인 백석의 존재 근원을 이룬다거나, 근원적인 세계에의 지향을 드러낸다는 말은 충분히 그 의의가 있는 말이지만, 여전히 시집 『사슴』에는 '고향-유년-근원 지향'으로는 포섭되지 않는 체험의 공간과 체험 주체가 포함되어 있는 것이다. 심지어는 위의 고향과 유년 체험, 근원적 시공간이라는 3항이 전형적으로 드러나는 작품의 분석에도 완벽하게 봉합되지 않는 '나머지'가 드러난다.

---

15 최정례, 「백석 시어의 힘」, 서정시학, 2008, p.216.
16 이경수, 「백석 시 연구—화자 유형을 중심으로」, p.22.

명절날<u>나는</u> 엄매아배따라 우리집개는 나를따라 진할머니 진할아버
지가있는 큰집으로가면
　(중략)

<u>저녁술을놓은아이들은</u> 외양간섶 밭마당에달린 배나무동산에서
　쥐잡이를하고 숨굴막질을하고 꼬리잡이를하고 가마타고시집하는노
름 말타고장가가는노름을하고 이렇게 밤이어둡도록 북적하니 논다
　밤이깊어가는집안엔 엄매는엄매들끼리 아르간에서들웃고 이야기하
고 아이들은 아이들끼리 웋간한방을잡고 조아질하고 쌈방이굴리고 바
리깨돌림하고 호박떼기하고 제비손이구손이하고 이렇게화디의사기방
등에 심지를 몇번이나돋구고 홍게닭이몇번이나울어서 조름이오면 아
룻목싸움 자리싸움을하며 히드득거리다 잠이든다 그래서는 문창에 텅
납새의그림자가치는아츰 <u>시누이동세들이</u> 욱적하니 흥성거리는 부엌
으론 샛문틈으로 장지문틈으로 무이징게국을끄리는 맛있는내음새가
올라오도록잔다
　　　　　　　　　　　　　　—「여우난곬족」 부분(밑줄은 인용자)


　이 작품에서 눈에 띄는 것은 크게 두 가지이다. 하나는 많은 논자
들이 이야기하는 것처럼 유년의 화자이고 다른 하나는 이 시의 서
술 태도이다. 열거된 관심사들을 통해서 이 시의 화자가 어린이라고
짐작할 수 있다. 거의 모든 독자들이 이 시를 유년 화자의 유년 시
절에 대한 회상으로 보는 것은 그런 의미에서 일견 타당하다. 그러
나 화자의 신분이나 지위를 나타내는 표지 중에 일관되지 않은 표기
도 나타나고 있는데, 그것이 저 4연의 밑줄 친 부분이다. '저녁술을
놓은 아이들은 이렇게 북적하니 논다'는 문장은 이 시의 맥락을 떠

나서 읽는다면 당연히 성인 화자의 유년 시절에 대한 회상으로도 읽을 수 있다. 설령 유년 화자라고 하더라도 자신을 포함하여 "아이들은"이라는 주어를 사용할 때, 그는 이미 자신을 청자(타인)의 관점에서 호명하고 있는 것이다. 이런 언어 특성은 성인 화자의 자기 대상화에 더 가까워 보인다. 또한 "시누이동세들이 욱적하니 흥성거리는 부엌"은 어떤가? "시누이"와 "동세들"은 어린 화자에게 어울리는 표현이 아니라 어머니의 입장에서 어울리는 관계어가 아닌가? 이렇게 미세한 균열의 시점들이 의미하는 것은 표면에 있는 유년 화자와 그 뒤로 얼비치는 성인 화자의 존재가 아닐까.[17] 말하자면 백석 시의 유년 화자에는 성인 화자의 시선이 중첩되어 나타나고 있는 셈이다. 시의 마지막에 나오는 "시누이"와 "동세들"도 어린아이의 관계어가 아니다. 시누이와 동서는 아이의 어머니의 편에서 형성된 관계어이므로 이러한 표현에서 우리는 어머니의 시선을 내면화한 유년 화자를 볼 수도 있고, 아직 모성의 세계와 분리되지 않은 혹은 모성과 함께 분열된 유년 화자를 볼 수도 있을 것이다.

화자의 정체성과 관련하여 「여우난곬족」에서 눈에 띄는 두 번째는 이 시의 서술 태도이다. 주지하다시피 서술 태도란 곧 화자의 어조인데, 어조는 화자의 대상에 대한 태도를 드러낸다. 2연에서, 만만치 않은 이력을 지닌 이 억센 '여우난골족'의 면면을 소개하는 목소리는 북녘 사람들 특유의 거칠고 투박한 목소리이다. 연민이나 동정 같은 감정의 과잉 없이 다소 담백하게 축약된 이들의 평탄치 않은 가계사

---

17 George T. Wright도 하나의 작품 속에 여러 명의 화자가 존재할 수 있음을 피력하였다. "인물들은 비교적 단순한 예술적 차원에서 존재하는 반면, 퍼소나들은 동시에 두 가지 혹은 세 가지 차원에서 존재한다." George T. Wright, 김준오 역, 「시인의 얼굴들」, 김준오, 『가면의 해석학』, 이우출판사, 1985, p.289.

는 그러한 삶에 대한 감정적 반응이나 평가를 생략함으로써 어떤 고난에도 묵묵하게 맞서는 이들 가계의 사람들이 가지는 삶의 태도를 효과적으로 드러낸다. 바로 이렇게 냉담하고 무심한 목소리가 어린 화자라는 사실은 얼마간 의아스럽다. 또한 3연과 4연에서 열거되고 있는 많은 음식과 놀이의 고유명들은 그 많음만으로 흥성스럽고 들뜬 느낌을 주지만 한편으로는 지나치게 많고 편집증적이기까지 하다. 물론 명절 음식의 명명과 복기는 그 자체로도 즐거움의 추구라 할 만하다. 열거된 대상들은 유년 화자에게 흥미로운 것들이므로 발화의 주체가 어린아이라고 생각할 수도 있으나, 삶의 내력과 명절 음식과 놀이의 세목들은 그것을 그리워할 만한 시간적 거리 위에서 더욱 호명하고 싶은 것이기도 하다. 이렇게 유년 화자의 발화를 따라가다 보면 조금씩 분열되고 중첩된 다른 성인이 된 화자의 존재가 엿보인다.

정신분석에서 분열이란 "존재가 정신에서 가장 깊숙한 부분인 자아와 의식적인 담론, 행동, 문화의 주체로 나뉘는 것을 의미한다."[18] 그리고 그러한 분열은 주체가 상징적 질서 속으로 편입되었다는 증거이다. 이를 달리 말한다면, 단순히 유년의 화자가 말하는 것이 아니라 백석의 시를 통해 유년의 화자가 도입되었다고 볼 수 있는 것이다. 백석을 통해서 어린이가 화자의 한 가능성으로 검토되고 수용되었다는 점이다. 소환되는 기억과 기억하는 행위의 시점 사이에 놓인 상실감을 성인 화자와는 달리 유년의 화자는 그다지 의식하지 않아도 되는 자유로움을 선사한다. 그래서 애써 미화하지 않아도 반갑고 그리운 정서를 결합시키는 것이 어렵지 않다. 백석의 시에 드러

---

18 아니카 르메르, 『자크 라캉』, 이미선 역, 문예출판사, 1994, p.114.

난 '풍요로운 기억'이란 풍요로웠던 유년의 기억이 아니라, 말 그대로 '기억의 풍요로움'인 것이다. 재미있는 것은 이 풍요로운 기억에 힘입어 시라는 양식 속의 '어린 시절'은 더 다양하고 수용력을 가진 기억으로 자리 잡게 된다는 점이다. 형식화된 기억과 어린 시절은 역설적이게도 가라타니 고진의 말처럼 "무지, 감각, 유순, 진솔한 어린이는 존재하지 않는다는 사실"을 더욱 생각하게 만들기도 한다.[19] 시에서 화자는 하나의 장치이고 또한 양식이라고 할 수 있다.[20] 화자의 도입은 결국 그러한 주체가 아니면 경험할 수 없는 세계의 도입을 의미하는 것이다. 백석의 시는 유년의 화자를 도입함으로써 성인의 삶에서 지배적인 경제적·정치적 질서와는 다소 동떨어진 자유로운 세계를 펼쳐 보일 수 있었다. 동시에 단순히 '어린 화자'가 아니라 '어린 화자의 도입'을 의식하는 순간 어린 화자의 목소리를 요청하게끔 하는 '다른 현실'의 상황을 추측게 한다. 즉 유년의 발화와 대비되는 성인 화자의 목소리를 통해서 삶의 곤란들이 함께 들어와 있는 것이다. 그래서 유년의 화자를 통해 호명된 갖가지 음식과 놀이가 불러일으키는 흥성스러운 기분은 유년의 화자 뒤편에 있는 성인 화자의 목소리로 통어되는 일족들의 거친 내력('얼굴에 곰보가 있고 눈을 껌벅이는 고모나 열여섯에 마흔이 넘은 홀아비의 후처가 된 고모, 과부가 된 큰골 고모, 주정을 하는 삼촌의 내력')과 대비를 이루면서 그 즐거움과 절망을 더욱 강력하게 부각시키는 효과를 낳는다. 또한 유년 화자의 기억이 풍요롭고 흥겨울수록 그 유년의 기억이 분열된 자리, 그 냉혹한 현실이

---

19 가라타니 고진, 『일본 근대문학의 기원』, 박유하 역, 민음사, 1996, p.152.
20 Wright는 경험의 양식화를 가능하게 하는 것이 화자 즉 퍼소나라고 본다. George T. Wright, 「시인의 얼굴들」, p.272.

더욱 뚜렷하게 발견된다.

## (1) 정지용의 「향수」와 백석의 「여우난곬족」의 시간 의식

장도준도 백석의 시가 유년의 화자의 현재 시점과 성인 화자의 회
상 시점이 교묘하게 혼합 교체되는 방식으로 나타난다고 지적하였
다. 장도준은 백석의 시에서 유년 화자의 기능을 "민족의 원초적 삶
에 대한 사실적 감동을 높임과 아울러, 그 관찰안 혹은 삶의 투시력
에 있어서는 성인 시점(혹은 시인 시점)을 사용함으로써 토속적 서투
름을 현대적 세련성(혹은 모더니즘)으로 격상시켜 놓"았다고 평가하였
다.[21] 『사슴』의 시편들이 유년의 화자와 성인 화자의 선택을 통해 경
험과 기억을 더욱 세련되게 재현하고 있다는 것을 뜻한다. 또한 유
년의 화자가 전면에 나설 때조차 종종 성인 화자의 목소리가 중첩되
는 것은 기억 속의 유년과는 달리 유년의 화자가 성인의 삶에서 분
열된 주체이기 때문이다. 유년을 회상하는 것과는 다르게 유년 화자
를 도입한다는 것이 갖는 의미는 어떤 차이가 있는가? 이를 위해 정
지용의 작품 「향수」를 잠시 함께 살펴보기로 하자.


흙에서 자란 내 마음
파아란 하늘 빛이 그립어
함부로 쏜 활살을 찾으려
풀섶 이슬에 함추름 휘적시든 곳,

─그 곳이 참하 꿈엔들 잊힐리야.

---

21 장도준, 「백석 시의 화자와 표현 기법에 관한 연구」, p.353.

傳說바다에 춤추는 밤물결 같은

검은 귀밑머리 날리는 어린 누의와

아무러치도 않고 여쁠것도 없는

사철 발벗은 안해가

따가운 해ㅅ살을 등에지고 <u>이삭 줏던 곳</u>,


―그 곳이 참하 꿈엔들 잊힐리야.

　　　　　　　　―정지용, 「향수」 부분(밑줄은 인용자)


　정지용의 「향수」는 1, 2연에서 현재 시제로 고향의 모습을 제시한 후, 이어지는 3, 4연에서 과거형 시제를 통해서 향수의 목적어가 공간적으로나 시간적으로도 화자의 자리인 '지금―여기'와 떨어져 있음을 알려 준다. 1연과 2연의 현재 시점은 유년의 시간과의 회감이라고도 할 수 있는 무시간성을 갖고 있다.[22] 반면에 3연과 4연의 화자는 지난 시간적 거리를 그대로 노출하고 있다. 정지용의 시 제목이 '향수'인 것은 매우 적절한데, 왜냐하면 그것은 말 그대로 지난 시절, 고향에서의 시간에 대한 그리움이라고 보아야 하기 때문이다.[23] 그

---

[22] 이 글에서 사용하고 있는 '회감'이란 말은 슈타이거의 용어를 차용한 것이다. 슈타이거의 이 용어는 무시간적인 경험, 과거의 순간이면서 현재적으로 진행되는 시적 경험을 표현한다. 에밀 슈타이거, 『시학의 근본 개념』, 이유영·오현일 역, 삼중당, 1978, p.96. "회감(Erinnerung)은 주체와 객체의 간격 부재에 대한 명칭일 수 있으며, 서정적인 상호 융화(Ineinander)에 대한 명칭일 수 있다. 현재의 것, 과거의 것, 심지어 미래의 것도 서정시 속에 회감될 수 있다." 서정시의 본질로서의 회감은 사물과 현상을 통해 열리는 '시간의 깊이'라고 명명해 볼 수도 있을 것이다.

[23] 이런 맥락에서 장도준의 다음과 같은 지적은 참고할 만하다. "백석의 시적 개성을

리움이란 부재의 결과이다. 고향에서의 시간에 대한 그리움은 두 가지 부재를 상정하고 있는데, 하나는 시간적으로 돌아갈 수 없는 '지난' 시간이라는 점에서의 부재이고, 다른 하나는 현재 갈 수 없는 거리의 공간이라는 점에서의 부재이다. 공간적 거리를 뛰어넘어 고향으로 돌아간다고 해도 시간적 거리는 기억 속에서만 좁혀질 수 있을 뿐이다. 반면에 「여우난곬족」의 '고향'은 정지용의 '향수'와는 다른 양상을 보인다. 백석의 시에는 '유년의 시간'에 대한 그리움이 직접적으로 표방되어 있지 않다. 백석의 경우, 발화자의 위치가 '여기-이곳'이 아니라 '그때-거기'에 있기 때문이다. '그때-거기'를 재현하는 목소리는 유년의 화자, 즉 분열된 유년 주체이다.

일반적으로 서정시의 가장 두드러진 특징을 현재 시제의 사용에서 찾을 때, 이는 시적 발화가 시점의 변화를 갖지 않는다는 뜻이지 모든 시가 다 현재 시제로 쓰인다는 뜻만은 아니다. 시의 현재성이란 발화가 한 명의 화자의 입장과 국면에서 서술된다는 것을 말한다.[24] 이렇게 본다면 정지용의 '향수'는 시를 쓰고 있는 사람에게 가

---

가장 잘 드러낸 화자 유형은 비교적 초기 시들에 해당하는 어린이 화자와 성인 시점이 겹친 화자 유형이라 할 수 있겠다. 이러한 화자 유형은 성인 화자가 흔히 보여 주는 감상화되고 미화되기 쉬운 회상 시점도 아니고, 어린이 화자가 흔히 보여주는 천진 소박한 현재 시점도 아니다. 이러한 화자는 어린이 화자의 시점을 통해 성인 시점이 발견해 내지 못하는 유년의 고향 체험을 구체적이고 사실적으로 드러내면서도 그 경험을 수용하는 방식에 있어서는 상당히 성숙한 관찰안 내지는 투시력을 보여 주는 장점을 가진다." 그러나 성인 시점이 감상화하기 쉽다거나 어린이 시점이 구체적이고 사실적이라는 도식은 결과주의적인 분석이지 일반화될 수 없는 단순 논리다. 장도준, 「백석 시의 화자와 표현 기법에 관한 연구」, p.370; 장도준, 「한국 현대시 텍스트의 시적 주체 분열에 대한 연구—김기림, 이상, 백석의 시를 중심으로」, p.262.

**24** 김준오, 「시론」, 삼지원, 1999, p.119.

까운 성인 화자의 감정에 초점이 놓이는 데 반해, 백석의 시는 영원한 현재로써 '유년'의 화자의 경험—그 순간과 세목들에 초점이 놓인다. 그러므로 유년 화자의 등장은 백석 시의 한 개성적인 면모를 이루면서 동시에 1930년대 후반기 문학의 한 사건을 이루고 있다고 할 수 있다.

백석의 시에서 분열된 유년 화자의 목소리를 듣고, 그 목소리에서 종종 분열 이전의 성인 화자의 목소리를 발견하는 것은 유일한 화자를 내세우는 일반적인 화자론에 다소 어긋난 것처럼 보인다. 그러나 이 두 주체(유년 화자와 성인 화자)의 변증법적인 관계를 생각하면, 나아가 많은 인격체 안에 존재하는 사회적 얼굴들을 생각하면 그리 납득하기 어려운 것은 아니다. 분열의 자리에서 노출되는 성인 화자는 우리가 더욱 실험적인 시에서 말하는 복수 화자와는 다르다. 복수 화자의 목소리는 간접 인용이나 직접 발화의 인용과 같은 표지와 함께, 또는 그러한 맥락 위에서 출현한다. 유년 화자는 영원한 현재로서 유년 경험의 직접성을 살리는 한 방법으로 호출된 것이다. 반면 그러한 경험이 통합되는 과정에는 시인의 시점이 간섭한다. 이 시인의 간섭을 통해서 유년 화자의 경험이 더욱 생생한 것으로 부각되는 대비 효과가 만들어진다. 그 경험의 직접성이나 생생함보다 중요한 것은 유년의 화자가 도입되는, 유년의 목소리가 들려오게 되는 현실의 부재와 소외이다. 유년의 경험과 성인의 경험이 갖는 차이가 대화적으로 매개된다. 서로 다른 시간의 대화적 매개는 결핍과 소외에 대한 상상적 보충으로써 어린 화자의 목소리를 개입시킨 것이다. 그러므로 어린 시절이 풍족하지 않아도 그 시간을 그리워할 수가 있으며, 유년의 시간은 경험의 직접성과 단순성을 되살리기 위한 하나의 장치라고 할 수 있다. 뿐만 아니라 유년의 시간에 대한 호출은 '지금

여기' 시인의 메마름을 증거하는 것일 수밖에 없다.

## (2) 이용악의 「풀버렛소리 가득차 있었다」와 백석의 「오리 망아지 토끼」의 어조

화자의 존재가 시간 의식과도 밀접한 관련을 맺을 수밖에 없다는 것을 정지용의 「향수」와 백석의 「여우난곬족」의 비교 분석을 통해 살펴보았다. 유년 시절의 경험의 형상화이면서도 화자의 차이가 얼마나 다른 목소리를 만드는가를 이용악의 「풀버렛소리 가득차 있었다」와 백석의 「오리 망아지 토끼」를 대조해 봄으로써 살펴볼 수 있다. 물론 이용악의 시는 아버지의 죽음이라는 무거운 주제를 다루고 있기에 어조가 확연히 다른 것은 당연해 보인다. 하지만 이는 다른 주제에 맞춰 다른 화자를 내세운 결과라고 볼 수도 있다.

다시 뜨시잖는 두 눈에
피지 못한 꿈의 꽃봉오리가 깔았고
얼음장에 누우신 듯 손발은 식어갈 뿐
입술은 심장의 영원한 停止를 가르쳤다
때늦은 醫員이 아모 말 없이 돌아간 뒤
이웃 늙은이 손으로
눈빛 미명은 고요히
낯을 덮었다

우리는 머리맡에 엎디어
있는 대로의 울음을 다아 울었고
아버지의 寢床 없는 최후 最後의 밤은

풀버렛소리 가득차 있었다

　　　　—이용악, 「풀버렛소리 가득차 있었다」부분(밑줄은 인용자)


　오리치를 놓으려아배는 논으로날여간지 오래다

　오리는 동비탈에 그림자를떨어트리며 날어가고 나는 동말랭이에서 강아지처럼 아배를 불으며 울다가

　시악이나서는 등뒤개울물에 아배의신짝과 버선목과 대님오리를 모다던저벌인다


　장날아츰에 앞행길로 엄지딸어지나가는망아지를내라고 <u>나는졸으면</u> 아배는행길을향해서 크다란소리로

　—매지야오나라

　—매지야오나라


　새하려가는아배의지게에치워 <u>나는산으로가며 토끼를잡으리라고생</u> <u>각한다</u>

　맞구멍난토끼굴을아배와내가막어서면 언제나 토끼새끼는 내다리아래로달어났다

　<u>나는 서글퍼서 서글퍼서 울상을한다</u>

　　　　—「오리 망아지 토끼」전문(밑줄은 인용자)


　이용악의 시 「풀버렛소리 가득차 있었다」는 어미의 높임법이 정확하게 구사되어 있고, "영원한 停止"와 "最後의 밤"이 비극적 파토스로 충만해 있다. 그럼에도 불구하고 이용악의 화자 역시 "풀버렛소리 가득차 있었다"고 묘사할 만큼 정서적 거리를 가지고 있는 것

이다. 시의 전면에는 "우리"라는 울음의 주체가 명시되어 있지만, 그러나 이 시의 무거운 주제, "피지 못한 꿈의 꽃봉오리"나 "영원한 停止"와 같은 목소리의 어조는 성인의 것이라고 추측하기에 적절하다. 반면 인용한 「오리 망아지 토끼」는 백석의 작품 중에서 유년 화자의 발화가 가장 전형적으로 구현된 작품이라고 할 수 있다. 이숭원의 적절한 지적처럼 이 작품의 화자는 투정 부리고 떼를 쓰고 울상을 하는 모습을 통해서 보편적 유년의 모습을 환기한다.[25] 화자의 신분을 노출하는 관계어인 "아배"도 화자가 어린이라는 것을 지시한다. 화자를 오래 기다리게 한 아버지에 대한 원망으로 아버지의 신발을 개울에 던지고, 어미를 따라가는 망아지를 보고 갖고 싶다고 조르고, 가랑이 사이로 빠져나가 버린 토끼 때문에 울상을 하는 것은 유년 화자 특유의 성질을 보여 주고 있다. 결정적으로 이 두 작품의 화자는 주어진 상황에 대해 서로 다른 수용력과 저항을 보여 주고 있어 주목된다. 이용악 시의 화자는 아버지의 죽음에 대해 일방적으로 수용하는 양상을 보인다. 풀벌레 소리나 차갑게 식어 가는 육체-입술과 같은 구체적 표상들을 시적 경험의 내부로 끌어들이고 있지만 그러한 정황에 대한 화자의 저항은 찾아보기 어렵다. 반면 「오리 망아지 토끼」의 화자는 다소 심술궂은 어린이의 행동 체계를 보여 줌으로써 이러한 화자의 발화에 실감을 더하고 있다. 흔히 변덕을 부리고 떼를 쓰는 아이들은 훈육과 양육의 대상으로서 타자화되어 있지만 아이의 편에서는 자신들에게 맞지 않는 세계의 불편에 대한 주장과 저항이기도 하다. 어린이는 한편으로는 경험의 주체이면서 다른 한편으로는 사회적 구성원이 되어 가는 과정의 존재(양식)이다.

---

25 이숭원, 「백석 시의 화자와 어조 연구」, p.263.

유년의 경험들은 그러한 의미에서 오이디푸스화의 과정을 갖는다고 할 수 있다. 불가능은 언제나 현실을 가르치는 중요한 방법이다. 악동의 이미지를 포함하여 유년이 유쾌한 모습으로 회감될 수 있는 것은 그가 온전한 책임의 주체가 아니기 때문이지만 얼마간 성인들에 의한 보호와 양육의 환경 속에서 아이들이 세계에 대한 쾌락적 관점을 포기하지 않을 수 있기 때문이다. 어린 화자는 어떤 상황에서도 (무책임하게도) 즐거움에 골몰할 수 있는 것이다. 실수할 수 있는 존재, 실수와 실패를 통해서 성숙해 가는 주체가 유년의 주체인 것이다. 어쩌면 1930년대 후반 유년의 시간이 현대시 속으로 호출되어야 했던 가장 중요한 이유는 바로 그러한 '흥미 본위' 때문일 수도 있다. 백석의 시집 속에 나타나는 무수한 풍속들은 이런 유년의 화자와 결합되어 세계에 대한 학습적 태도를 이룬다.

### (3) 정함의 추구와 속신의 두려움을 이기는 학습적 화자

섣달에 내빌날이드러서 내빌날밤에눈이오면 이밤엔 째하얀할미귀신의눈귀신도 내빌눈을받노라못난다는말을 든든히녁이며 엄매와나는 앙궁웋에 떡돌웋에 곱새담웋에 함지에 버치며 대냥푼을놓고 치성이나 들이듯이 정한마음으로 내빌눈을받는다

이눈세기물이 내빌물이라고 제주병에 진상항아리에 채워두고는 해를묵여가며 고뿔이와도 배앓이를해도 갑피기를앓어도 먹을물이다

─「고야」 부분

여우가 우는 밤이면

잠없는 노친네들은일어나 팟을깔며 방요를한다

여우가 주둥이를향하고 우는집에서는 다음날 으레히 흉사가있다는
것은 얼마나 무서운 말인가

—「오금덩이라는곧」 부분

납일물을 받는 풍습과 노인들이 흉사를 피하기 위해 팥에 오줌을
누는 풍습이 인용한 작품에는 나타나 있다. 「고야」의 화자는 유년의
화자로 "엄매"와 함께 납일날 내리는 눈을 받고 있다. 감기와 속앓이
와 이질을 이기기 위한 민간의 처방은 유년의 화자에게는 더욱 그럴
만한 것으로 느껴진다. 양푼을 아궁이와 이엉을 얹은 담장과 떡돌
위에 얹어 두고 눈을 받는 모습을 화자는 "정한마음"으로 표현하였
다. 어린 화자에게서 표명된 이 "정한마음"은 성인 백석의 삶에 일관
되게 나타나는 지향점이라고 할 수 있다. 「남신의주유동박시봉방」에
서도 이 '정함'은 삶 전체를 대하는 독창적인 태도로 표방된 바 있다.
　「오금덩이라는곧」의 화자는 현재 시제로 말하고 있지만 성인의 화
자로 느껴진다. '오금덩이라는 곳'이라는 제목의 기술 태도에서 보
이듯 여행을 통해 알게 된 지역의 풍습을 시로 쓴 것으로 보인다. 제
목 이외에 화자의 존재가 환기되는 곳이 마지막 연의 저 "다음날 으
레히 흉사가있다는 것은 얼마나 무서운 말인가"라는 구절이다. 사람
이 죽을 집을 알고 여우가 운다는 민간의 속신은 밤마다 저 유년의
화자들이 경험하는 두려움과 동질적인 공포감을 안겨 준다. "얼마
나 무서운 말(으레 흉사가 있다는)인가"라는 표현은 그러한 믿음과 말들
을 전승하는 사람들을 한꺼번에 환기시킨다. 이 무속적인 세계에서
세계의 타자성은 이 두려움을 통해 자기 고유성과 존엄을 유지한다.
따라서 이러한 속신이 불러일으키는 두려움은 「고야」의 정한 마음과
한 몸을 이루는 것일 수밖에 없다. 경험 세계와 일체감을 얻은 이러

한 풍속과 속신에 순응하면서 사는 인간의 '정한 마음'은 그 특유의 세계에 대한 '학습적 태도'를 견지하고 있어 어떤 절망적인 상황에도 마땅한 대응책이 있다는 믿음을 남긴다.

백석의 시가 보여 주는 유년의 화자는 이러한 일관된 태도들과 함께 순간의 발화 속에 민간에서 오랫동안 전승되어 온 긴 시간의 경험 양식을 포함시킬 수 있었던 것이다. 그리고 유년의 화자가 분열되는 자리에서 보았듯, 유년의 화자가 보여 주는 천진함의 뒤편에는 그 천진함을 허용하지 않는 현실의 메마름이 함께 존재한다. 그리고 유년의 화자가 마주하는 속신의 세계는 공포와 두려움 속에서도 정한 마음과 지혜를 구하는 낙관적이고 학습적인 태도를 지닐 수 있는 시공간으로 보인다. 분열된 주체로서의 화자들은 순수한 즐거움의 뒤편에 현실의 메마름을, 찰나적인 삶의 충동 아래에 쌓인 삶의 두께를 함께 보여 주는, 보여 줄 수 있는 주체인 것이다.

## 4. 결론

이 글은 백석의 시를 중심으로 기존의 화자론이 갖고 있는 시인과 화자의 동일시라는 문제를 비판적으로 검토하였다. 무엇보다 현실의 시인과는 다른 목소리의 도입을 주체의 분열이라는 관점에서 분석하였다. 주지하다시피 분열된 주체는 언제나 대타자의 세계와 밀접한 관계가 있다. 자아(화자)는 주체(시인) 분열의 대가이다. 유년 화자의 목소리가 현실의 메마름과 억압으로 인해 출현한 것이라면 이는 결과적으로 천진한 목소리의 뒤편에 그만큼 억압된 주체의 현실이 있다는 것을 의미한다.

백석 시의 유년 화자의 발화를 유심히 보면 분열의 흔적들을 함께 간직하고 있다. 가령 「여우난곬족」에는 성인 백석이나 어머니의 시점이 함께 노출되어 있다. 아이와 성인이라는 두 개의 주체, 유년과 성년이라는 두 개의 시간이 만나는 지점에서 목소리는 중첩되고 있는 것이다. 유년의 화자의 도입은 단순히 어린 시절에 대한 회상과는 매우 다른데, 이를 정지용의 시와의 비교를 통해서 쉽게 알 수 있었다. 정지용의 시가 회상하고 그리워한다면, 백석의 시는 지금-여기에서 다시 경험·재현한다. 결과적으로 성인 화자의 목소리에 대해 독자는 '공감'하지만, 유년 화자의 목소리에 대해서는 더 적극적인 감정을 갖게 된다. 한편 유년의 목소리가 도입된 이용악의 시를 비교하여 봄으로써 백석이 도입한 유년 화자의 특성을 더욱 뚜렷하게 발견할 수 있었다. 이용악 시의 유년 화자의 목소리는 백석의 그것보다 훨씬 더 성인의 목소리에 가까웠다.

유년의 목소리가 주체 분열의 대가라는 것은 두 가지의 것을 생각하게 하는데, 하나는 분열을 만드는 질서와 시간의 메마름이고 다른 하나는 그러한 목소리가 보여 주는 일정한 태도들이다. 유년의 목소리가 분열의 결과라는 것은 백석의 시를 단순히 훼손되지 않은 공동체적 시간의 희구로 읽는 것보다 적극적인 독서를 요청한다. 묘사된 유년의 기억이 풍요로울수록 그러한 유년을 불러오는 현실의 주체가 견디는 시간은 반대의 것이기 쉽기 때문이다. 천진한 유년의 목소리를 목소리 뒤편에 존재하는 거칠고 메마르고 아픈 현실과 대비를 이루며 읽을 때 공감의 폭은 더 커진다.

한편 백석의 화자들(유년 화자나 성인 화자를 포함한)은 삶에 대한 일정한 태도를 보여 주고 있다. 그것은 전통적이고 학습적 태도라 이름할 만한 것으로 경험 세계에서 화자가 순응해야 할 풍속과 속신에 대한 태도이다. 「고야」에는 '납일눈'을 받는 장면이, 「오금덩이라는 곳」에는 '팥을 깔고 방뇨를 하는 노인들'의 모습이 제시된다. 이 세계는 배앓이와 고뿔과 "갑피기"를 견뎌야 하는 곳이며, 여우가 죽을 사람을 찾아오는 세계이다. 화자는 이러한 세계(풍속과 속신이 전해지는 말의 세계)에 대해 전통적 세계가 이미 확보한 처방을 학습함으로써 어떠한 현실적 두려움에 대해서도 일정한 대응책이 있을 것이라는 막연한 기대를 가지게 되는 것이다. 학습적 태도를 가진 화자를 통해 백석의 시는 삶의 메마름과 기억의 풍요로움, 속신의 두려움과 두려움을 이기는 풍속의 힘을 보여 준다. 이는 『사슴』의 화자들이 풍속과 풍물의 질서에 의해 분열되고 있음을 의미한다.

주지하다시피 가면(퍼소나)이란 두 가지의 역설적인 기능을 갖는다. 하나는 드러내는 것이고, 다른 하나는 가리는 것이다.[26] 그런데 가면의 이러한 두 가지 기능은 그 자체로 동시적이고 또한 변증법적이다. 가면은 우선 드러내려는 목적에 충실하다. 그런데 시에서 이러한 가면의 드러냄은 무엇보다 추상의 과정을 거쳐야만 한다. 왜냐하면 희곡에서처럼 상세한 설명이나 가시적인 가면을 보여 주지 않고 다만 목소리로만 자신을 드러내는 것이기 때문이다. 시에서는 발화라는 몸통만 존재한다. 이 몸통을 통해서 우리는 얼굴을 유추적으로 재구성해야 한다. 화자가 아무리 시인과 유사하다고 하더라도 시인과 일치하지 않는다는 점에서 시인과 화자의 관계는 배우와 가면(역할)과의 관계와 같다. 배우가 가면의 이해를 통해 바로 자신을 이해하듯 시인도 화자의 발화를 통해서만 구체적인 현실의 형상을 만

---

26 라이트는 가면의 기능은 무엇보다 드러내기 위한 것임을 역설했다. 이 글에서는 라이트의 이러한 드러냄을 변증법적 과정으로 차용하여 그 대화적 국면을 보여 주기 위해서 드러냄과 감춤이라는 맥락으로 확대하였다. 말을 듣는 사람은 언제나 말해진 것 너머의 것을 알고 싶어 하고, 그것이 바로 대화가 유지되는 조건이기 때문이다. George T. Wright, 「시인의 얼굴들」, p.273.

질 수 있게 된다. 화자는 목소리를 통해서 정황과 화자의 존재를 드러내지만, 역으로 그러한 드러냄은 감추어진 것이 무엇인지를 상상하게 하여 시의 발화를 완성한다.

# 김수영 시의 연극적 화자

## 1. 서론

　김수영이 연극성을 추구했던 시인이었다는 사실은 이미 잘 알려져 있다.[1] 김수영 시의 연극성은 생애의 이력을 통해서도 확인되지만 작품을 통해서도 잘 드러난다.[2] 김수영의 시에서 연극성에 주목하는 이유는 김수영의 시적 윤리성과 관련된 논의에서 이 화자론이 차지하는 중요한 위치 때문이다. 김수영의 시는 "작품마다 어떤 문

---

1　강웅식, 『시, 위대한 거절』, 청동거울, 1998, p.130; 강호정, 「김수영 시에 나타난 연극성」, 『한성어문학』 23, 2004; 정명교, 「김수영과 프랑스 문학의 관련 양상」, 『한국시학연구』 22, 2008; 조강석, 「김수영의 시 의식 변모 과정 연구―'시적 연극성'과 '자코메티적 전환'을 중심으로」, 『한국시학연구』 28, 2010.

2　김수영이 연극에 투신했던 경험의 기록은 김수영의 산문에도 나타나고 최하림의 평전에도 나타난다. 김수영, 「말리서사」, 『김수영 전집 2 산문』, 민음사, 1989, pp.71-75; 김수영, 「연극하다가 시로 전향」, 『김수영 전집 2 산문』, p.226.; 최하림, 『김수영 평전』, 실천문학사, 2001, p.43. 김수영의 시에 나타난 연극성을 분석한 글로는 강호정의 「김수영 시에 나타난 연극성」 참조.

제가 설정이 돼 있고, 그 문제를 분석하면서 고뇌하는 〈나〉가 언제나 전경화되어 있다."[3] 문제와 사건에 대한 기술에서 끝나지 않고 그것을 목격하고 경험하며 진술하는 자기를 함께 기입한다는 것은 '사건의 전달'과는 '다른 목적'을 포함한다. 대상을 인식하는 주체의 시선을 대상화하면서 김수영의 시는 특유의 폭로의 정치학과 반성의 윤리학을 이루는 것으로 보인다.

김수영의 시에서 '나'의 전면의 노출은, 일반적으로 김수영의 시에서 시와 시인은 거의 일치하는 것으로 인식되는 결과를 가져왔다. 물론 김수영의 시에서 시인과 화자의 일치는 궁극적으로는 옳은 말일 수 있다. 그러나 이러한 일치를 그대로 받아들이게 될 경우에 노출되는 문제는 적지 않다. 시인과 화자의 일치는 시인에 대한 무비판적 칭송이나 반대로 시적 위악으로 인한 시인의 매도로 이어질 수 있다. 또한 현실의 문제를 폭로하고 그 질정을 제기하는 것이 곧 현실의 변화 자체를 의미하는 것이 아니듯, 시적 실천이 그 '선언'만으로 그 목적을 얻는 것은 아니다. "복잡하고 경이적인 인간의 현실은 결코 하나의 관점만을 용인하지 않는다. 현실에는 바라보는 사람의 의향에 의해 결정되는 무한한 시각의 범위가 개방"되어 있다.[4] 시각의 개방성을 포용하지 않는다면 시적 발화는 자기중심성으로 떨어질 수밖에 없고, 자기중심적인 발화에서 더욱 넓은 공감을 기대하기는 어렵다. 김수영은 정치적 자유와 미학적 자유를 동시에 추구하고, 이를 이른바 "온몸의 시학"으로 주장한 시인이었다. 그는 자유의 시적 추구에 있어서 중요한 것이 '자유의 서술이나 주장이 아니라

---

3 강웅식, 「자기 촉발의 힘에 이르는 길」, 『작가 세계』, 2004.여름, pp.20-21.
4 김인환, 「소설과 시」, 『현대시란 무엇인가』, 현대문학, 2010, p.97.

자유의 이행'이라고 분명하게 인식하였다.[5]

　김수영의 시를 이해할 때, 시인과 화자를 분리하는 것은 김수영 시의 이중적 지향을 사유할 수 있게 한다. 김수영의 시 속에는 자유의 추구가 포함되어 있으며, 동시에 자유를 추구하게 하는 사회적·개인적 조건에 대한 날선 비판 의식도 함께 포함되어 있다. 김수영이 이룩한 "윤리의 미학화"는 무엇보다 이러한 비판 의식에 의해 달성된 것이다.[6] 김수영의 시적 성취는 그 부단한 자유의 추구 위에서도 얻어질 것이지만, 무엇보다 발화 주체에 대한 준엄한 폭로의 정신에서 한 성취를 찾을 수 있다. 이 글은 김수영 시의 화자에 주목하여 김수영 시의 발화에서 폭로의 정치학과 윤리학이 구현되는 방법을 살펴보고자 한다.

## 2. 시의 연극성과 화자의 배역성

　김수영은 자신의 산문 「새로움의 모색」에서 한동안 "슈뻴비엘과 비에레크"의 시에 경도되었으며, 이를 통해 시의 연극성에 매료되었음을 고백하였다. 김수영이 말하는 연극성은 무엇보다 "스토리"나 "사건"적인 의미를 가지는 것이었고, 연극성의 중핵은 "俗臭와 雅氣"라는 대립적 자질의 공존에서 오는 "속된 호기심"과 "재미"로 제시된다. 이 연극성은 김수영에게 일종의 이야기성으로, 풍자적 프레임으로 작동하는 것으로 보인다. 연극성과 함께 이야기되는 구상성은 거친 구어적 성격의 발화를 의미한다고 할 수 있다.[7] 결과적으로

---

5　김수영, 「시여, 침을 뱉어라」, 『김수영 전집 2 산문』, p.252.
6　강웅식, 「자기 촉발의 힘에 이르는 길」, p.26.
7　강호정, 「김수영 시에 나타난 연극성」, p.46. 강호정의 이 글은 무엇보다 김수영의 현실주의적 성격과 그것의 극적 전개라는 관점에서 논의되었다. 강호정은 김수영

이 연극성의 추구는 김수영의 시가 "갈등과 긴장을 통해 평면성을 극복"하게 해 주는 계기가 된 것이다.[8] 평면성을 극복하게 해 준 시적 요소들은 아마도 고아한 정취에 매이지 않는 분방한 언어, 역시 그러한 정취에 기여하는 음률을 포기하고 의식과 표현의 간극을 메우기 위해 시도된 산문화된 언어들, 그리고 주된 화자의 목소리 주변으로 배치된 사람의 구어체 목소리 등이 될 것이다.

몇몇의 연구들이 김수영 시의 고백적 성격에 대해 언급하고 있거니와 이 고백적 태도 역시 하나의 연극적 속성으로 이해될 수 있을 것이다.[9] 김수영의 시와 시론적 차원에서 참조했던 미국의 고백파 시인들과의 영향 관계 속에서 검토된 것이 김수영 시의 고백적 성격의 의의지만, 이러한 고백이 결국 청자에 대한 자기 표명에서 끝나지 않는다는 점에서 연극적인 성격으로 포괄될 수 있다. 자기 표명에서 끝나지 않는다는 것은 김수영 시의 언어가 메시지의 전달에만 골몰하지 않고, 그 메시지를 전달하는 방법으로 자기 폭로나 자기 고발을 한 방법론으로 삼고 있다는 말이다. 김수영의 시가 연극의 형식을 표나게 도입하여 그 형식적인 측면에서 연극성을 추구했던 것은 아니다. 일반적으로 '일인칭의 고백체'로 양식화되는 시라는

---

의 연극성이 김수영의 시적 방법으로서 그리스극의 코러스를 중층적 발화로 도입하고, 화자의 발화에 타자의 발화를 덧붙이거나 주석을 시도하여 연극의 극적인 발화를 추구하였다고 분석했다. 이 글에서 주목하는 연극성이 자기 폭로에 초점을 두고 있는 것과는 다소 다른 관점이라고 하겠다.

8 조강석, 「김수영의 시 의식 변모 과정 연구―'시적 연극성'과 '자코메티적 전환'을 중심으로」, p.369.

9 김현, 「김춘수를 찾아서」, 『시인을 찾아서』, 민음사, 1975; 한명희, 「김수영 시에서의 고백시의 영향」, 『전농어문연구』 9, 1997; 권오만, 「김수영 시의 고백시적 경향」, 『전농어문연구』 11, 1999; 이미순, 「김수영의 고백체 시 연구」, 『한국현대문학연구』 29, 2009.

장르의 특성상 시 속에는 당연히 고백적 요소가 포함되어 있다. 그런데 김수영의 경우는 좀 더 유난한 지점이 있다. 가령 시적 진술이 주어를 생략할 때 당연하게도 이 문장의 주어는 화자가 되고, 이 화자는 보통 일인칭 주어의 자리가 된다. 그런데 김수영은 유독 일인칭 대명사를 자주 사용한 시인이다.[10]

이렇게 일인칭 대명사 '나'를 빈번하게 사용하면서 '나'의 발화가 일종의 극적 발화처럼 여겨지는 효과가 발생한다. 그러므로 김수영 시의 고백적 성격, 더 나아가서는 '자기 고발'에 이르려는 더욱 과장되고 뜨거운 성격이 이러한 발화 특성과 관련이 있다고 생각된다. 이렇게 극적 발화처럼 느껴질 때의 연극성을 배역성이라고 불러 볼 수 있다.[11] 화자론의 관점에서 보자면, "극의 가면이나 원시 무용의 가면은 숨기기보다는 드러내기 위한 의도로" 사용되는 것이다.[12] 또한 이 가면을 하나의 사회적 역할로, 이를 다시 "인간 경험의 양식화"로 이해할 수 있다. 화자가 하나의 역할이라는 점은 중요하다.[13] 역할이 곧 양식의 문제라면, 양식이 곧 관성화의 이유가 되기 때문

---

10 장석원, 「김수영 시의 인칭대명사 연구」, 『한국시학연구』 15, 2006. 장석원에 의하면 김수영의 시는 135편에서 '나'라는 일인칭 대명사를 사용한다.

11 배역성은 화자가 곧 하나의 역할을 수행하는 주체라는 의미이다. 볼프강 카이저는 특정한 인물의 입을 통해서 표현하는 시를 배역시라고 한다고 정의하였다. 그런데 시인과 화자가 동일시될 수 없고, 어떤 의도와 의지 때문에 만들어진 역할과 그 가면이 곧 화자라면, 모든 화자는 일반적으로 하나의 배역일 수도 있을 것이다. 배역시에 관해서는 볼프강 카이저, 『언어예술작품론』, 김윤섭 역, 예림기획, 1999, pp.286-287 참조.

12 George T. Wright, 김준오 역, 「시인의 얼굴들」, 김준오, 『가면의 해석학』, 이우출판사, 1985, p.273.

13 시인과 화자의 불일치에 대해선 이현승, 「1930년대 후반기 한국시의 언술 구조 연구— 백석·이용악·오장환을 중심으로」, 고려대학교 박사학위논문, 2010, pp.13-20 참조.

이다. 시를 통한 새로움의 추구를 시의 목표로 천명했던 김수영은 끊임없이 새로움으로 "이행"하려는 "모험"을 통해 자기 혁신을 이루려 하였다. 김수영의 시에 나타나는 화자가 '나'라고 자기를 분명하게 의식하면서 발화할 뿐만 아니라, 모종의 위악이나 자기 고발에 가까운 발화를 행하는 것은 김수영의 윤리학과 관련지어 생각해 볼 부분이다. 김수영의 시가 갖는 이러한 자기혐오와 자기 고발은 화자론의 관점에서, 특히 그 배역성과 함께 논의될 만하다.[14]

    무릇 모든 예술을 지향하는 사람은 하고많은 직업 중에서 유독 예술을 업으로 택한 이유는—자기 나름의 독특한 개성을 살려 보기 위해서 독특한 생활방식을 갖지 않을 수 없었기 때문에 시를 쓰고 소설을 쓰고 그림을 그리게 된 것이다. 그리고 독특한 시를 쓰려면 <u>독특한 생활의 방식(즉 인식의 방식)</u>이 선행되어야 하고, 시나 소설을 쓰는 사람들이 문단에 등장하는 방식 역시 이러한 생활의 방식에서 제외될 수 없는 것은 물론이다. 남의 흉내를 내지 않고 남이 흉내 낼 수 없는 시를 쓰려는 눈과 열정을 가진 사람이라면, 자기가 문단에 등장하고 세상에 자기의 예술을 소개하는 방법에 대해서도 그것이 독자적인 방법이냐 아니냐쯤은 한번은 생각하고 나옴 직한 문제이다.[15](밑줄은 인용자)

  인용한 산문의 밑줄 친 부분을 볼 때, 김수영은 쓰는 문제와 생각하는 문제, 나아가 생활하는 문제를 완전히 일치시킨 미학관을 가지

---

14 최동호의 논문에서도 4.19에 대한 기대와 좌절, 실망감으로 인해 김수영의 시에 냉소와 야유, 자학적인 어조가 만들어졌다고 보았다. 최동호, 「한국 현대시의 자유에 대한 시적 상상」, 『한국시학연구』 17, 2006, p.155.
15 김수영, 「문단추천제 폐지론」, 『김수영 전집 2 산문』, pp.190-191.

고 있었음을 볼 수 있다. 말하자면 새로운 시를 쓰는 것이 시인으로서의 업을 가진 사람이 추구할 만한 목표인데, 이러한 목표를 완수하려면 남의 흉내를 내어 시선을 붙잡으려 하기보다는 근본적으로 다른, 새로운 '자기'의 발견에 이르러야 하는 것이다. 말하자면 생활의 차원에서 다름에 이르지 않는 새로움은 새로움일 수 없다는 근본주의적 발상이다. 김수영식 미학적 '독특성'과 '독자성'이 생활과 분리되지 않는 인식(밑줄)이라는 점은 김수영 시의 방법론을 이해하는 데 있어서 유의미해 보인다. 이 독특성의 추구가 곧 예술적 자기실현일 것인데, 생활의 방식과 인식의 방법을 동일시하는 김수영적 관점에서는 예술적 독자성이 반성되는 자리가 곧 삶의 주체성이 반성되는 자리일 수밖에 없는 것이다. 자기 삶의 주인이 되기 위해서는 자기를 끊임없이 부수적인 존재로 만드는 여러 이해관계로부터 자유로워야 한다는 것을 의미하고, 이러한 자유가 김수영의 시적 지향점이면서 동시에 삶의 지향점이었음은 두말할 나위가 없다. 개인에게 부여된 역할을 살아 내는 것만큼이나 새로운 역할을 추구하는 것이 삶이기도 한 것처럼 김수영의 시는 부여된 장르를 이행하는 것만큼이나 부여된 장르를 불식하는 것을 목표로 삼았다. 시적으로 김수영이 가장 중요하게 여긴 것은 무엇보다 현실의 자각이었고, 현실의 자각을 방해하는 모든 기성의 정신과 표현으로부터 이탈하는 것이 그 방법이었다. 물론 이 이탈이 무조건적인 방종이나 반항이기만 해서는 공감을 얻을 수 없다. 이 일탈이, "무한히 배반하는 배반"이 공감을 얻기 위해서는 그 배반에 마땅한 현실적 근거가 필요하다. 김수영이 현실의 부조리를 폭로하는 것을 자기 시의 천명으로 삼으면서도 주로는 자기 폭로에 주력하고, 시의 새로움을 주장하는 자리에서 언제나 현실의 부정성을 운위하는 것은 시의 실천과 추구에 관심할 뿐, 그것이 공허한 주장과 선언으로 끝나고 마는 것을 경계했기 때문이다.

김인환은 "전형을 현실에 실재하는 것이 아니라 현실을 묘사하는 수단으로 작가에 의해서 구성된 장치"라고 언급하면서, "현실의 계기들은 무한하기 때문에 전형을 구성하는 데는 포섭과 배제가 불가피하다"고 하였다. 작품이 전달하고자 하는 메시지가 현실과 일치하는가 그렇지 않은가의 문제만큼이나 중요한 것이 그 전달 방법이다. 이 전달 방법은 주석과 반주석이라는 개념으로 표명되는데, 주석이란 사실에 대해 화자에 의해서 보태어진 견해이다. 모든 기술은 결국 누군가의 기술일 수밖에 없고, 이러한 기술에는 모종의 주석과 왜곡이 개입될 수밖에 없기 때문이다.[16] 이렇게 본다면 모든 사실은 다 사실과 주석의 결합으로 이루어져 있고, 이것은 모든 사실이 다 대상과 그 대상을 지각하는 자의 주석으로 구성된다는 것을 의미한다.

## 3. 폭로의 정치학과 마조히즘의 윤리

김수영의 시에서 시인과 화자를 동일시할 때 발생하는 문제는 바로 화자의 발화와 주석의 층위를 뒤섞어 버려 그의 시를 지나치게 단순화해 버리게 된다는 점이다. (김수영) 시에서 발화는 중층적으

---

16 김인환은 "소설이란 결국 어떤 일인칭에 의해서 이야기될 수밖에 없으며, 그 일인칭은 다른 사람들에 의해 삼인칭으로 지칭된다. 일인칭 화자가 인물로 등장하지 않는다는 점에서 삼인칭 소설보다 비인칭 소설이라는 말이 적합할 것이다"고 지적했다. 그가 말하는 비인칭이란 하나의 인칭으로 통합되지 않는다는 의미이며, 이는 서술 층위의 중층적 구조를 뜻한다고 할 수 있다. 시는 이른바 '일인칭 고백'의 장르라고 일컬어지지만, 서술의 영역에서는 이러한 화자 주석의 여지를 배제할 수 없다. 특히 김수영처럼 산문화된 기술 방식을 선호했던 시의 진술에서는 이러한 주석적 차원이 더욱 빈번하게 발생할 수 있다. 김인환, 「소설과 시」, p.117.

로 이루어지는데, 표면적인 메시지의 전달이 하나라면, 메시지를 전달하는 화자를 가시화하여 그 전달의 태도까지 같이 전달하는 것이 다른 하나이다. 그러므로 화자와 시인의 동일시는 이러한 중층적 발화의 양상을 단순히 표면적인 메시지의 전달 체계 안으로 수렴하여 화자의 메시지를 가려 버리게 되는 것이다. 김수영의 시가 정치적 자유와 미학적 자유를 동시에 추구하고 얻을 수 있었던 것은 메시지의 정치성만큼이나 발화의 윤리성에서 설득력을 가지고 있었기 때문이다. 정치의 차원에서 무엇이 민주주의인가의 문제도 중요하지만 현실적으로는 합리적·민주적 절차가 필요하듯, 미학적 혁신에서도—자유의 실행과 실천은—이론과 체계의 학습뿐만 아니라 기왕의 형식을 과감히 내던지는 모험과 용기가 필요하다. 김수영이 4.19를 통해서 목격한 것은 바로 이것이었을 터이다. 혁신을 위한 혁신이 아니라, 낡은 것의 한계를 명확하게 인식하고 혁신의 정당성을 수립하는 내재적인 혁신의 에너지를 김수영은 4.19를 통한 시민들의 결집된 힘에서 발견했을 것이다. 김수영에게 있어서 '고백의 윤리'는 '폭로의 정치'와 그리 다르지 않았다. 삶과 시가 동시에 혁신되는 삶을 추구했던 그였기에 부정과 혁신의 삶에서는 또한 언제나 무기력(피로)과 설움이 차올랐던 것이며, 그러한 무기력을 벗지 못하는 자신과 현실에 대한 실망으로부터 위악과 자조 섞인 풍자가 이루어졌던 것이다. "생활과 언어"가 밀접해지도록 하기 위해서는 이야기되는 현실과 진짜 현실의 구별이 필요하고, 진짜 현실의 구현을 위해서는 현실을 구성하는 언어의 허구성이 가장 먼저 폭로되어야 하며, 언어 앞에서 시인이 마치 신적인 존재라도 되는 것 같은 자족성이 가장 먼저 폭로되어야 한다. 이것이 정치와 윤리가 시에서 만나는 지점인 셈이다.

언어는 나의 가슴에 있다

나는 모리배들한테서

언어의 단련을 받는다

그들은 나의 팔을 지배하고 나의

밥을 지배하고 나의 욕심을 지배한다


그래서 나는 우둔한 그들을 사랑한다

나는 그들을 생각하면서 하이데거를

읽고 또 그들을 사랑한다

생활과 언어가 이렇게까지 나에게

밀접해진 일은 없다


언어는 원래가 유치한 것이다

나도 그렇게 유치하게 되었다

그러니까 내가 그들을 사랑하지 않을 수가 없다

아아 모리배여 모리배여

나의 화신이여

—「모리배」 전문


이 시는 김수영식 '부정의 변증법'을 잘 보여 주는 작품이다. 1연에서 화자는 '가슴의 언어'조차도 "모리배"의 단련을 받는다고 폭로한다. 현실이 무엇보다 이익의 추구로 정향되어 있다는 것을, 그리고 팔과 밥과 욕심이라는 실존의 층위가 모두 이익에 지배되고 있음을 고발한다. 이것은 "모리배들"에 대한 고발이면서 그 "모리배"에 지배당하는 "나"에 대한 고발이기도 하다. 나와 그들("모리배들")이 다르지 않다는 자각이 마지막 행의 "나의 화신이여"의 아이러니컬한 호명이다. 하이데거를 읽고 '세계 내의 존재'와 '실존'에 대해 깨닫게 될수록 그 사랑은 투명해진다. 투명해진 언어는 생활과 언어를 더욱 밀접하게 매개하고, 자기 안의 "모리배"를 자각할 수 있게 된 지평에서만 사랑은 실천적인 동력을 얻는다. 염결성을 얻기 위해서 탈속하는 삶이 깨달음의 삶일 수는 있지만, 현실과 교호하는 사랑일 수는 없다. 현실에서의 사랑이 마음의 일이고 몸의 일이며 욕망의 일이고 그 결과를 책임지는 일이듯, 사랑은 현실을 사는 삶의 비유가 된다. 언어가 유치하다는 것은 현실에 몸담고 사는 삶을 껴안는 인식이다. 나의 모든 삶이 이익만을 위해 분투한다고 쓰고 보니 유치하지만 결국 그 유치함을 받아들이는 자리에서 현실의 자리, 사랑의 자리가 만들어진다는 깨달음이다. "모리배"의 발견에서 그 "모리배"의 지배를 받는 나의 발견으로, 그들의 부정이 나의 부정으로, 다시 (우리의) 언어를 부정하는 것이 곧 김수영식 '부정의 변증법'이며 사랑이다.

그러나 사람들이 웃을까 보아
나는 적당히 넥타이를 고쳐 매고 앉아 있다
뮤즈여
너는 어제까지의 나의 세력
오늘은 나의 지평선이 바뀌어졌다

물은 물이고 불은 불일 것이지만
어제와 오늘이 다르고
오늘과 내일의 차이를 정시하기 위하여
하다못해 이와 같이 타락한 신문기자의

탈을 쓰고 살고 있단다

솔직한 고백을 싫어하는
뮤즈여
투기와 경쟁과 살인과 간음과 사기에 대하여서는
너에게 이야기하지 않으리라
적당한 음모는 세상의 것이다
이 어지러운 세상을 살아가기 위하여
나에게는 약간의 경박성이 필요하다

—「바뀌어진 지평선」 부분

만약에 나라는 사람을 유심히 들여다본다고 하자
그러면 나는 내가 詩와는 반역된 생활을 하고 있다는 것을 알 것이다.

먼 산정에 서 있는 마음으로 나의 자식과 나의 아내와
그 주위에 놓인 잡스러운 물건들을 본다
(중략)
시를 배반하고 사는 마음이여
자기의 나체를 더듬어보고 살펴볼 수 없는 시인처럼 비참한 사람이
또 어디 있을까
거리에 나와서 집을 보고 집에 앉아서 거리를 그리던 어리석음도 이
제는 모두 사라졌나 보다
날아간 제비와 같이

—「구름의 파수병」 부분

「바뀌어진 지평선」에는 김수영의 삶의 지평이 명확하게 두 차원으로 나뉘어 그려지고 있다. 뮤즈의 호명을 통해서 예기된 예술의 세계가 한 지평이라면, 생활의 지평이 나머지 한 지평이다. '어제까지 나의 세력'이었던 뮤즈를 호명하면서, 그러나 뮤즈가 지배하던 시간은 더 이상 온데간데없는 생활의 시간 속에 놓인 자신을 발견한다. '생활' 속에서 적당히 사람들의 눈을 의식하고 살고 있는 무력한 자신을 고백하고 있다. 화자는 이 지평의 변화를 "경박성"으로 부르고 있다. '다른 사람들이 웃을까' 봐 넥타이를 고쳐 매고 있는 "타락한 신문기자"의 탈을 쓴 삶은 이어지는 "투기와 경쟁과 살인과 간음과 사기"의 삶이며, 횡행하는 온갖 음모처럼 본질과 허명이 현격하게 이반된 삶이다. 김수영 시의 정직성은 바로 이러한 고백 자체의 고백, 고발 자체의 고발이라는 형식성에서 찾아져야 한다.[17] 이 정직성은 결과로 얻어진 것이면서, 목적으로 추구된 것이라는 점도 함께 고려되어야 한다. 그 방법적 추구가 '나'의 전면화와 자기 고발이라면, 위에 인용한 작품들에선 보다 노골적으로 타인의 시선이 의식되고 있다. 누군가에 의해서 목격되는 자신을 사유하고 의식한다는 것은 지극히 반성적인 사유의 한 방법이다.

「구름의 파수병」에서도 나의 삶은 생활의 편에 서서, 시의 배반자로 낙인찍혀 있다. 화자에게 산다는 것은 현실의 요구를 수용하는 것을 전제로 얻어지는 것인데, 살기 위한 삶이 공공연히 '정해진 물

---

**17** 김수영 시의 정직성은 김인환에 의해서 잘 정리된 바 있다. "자기에게 속한 모든 것을 정직하게 드러냄으로써 비로소 자기비판과 자기부정이 가능하게 된다. 정직성은 변신의 근거이고 동시에 변혁에 대한 믿음이 당당함의 토대이다. 가차 없고 주도한 정직성에 있어서 김수영만큼 철저한 시인은 많지 않다." 김인환, 「김수영의 현실주의」, 「현대시란 무엇인가」, p.223.

체(것)만을 보'고, '자기 본위를 잃어버린 채' '외양만이라도 남과 같이 살아가야' 하는 삶은 쑥스러움을 넘어 비참한 삶으로 인식된다. 삶의 세목이 보기 싫어서 하늘과 구름에 눈을 두고 있는 자신을 "구름의 파수병"이라고 명명한 이 시의 역설은 현실적 삶을 시를 배반한 대가, 즉 죄의 값으로 놓고 있다. 자신이 추구하는 삶-꿈이 어리석음으로밖에 치부되지 않는 세속에서 화자는 자신의 잡스러운 물건들에 매이지 않기 위해서 구름을 바라보고 있는 것이다. 그것은 허망한 그림이지만, 그 행위의 근거가 '시를 반역한 죄'로 인식되고 있다는 점에서 삶과 미학을 동시에 추구하고 있는 한 견딤의 방법이다. 강웅식의 지적처럼 주로 1950년대 중반에서 1950년대 후반까지의 작품에서 나타나는 '생활과 설움'은 이러한 이원적 지평의 배리에서 기인하는 것일 터이다.

> 혁명은 안 되고 나는 방만 바꾸어버렸다.
> 나는 인제 녹슬은 펜과 뼈와 광기—
> 실망의 가벼움을 재산으로 삼을 줄 안다
> 이 가벼움 혹시나 역사일지도 모르는
> 이 가벼움을 나는 나의 재산으로 삼았다
>
> 혁명은 안 되고 나는 방만 바꾸었지만
> 나의 입속에는 달콤한 의지의 잔재 대신에
> 다시 쓰디쓴 담뱃진 냄새만 되살아났지만
> 방을 잃고 낙서를 잃고 기대를 잃고
> 노래를 잃고 가벼움마저 잃어도

이제 나는 무엇인지 모르게 기쁘고

나의 가슴은 이유 없이 풍성하다

　　　　　　　　　　　　　　　　—「그 방을 생각하며」 부분


　4.19를 지나면서 김수영의 시가 어떤 과격한 활기를 띠게 되었고, 감정적인 면에서 이전의 시가 설움의 감정에 지배되는 것과는 달리 어떤 유쾌함을 띠는 것은 커다란 변화라고 할 수 있다.[18] 김수영의 시는 여러 차례에 걸친 역사적 질곡과 좌절을 경험하면서 역설적으로 그러한 좌절을 견디고 극복할 수 있는 힘을 얻게 된 것으로 보인다. 1960년에 작성된 이 작품에서 김수영의 그러한 성숙의 과정을 읽는 것은 어렵지 않다. 막상 역사의 꿈틀거림을 목격하고, 동참한 것 같은 격정이 실망스러운 결과로 끝나 버렸을 때, 현실에 남겨지는 것은 "달콤한 의지"가 아니라 "쓰디쓴 담뱃진"이며, 존재를 가볍게 들어 올릴 부력을 내장한 노래들은 모조리 사라지고 만다. 그러나 비록 "실망의 가벼움"이란 참담한 결과가 가져온 허무와 허망함이지만, 그러한 낙서와 기대가 꿈틀거렸던 역사적 경험은 중요한 자산으로 남게 되는 것이다. 그것이 바로 실망과 실패라는 중요한 자산이다. 이전의 지평의 변화가 뮤즈의 시간에서 생활의 시간으로의 변화였다면, 4.19 이후 지평의 변화는 설움과 절망을 그 나름의 성숙과 여유로 바꿀 수 있는 변화였다고 하겠다. 「바뀌어진 지평선」의 "경박성"이나 「그 방을 생각하며」의 "가벼움"은 공히 언제라도 '뒤집힐 수 있는' 단단하지 않은 지평과 현실의 인식이 포함되어 있다. 이 가능성을 가슴에 품고 있는 화자는 인용한 이 작품에서는 '혁

---

**18** 강웅식, 「자기 촉발의 힘에 이르는 길」, p.35.

명의 실패'라는 큰 사건을 '방의 개변'이라는 작은 일상의 일로 접속
시키고 희화화하면서 "가벼움"(변화 가능성)을 자산으로 삼을 줄 알기
에 가슴이 "이유 없이 풍성"해질 수 있는 것이다.

> 그녀는 도벽이 발견되었을 때 완성된다
> 그녀뿐이 아니라
> 나뿐이 아니라 천역에 찌들린
> 나뿐만이 아니라
> 여편네뿐이 아니라 안달을 부리는
> 여편네뿐만이 아니라
> 우리들의 새끼들까지도
> 아무것도 모르는 우리들의 새끼들까지도
>
> 그녀가 온 지 두 달 만에 우리들은 처음으로 완성되었다
> 처음으로 처음으로
>
> —「식모」 전문

　이 작품에는 모든 식구들이 함께 생활하는 식모를 의심하는 사건
이 묘사되어 있다. 식모가 도벽이 발견될 때 완성된다는 말은 그녀
의 도벽이 의심되는 순간, 가족의 구성원이 명백해진다는 의미도 된
다. 그러므로 저 두 번째 연의 "우리들"에는 따옴표를 붙여도 무방
할 것이다. 이질적인 '그녀'라는 존재, 의심스러운 '식모'라는 존재 때
문에 완성된 것이 '우리'이기 때문이다. 그러나 이 작품의 진정한 의
미는 의심스러운 식모의 포착에 있지 않다. 오히려 의심스러운 식모
를 두고 나나, 아내나, 아무것도 모르는 아이들까지도 그 의심의 대

열에 합류하게 되는 과정의 희화화에 있다. 마지막 행의 "처음으로 처음으로"는 식모가 처음으로 인식된 것이 그녀의 도벽이 의심스러워지면서라는 전언인데, 이걸 뒤집어 이해하면 식모는 함께 생활하면서도 전혀 의식되지 않는다는 것이다. 식모의 존재가 도벽과 함께 인지되는, 그리고 이때다 싶게 그녀를 의심하는 일에 몰두하고 있는 이러한 가족의 해프닝은 "처음으로" 의견의 일치를 보았다는 뜻으로 읽히지만 "처음으로"의 반복과 강조가 도리어 '가족의 완성'을 반어적으로 읽히게 한다. 의견의 일치가 가족의 필요충분조건은 아니기에 이 해프닝은 얼마간 유머러스하게 읽힌다. 유머러스하게 쓰든 진지하게 쓰든, 일상의 공간에서 김수영의 시는 더욱 자기 고발의 수위를 높이게 되고, 그러한 역할을 자기 고발적 화자가 수행하고 있다는 점은 흥미롭다. 이러한 희화화는 후기작인 「도적」에서도 엿보인다.

그놈은 우리집 광에 있는 철사를 노리고 있다
싯가 700원가량의 새 철사뭉치는 우리집의
양심의 가책이다
우리가 도적질을 한 것은 아니지만 우리가
훔친 거나 다름없다 아니 그보다도 더 나쁘다
앞의 2층집이 신축을 하고 담을 두르고
가시철망을 칠 때 우리도 그 철망을 치던
일꾼을 본 일이 있다
그 일꾼이 우리집 마당에도 그 놈을 팽개
쳤다 그것을 그놈이 일이 끝나고 나서
가져갈 작정이었다 막걸리값으로 하려고

했는지 아침쌀을 팔려고 했는지 아마

그 정도일 거라 그것을 그놈이 가져

가기 전에 우리가 발견했다

이 횡재물이 지금 우리집 뜰 아래 광에

들어 있다

—「도적」부분

인용한 부분에서 사건의 개강을 살펴볼 수 있다. 화자의 앞집이 신축을 하는데, 가시철망을 두르는 작업을 하던 인부가 이 철조망을 빼돌리기 위해서 이웃집인 '나'의 집 마당에 내팽개친 것이다. '우리'는 일부러 이 철조망을 훔치려고 한 것은 아니지만, 횡재했다고 생각하며 얼른 광으로 옮겨 놓고, 또 그도 불안해서 금세 "지하실로 도피시켜" 놓는다. 결국 이 작품에서는 철사를 빼돌리려던 인부가 철사를 잃어버려서 나의 집 근처를 배회하는 것을 도적이라고 쓰고 있지만, '우리 집'의 모든 구성원들도 철사의 도적질에 연루되어 있는 것은 별다를 바가 없다. 최초로 빼돌린 것은 일꾼이지만, 이 작품에 등장하는 모든 사람이 이 "700원가량" 때문에 도둑질을 한 것이라고 폭로하고 있는 셈이다.

이 작품에는 김수영이 "슈뻴비엘"의 시에서 발견한 어떤 속취와 재미가 있다. 그러한 재미를 위해서 이 시의 화자는 한껏 비속한 존재로 희화화되어 있다. 그것은 "철사"를 "횡재물"이라고 하고, 앞집 공사장의 일꾼이었다가 의도적으로 잃어버린 철사를 찾으려 '우리 집'을 배회하는 도적을 "그놈"으로 비하하는 것을 통해 성취된다. 이 작품에서 "싯가 700원가량의 새 철사뭉치는 우리집의/양심의 가책"이라면서 비교적 일찍 고해성사를 하고 있지만, 이 작품의 끝까지

이 집의 구성원들 누구도 철사를 돌려줄 의향을 가지고 있지는 않다. 이 구성원들이 남이 잃어버린 물건을 횡재라고 생각하지는 않겠지만, 이미 그것이 절도라는 사실을 간파하고는 돌려주지 않으려고 하는 이 견물생심은 궁핍의 시대를 살아가는 평범한 사람들의 욕심이다. '우리'로 전면화되어 있는 화자는 최초에 철사 줄을 빼돌린 일꾼을 도적이라고 명명하고 "그놈"이라고 비하하지만, 이 작품은 결과적으로 도둑의 장물을 훔친 더 뻔뻔한 사람들을 양심의 저울 위에 올려놓음으로써 비난의 방향을 역전시키는 풍자의 한 문법을 보여주고 있다. 일반적으로 풍자는 힘없고 못 배운 사람들의 말로 권력을 가진 잘난 사람을 희화화하는데 이 작품에서는 그 희화화의 날을 자기에게 향하고 있는 것이다. 도둑의 물건을 가로챈 '도둑'이 원래의 '도둑'을 탓하는 아이러니가 '폭로하는 화자'의 미학적 효과이다. 김수영의 이런 자기 고발은 이찬에 의해서 마조히즘으로 명명된 바 있다.[19] 이찬은 들뢰즈의 『매저키즘』을 원용하면서 프로이트의 마조히즘이 자기 처벌에서 쾌락을 느끼는 병적인 증상인 것과 달리, 자기와 닮은 아버지를 처벌하고자 하는 욕망의 실현으로 보는 들뢰즈의 마조히즘이 김수영의 자학과 자해 속에 나타난다고 본다.

이러한 김수영의 자학적 자기 폭로의 정점에 있는 작품은 아마도 「죄와 벌」일 것이다.

　　남에게 희생을 당할 만한
　　충분한 각오를 가진 사람만이

---

**19** 이찬, 「김수영 시에 나타난 진리의 윤리학과 현대성의 인식 양상」, 『우리어문연구』 36, 2010, pp.368-369.

살인을 한다

그러나 우산대로
여편네를 때려눕혔을 때
우리들의 옆에서는
어린 놈이 울었고
비 오는 거리에는
40명가량의 취객들이
모여들었고
집에 돌아와서
제일 마음에 꺼리는 것이
아는 사람이
이 캄캄한 범행의 현장을
보았는가 하는 일이었다
—아니 그보다도 먼저
아까운 것이
지우산을 현장에 버리고 온 일이었다

—「죄와 벌」 전문


　자기를 고발하려고 한 의도가 명백한 이 작품에서 시의 화자가 단
죄하고자 했던 것은 표면에 드러나 있는 아내나 아이에 대한 학대가
아니라, 죄를 짓는 자들조차도 아이러니컬하게도 남의 눈을 의식하
는 죄의식의 허위성일 것이다. 1연의 저 엉뚱한 발화, 남에게 희생될
각오라도 있어야 죄도 짓는다는 말은 역설적으로 '살인이라도 저지
를 위인이 못 되는' 비루한 존재에 대한 풍자이다. 아내를 때리는 장

면을 아는 사람이 보았을까 봐 두려워하거나, 홧김에 내팽개치고 온 지우산을 아까워하는 것은 자기 본위로 사고하고 행동하지 못한 채, 남의 눈을 의식하면서 살아야 하는 비굴한 속물의 삶이다. 김수영 자신의 경험이건 아니건, 이 작품이 수행하고 있는 이러한 비굴한 인간 존재에 대한 폭로와 야유는 그것이 화자 자신을 향하게 함으로써 일종의 사회적 '자기 처벌'을 수행하고 있다. 김수영 시의 이러한 마조히즘적 경향은 당연히 윤리성의 발로라고 보아야 하지만, 그 방법이 위악적 화자를 내세우는 것으로 수행되었다는 점을 간과해서는 안 된다. 시의 발화에서 화자는 그 전언을 통해서만이 아니라 그 전언을 전달하는 방식, 혹은 과장적 언술을 통해 화자 자신을 희화화하거나 대상화하는 것으로도 미학적 성취를 얻는다. 이것은 정치적으로 암울한 시간을 견디면서 살아간 시인이 고안한 고육의 지책인 것이다. 그러나 이러한 비굴한 인간 화자를 대면하면서 뻔한 윤리적 단죄 의식으로 흐른다면 그것은 이 풍자의 문법을 지나치게 단순하게 읽는 것이고, 나아가 굳이 불편함을 무릅쓴 이 작품의 미학적 의도를 폐기해 버리는 일이 될 것이다.

현실을 바로 보려고 했던 시인의 의지가 그러한 성취를 이룰 수 없을 때, 자신이 추구한 시적 이상과 현실의 비루함을 대립적 지평으로 세워 두고, 끊임없이 자기비판과 고발을 일삼는 것은 명백한 죄의식의 발로일 것이다. 그리고 이러한 죄의식이 미학적으로 의식되고 의도되어 작품화되었다는 점이 중요하다. 그것은 '혁명'을 자신의 시적 도정의 목적점에 두고, 나태와 타협으로 흐르지 않고는 한 순간도 살 수 없었던 '낙후한' 삶을 끊임없이 경계하면서, 그러한 윤리적 각성을 시화(詩化)하려고 했던 김수영의 시적 방법론이나 저항의 방법이었기 때문이다.

## 4. 결론

George T. Wright는 자신의 화자론("The Poet in the Poem")에서 '시인'을 일종의 사회적 역할로 말하면서 다음과 같이 그 역할의 이중적인 구속을 설명하였다.

> 모든 관습적인 장르는 거의 가수의 역할을 규정하며 그리고 거의 그 역할에 의해 규정된다. 어느 것이 우선적이냐 하는 것은 말하기 어렵다. 양자가 동시에 작용하기 때문이다. 시가 말들로 이루어지기 때문에 말들은 동시적으로 가수와 그의 현재적 활동을 규정한다. 역할 그 자체는 일종의 인간이라기보다는 일종의 행위이다. 어떤 역할을 한다는 것을 바로 제한과 억압의 행위이다.[20]

장르가 가수의 역할을 규정한다는 것은 시적인 새로움이 가장 먼저 인식해야 할 것이 장르적 관습이라는 것을 잘 보여 준다. 장르적 관습에만 충실한 시는 독자에게 잘 읽히고 잘 쓰였다는 느낌을 줄 수는 있지만 그 이상의 미학적 혁신을 이룰 수는 없다. 물론 덮어놓고 미학적 혁신만을 추구한다고 시가 새로워지는 것은 아니다. 관습을 포기하고 부정하는 힘만큼이나 삶과 시의 가치를 긍정하는 힘의 균형이 필요한 것이다. 김수영이 앨런 테이트를 통해 받아들이고 실천했던 시적 긴장도 대립되는 힘의 균형을 중요시한다. 팽팽한 힘의 균형, 곧 '자기반성'이란 나아가려는 힘과 돌아보게 하는 힘의 대립과 균형이 있어야 한다.

김수영의 연극성, 혹은 연극적 화자의 특성은 반성이라는 주제와

---

[20] George T. Wright, 「시인의 얼굴들」, p.301.

관련해서 매우 중요하다. 반성이라는 것은 무엇보다 자기 자신을 돌아본다는 것으로, 자기의 바깥을 경험하는 것을 전제로 한다. 자기의 바깥을 경험한다는 것은 자기와 다른 입장과의 만남, 혹은 타자와의 부딪힘을 말한다. 이 글은 김수영이 빈번하게 사용했던 일인칭 대명사 '나'의 사용이 김수영이 추구했던 연극성, 말하자면 화자 자신을 일종의 배역으로 만드는 하나의 장치였다고 보았다. 나아가 시를 통해서 정치적 자유와 미학적 자유를 동시에 밀고 나갔던 그의 시적 방법론은 바로 이런 폭로의 정치이자 마조히즘의 윤리학이었다는 것을 밝히고자 하였다. 김수영의 시에서 발견되는 자조와 자학, 위악과 자기 폭로는 바로 그러한 시인의 시적 순수의 다른 표현이었던 것이다.

# 서정주 시의 미학적 화자
## ─『화사집』을 중심으로

### 1. 배역적 화자에 관하여

화자란 시에서 말하는 사람을 가리킨다.[1] 시가 '일인칭 독백'의 장르라는 관습적 이해는 시의 화자를 시인으로 간주하는 데에 많은 타당성을 부여해 왔다. 형식주의 이후에 시인과 화자는 동일한 존재로 인식되지 않으며, 화자는 시인의 특정한 내면세계나 정서적 의도

---

[1] 화자론에서 '화자'란 여러 번역어를 갖는다. 'speaker', 'persona', 'mask', 'lyrical self' 등의 용어를 사용하고 있는데, 우선 가장 단순하게는 언어학적 지지를 얻는 말이다. 말하자면 화자란 시라는 발화의 화자(speaker, utterer)이고, 이는 의사소통 모델을 전제로 한 말이다. 시인에서 출발해서 화자를 경유해서 청자와 독자로 이어지는 단순한 소통 모델만을 염두에 두더라도 시인과 화자와의 관계를 나타내기 위해서 그 밖의 용어들이 사용된다. 'persona'는 사회적 역할, 'mask'는 일종의 극적 역할, 그리고 'lyrical self'는 무엇보다 시라는 장르를 내면화하고 있는 어떤 주체를 가리킨다. 각각 번역어로서 '화자', '퍼소나(페르소나)', '탈', '서정적 자아' 등이 사용되지만, 통상 화자라는 말 속에 수렴될 수 있다. 윤지영, 「한국 현대시의 화자론의 기원에 대한 고찰」, 『한국근대문학연구』 3(2), 2002, pp.281-282의 각주 3 참조.

를 이해하기 위한 하나의 참조항으로 제한된다. 말이 제한이지 이는 시나 문학 텍스트의 자율성을 위한 조처이기도 하다. 작가와 화자의 분리가 없으면 시의 발화는 모두 시인의 생애 안으로만 수렴되어 버릴 것이다. 물론 "화자는 그를 창조한 시인과 역사적 환경·지적 자질·인생에 대한 태도 등을 공유할 수는 있다."[2] 심지어는 시의 화자가 실제의 시인과 거의 같을 수도 있다. 그러나 실제 시인과 화자가 얼마나 비슷하고 다른가보다 중요한 문제는 '시가 말하는 것'이기에 시의 화행을 온전히 이해하기 위해서 화자는 언제나 시가 표현하고자 하는 어떤 정서를 전달하기 위한 장치에 머물 필요가 있다. 이는 특정한 사조나 이해에만 국한된 것이 아니라서, 오늘날에는 널리 이해되는 상식에 해당한다.(역사주의에서 형식주의를 관통해 현대에까지 이르는 일종의 사적 과정을 통해서 이미 시인과 화자가 동일 인물이 아니라는 사실에 대한 이해가 만들어졌다.)

그럼에도 불구하고 언제나 이해는 몰이해의 바탕이 된다. 시인과 화자는 동일 인물이 아니라는 사실을 알지만, 한 권의 시집 속에서 통일성과 일관성을 가지고 있는 하나의 인식과 발화의 주체를 추상하기 어려워질 때면 혼란에 빠지게 된다. 연구자의 입장에서도 화자에 대한 이런 상식적이고 간단한 정의를 넘어서는 어떤 정합적인 구조나 유형학을 수립하고 싶은 유혹에 빠지게 된다. 그러나 실제로 현상적인 분류에 그친다면 화자의 유형학이란 정합성을 향해 가야할 길이 멀다.[3] 또한 이러한 오류는 무엇보다 논리적인 서술의 과정

---

2 윤재웅, 「김소월 시의 화자 연구」, 『동악어문논집』 22, 1987, pp.13-14.
3 이승원과 장도준의 유형학을 예로 들 수 있다. 이승원은 '시인 화자', 우리를 내세우는 '복수 화자', 다른 사람을 내세우는 '허구적 화자', 대상을 객관적으로 제시하는 '중립적 화자'로 유형화했다. 또한 장도준은 화자가 표면에 드러나는가 그렇

에서 만들어지기도 하는데, 분석된 결과를 서술하면서 마치 원래부터 존재하는 것처럼 간주하게 되는 것이다.[4] 김소월의 「진달래꽃」처럼 실제 시인과 성별이 다르게 유추되거나, 백석의 「여우난곬족」처럼 정신적인 연령이 현저하게 다르게 유추되는 경우 시학의 한 장치로서 화자론은 쉽게 설득력을 얻는다. 그러나 실제 시인과 근접하면 할수록 화자라는 장치는 쉽게 포기되어지는 것이다. 근접도의 차이 여하를 막론하고 차이란 다름의 한 유형이다. 곧 편의적 유형화에의 유혹을 이길 수만 있다면 화자의 유형은 범칭 하나의 배역으로 수렴 가능하다.

사실 모든 시의 화자는 이른바 배역시의 화자라고 할 수 있다.[5] 카이저의 배역시 개념에서 '배역'은 좁은 의미에서 춘향이나 햄릿처럼 특정한 작품 속의 역할에 한정되는 것이다. 그러나 구조적인 측

---

지 않은가에 따라 '현상적 화자'와 '함축적 화자'로 나누고, 현상적 화자를 '허구적 주체', '시인의 시점', '허구적 객체'로 나누고, 함축적 화자를 '함축적 시인의 시각'과 '객관 제시형'으로 나누었다. 이숭원, 「백석 시의 화자와 어조 연구」, 『한국시학연구』 1, 1998; 장도준, 「백석 시의 화자와 표현 기법에 관한 연구」, 『어문학』 58, 1996; 장도준, 『현대시론』, 태학사, 1995, pp.185-210. 이숭원과 장도준보다 한 발 물러나 있지만 김현수가 '화자의 작품에 대한 간여도'에 따라 '전지적 화자', '중립적 화자', 그리고 '복합적 화자(이는 양자의 혼용)'로 나누는 것 역시 마찬가지의 편의적 분류라고 할 수 있다. 김현수, 「시의 화자와 거리에 관한 연구—서정주 시를 중심으로」, 『한국시학연구』 22, 2008, pp.159-160.

4 화자는 "전 작품을 아우를 수 있는 하나의 구심점으로 기능"하며 따라서 "구성되는 결과물이지 선재하는 실체가 아니다." "그럼에도 최근의 화자 연구들은 마치 화자를 마치 처음부터 텍스트에 내재하는 존재처럼 다룬다. 최종적인 결과물을 최초의 원인으로 간주하는 전도가 있는 것이다." 윤지영, 「한국 현대시의 화자론의 기원에 대한 고찰」, p.284.

5 배역이란 말 그대로 연극의 배역(role)을 뜻한다. 배역시란 이렇게 특정한 역할의 발화 속으로 수렴된 발화로서의 시를 말한다. 볼프강 카이저, 『언어예술작품론』, 김윤섭 역, 예림기획, 1999, pp.287-288.

면에서 발화자는 배역시에서의 배역이나 캐릭터와 거의 같은 역할을 수행한다. 다만 모든 시적 정황이 다 일종의 극적인 발화를 필요로 하는 대화적인 발화인 것은 아닐 뿐, 발화와 발화자의 구조적 위상은 동일하다고 할 수 있다. 작품을 하나의 유기체로 사유하는 문학적 관행과 믿음으로부터 우리는 많은 시적 구성 요소들을 생략적으로 사유하고 체감할 수 있도록 학습한다. 화자의 존재가 거의 드러나지 않는 작품, 감정을 아예 드러내지 않는 작품이라고 하더라도 화자의 존재 자체를 의심할 수는 없다. 두드러지게 드러나지 않거나, 특정하기 어려운 존재라고 하더라도 시의 발화가 이루어지는 데에는 무엇보다 그러한 발화를 하는 누군가가 가정될 수밖에 없다. 의도적으로 드러낸 화자의 경우도 마찬가지이다. 가령 우화에서의 동물 화자나, 아이들이 읽는 동화 속의 사물 화자를 떠올려 보자. 인간의 언어로 발언권을 갖게 된 동물 상징이나 사물의 함의가 물론 중요하지만, 결국 그 발화는 궁극적으로는 인간 독자의 반성적 인식을 촉구하기 위한 것이다. 따라서 동물 화자나 사물 화자란 동물과 사물의 탈을 쓴 인간 화자라고 보는 것이 타당할 것이다. 또한 시의 화자가 어쩔 수 없이 시인과 일정한 관련을 가지거나 심지어 완전하게 자기 노출의 발화를 하더라도 사회적 자아의 성격화에 대한 선행 연구에서 보았듯 발화자는 자연인으로서의 시인 전부를 참칭할 수는 없다. 따라서 시의 분석과 해석에서는 시 자체를 하나의 의도된 산물(의도된 허구)로 읽을 필요가 있고, 화자란 그 의도의 한 중심일 수밖에 없다.

시인과 화자는 다르다는 정의는 그 자체로 존중될 필요가 있으며, 어떤 의미에서는 너무나 당연해서 더 이상 가치가 없는 말이기도 하다. 다만 이 '다름'은 문학의 일반적 특성인 허구성으로 연결 지어 생각될 필요가 있다. 한 남자 시인이 여성 화자의 말을 하기도 하고, 어린아이의 말을 하기도 하고, 또 심지어는 바다나 구름, 사물에 깃들인 정령의 말을 할 수도 있다. 그것은 시-작품이 전달하고자 하는 의도를 더욱 효과적이고 생략적으로 전달하기 위한 방안으로서 고안된 것이며, 이러한 고안 자체에는 이른바 주체의 확장이라는 과제가 수행되고 있는 것이다. 비슷하지만 같지는 않은 은유의 정의처럼 동일할 수는 없으나 비슷한 연관을 찾아다니면서 인간의 내면은 타인과 사물로 확대될 수 있다. 이 내면과 호응하는 사물의 특성에서 객관적 상관관계를 찾기도 한다(객관적 상관물). 그러므로 그 의도를 전달하기 위한 장치로서 화자는 시인 자신과 얼마든지 가깝고 먼 거리를 가질 수 있지만, 궁극적으로 시의 화자는 시인 자신과는 다른 하나의 역할이라는 점에서 배역적 화자라고 보는 것이 옳다. 이 역할이 복잡할 수도 있고 '자유간접화법'의 경우에서처럼 말하는 주체는 얼마든지 여러 겹으로 섞일 수도 있다. 아리스토텔레스의 허구가 사실이 아니지만 사실임 직함이라는 측면에서 발생 가능성으로 검토되고, 이런 발생 가능성이란 결국 발전 가능성과 다르지 않은 의미를 가지고 있듯이, 화자라는 장치의 효용은 결국 작품의 주제를 얼마나 효율적으로 전달할 수 있는가와 관련지어 판단될 문제이다. 그렇다고 해서 모든 작품의 화자를 다 가시화하는 것이 필요하다는 뜻은 아니다. 문제는 화자를 필요로 하는 상황과 맥락의 창안이지 화자 자체가 아니다.[6]

---

6 한 문화 속에서 지속적으로 변주되면서 재생산되는 화자의 존재는 문화를 풍성하게 살찌우는 존재이지만, 의사소통 자체만을 놓고 볼 때에는 여전히 화자의 의미는 특정한 국면을 위한 역할로 한정된다.

## 2. 「자화상」과「문둥이」의 미학적 화자

미당 서정주의 시는 역설과 모순의 주체로서의 인간을 드러내는 데에 망설임이 없다. 이때 역설과 모순이란 형식적인 특징으로 중요하다. 역설과 모순은 모두 말과 논리상의 현상이지만 서정주의 시는 언제나 이 역설과 모순을 통해서 지상적인 것과 영원한 것, 인간과 자연, 삶과 죽음, 고통과 기쁨의 경계를 허물고 이를 마주 세워 적은 언어를 통해서도 보다 많은 진동을 만들어 내는 데 성공했다.[7] 다르게 말한다면 미당의 시는 삶과 죽음이, 사회적 억압과 개인적 쾌락이 대비를 이루고 있기에 삶과 욕망을 쉬운 언어로 극대화해 왔다고 할 수 있다. 가령 삶의 의미는 죽음이라는 인간의 유한성으로부터 그 의의를 얻는다. 이처럼 말의 관념과 의의는 통상 그것과 대립적인 의미들을 통해 더 쉽게 부감될 수 있다. 그러나 일상을 살아가는 사람들이 죽음을 염두에 두고 살지 않는 것처럼 삶과 죽음이 쉽게 대립적인 위상을 얻는 장소는 문학이나 예술의 장소이기도 하다. 서정주의 첫 시집인『화사집』은 특유의 육체성을 통해서 느껴지는 관능미와 생명력, 그리고 그러한 육체성을 분출할 수 없거나, 분출하는 것 자체가 일종의 저주인 운명에 대한 체념 의식으로 "뜨겁고 가파르게 잉잉거리는 피와 살의 몸부림"을 보여 준다.[8]『화사집』발간

---

7 황종연이 정리한 미당의 문학적 연대기의 결말은 미당의 문학의 핵심을 잘 정리하는 말이라고 생각된다. "미당의 시는, 그것이 자연과의 교감이든 혼령과의 소통이든 간에, 사람이 유한한 개체적 존재의 경계를 넘어서 보다 광대한 생명의 영역에 진입하는 초월적 체험의 순간들을 부단히 제시한다. 그리하여 그의 시는 비애와 절망의 뼈저린 체험에서 태어난 것이면서도 인생의 희열을 깨닫게 하고, 좌절과 상실의 운명에 대한 절실한 감응에서 자라난 것이면서도 인생의 매혹을 일깨워 준다. 그것은 난세의 한국문학이 지금까지 꽃피운 가장 위대한 역설 중의 하나다." 황종연,「신들린 시 떠도는 삶」,『작가세계』, 1994.봄, pp.50-51.

당시도 그렇지만, 현재까지도 한국시에서는 전대미문의 시집이었다고 할 것이다. 그러나 엄밀하게 보면『화사집』의 미덕으로 언급되는 특징들(관능미나 절망 속에서 열리는 영원성과 같은 주제들)은 '도달한 성과'라기보다는 '전혀 새로운 시도'로서 더 많은 의미를 얻었다고 볼 수 있다.⁹ 그만큼『화사집』의 미덕들은 불완전하게 성취된 것들이다. 물론 불완전하나마 이것들이『화사집』의 성과임도 부정할 수 없다.

이러한 저주와 체념을 가능하게 하는 데 있어서 「자화상」만큼 성공적인 작품을 찾기는 어려울 것이다. 만약 미당 문학이 저주와 체념으로부터 출발해서 영원성의 탐색이라는 주제로 나아가는 자기 서사를 가지고 있다고 공감한다면 당연히 그 출발점에 놓이는 작품은 「자화상」일 수밖에 없다. 왜냐하면 이 작품은 그 모든 헐떡임들에 대해 보다 상징적이고 근원적인 원인을 제공해 주고 있기 때문이다. '종'이라는 사회적 신분, 가난, 불우한 내력에 대한 암시가 그것들이다. 「자화상」은 또한 이 모든 절망적 자기를 확인하는 데서 멈추지 않고 이를 극복하려는 일종의 시적 연금술을 보여 주는 데까지 나아간다.


애비는 종이었다. 밤이기퍼도 오지않었다.

---

8 천이두, 「지옥과 열반」, 『시문학』, 1972.6-9. 여기서는 김우창 외, 『미당 연구』, 민음사, 1994, p.47.

9 최현식은 미당 초기 시의 관능미가 "타자를 배려하지 않는 자기중심적인 행위를 은연중에 내면화하는 문제"를 노출하는 한계가 있으며, 미당의 영원성의 추구의 출발점이라고 생각되는 「문」이나 「수대동시」와 같은 작품에서 보여 주는 에피파니 역시 현재의 충만함과 개방성으로 인해 얻어지기보다는 현재를 벗어나기 위한 회상이나 비전으로 보충되는 불완전한 것임을 지적하였다. 최현식, 『서정주 시의 근대와 반근대』, 소명출판, 2003, p.62, pp.108-109, p.110.

파뿌리같이 늙은할머니와 대추꽃이 한주 서 있을뿐이었다.

　　어매는 달을 두고 풋살구가 꼭하나만 먹고 싶다하였으나……흙으로
바람벽한 호롱불밑에

　　손톱이 깜한 에미의아들.

　　甲午年이라든가 바다에 나가서는 도라오지 않는다하는 外할아버지
의 숯많은 머리털과

　　그 크다란눈이 나는 닮었다한다.


　　스물세햇동안 나를 키운건 八割이 바람이다.

　　세상은 가도가도 부끄럽기만하드라

　　어떤이는 내눈에서 罪人을 읽고가고

　　어떤이는 내입에서 天痴를 읽고가나

　　나는 아무것도 뉘우치진 않을란다.


　　찰란히 티워오는 어느아침에도

　　이마우에 언친 詩의 이슬에는

　　멫방울의 피가 언제나 서꺼있어

　　볓이거나 그늘이거나 혓바닥 느러트린

　　병든 숫개만양 헐덕어리며 나는 왔다.

—「자화상」전문


　　아리스토텔레스가 문학의 허구성을 통해서 진실성의 추구를 이야
기하고 싶어 했듯이, 이 작품이 사실이 아닌 허구로 자화상을 그린
것은 사실 너머의 진실을 말하고 싶은 이유 때문일 것이다. 연구사
를 보더라도 많은 논자들이 이 작품에 대해 서정주 문학의 한 정향

이 이루어지는 중요한 단초로 다루어 왔다.[10] 그리고 이 글에서는 그 중요성에 미당 시의 화자 특성이 추가될 필요가 있다고 생각한다. 미당 시의 화자는 분명히 미학주의적 태도를 가지고 있다. 실제의 미당과는 다르면서 미당이 느끼고 있는 어떤 비극성을 실현시켜 줄 수 있는 과장된 주체로서의 화자는, 노예의 자식, 문둥병자, 부분적이지만 사람들이 끔찍하게 여기는 뱀과 같은 대상과의 동일시를 가져왔다. 그 비극성이나 놀라움을 극대화하기 위한 장치로서 충실한 미학적 화자는 얼마간 다른 현실적인 중력을 놓치고 있는 것도 사실이다. 인용하고 있는 시 「자화상」에서는 아버지가 종이었다는 것으로부터 가난과 죄인과 천치, 부끄러움과 어리석음의 감정이 호출되지만, 종의 신분에 따른 어떤 현실적인 억압이나 부조리는 제시되지 않는다. 도리어 앞부분의 시적 전언 속에서 가난은 본능적인 식욕과 (임신을 통해 배가되는) 마주 세워지고, 손톱 밑의 때처럼 남루한 실존은 또한 '숱이 많은 머리카락과 커다란 눈'이라는 건강한 특징들과 대비된다. 파뿌리처럼 늙은 할머니와 마주 세워진 '대추꽃 한 주'는 어떤가. 종이라는 사회적 억압이나, 가난이라는 경제적 궁핍의 이미지보다는 '식욕' 같은 선명한 육체적 욕망들을 활력적으로 기술하는 데 더 열을 올린다. 그만큼 「자화상」은 관능미에 도취된 미학적 화자를 중심으로 효율적으로 짜여 있다.

"나를 키운건 八割이 바람"이라는 구절이 갖는 의미의 중요성은 아무리 강조해도 지나치지 않는데[11] 방황의 쓰라림만큼이나 방종의

---

10 대표적인 논자로 조연현과 천이두를 들 수 있을 것이다. 각기 다른 맥락에서 두 논자는 서정주 작품에서 가장 중요한 작품, 서정주 문학의 출발점을 알리는 중요한 작품으로 「자화상」을 꼽고 있다. 조연현, 「미당 서정주론」, 『동악어문논집』 9, 1976; 천이두, 「지옥과 열반」.

달콤함을 암시하는 '바람'이란 단어는 작품 후반부의 '피가 섞인 시의 이슬'처럼 이미 그 현세의 부당함에 대한 다른 보상을 포함하고 있는 것이다. 그러니 노예의 한스러움이나 비참은 다만 심리적 은유로 이입되어 있을 뿐이라고 말해도 좋을 것이다. 아버지가 종이었다는 사실로부터 화자가 물려받는 유산은 분노나 억울함이 아니라 서러움 같은 것이고, 이는 그가 "詩의 이슬"을 희구하고, 그 가치를 절대화할 수 있도록 하는 조건이 되는 것이다. 적대적인 세상의 모습이라기보다는 그러한 세상을 도외시하는 것을 가능하게 하는 심리적 조건이다. 바람에 의해 양육된 성장 과정이란 일종의 자기 방기에 다르지 않으며, 그러한 방만함을 일종의 문학적 열정으로 전환시켜 주는 기계장치로 기능하고 있는 셈이다.

해와 하늘 빛이
문둥이는 서러워

보리밭에 달 뜨면
애기 하나 먹고

꽃처럼 붉은 우름을 밤새 우렀다

—「문둥이」 전문

---

11 황종연이 종합한 미당의 자전적 기록을 보더라도 미당 자신의 젊은 시절은 바람이 키웠다고 해도 과언이 아닐 만큼 문학청년 특유의 충동과 방랑벽으로 점철된 시기로 보인다. 고보 퇴학 이후부터 불교전문학교에 입학하기까지의 이력은 특별히 치기 어린 문학적 열정과 동경에 휩쓸린 시간이기도 했던 것으로 보인다. 황종연, 「신 들린 시 떠도는 삶」, pp.24-25.

사물이나 현상에 대한 미학적 태도로 인해 사물의 총체성이 탈락되는 것은 「문둥이」라는 작품을 통해서도 잘 드러난다. 이 작품도 한센병에 걸린 사람의 절망의 세목보다는 그러한 병을 운명으로 받아들인 사람의 체념적인 내면을 미학적으로 승화하는 데 노력이 집중되고 있다. 그 단초는 저 자유간접화법의 방법론에서 드러난다. 1연의 '해와 하늘빛이 서럽다'는 문둥이의 느낌은 화자가 문둥이에게 기투한 결과이다. 화자의 문둥이에 대한 투사와 동일시는 2연과 3연의 주어를 생략해도 불편하지 않다. 문둥이가 아이를 잡아먹는다거나 하는 것은 세간에 떠도는 꾸며진 이야기로, 한센병이 나균에 의한 질병이라기보다는 하늘에 의해 저주받은, 벌 받은 삶이라는 상징을 드러내는 데 요긴하다. 그러므로 자신의 의지와 무관하게 종의 아들로 태어난 「자화상」의 화자처럼, 「문둥이」가 꽃처럼 붉은 울음을 운다는 표현에 가미된 미학적 태도는 오히려 광적이라고 할 만큼 아름다움의 추구에 충실하다.

5행밖에 되지 않는 짧은 시를 통해 각각 해와 하늘빛을 서러워하는 문둥이의 이미지를 저주받은 숙명, 그리고 살기 위해서 아이를 먹는 기행, 그리고 문둥이의 외양이 주는 섬뜩한 이미지를 결합시켜 그 충격적인 이미지를 온통 인간 숙명의 보편적 설움으로 바꾸어 내려고 한다. 살아도 이미 죽은 삶을, 그러한 이미 죽은 삶을 견디는 인간의 원통함을 '붉은 울음'으로 제시한다. 「문둥이」의 '붉은 울음'은 저 「자화상」의 '핏빛 이슬'에 대응한다. 말하자면 『화사집』에 있는 모든 절망들은 얼마간 현실의 저주와 절망들을 극대화하기 위해 미학적으로 고려한 상상력들인 셈이다. 그 극대화는 무엇보다 화자의 설정을 통해 많은 부분 추구된다. 관능적인 애욕에 이끌리는 화자, 천형과 저주를 받아들인 화자에 의해 발화되며 그 감정들을 폭발시킨다. 그런데 이렇게 편향되고 과장된 화자 앞에는 마찬가지로 축소되고 편향된 역할을 담당하는 대상이 마주 놓인다. 『화사집』에 등장하는 여성은 주로 에로스적인 육체 이미지로 등장하고, 앞에서 언급한 문둥이도 서러움의 화신으로만 나타난다. 그런데도 이 세계의 주체들은 하나같이 열에 들뜬 정념의 분출을 경험하고 있으니 「봄」과 같은 작품에서는 "아무병도없으면 가시내야. 슬픈일좀, 슬픈일좀, 있어야겠다"고 고백한다. 서정주 자신의 동아일보 신춘문예 당선작이기도 한 「벽」의 저 통곡은 어떤가. 막히고 정지하고 죽은 '벽'에서 시인은 '벙어리의 통곡(목매어 울음)'을 볼 만큼 기저 감정의 온도가 높다.

### 3. 시적 에피파니와 초월적 화자

『화사집』의 화자가 예술적 자아를 가지고 있다는 것은 이미 말한 바 있다. 이 예술적 화자는 육체적 관능미를 통해 몸의 꿈틀거리는 생명력을 보여 주었다. 그러나 그만큼 그 관능미는 대상의 총체성을 희생시킨 결과라고 할 수도 있다. 『화사집』의 예술적 화자는 살아 있는 몸의 관능미를 발견하는 데에서 나아가 죽은 대상을 향한 그리움을 밀고 나아가 또 다른 하나의 시적 성취를 이룩한다. 이러한 화자들의 특징은 초월주의로 이름 붙일 수 있을 것이다. 이 초월적 화자를 통해 서정주의 시는 이른바 '영원성'의 세계에 도달하게 된다고 할 수 있다.[12] 서정주의 시가 가지는 초월성이나 영원성이란 이승과 저승처럼 그 구분이 완연한 인식과는 좀 다르다. 이승으로 틈입하는 저승, 저승이 공존하는 이승이라는 의미에서의 초월이다. 망자

---

12 이광호, 「영원의 시간, 봉인된 시간—서정주의 중기 시의 '영원성'의 문제」, 『작가세계』, 1994.봄, pp.116-117.

를 향한 그리움으로 망자를 놓지 못해 죽음이라는 경계를 무너뜨리는 초월이자, 그러한 이승의 확대이다. 그 이승의 확장이 보다 격정적인 의지와 만날 때에는 죽음을 넘어서려는 의지적이고 초월적인 화자가 만들어지기도 한다. 그러므로 서정주 시의 초월적 화자는 그의 미학적 화자와 함께 초기 시에서 살펴지는 중요한 특징으로 주목될 필요가 있다.

예술적 화자의 정념은 죽음의 세계에 있는 대상에 대한 자기 투사를 통해 비극성을 선취한다. 「문」을 통해 짐작건대, 최소한 『화사집』의 화자는 아름다움과 무서움과 괴로움을 하나로 체감하며, 여기에 『화사집』이 의도한 아름다움의 비극성이 놓여 있을 것이다. 또한 미당의 시에서 '꽃'이라는 시어는 뒤에 이어지는 『귀촉도』의 「밀어」나 『신라초』의 「꽃밭의 독백」의 상호텍스트성에서 보듯 시적 에피파니의 순간에 상관하는 사물로서 오롯하다. 「문」의 2연에 있는 "폐허에 꽃"은 지혜의 뒤안 깊이 감추어 둔 형벌의 시간이 열리는 문이다.

밤에 홀로 눈뜨는건 무서운일이다
밤에 홀로 눈뜨는건 괴로운일이다
밤에 홀로 눈뜨는건 위태한일이다


아름다운 일이다. 아름다운일이다. 汪茫한 廢墟에 꽃이 되거라!
屍體우에 불써 이러나야할, 머리털이 흔들흔들 흔들리우는, 오- 이
時間. 아까운 時間.


피와 빛으로 海溢한 神位에
肺와 발톱만 남겨 노코는

옷과 신발을 벗어 던지자.

집과 이웃을 離別해 버리자.


오- 少女와같은 눈瞳子를 그득히 뜨고

뉘우치지 않는사람, 뉘우치지않는사람아!


가슴속에 匕首감춘 서릿길에 타며 타며

오느라, 여긔 智慧의 뒤안깊이

秘藏한 네 荊棘의 門이 운다.

— 「門」 전문


　「문」의 화자는 문이 열리는 순간을 '밤에 홀로 눈을 뜨는 것'으로 비유하면서, 이를 무섭고 괴롭고 위태롭고 아름답다고 말한다. 아름답지만 괴롭고 무서워 가위눌린 이 시간은 가위눌림을 볼 때 어쩔 수 없는 시간이며, 아름다움을 생각할 때 "아까운 時間"이기도 하다. 그만큼 이 아름다움은 절박하고 고통스러운 순간의 틈을 비집고 잠깐 현시되는 짧은 체험이다. 또한 이렇게 고통스러운 밤을 통해서만 교환되는 아름다운 형극의 시간은 이 미학적 주체가 그것을 얻기 위해선 지불해야 할 뼈아픔을 시사하고 있는 듯하다.

　아름다움의 경험이 두려움이나 괴로움과 동시적으로 체험되는 것은 그 미적 대상이 지상의 존재가 아니기 때문이다. 다른 생명체의 죽음을 양분으로 삼아 자라는 식물의 이미지로부터 꽃은 죽음으로부터의 소생이라는 의미를 얻는다. 꽃이 암담한 죽음을 환한 하늘빛의 이미지로 바꾸듯, 시체는 살아 일어나고, 머리털은 흔들린다. 죽은 사람을 되살리고자 하는 열망은 바리데기 이야기와 같은 무속적 세계에서 흔히 발견되는 상상력이다. 그리고 이 생환의 현실적인 이름은 아마도 그리움일 것이다. 서정주의 시에서 지속적으로 호명되는 수나(유나)와 같은 인물에는 이미 죽어 돌아간 자를 되돌리려는 초월적인 의지가 두드러진다. 『화사집』의 다른 대표작 중 하나인 「바다」에서 그가 "꽃같은 심장으로 침몰하라"고 주문하는 것 역시 그가 삶과 죽음으로 경계 지어질 수 없는 세계를 희구하고 있으며, 한 죽음의 값을 통해 다른 죽음과의 재회를, 더 궁극적인 세계로의 이행을 감행하려는 뚜렷한 의지를 보여 주는 대목이다. 이상할 것도 없이 침몰과 같은 시어가 '잊어버리라'나 '가라'는 명령어와 같은 계열체를 이루고 있다는 것은 침몰의 의미가 단순한 죽음의 의미로 제한된 것이 아니라는 추측을 가능하게 한다. 저 '신위'가 피와 빛으로 해일한 이미지는 육체적 실존과 정신적 실존의 동시에 밀려오는 시적 에피파니의 순간이다.

> 내 너를 찾어왔다……臾娜. 너참 내앞에 많이있구나 내가 혼자서 鐘路를 거러가면 사방에서 네가 웃고오는구나. 새벽닭이 울때마닥 보고 싶었다…… 내 부르는소리 귓가에 들리드냐. 臾娜, 이것이 몇萬時間만이냐. 그날 꽃 喪阜 山넘어서 간다음 내눈동자속에는 빈하눌만 남드니, 매만저 볼 머릿카락 하나 머릿카락 하나 없드니, 비만 자꾸오고…… 燭불밖에 부흥이 우는 돌門을열고가면 江물은 또 몇천린지, 한번가선 소식없든 그 어려운 住所에서 너무슨 무지개로 네려왔느냐. 鐘路네거리에 뿌우여니 흐터저서, 뭐라고 조잘대며 햇볕에 오는애들. 그중에도 열아홉살쯤 스무살쯤 되는애들. 그들의눈망울속에, 핏대에, 가슴속에 드러앉어 臾娜! 臾娜! 臾娜! 너 인제 모두다 내앞에 오는구나.
>
> ―「復活」 전문

죽은 것을 살아서의 한때로 되돌리고, 피안의 세계를 이편의 세계와 내통시키는 이 열림의 시간을 '부활'이라고 이름 붙이는 것은 조금도 이상한 일이 아니다. '꽃상여'나 '돌문'은 이승과 저승의 엄연한 갈림을 환기한다. 저 세계와 이편의 심리적 거리는 "몇萬時間"이나 "몇천리"로 표상된다. 시의 화자는 종로 네거리를 지나가다 흩어져서 오는 열아홉, 스무 살쯤 되는 여자아이들의 조잘거림, 눈망울을 통해서 유나를 본다. 흥미로운 것은 그리워하는 대상이 현현하는 이 순간의 대조이다. 「문」에서 그려진 열림의 시간이 밤과 두려움, 고통스러움을 동반하는 것이라면, 「부활」의 열림은 햇볕 속에서 한껏 재잘거림을 통해서 목격된다. 이는 단지 밤과 낮의 대비라기보다, 무수한 밤의 시간을 경과하여 도달한 낮인지도 모른다. 그러므로 「부활」에서 도달한 이 문 열림의 순간은 이제 찬란함으로 회귀하는 시간을 수용하는 보다 성숙한 『귀촉도』 이후의 화자를 예고하고 있는 것인지도 모른다.

「문」의 화자가 저 세계에 있는 존재를 다시 불러와 만나는 것과는 대조적으로 「부활」의 화자는 낮 시간 종로거리에서 마주친 "스무살쯤 되는애들"에게서 유나의 부활을 보는 것이다. 돌아간 유나는 그래서 복수의 대상("애들" "모두다")으로 나타난다. 이는 시의 화자가 죽은 유나를 그리워하는 일을 현실의 일과 양립시킬 수 있게 되었다는 것을 뜻한다. 화자는 이제 유나를 찾아 산을 넘고, 돌문을 열고, 강물을 건너, 빈 하늘을 지나가지 않아도 되는 것이다. 이처럼 서정주의 시의 화자는 삶의 경계 너머에 있는 대상을 현실로 불러들이려는 초월적인 존재이다. 이는 단순히 무속의 영매와 같은 이미지로 기능하는 것이 아니다. 반대로 이런 초월적인 화자의 의지는 메마르고 부박한 삶을 더욱 영속적인 이미지 속으로 되살리려는 의도로 보인다. 망자에 대한 애도와 희구가 살아 있는 사람들에 대한 찬미로 이어지는 이 「부활」의 이미지는 그의 다음 시집인 『귀촉도』의 첫 시 「밀어」에서 꽃을 통해 아름다운 소생의 이미지를 보여 준다. 두려움과 고통을 무릅쓰면서 죽음 너머의 세계에 가닿으려는 초월적 화자의 시도는 그 '형극'의 시간을 지나, 비로소 삶 자체에 내재하는 영원한 반복의 이미지를 발견하는 데로 나가고 있는 것이다.

## 4. 결론

서정주의 초기 시에 해당하는 『화사집』에는 미당 문학의 출발점을 시사하는 많은 시적 특징들이 응집되어 있다. 화자의 특성으로 말한다면, 그것은 미학주의와 초월주의이다. 우선 미학주의적 화자는 그의 관능미와 연관이 깊다. 서정주의 시가 하필 꿈틀거리는 육체성과 보들레르적 관능미에서 출발하였다는 것은 시사하는 바가 크다. 서정주의 시는 초지일관 미학주의적 화자를 통해서 발화한다.(미당의 미학주의란 서구의 유미주의와 구분되어야 할 말로, 유미주의의 자족성과 달리 현실의 진단과 그 극복을 미학적인 실천을 통해서 구현하고자 한다. 한편 미학주의는 사실의 고발이나 재현을 염두에 둔 현실주의와도 구별된다.) 미당의 초기 작품에는 확실히 현실의 절망을 고발하려는 현실주의적 문제의식보다는, 그러한 절망적인 상황 속에서 고통받는 자아의 내면을 더욱 생생하게 전달하려는 미적인 문제의식이 더 강하게 드러난다. 미학적인 영역에서 고통은 인간적 실존과 생의 의지를 부감하는 핵심적인 방법이자, 예술적인 매혹의 근간을 이룬다. 가령 「자화상」에는 종(노예)으로서의 아비를 호출하면서도 신분 질서로 인한 어떤 문제와 고통을 고발하기보다는, 그것을 보다 고통이라는 인생의 축약도와 육체성이라는 저주를 살아 내는 한 인간의 보편적인 실존적 조건으로 드러낸다. 그러기에 이 절망적인 화자에게서는 피폐한 죽음의 이미지보다는 불길함으로 꿈틀거리는 어떤 비상한 생의 활력이 손톱이나 머리털의 이미지로 제시된다.

　서정주의 초기 시 화자가 보여 주는 다른 특성은 초월주의적 특성이다. 서정주의 미학주의가 관능미라는 육체성과 관련이 깊다면, 초월주의는 죽음이라는 정신의 문제와 관련이 깊다. 화자의 그리움은 엄연한 죽음 저편의 세계를 여기로 현현하게 한다. 그것은 시적 에피파니의 순간이다. 미당의 시에서 피안의 세계로의 관문은 '하늘'과 '꽃'의 이미지에 기입되어 있다. '하늘'은 영원성의 현현이자, 죽음의 세계를 향하여 개방된 정신적 표상이다. '꽃'은 죽음의 세계를 통과한 '소생'의 이미지를 간직하고 있다. 이러한 이미지들을 통해서 서정주 시의 화자는 현실에서 엄연한 죽음이라는 벽을 넘어선다. 그러므로 모든 저 세계로부터의 현현은 미당 시의 화자가 갖는 초월주의적 태도를 보여 준다. 이처럼 서정주의 초기 시는 미학주의와 초월주의를 통해서 현실의 절망과 그것을 초월하려는 의지를 보여 준다. 꿈틀거리는 육체적 관능의 이미지를 통해 생의 활력을, 죽음의 세계를 넘어서는 그리움으로 생과 사의 경계를 초월하려는 의지를 보여 준다. 초기 시에 드러난 이러한 두 화자 특성은 이후의 서정주의 시에 더욱 일관되고도 성숙한 모습으로 드러난다.

제2부 목소리의 발견

# 백석 시의 화법과 장면화

## 1. 서론

백석의 시의 특유함은 다양한 방식으로 검토되어 왔다. 이를 개략적으로 일별하자면, 백석이 시집을 간행한 직후의 촌평과 단평들이 있고[1] 문학사 기술의 일환으로 이루어진 평가들이 있으며[2] 주로는 해금 이후의 본격적인 논의들이 있다. 백석에 대한 최초의 학위논문인 고형진의 논의를 필두로 한 논문들과 단위 논문들, 단위 저술들은 다시 네 개의 차원으로 나뉘어 진행되어 왔다. 우선은 전집류의 발간과 함께 일정한 평가 작업이 이루어져 왔고[3] 사조적 관점

---

1 김기림, 「『사슴』을 안고—백석 시집 독후감」, 『조선일보』, 1936.1.29; 오장환, 「백석론」, 『풍림』 5, 1937.4; 박용철, 「시단의 1년의 성과」, 『조광』, 1936.11-12, pp.35-41; 박용철, 「백석 시집 『사슴』평」, 『박용철 전집 2』, 동광당서점, 1940; 최재서, 「2월 시단평—소감 이것저것」, 『인문평론』, 1940.3 등이 이에 해당한다.

2 백철, 『신문학사조사』, 신구문화사, 1968; 김윤식·김현, 『한국문학사』, 민음사, 1973; 정한숙, 『현대 한국문학사』, 고려대학교 출판부, 1982.

3 백석이 한정 출판한 시집 『사슴』 이후에 백석의 시들은 판형을 바꾸면서 수차례 출

에서 주목되기도 하였다.[4] 작가론의 관점을 취한 연구가 있으며[5] 구조와 기법에 주목한 연구들이 있고[6] 그밖에 시어 연구, 기행시, 북방 의식, 음식 모티프나 감각 지향성 등의 다양한 접근이 있다.[7]

이러한 다양한 접근 방법들은 그동안 백석의 시가 갖는 특유함의 본질을 충분히 축적해 왔다. 그런데 관점의 차이에 따라서는 양립 불가능한 결과들, 가령 백석의 시가 토속적인 시어와 풍속을 재구성

판되었다. 전집의 출판 편집자들은 이동순, 김학동, 송준, 김재용, 고형진, 이숭원, 최동호 등이다. 여기에는 시 전편을 해설하는 책들도 포함된다.

4 최두석과 서준섭의 논의가 이에 해당한다. 최두석, 『리얼리즘의 시정신』, 실천문학사, 2002; 서준섭, 『1930년대 한국 모더니즘 문학 연구』, 일지사, 1988.

5 고형진, 「백석 시 연구」, 고려대학교 석사학위논문, 1983; 송준, 『남신의주 유동 박시봉방 1, 2』, 지나, 1994; 김자야, 『내 사랑 백석』, 문학동네, 1995.

6 강연호, 「백석 시의 미적 형식과 구조 연구」, 『현대문학이론연구』, 2002; 고형진, 「백석 시와 엮음의 미학」, 『현대시의 전통과 창조』, 열화당, 1998; 고형진, 「백석 시에 쓰인 '~이다'와 '~것이다' 구문의 시적 효과」, 『한국시학연구』 14, 2005; 김명인, 「백석 시고」, 『우보 전병두 박사 화갑기념논문집』, 1983; 김봉근, 「백석 시의 환유적 표현의 의미 연구」, 서울시립대학교 석사학위논문, 2010; 김헌선, 「한국 시가의 엮음과 백석 시의 변용」, 『한국현대시인연구』, 신아, 1988; 문호성, 「백석 시의 언술 특성—문체를 중심으로」, 『한국언어문학』 38, 1997; 박현진, 「백석 시의 인용적 어법과 시 의식」, 고려대학교 석사학위논문, 2006; 신철규, 「백석 시의 구조 연구—종결 유형을 중심으로」, 고려대학교 석사학위논문, 2009; 이경수, 「한국 현대시의 반복 기법과 언술 구조」, 고려대학교 박사학위논문, 2002; 이경수, 「백석 시에 쓰인 '~는 것이다'의 문체적 효과」, 『우리어문연구』 22, 2006; 이숭원, 「풍속의 시화와 눌변의 미학」, 박호영·이숭원, 『한국시문학의 비평적 탐구』, 삼지원, 1985; 정효구, 「백석 시의 정신과 방법」, 『한국학보』, 1989.겨울; 최두석, 「백석의 시 세계와 창작 방법」, 『우리 시대의 문학』 6, 문학과지성사, 1987; 최명표, 「백석 시의 수사적 책략」, 『한국언어문학』 55, 2005 등이 있다.

7 박순원, 「백석 시의 시어 연구」, 고려대학교 박사학위논문, 2007; 류경동, 「1930년대 한국 현대시의 감각 지향성 연구」, 고려대학교 박사학위논문, 2005; 소래섭, 「백석 시에 나타난 음식의 의미 연구」, 서울대학교 박사학위논문, 2008; 김진희, 「근대 기행시 연구」, 숙명여자대학교 박사학위논문, 2010 등의 연구가 있다.

함으로써 화해로운 공동체의 기억을 보여 주었다거나 고독한 근대인의 내면과 언어 의식을 보여 주었다는 식의 상반된 견해가 제출되기도 하였다.[8] 가령 주목하는 효과와 방법에 따라 백석의 시어 운용은 충분히 사고되고 의도된 치밀하게 계획된 발화이기도 하고, 무책임에 가까울 만큼 자유분방하고 어눌한 발화(눌변)로 읽히기도 한다.[9] 이렇게 다양하게 제기된 여러 논의들을 더욱 일반화된 구조로 가져가기 위한 연구들도 꾸준히 이어지고 있다.[10] 이러한 문제의식에서 볼 때 여전히 백석의 시는 새로운 접근과 연구의 성과를 기다리고 있는 것이다.

이 글은 백석의 시가 갖고 있는 일관적인 언술 방식을 '장면화'로 보았다. 장면화란 수사적으로는 주로 묘사와 관련되는 방법으로 일반적으로 백석의 언술에서 주목되는 서술시적 특성에 대한 반발로 제안된 용어이다. 백석의 시적 언술의 특성을 장면화로 언급한 연구는 고형진, 강연호, 이현승의 것이 있다.[11] 고형진은 내러티브의 두

---

8 이러한 연구 결과의 모순에 대한 문제 제기는 이숭원과 소래섭에게서도 보인다. 이숭원은 "백석이 그렇게 외면하려 했던 근대성이 오히려 백석 시를 평가하는 준거로 등장하는 아이러니"를 지적하였으며, 소래섭은 "어떤 사람은 백석 시의 근대적인 측면만을 강조했고, 어떤 사람은 백석 시의 전근대적인 측면만을 부각했다. 도무지 그들이 설명하는 백석이 같은 사람일 리는 없을 것처럼 보였다"며 동일한 대상에 대한 모순된 평가를 문제적이라 보았다. 이숭원, 「백석 시에 나타난 자아와 대상의 관계」, 『한국시학연구』 19, 2007, pp.212-213; 소래섭, 『백석의 맛』, 프로네시스, 2009, pp.19-20.

9 이경수와 고형진의 논의가 백석 시의 시어적 특성이나 문체적 효과를 논의하면서 궁극적으로 치밀함에 대한 증거들을 예시한다면, 이숭원의 논의는 직유나 시의 구성의 측면에서 어눌함이라는 특성을 지적하고 있다.

10 이경수의 논의는 이 글의 문제의식과 관련하여 내재적 정합성을 갖춘, 방법론의 제시라는 의의를 갖고 있다. 그는 반복을 백석 시의 중요한 언술적 특성으로 보았다.

11 고형진, 「1920-30년대 시의 서사 지향성과 시적 구조」, 고려대학교 박사학위논문,

측면 즉 말하기와 보여 주기 중에서 보여 주기와 그것의 효과를 가리키는 용어로 사용하였다. 일반적으로 서사문학의 큰 두 기법인 말하기와 보여 주기의 시적 도입은 백석 시의 서사성을 설명하기에는 주효하지만, 서사성을 떠나서 백석 시를 주목할 때에는 너무 일반화된 방법론일 수 있다. 이 글에서는 서사성을 띄지 않는 백석의 다른 시를 포괄하고자 하는 기획에서 서술적 특성보다는 장면화 자체에 집중해서 보고자 한다. 강연호는 백석 시의 구조를 장면화와 묘사로 보아 이 글의 논지와 가장 근사한 논의를 개진하였다.[12] 이 글은 백석의 언술상의 한 특징으로 '장면화'를 주목하고자 한다. 장면화는 서술 자체를 단락화하여 하나의 장면으로 만드는 것이라고 정의할 수 있다. 나아가 이러한 장면화를 위한 세부적인 방법들로 명사 구문의 사용과 직유, 자기 지시적 메타 언술 등을 살펴보고자 한다.

## 2. 장면화의 구조와 방법

아마도 백석 시의 언술상의 특징으로 가장 빈번하게 주목되어 온 특징이 있다면 그것은 반복과 나열일 것이다. 이러한 반복과 나열은 그 자체로 기법적인 차원에서 멈추지 않고 시의 구조 원리로까지 나

---

1995; 이현승, 「백석 시 연구—서술 유형을 중심으로」, 고려대학교 석사학위논문, 2002.

12 강연호, 「1920-30년대 시의 서사 지향성과 시적 구조」. 무엇보다 강연호는 백석의 이러한 장면화를 '장면화된 서사', '장면화'로 명명하고 있다. 강연호의 글에서는 장면화가 "지배적 인상의 감각적 묘사"나 "병렬적 열거와 산문체의 서술"이라는 기법적인 측면의 하나로만 포함되어 있다. 그런데 백석 시의 특징으로 주목된 네 개의 항목(감각적 묘사, 병렬적 열거와 산문체, 서사적 서술, 내면 성찰)은 각각의 방법들 간의 관계와 위상을 제시하지는 않았다. 각각의 항목들 간의 관련성이 제시될 때에라야 구조가 밝혀질 수 있다.

아갔다는 점에서 백석 시의 한 특징으로 언급되었다. 창작 원리로서의 반복과 열거는 반복의 기법이나 엮음의 기법 등으로 명명된 바있다.[13] 그러나 그러한 반복과 엮음이 수행하는 기능의 측면에서 보면 이는 다시 장면화의 한 방편이라고 이해할 수도 있다. 장면화라는 기법이 백석이 최초에 쓰기 시작한 작품들, 특히 이미지즘과 관련하여 논의된 단형의 작품들에서부터 마지막으로 발표된 작품들에까지 이르는 일종의 기법상의 유전자로 볼 수 있을 것이기에 논의의 일관성과 정합성이라는 측면에서 제안될 수 있다. 물론 이미 서론에서 언급된 바와 같이 이 장면화라는 용어는 어디까지나 서사나 서술이라는 용어, 즉 사건적 진술이라는 용어와 대비하며 읽을 때 보다 선명하다. 백석의 작품들은 무엇보다 장면을 인상적으로 제시하는 데 성공하고 있다. 이때 중요한 것은 '인상적인'과 '장면' 두 가지이다. 전자가 경험의 본질을 가리킨다면 후자는 그것의 방편을 말하는 것이다. 많은 논자들이 이미지즘의 수용과 관련해서 논의한 작품과 비교적 서사성이 농후한 작품들을 아울러 장면화의 구조를 살펴보자.

**(1) 장면화의 구조**

장면화는 인상과 장면의 제시라는 두 측면을 가진다. 그리고 이러한 장면의 연속적 배치는 자연스러운 연상의 흐름을 따른다. 그러나 단형의 시에서 장면화가 주로 인상의 제시에 주력한다면, 장형화된 작품에서는 서술의 단락을 이루는 역할을 한다.

---

**13** 반복은 이경수의 것, 엮음은 김헌선과 고형진의 것이다.

호박닢에싸오는 붕어곰은 언제나맛있었다

부엌에는 빩앟게질들은 八모알상이 그상옿엔 샛파란 싸리를그린 눈
알만한盞이뵈였다

아들아이는 범이라고 장고기를잘잡는 앞니가 뻐드러진 나와동갑이
었다

울파주밖에는 장꾼들을따라와서 엄지의젓을빠는 망아지도있었다
————「酒幕」 전문

시집 『사슴』에 실려 있는 비교적 짧은 작품이다. 이 작품은 네 개
의 장면으로 이루어져 있다. 호박잎에 싸(서 내)오는 붕어찜과 그 맛
은 이 시의 대상인 '주막'을 묘사하는 데 있어서 가장 핵심적인 인상
을 의미한다. 그것은 이어지는 디테일한 장면 "八모알상"과 '싸리 무
늬가 그려진 잔'이 있는 부엌과 자연스럽게 연결되는 이미지이다.
부엌은 바로 그 맛있는 "붕어곰"이 만들어지는 곳이니 관심이 향하
는 것은 당연하다. 이곳은 술이나 술국, 간단없이 잠자리를 제공하
기도 하는 곳이 아닌가. 이 장소에 대한 지배적인 인상이 맛으로부
터 출발한다는 것은 역시 백석 시의 연구사가 충분히 입증하는 바와
같이 백석 시의 감각적 특성을 잘 보여 주는 것이다. 세 번째 장면
은 범이라는 동갑내기 동무의 소개, 네 번째 장면은 주막에 들르는
장꾼들의 말과 망아지의 모습이다. 「주막」을 구성하는 네 개의 장면,
"붕어곰"과 부엌과 앞니가 뻐드러진 범이와 어미젓을 빠는 장꾼들의
망아지는 그 장면의 관계가 가장 특징적인 것들을 중심으로 한 선택

을 보여 주며, 그 흐름 또한 일정한 연상의 흐름을 따르고 있다. 범이가 "장고기"를 잡는 모습이 제시되어 있으므로 1행·연부터 3행·연까지는 모두 붕어곰과 관련된 장면이라고 볼 수 있고, 4행·연의 장면은 주막 주인과 범이와의 관계 위에서 따라 나온 환유적 연쇄라고 할 수 있다.

또한 장면화라는 기법과 관련해서 통사적 구조가 주로 동작을 나타내는 서술어보다는 상태를 나타내는 형용사 서술어로 종결된다는 것도 눈여겨보아야 한다. '앞니가 뻐드러진 범이라는 아들아이는 나와 동갑내기로 장고기를 잘 잡았다' '울파주 밖에는 장꾼들을 따라온 망아지들이 엄지의 젖을 빨았다'는 문장이 더 자연스러움에도 불구하고 자유스러운 연상의 흐름을 따라서 장면(화하여 이를)을 열거하는데 충실한 모습이다. 그만큼 열거는 장면화와 밀접한 수사적 층위를 이루고 있다.

장면화라는 '이미지의 제시'에는 서양의 회화사에서 존속했었던 인상주의의 한 방법이 그대로 녹아 있다. 인상의 본질은 선택과 집중에 있고, 객관적 제시보다는 주관적 경험의 존중에 있다.[14] 바로

---

14 최초의 인상파 화가들의 전시회는 당시의 관객들을 격분시켰는데, 그 이유는 그림의 기법과 소재가 당시에 일반적으로 '한 폭의 그림 같다(picturesque)'고 받아들여지는 것이 아니었기 때문이었다. 더 구체적으로는 화가의 인상과는 달리 소재를 통해 관객이 느끼는 인상의 지점과 크기가 달랐기 때문이었다. 모네는 사람들이 만나고 헤어지는 장소로서의 기차역보다는 연기처럼 솟아오르는 김 속에서 모습을 드러내는 기관차에 더 관심이 있었으며, 르누아르에게는 무도회의 흥청거리는 인간들의 유머러스한 모습보다는 술렁이는 인파 위로 쏟아지는 햇빛의 효과에 더 관심이 갔다. 더불어 19세기의 인상주의가 성공하게 된 배경에는 사진술의 발달이 있었다. 사진술은 그 이전까지 회화가 담당하던 사실 기록과 보존의 역할을 떠맡게 되었다. 인상주의의 발달을 견인한 또 다른 요인은 일본의 채색 목판화였다. 기교의 완벽함과 대담한 의도가 결합된 일본의 채색 목판화들은 포장지와 같은 용도로

이 점에서 백석의 시가 객관적인 장면의 제시라고 하는 논자들의 지적은 일정하게 수정되어야 한다.[15] 주관과 객관이 대칭적인 용어이자 개념이기도 하지만, 엄밀하게 보자면 서사문학과 달리 일반적으로 하나의 시점과 목소리가 지배적인 시 장르에서는 객관이라는 말은 적절한 용어라고 보기 어렵다. 서사문학에서처럼 갈등의 제시와 함께 관점의 대립이 분명해지고 이렇게 뚜렷하게 제시된 둘 이상의 관점이 있을 때라야 비로소 객관에 가깝다. 서정 장르에서는 주관과 객관의 대립보다는 주체와 대상이라는 대립이 더 적절해 보인다. 따라서 객관 정신이나 객관적 제시라는 말보다는 대상에 대한 인상적 제시가 더 적절해 보인다. 엘리엇의 객관적 상관물이라는 용어는 경험 인상 자체가 그만큼 뚜렷하고 차별적인 것을 함께 의미한다고 보아야 한다. 왜냐하면 엘리엇에게 있어서도 객관적으로 상관해야 할 것은 느낌과 인상이기 때문이다.

주지하다시피 『사슴』은 네 개의 부로 이루어져 있는데, 두 번째 부분 "돌덜구의물"에는 「초동일」 「하답」 「주막」 「적경」 「미명계」 「성외」 「추일산조」 「광원」 「힌밤」과 같은 매우 짧은 작품들이 포진해 있다. 이 작품들 전체의 공통적인 자질은 인용한 「주막」에서와 같이 긴 행이 한 연을 이루는 구조로 되어 있다는 것과 전체적으로 4-5행·연을 넘기지 않는 짧은 시들이라는 점이다. 시집의 3부에 있는 작품들도 짧은 작품들이 많은데 작품의 배치 원리는 2부의 작품들과 차이점을 보인다. 즉 3부의 작품들도 전체적인 길이는 짧은 작품이지만

---

싸게 팔리고 있었는데, 인상주의 화가들은 이것들에서 영감을 받았다. E. H. 곰브리치, 『서양미술사』, 백승길·이종숭 역, 예경, 1999, pp.519-533 참조.
[15] 정효구는 백석 시의 방법과 정신의 하나로 객관적 제시, 객관 정신을 들고 있다.

단연의 작품이거나 행 구분과 연 구분이 훨씬 더 적극적인 작품들이라는 점이 다르다. 단순히 음악적인 원리뿐만 아니라 이러한 구성상의 특이함은 이 글의 주제인 '장면화'와 관련이 깊다고 할 것이다. 이처럼 비교적 단형의 시에서 백석은 하나의 인상에 하나의 장면을, 하나의 장면에 보통 하나의 연을 할애하고 있는 것으로 보인다.

　　백석의 이러한 장면 구성 원리를 보기 위해서 3행 1연으로 이루어진 「山비」를 보자.

　　　山뽕닢에 비ㅅ방울이친다
　　　맷비들기가 닞다
　　　나무등걸에서 자벌기가 고개를들었다 멧비들기컨을본다
　　　　　　　　　　　　　　　　　　　　　　　―「山비」 전문

「주막」과는 통사적 형태 자체가 이질적이다. 「山비」의 경우는 세 개의 행이 한 연을 이루고 있는데, 각 행은 모두 하나의 움직임을 담고 있다. 첫 행에서는 빗방울이 뽕잎에 떨어지며, 둘째 행에서는 산비둘기가 날아오른다. 셋째 행에서는 자벌레가 고개를 들어 비둘기 쪽을 본다. 마치 하이쿠처럼 짧고 간결하게 인상을 정리한 이 작품이 주는 느낌은 인간적인 깊이와는 다른 이미지이다. 그러니까 「山비」의 경우는 각각의 동작으로 이루어진 세 행이 하나의 장면으로 수렴되고, 따라서 하나의 연으로 처리된다. 각각의 연쇄된 세 동작들은 각각의 것이 특별한 의미를 지니지 않는다. 오히려 이것들이 합쳐진 상태로 하나의 인상을 남긴다. 산뽕나무 잎에 떨어진 빗방울이 아니었으면 주목될 수도 없는 너무나 작은 행위들/움직임이 날카롭게 묘파된 것이다. 이러한 자연의 풍광은 그 자체로 인간의 배

제라는 측면에서 역으로 내면과 관련을 갖는다는 점을 가라타니 고진은 지적한 바 있다.[16]

### (2) 장면화의 방법

백석의 시에서 장면이 제시되는 방법은 크게 세 가지 측면에서 살펴볼 수 있다. 이 세 가지 요소들은 기존의 연구사에서 이미 발견된 것들이다. 문제는 정합성일 것이다. 하나의 기법이 갖는 일관성과 짜임새가 문제이다.

### ① 명사 구문과 서술의 단락

명사 구문은 이경수와 고형진에 의해 의미화되었다. 형태상으로는 '-는 것이다'의 구문에 해당하는데, 이경수는 이러한 문체가 시집 『사슴』의 출간 이후 지속적으로 나타나는 백석의 문체적 특성이라고 지적하였다. 백석의 시뿐만 아니라 산문에서의 출현 빈도까지 아우르고 있다. 그는 '-는 것이다' 구문의 시적 효과를 논평적 기능, 통합적 기능, 부연적 기능으로 보았는데, 이것은 매우 적절한 것으로 논평과 부연과 통합은 모두 하나의 일관성을 갖고 있다. 논평과 통합과 부연이라는 행위는 모두 문장의 주체와 구별된 시의 다른 주체를 환기시킨다. 발화 자체가 대상에 대한 근접 감각에 충실한 행위라면

---

16 가라타니 고진, 『일본 근대문학의 기원』, 박유하 역, 민음사, 1996. 가라타니는 풍경과 내면의 발견이 언문일치의 한 과정, 즉 기존의 문을 새로운 '문'으로 제시하는 과정을 통해 나타났다고 역설한 바 있다. 기존의 보는 방식을 벗어나 있는 인간의 내면적 고독이 풍경을 발견하게 만든 것이다. 푸코적 계보학 내지는 고고학의 관점에서 기투된 이러한 논의에는 '文'이 세계를 보고 경험하는 방식이자 양식이라는 관점이 담겨 있다.

논평과 통합 그리고 부연은 발화의 전체적인 상이나 흐름을 조감할 수 있는 보다 상위의 시점을 필요로 하는 것이기 때문이다.

고형진의 논의는 '-이다'와 '-것이다'의 구문으로 나누어서 백석 시의 명사문적 특성을 살폈다. 그는 사태 진술과 정언적 기능이 명사문의 일반적인 속성이라고 보았으며 백석의 시가 회상을 지속시키고 성찰 행위 자체를 대상화하기 위해서 '-것이다'는 강조 어법을 사용한다고 보았다. 고형진의 논의에서 중요한 것은 제시된 명사 구문이 갖는 시적 효과를 밝히고 있다는 점이다. 즉 구문 자체의 일반적 속성이라기보다는 그러한 구문이 백석의 시에서 일으키는 효과를 포착하고 있는 것이다. 그의 이러한 효과는 전체적으로 강조, 심화, 극대화의 한 방편으로 보인다.

이러한 선행 연구를 바탕으로 하여 이 글에서는 명사 구문의 시적 특성으로 서술의 단락적 측면을 살펴보고자 한다. 서술의 단락이란 사건의 추이에 대한 연속적 관심이 서사적 관심이라고 할 때, 이와는 대조적으로 그러한 연속적 사건들을 보다 작은 장면 단위로 잘라서 배열하는 것을 말한다. 연속적 진행을 보다 작은 단락으로 나누어서 제시하는 것이다. 이때 중요한 것은 장면 배열에 일정한 질서가 필요하다는 것이고 그것은 서사적 흐름을 도리어 다른 질서나 다른 사유의 결과로 바꾸어 내는 '장면화'의 효과를 나타낸다.

봄철날 한종일내 노곤하니 벌불 작난을 한날 밤이면 으례히 싸개동 당을 지나는데 잘망하니 누어 싸는 오줌이 넙적다리를 흐르는 따끈따 끈 한 맛 자리에 펑하니 괴이는 척척한 맛

첫 녀름 일은저녁을 해 치우고 인간들이 모두 터앞에 나와서 물외포

기에 당콩포기에 오줌을 주는때 터앞에 발마당에 샛길에 떠도는 오줌
의 매캐한 재릿한 내음새

긴 긴 겨울밤 인간들이 모두 한잠이 들은 재밤중에 나혼자 일어나서
머리맡 쥐발같은 새끼오강에 한없이 누는 잘매럽던 오줌의 사르릉 쪼
로록하는소리

그리고 또 엄매의 말엔 내가 아직 굳은 밥을 모르던때 살갗 퍼런 망
내고무가 잘도 받어 세수를 하였다는 내 오줌빛은 이슬같이 샛맑앟기
도 샛맑았다는 것이다.

—「童尿賦」 전문

연의 배치를 통해 이 작품의 전체 구성을 한눈에 파악할 수 있다.
1연부터 3연까지는 봄, 여름, 겨울이라는 계절과 이 시의 소재인 오
줌을 연관 지어 놓았다. 봄에 불장난을 하고 나서 잠자리에서 누는
아이의 오줌, 여름 저녁에 텃밭에 누는 오줌, 겨울밤에 요강에 누는
오줌을 각각 촉감과 냄새와 소리로 질서화하고 있다. 각각의 경험들
은 계절의 순서와 함께 자연스럽게 질서를 얻게 되며, 체험 방식에
있어서도 촉각과 후각 그리고 청각이라는 이형 감각의 배치를 통해
경험의 고유성과 연관성을 부여받고 있다. 이 작품의 오줌은 모두
화자 자신의 경험과 직접적으로 연관된 것으로 보이지만, 명사형 구
문으로 (끝맺는 이러한) 나열됨으로써 오줌에 대한 다른 경험과 감
각의 병치를 이룬다. 이러한 병치가 계절의 흐름이나 감각의 열거를
통해 하나의 짜임으로 통합된다. 마지막 연에서는 아직 밥을 먹기
전의 아이의 소변으로 세수를 하는 풍습이 제시되어 있는데, 이러한

경험과 풍습을 시각적인 장면으로 제시하고 있다. "오줌빛"의 시각이 추가됨으로써 이 작품은 가장 지배적인 신체감각을 모두 동원하고 있는 것이다.[17]

이러한 장면화에는 그것을 가능하게 한 감각적 기반이나 그러한 장면을 감싸고 있는 배후의 질서가 있기에 가능하다. 1연의 쥐불놀이나 2연의 밭에 오줌 누기, 3연의 요강, 4연의 오줌 세안은 각각 전승되는 세시풍속이나 농경문화적 전통, 계절이 의식주에 미치는 영향으로서의 풍습, 그리고 속신으로 유지되는 영아 숭배 사상과 같은 '습속'들이 있기에 가능한 것이다. 이 작품의 소재는 아이의 오줌이지만 아이의 오줌에 대한 발화가 시가 될 수 있기 위해서는 보다 두터운 경험이 거기에 녹아 있어야 하는 것이다. 풍속과 속신은 그러므로 이 작품의 의미 구조의 중핵이라고 할 수 있다. 그러므로 각각의 계절과 감각적 경험에 의한 장면의 열거와 병치가 하나의 풍속으로 통합되기에 이른다고 보아야 한다. 이숭원은 이 작품의 해석에서 오줌 세안의 비정상성을 들어 화자의 내면이 일종의 병적 상태로 강화되었다고 보았는데, 이는 지나친 해석이라고 볼 수 있다.[18] 곤장을 맞거나 주먹으로 맞아서 생긴 어혈을 빼는 데 인변을 먹이는 풍습이 우리나라에는 있었는데, 그런 의미에서 보자면 영아의 오줌 세안은 병적인 상태라기보다는 그 자체로 풍속의 시화라고 보는 편이 적절할 것이다.

---

[17] 이숭원은 이러한 감각의 동원을 "대상의 총체성"을 구현하기 위해서라고 하였다. 이숭원, 『백석을 만나다』, 태학사, 2008, p.404.

[18] 이숭원, 『백석을 만나다』, pp.404-405. 이숭원이 언급한 '병적 상태'란 백석의 시가 내면으로 침잠해 가는 것을 이르는 말이다. 그러나 이 글에서는 오줌 세안의 배후 담론을 근대적 위생학보다는 풍속사로 보고자 한다.

이 작품의 제목에 쓰인 "賦"는 한시의 한 양식명인데, "사실을 진술하여 곧바로 표현한다(敷陳其事 而直言之也)"는 『시경』의 정의에서 보듯 서사적인 경향을 갖는 작품을 말한다.[19] 그러나 부(賦)라는 장르가 가진 서사성을 일반적인 서사물의 사건으로 이해해서는 곤란하다. 부의 서사성이란 이른바 에피소드, 일종의 삽화를 말하는 것으로 이 작품 「동뇨부」에서 보듯 네 개의 에피소드는 각각 시간의 흐름과 감각의 총체적 국면으로 병치됨으로써 오줌과 얽힌 하나의 풍속을 '직접적' 장면으로 제시하는 데 기여하고 있다. 강연호는 병렬적 열거와 관련해서 이 작품에 주목하였는데, "각 연은 모두 대등하게 병렬적으로 열거되어 있을 뿐 연과 연 사이의 인과나 계기적 구조는 나타나지 않는다. 특히 각 연에서 그려지고 있는 삽화들이 그 시공간적 배경의 차이만으로도 뚜렷하게 구별되도록 설정되어 있다"고 보았다. 그러나 대등한 열거가 백석의 창작 방법으로 주목받을 만한 것이지만, 그러한 열거가 하나의 작품이 되기 위해서는 그럼에도 불구하고 하나의 통합적인 지점이 필요할 수밖에 없다. 네 개의 삽화들이 소재 중심으로 보면 제각각으로 흩어져 있는 것처럼 보이지만, 소재를 바라보는 일정한 배후의 관점을 고려하면 결국 하나로 통합되기에 이른다. 따라서 강연호의 다음과 같은 지적, "백석 시에서 병렬적 열거는 이와 같이 각각의 지배적 인상을 어느 특정한 방향으로 유도하거나 수렴하지 않고 그대로 드러내려는 태도에서 나온 미

---

**19** 이종찬, 「한시」, 한국문학개론 편찬위원회 편, 『한국문학개론』, 혜진서관, 1991, p.205. 이종찬은 이 글에서 '부'와 '사'는 비슷한 양식인데, '사'가 서정적이라면 '부'는 서사적이라고 하였다. 백석의 시에는 「선우사」라는 작품이 있는데, 이 작품이 또한 감정이입이 드러난 주정적인 작품이라는 점은 한시의 양식과 관련하여 백석 시의 흥미로운 부분이라고 하겠다.

학적 방법론으로 볼 수 있다"는 견해는 '서사적 통합성'을 띠지 않는 개별적이고 파편화된 삽화로서의 장면화라는 기법으로 수렴될 필요가 있다.[20] 즉 장면들의 관계는 서사적이지 않고, 오히려 병렬적이고 은유적인 특징을 지닌다.

### ② 직유와 묘사

장면화와 관련하여 또한 주목해야 할 백석의 수사는 직유이다. 직유는 서로 다른 두 대상을 직접적으로 비교하여 그 공통점을 제시하는 수사인데, 많은 연구자들이 지적해 왔던 바와 같이 백석의 시에는 직유가 주된 수사로 나타난다. 직유는 묘사의 한 방편인데 두 사물 사이에 존재하는 공통점과 차이점 중에서 공통항을 선택적으로 제시하여 대상의 특징(인상)을 다른 대상(흔히는 익숙한)을 통해서 보여 준다. 흔히 직유를 문학적으로 수준 낮은 수사로 보는 견해는 직유가 갖고 있는 단순성 때문인데, 이때의 단순성을 대상의 인상을 남기고 나머지를 탈각시켜 버리는 직유의 방법에서 볼 수 있다.[21] 그러나 직유가 이렇게 감각에 충실한 것을 다분히 단순함으로 평가절하할 수만은 없다. 백석의 시 「여승」은 직유라는 수사를 보다 복잡한 층위로 끌어올린 작품으로 주목할 만하다.

---

20 강연호, 「1920-30년대 시의 서사 지향성과 시적 구조」, pp.111-112.

21 백석의 직유에 주목한 연구자들로는 이숭원, 김영익, 최명표 등을 들 수 있다. 이숭원, 「풍속의 시화와 눌변의 미학」; 김영익, 『백석 시문학 연구』, 충남대학교 출판부, 2000; 최명표, 「백석 시의 수사적 책략」. 이숭원은 백석의 직유가 세련되지 못하고 관용화된 투박한 일상 표현이라는 것을 '눌변'의 소인으로 본다. 김영익은 백석의 직유가 포함된 작품이 34.7%에 해당한다고 밝혔으며, 최명표는 직유의 단순함이 독자의 공감을 쉽게 이끌어 내고 친밀감을 심화시키는 수사적 책략에 부응한다고 보았다.

女僧은 合掌하고 절을했다

가지취의 내음새가났다

쓸쓸한낯이 넷날같이 늙었다

나는 佛經처럼 설어워젔다


平安道의 어늬 山깊은 금덤판

나는 파리한女人에게서 옥수수를샀다

女人은 나어린딸아이를따리며 가을밤같이차게 울었다


섭벌같이 나아간지아비 기다려 십년이갔다

지아비는 돌아오지않고

어린딸은 도라지꽃이좋아 돌무덤으로갔다


山꿩도 설게울은 슳븐날이있었다

山절의마당귀에 女人의머리오리가 눈물방울과같이 떨어진날이있었
다

一「女僧」 전문(밑줄은 인용자)


이 작품에는 다섯 개의 직유가 사용되고 있다. 일반적으로 직유가
단순한 수사로 보이는 것은 사물과 사물을 직접 연결 지을 때이다.
이숭원이 지적한 "파리떼같이 모인 손자"나 "곰의 발같은 손"이 대
표적이라고 할 수 있다. 그러나 속성과 특징적 외양을 중심으로 두
사물을 연결 지을 때와는 달리 직유 자체가 행위나 추상적 관념과
관련될 때에는 참신함이나 물질성을 얻게 만드는 힘을 갖기도 한다.
「여승」에 사용된 다섯 개의 직유는 모두 문장구조상 부사적 기능을

수행하고 있는데, 하나같이 동작을 구체화하는 방법으로 동원된 것이다. 오랜만에 본 여승은 '옛날처럼' 늙었으며, 나의 마음은 '불경처럼' 서럽다. 기억 속에서 여인(승)은 딸아이를 때리며 '가을밤처럼 차게' 운다. 기다려도 오지 않은 지아비는 '섶벌처럼' 나가 버렸다. 마침내 머리를 깎고 탈속하는 날 머리카락은 '눈물방울처럼' 떨어진다. 일견 단순하게 보이는 이러한 직유는 이 시에서 감상의 진폭을 키우는 역할을 하는 중핵으로 그 뉘앙스를 보면 결코 단순한 수사에 머무르지 않는다. 위에 열거된 바와 같이 다섯 개의 직유가 수행하는 장면만으로도 이 시는 어느 정도 구조화될 만큼 중요한 장면들인 셈이다.

서술 시점에서 이 시의 화자는 여승과 대면하고 합장을 하는데, 늙은 여승을 보면서 화자는 서러움을 느낀다. 이 서러움의 정체는 여승의 내력과 관련된다. 일벌처럼 나가서 돌아오지 않은 지아비 때문에 생업에 내몰린 여인을 화자가 만난 적이 있었다. 평안도의 어느 산 깊은 금광촌에서 화자는 여인을 만난 것이다. 그때 화자는 여인에게서 옥수수를 샀는데, 여인은 나이 어린 딸아이를 데리고 있었다. 이때 제시된 장면이 어린 딸아이를 때리면서 여인이 우는 장면이다. 여인에 대한 화자의 정서적 태도가 연민에 찬 것은 바로 이 경험 때문인데, 아이를 때리면서 우는 여인을 '가을밤처럼 차게' 운다고 묘사했다. 가을밤과 울음 사이에 쉽사리 유사성의 맥락이 만들어지지 않기 때문에 다소 감상적으로 느껴지지만, 이러한 차이가 오히려 슬픔과 연민의 느낌을 증폭시키는 구실을 한다. 울음의 모습이 도리어 직유에 의해 가려지게 되고, '가을밤처럼 차게'라는 감각이 울음의 처량함을 키우기 때문이다. 또한 차가운 가을밤이 외로움이나 처량함을 부추기기 좋은 시간이라는 점을 생각할 때 여인의 오랜

눈물과 중첩되는 효과를 주기도 한다.[22]

　무엇보다 이 작품에서 직유의 장면화 기능을 극대화한 표현은 1연의 "佛經처럼"과 마지막 연의 "눈물방울과같이"이다. 최명표의 논의에서 언급되었다시피 4연의 "눈물방울과같이"는 중의적인 사용이 돋보인다. 그것은 머리카락이 눈물처럼 떨어지는 것에 대한 묘사이기도 하고, 머리카락을 자르면서 '함께(같이)' 눈물이 흐르는 상황에 대한 묘사이기도 하다. 어느 것 하나일 필요는 없겠지만, 화자가 속세에 살고 있는 사람이라는 점에서 두 가지 묘사가 다 허용되거나 중첩되어도 무방할 것이다. 불가에 들어 머리를 자르는 일은 이미 일정한 수행의 과정이 끝난 후에 비로소 승려가 되는 것으로 특히 승려의 입장에서는 눈물을 흘릴 만한 일이라고 하기 어렵다. 그러나 한 여인의 기구한 삶의 과정을 소급적으로 회감하는 화자에게 이 장면은 눈물 없이는 구성될 수 없는 장면인 셈이다. 1연의 "佛經처럼"도 마찬가지로 화자의 존재(자리)를 지시하고 있다. "佛經처럼" 서러워진다는 표현 역시 스님의 세속에서의 내력을 알고 있는 화자의 존재를 괄호 치고는 수긍하기 어렵다. 세속과 '인간'의 감정을 초월한 자리에 불교적 구도가 존재하기 때문이다. 그러나 '불경처럼 서러운' 그 느낌은 전적으로 화자의 것이고, 그 이유가 다음에 제시되는 일련의 장면들을 통해 납득할 수 있게 되는 것이다.

　사물의 외양이나 속성의 단순화와는 달리 이렇게 이질적인 사물과 행위의 연관은 백석의 시에 나타난 직유를 장면화와 함께 상당히 높은 미학적 성취로 이해할 수 있게 해 준다. 더불어 "시골 촌민들이 즐겨 쓰는 평범하고 투박한 표현"[23]에 해당하는 직유 역시도 방언의

---

[22] 말하자면 '그토록 울던 가을밤이라도 되는 양 울었다'로 의미화할 수 있다.

시어 차용이라는 측면에서 볼 때 전혀 다른 국면을 얻는다. 그것은 관용적이라기보다는 구체적이라거나 사실적이어 보이는 것이다.

장면화와 관련해서 백석의 직유는 긴 서술 시간이나 경험의 내용을 직유를 통해 단순화하는데, 단순화된 장면의 제시를 통해서 단락과 단락 사이를 유추하거나 소급하여 보충하게 만든다. 따라서 장면화는 백석의 시가 그토록 직정적임에도 불구하고 왜 절제되어 있는 것처럼 느껴지게 만드는가라는 문제에 대해서도 일정한 해답을 보여 준다. 인용한 작품에서뿐만 아니라 백석의 다른 시에는 자주 화자의 감정이 직접적으로 표현된다. 말하자면 백석의 시는 충분히 감정적인데 하나의 장면과 이미지로 제시됨으로써 감정적이라기보다는 오히려 절제되어 있다고 느껴지게 된다. 이는 백석 시의 매우 특유한 성취로 장면화와 함께 '자기'의 대상화라는 측면에서도 주목될 만하다.

### ③ 내면적 언술의 자기 지시성

백석의 시가 충분히 감정적이면서도 언제나 그것을 절제하고 있다고 느끼게 만드는 이유 중의 하나를 직유의 사례를 통해 살펴보았다. 이러한 정서적 거리 두기가 백석의 비교적 후기의 시들에서 보이는 허무주의적 정서 속에서도 견지된다는 것은 눈여겨보아야 할 대목이다.

박순원의 연구에 의하면, 백석의 시에 쓰인 용언에서 감정의 표출과 직접적으로 관련되는 어휘들은 그 빈도가 결코 낮지 않다. '울다'(45회), '사랑하다'(22회), '좋다'(27회), '좋아하다'(12회), '쓸쓸하

---

23 이숭원, 「풍속의 시화와 눌변의 미학」, p.260.

다'(23회), '무섭다'(15회), '슬프다'(7회), '즐겁다'(7회), '서러움 관련 어휘'(7회) 등이 높은 빈도로 사용되었음을 알 수 있다.[24] 이렇듯이 백석의 시는 감정 표현에도 매우 적극적인 성향의 시라고 할 수 있다. 그럼에도 불구하고 백석의 시가 언제나 정서적 거리를 확보하고 감정을 절제할 수 있는 것은 이미 언급했듯 백석 시의 장면화 기법 때문인 것으로 보인다.

백석의 동사의 어휘 중에서 유독 눈에 띄는 어휘가 '생각하다'(35회)인데 명사 '생각'(7회)까지 포함하면 총 44회나 사용된 시어이다. 박순원은 백석의 시어에서 '생각하다'를 주목하고 '생각'의 기능이 직접적인 삶에 대한 일종의 괄호 같은 역할이라고 언급하고 있다. "삶에 대한 일종의 거리 두기의 한 방식"인 셈이다.[25] 그러나 생각 자체가 거리 두기의 방식이라는 말은 상술이 필요한 말이다. 왜냐하면 그 반대도 얼마든지 가능하기 때문이다. 생각 자체가 울분과 분노를 가져올 수도 있는 법이다.

백석의 시에서 '생각하다'는 시어의 사용이 보다 중추적인 기법과 연관된 것으로 보인다. 원래 시의 진술을 일인칭 고백체라고 일컫는 바 시의 화법은 그만큼 화자의 내적 독백에 충실한 것이다. 가령 '의식의 흐름'이라는 기법이 소설사에서만 주목되었던 것은 시의 진술이 그 자체로 내적 독백, 즉 의식의 흐름을 따르는 것이기 때문이다. 의식에 충실한 화법이 주가 되는 시에서 생각한다는 언술은 그 자체로 불필요하다. 생각하는 것을 그대로 말하면 된다. '목이 마르다'와 '나는 목이 마렵다고 느낀다'의 가장 큰 차이는 언술 주체를 드러내

---

24 박순원, 「백석 시의 시어 연구」, p.26.
25 박순원, 「백석 시의 시어 연구」, p.55.

는 것에 있다. 느낌과 생각의 내용을 제시하는 데서 그치지 않고 '느낀다'와 '여긴다' '생각한다'를 사용하는 것은 그러한 사고 행위(느끼고 여기고 생각하는)가 매우 의식적인 행위라는 것을 드러내고자 한 것이라 보아야 한다. 생각하고 느끼는 화자 자신을 드러내는 일종의 제시적인 행위인 것인데, 이러한 제시를 통해 생각과 느낌이 장면으로 치환되는 것을 경험할 수 있다. 경험 그 자체가 아니라 경험과 함께 그 경험을 느끼는 자를 함께 제시하는 것은 장면화이다.

> 旅人宿이라도 국수집이다
> 모밀가루포대가 그득하니 쌓인 웃간은 들믄들믄 더웁기도 하다
> 나는 낡은 국수분틀과 그즈런히 나가누워서
> 구석에 데굴데굴하는 木枕들을 베여보며
> 이山골에 들어와서 이木枕들에 새깜아니때를 올리고간 사람들을 생
> 각한다
> 그 사람들의 얼굴과 生業과 마음들을 생각해본다
>
> ―「山宿」 전문

화자는 산 깊은 곳의 여인숙에서 숙박을 한다. 국수도 파는 집이라서 메밀 포대와 분틀이 함께 있는 방이다. 화자는 방에 뒹구는 목침을 하나 끼고 누워서 이런저런 상념에 잠긴다. 구석에 뒹구는 목침에는 새까만 때가 끼었다. 화자는 목침에 낀 때를 보면서 "때를 올리고간" 사람들을 떠올린다. 그런데 저마다 생김새가 다르고, 하는 일이 다르고, 또한 다른 마음으로 산골 여인숙을 찾은 사람들이지만, 그들 역시 화자와 같이 분틀 옆에서 목침을 끌어당기고 누웠을 것이라고 생각하는 것이다. 마지막 두 행의 '생각한다'는 목침에 때

를 입힌 사람들에 대한 상상을 표면화한 것이지만, 부가적으로는 그러한 상상을 하는 화자 자신을 드러내고 있는 것이다. 화자 자신과 그들 모두는 목침에 때를 올린 사람들이지만, 독자의 입장에서는 결국 화자를 매개로 해서 그들을 만나게 된다. 생김새와 하는 일이 다르지만 그들 모두 속절없이 하룻밤을 보내면서 화자처럼 이 궁리 저 궁리를 하기도 하고, 남겨진 타인의 존재를 느끼기도 하며, 하루 동안의 피곤과 함께 잠을 청했을 것이다. 그러므로 이 작품은 '생각한다'를 드러냄으로써 화자 자신을 장면화하고 이를 통해 생각과 느낌을 일종의 이미지화하는 백석의 독특한 기법이 드러나고 있는 작품이다.

「여승」에서 "눈물방울과같이"의 중첩이 교묘하게 화자를 가리키고 있었던 것처럼 내면의 느낌과 생각을 '생각하다'와 '여기다' 같은 서술어로 풀어내는 것 역시 그러한 생각과 느낌의 주체인 화자를 드러내는 역할을 한다. 마찬가지로 백석의 시에서 '서럽다'나 '슬프다' '느낀다'와 같은 형용 서술어들 역시 서술 주체인 '나'와 결합되면서 장면화를 이룬다. 화자의 느낌을 직정적으로 토로한다는 느낌보다는 오히려 화자를 '매개'로 하여 감정이나 생각 자체를 장면으로 제시하는 것이다. 이렇게 본다면 「나와 나타샤와 흰당나귀」의 첫 연 "가난한 내가/아름다운 나타샤를 사랑해서/오늘밤은 푹푹 눈이나린다"에서 "나"와 "나타샤"의 앞에 "가난한"과 "아름다운"이라는 관형어가 붙은 이유는 쉽게 납득된다. "나"와 "나타샤"가 배역화되어 있는 것이다. 그러므로 "나"의 생각과 느낌들은 계속해서 하나의 '행위'처럼 제시되는 톡특한 구조가 이 작품의 미학적 뼈대 노릇을 한다. 생각과 느낌이 행위처럼 제시되기 때문에 「나와 나타샤와 흰당나귀」는 특유의 환상적인 분위기를 갖게 되는 것이다.[26]

추측과 가정과 상상을 제시하면서 또한 체험하는 방식의 발화를 메타적인 발화 내지는 자기 지시적 발화라고 명명해 볼 수 있을 것이다. 메타적 발화는 '생각하기＝말하기'라는 등식에 충실한 글쓰기 패턴이다. 느낌과 생각이 그것을 매개하는 적절한 대상(상관물)을 만날 때 구체화되는 것처럼, 시의 발화에서 가시적인 화자의 존재(의 제시)는 그러한 생각과 느낌에 대한 일종의 상관물(대상)로 기능한다. 이러한 메타적 언술은 특별히 생각의 대상을 드러낼 수 없을 때, 가령 죽고 싶다거나 사랑해서는 안 될 사람을 사랑한다거나 하는 종류의 인식이 자아의 의식을 통해 검열될 때 보다 효과적인 언술 형식이기도 하다. 김윤식에 의해서 고독과 허무감의 가장 깊은 곳('심연')에 도달한, 정신적 높이("북극성")로 묘사된 바 있는 이러한 백석 특유의 언술 방법('이야기체')과 사유('되새김')는 생각과 말을 일체화하는 백석의 장면화라는 기법과 관련해서 주목될 필요가 있다.[27]

## 3. 결론

이 글은 백석의 시가 충분히 감정적임에도 불구하고 절제되어 있다는 느낌을 주는 것에서 착안되었다. 백석의 시에는 감정적인 언술이 직접 표명되어 있는데, 이러한 감정의 표출에서 독자는 1920년대의 시적 언술들이 갖는 감정의 토로와는 다른 종류의 감정 체험을 하게 된다. 그것은 감정의 토로가 아닌 감정의 제시로써 백석은 이

---

[26] 박현진도 인용문적 어법으로 백석의 시를 살피면서, 생각과 관념 자체가 인용되듯이 대상화하는 백석 특유의 언술 특성을 주목하였다. 「나와 나타샤와 힌당나귀」에서 '나'는 사유와 객체화된 사유를 전하는 두 가지 역할을 맡고 있다고 보았다. 박현진, 「백석 시의 인용적 어법과 시 의식」, p.40.

[27] 김윤식, 「백석론」, 고형진 편, 『백석』, 새미, 1996, p.215, pp.218-219.

를 '장면화'라는 기법으로 구현하고 있었다. 그간 백석의 언술적 특성으로 주목되어 온 반복이나 병렬, 엮음 등의 기법은 그러므로 '장면화'를 중심으로 구조화될 필요가 있다. 왜냐하면 시의 언술이나 기법이 궁극적으로 드러내려는 사유나 세계 체험의 방식과 밀접한 연관을 갖는다고 할 때, '장면화'는 반복이나 병렬, 엮음을 수용할 수 있기 때문이다. 이 글은 백석의 언술 구조로 '장면화'를 들고 이러한 구조가 실현되는 각각의 방법으로 '명사 구문'과 '직유' 그리고 '메타적 언술(자기 지시적 언술)'을 분석하였다. 그 결과 백석의 『사슴』에 수록된 초기의 단편들뿐만 아니라 『사슴』 이후의 장형화된 작품들에서도 장면화의 기법들이 구현되고 있었다.

명사 구문과 직유(부사적 기능을 수행하는 직유까지)처럼 가시적인 장면화의 기법뿐만 아니라 그러한 자신의 사유와 느낌과 상상을 드러낼 때조차 사유와 느낌의 주체를 함께 드러냄으로써 장면화하였다. 이러한 장면화는 한편으로는 백석의 시가 화자의 기분과 감정에만 몰입되는 것을 방지하고, 다른 한편으로는 절망과 허무의 심연으로 기투해 들어가면서 절망과 허무를 시의 언어로 바꿀 수 있도록 해 주었다. 그 결과 백석의 시는 다양한 풍속과 이야기들을 포함하고 있으면서도 서사적이라기보다는 묘사적이고 순간적인 양상을 보여 주었다. 백석의 시는 시인 자신의 기억과 1930년대 후반이라는 시공간에 존재하는 풍물뿐만 아니라 그러한 풍물을 호출하고 대면하는 자기를 매개하였다. 그리하여 소외되고 버려진 풍물들에 시선과 온기를 불어넣을 뿐만 아니라 반대로 풍경과 풍물을 접하는 메마른 내면의 심연을 함께 드러낼 수 있었다. 백석 시에 나타난 장면화의 기법은 백석 시의 처음부터 끝을 관통하는 하나의 유전적 형질로서 주목받을 만하다. 나아가 이러한 철저한 자기 응시를 문학적 근본주로 명명할 수도 있을 것이다.

# 이용악 시의 간접화법

## 1. 이용악 시의 균형 감각과 발화 특성

　일제에 의한 수탈과 핍박이 극에 달하는 1930년대 후반부터 1940년대 중반까지, 민족과 개인의 미래가 전혀 불투명한 상황에서 이용악의 시가 보여 주는 균형감과 그 균형감에 기반한 시적 형상화는 프로문학이 남긴 한계를 극복한 성과라 할 수 있을 것이다. 그러나 그것이 반드시 이용악의 시가 모더니즘적 경향과 격원한 지점에서라고 말해야 할 이유는 없을 것이다.[1] 시의 형상화란 이념적 지향과는 별도로 표현의 참신함을 통해서 그 외연과 내포를 늘려 온 것도

---

1　창작 방법에 있어서의 모더니즘 경향은 1930년대의 지배적 분위기였다고 볼 수 있다. 이숭원, 「이용악 시의 현실성과 민중성」, 『한림대학교 논문집』 7, 1989, p.36. 이용악 시의 민중성과 본론에서 작품 분석과 함께 언급할 것이나, 이용악의 시적 성취는 모더니즘과 리얼리즘으로 철저히 나뉜 지점에서 취사선택되어질 문제는 아닐 것이다. 대신 이용악의 변모 과정을 추수할 때, 민족의 운명이 경각에 놓인 시점에서 그가 보여 주는 개인적·자족적·미학적 탐닉이 사적 의미 규정의 차원에서 어떻게 보아야 할 문제인지는 또 하나의 본격적인 논의점이 될 것이라 생각한다.

사실이기 때문이다. 또한 1930년대 시인들이 창작 기법으로서 모더니즘에 경도된 것이 경향문학에 대한 반성적 지형도 위에서 이루어지고 있음을 상기할 필요가 있다. 문학사의 내적 층위에서 일어나는 반성적 대화의 관계란 바로 전 세대가 일군 문학적 자양을 비판적으로 검토하고 그것을 창조적으로 계승하는 것이다.

이용악의 시는 1920년대의 시인들처럼 개인적 내면의 세계에 스스로를 함몰하거나 격렬한 구호와 선동 조로 치달았던 프로 시인들과는 동떨어진 지점에 놓여 있다. 바꿔 말하면 이용악 시의 화자가 시대의 참상을 분명하게 볼 수 있는 시각과 그것을 내면적 발화와 공존시킬 수 있는 균형감을 갖고 있다는 것이 된다. 이러한 '균형 감각'을 동시대의 문학과 현실에 대한 이용악의 대타 의식으로 이해할 수 있다. 대타 의식이란 시적 발화를 가능하게 하는 주체의 성립 요건이다.[2] 이용악의 시에 두드러진 서술상의 특징들은 대타 의식을 보여 주는 여러 지표들을 포함하고 있다. 직접·간접화법, 들여쓰기, 돈호, 명령법은 야꼽슨의 지적대로 수신자를 지향하는 명령적 기능을 갖는 발화의 지표들이다.[3]

---

2  유성호, 「'친일'과 '저항', 그 시적 형상과 논리」, 『상징의 숲을 가로질러』, 하늘연못, 1999, pp.56-57.

3  야꼽슨이 제시하는 시학의 소통 이론은 우선 발신자와 수신자의 매개물을 시 작품이라고 보고, 이 의사소통의 여섯 가지 요소를 발신자와 수신자를 포함하여 메시지, 그러한 메시지를 전하는 상황, 그것을 전달하는 방법으로서의 접촉(작품 발표 등), 그리고 (한국어, 혹은 시어라는) 코드로 상정하였다. 이 여섯 가지 요소들은 시 작품을 읽는 여섯 가지의 겹과 기능을 거느리는데, 발신자의 기능은 감정 표시적 기능을, 상황은 지시적 기능을, 메시지는 시적 기능을, 수신자는 명령적 기능을, 접촉은 친교적 기능을, 코드는 메타언어적 기능을 갖는다. 하나의 발화 행위를 여섯 개의 겹으로 이해한 야꼽슨의 견해는 언술 구조나 발화 구조를 분석하는 논문의 중요한 논거로 쓰인다. 야꼽슨은 소통이란 측면에서 시적 발화 행위를 여섯

이용악 시의 화자는 동시대의 그 어느 시인의 발화자보다 다양한 층위를 가지고 있다. 이러한 다양함은 이용악 자신의 경험적 행동반경과 무관하지 않을 것이다. 이용악의 시적 상상력과 내적 체험의 지리적 반경은, "아라사"와 "두만강"을 그 북방 한계선으로 하며, 그가 공부하고 두 권의 시집을 출간한 일본을 그 남방 한계선으로 한다. 그는 사회적으로 극빈한 계층에서 아버지 없이 자라났으며 일본 유학 시엔 학비 조달과 생계를 위해 힘겨운 노동을 하면서도 군부대의 음식 찌꺼기로 목숨을 부지하는 등 최하층의 생활을 겪어야 했던 것으로 알려졌다. 하층민 생활과 일본 유학을 마친 당대의 지식인 엘리트라는 사뭇 대조적인 사회적 지위 또한 이용악의 시적 스펙트럼을 다양하게 하는 이유가 아니었을까 생각된다. 1931년의 카프 검거와 1935년의 카프 해산을 통한 프로문학에 대한 반성이 가져온 모더니즘적 경향 속에 있었던 시인으로서 이용악의 시는 1930년대의 모더니즘이라는 문학적 풍조가 얼마간 내면화되어 있다. 이용악의 시를 움직이고 있는 가장 거대한 힘은 특정한 주의나 주장에 투신하는 것보다는 외적 조건에 대한 끊임없는 반성과 자기 균형에 있었던 것 같다. 대립적인 세계들 사이에서 끊임없이 길항하면서 내면의 출구를 고심하고 시를 쓴 것이 아닌가 생각된다. 따라서 이용악 연구사에서 노출되는 서로 다른 두 경향은 배타적 관점보다는 수용성과

---

개의 구성 요소로 파악하고 있지만, 이를 세분화한다면 얼마든지 세부적인 모델링도 가능할 것이다. 야꼽슨식으로 이해한다면 이용악의 시는 지시적 기능과 시적 기능, 그리고 명령적 기능이 두드러진다고 말할 수 있을 것이다. 형식적 자질로 논증할 경우 그것은 이용악 시의 청유, 명령, 돈호, 들여쓰기, 직접·간접 인용의 빈번한 출현과 무관할 수 없는 것이기도 하다. 로만 야꼽슨, 「언어학과 시학」, 『일반 언어학 이론』, 권재일 역, 민음사, 1989, pp.215-222.

균형 감각 위에서 고찰되어야 한다.

　연구사에서 이용악 시에 대한 연구는 크게 세 가지 방향에서 이루어졌다. 작가론을 통해 이용악 시가 가지는 사회·역사적 문맥을 읽는 독법, 이러한 작가론의 성과를 대화적으로 매개하면서 이용악 시의 성공적 지점을 당대 민중의 소외상을 묘파한 곳에 두는 리얼리즘적 연구, 그리고 리얼리즘적 연구에 대한 반성적 거리를 유지하면서 서술상의 특징들을 분석하고 서술 구조를 귀납하는 연구가 그것들이다.[4] 한편 언어학자로서 이용악 시의 방언과 시 문법에 주목한 곽

---

4 이 글과 직접적으로 관련해서 서술 구조에 천착한 논문으로는 황인교, 류순태, 이수남, 장석원, 이경수의 논문이 있다. 황인교는 학위논문의 한 장을 「낡은 집」의 언술 구조 분석에 할애할 정도로 꼼꼼한 읽기와 분석을 보여 주고 있어 최초로 이용악 시의 언술 구조를 견인하였다. 그는 발화의 층위에서 인용된 타자의 말이 객관화에 기여한다고 보았다.(황인교, 「이용악 시의 언술 분석」, 이화여자대학교 박사학위논문, 1990) 류순태는 계열 축에서는 "초행적 반복 구조"가 통합 축에서는 은유와 플롯이 이용악 시의 구조적 특성임을 구명하고, 각각의 상호 결합이 보여 주는 현실적 상상력이 이용악 시의 특성이라고 보았다.(류순태, 「이용악 시 연구—'구조'와 '모형화'를 중심으로」, 서울대학교 석사학위논문, 1994) 이수남은 임화, 박세영, 백석, 이용악의 텍스트를 중심으로 서술시의 특징을 밝히려 하였다. 작품의 전경에 나타나는 화자와 청자를 네 개의 범주로 유형화하여 살핀 것이 흥미로운 지점이다.(이수남, 「한국 현대 서술시 특성 연구—임화, 박세영, 백석, 이용악의 시를 중심으로」, 부산외국어대학교 석사학위논문, 1995) 장석원의 학위논문은 이용악 시의 반복 기법과 상호텍스트성을 통해 이용악 시가 대화적 구조를 가지고 있음을 밝히고 있다. 그의 논문은 바흐찐의 대화 이론에 대한 포괄적 이해를 넘어서 이 대화 이론으로 작품을 분석하고 내적 구조를 규명한 것이 성과라고 할 수 있다.(장석원, 「이용악 시의 대화적 구조 연구」, 고려대학교 석사학위논문, 1999) 이경수는 백석, 이용악, 서정주의 시를 통해 1930년대 시의 반복 기법을 귀납하였다. 수사적 반복이나, 율격론에서의 반복이 방법론으로서 가질 수 있는 지나친 일반화의 허점을 언술 구조의 분석과 귀납으로 넘어섰다.(이경수, 「한국 현대시의 반복 기법과 언술 구조」, 고려대학교 박사학위논문, 2002) 이상의 연구들은 이용악 시의 언술적 특성을 분석함으로써 기존의 사조적 독법의 편향을 지양하고, 시 의식과 연계하여 논증할 수 있는 발판을 마련하였다.

충구의 논문[5]은 이례적이다. 그는 유정으로부터 도움을 받았다는 윤영천의 방언 뜻풀이에서 틀린 부분을 바로잡고 빠진 부분을 채워 넣었다. 함북 방언 화자와 연변의 언어학자들, 그리고 문헌을 통해 뜻을 찾는 데 그치지 않고 함북 방언의 조어법이나 이용악 시에 나타난 시 문법을 밝히고 있다.

이 글은 이용악의 세 번째 시집 『오랑캐꽃』에 나타나는 서술상의 특징으로 간접화법에 주목하고자 한다. 간접화법은 발화자가 자신의 발화에 타자의 이야기를 끼워 넣는 방식으로 일견 '단일 발화자의 주관적 체험의 전달'이라는 시 장르의 본질적 서술 방법과는 다른 방법이다. 전달하고자 하는 의미 체계가 사실 확인이나 갈등을 야기하는 사건의 추이가 아닌 이상 서정시는 많은 발화자를 필요로 하지 않는다. 그러나 비단 임화의 시 「우리 오빠와 화로」에 대한 팔봉의 '단편서사시론'을 떠올리지 않더라도 시사에는 '서사'에 대한 탐색이 이루어진 예를 찾는 것이 그리 어렵지 않다. 사실의 객관성은 더 많은 관점의 수렴에서 가능해지는 것인 만큼 시 속에 삽입되는 타자의 말과 그에 따른 중층적인 발화는 더욱 객관적인 진실을 요청하는 시대 상황의 결과일 수도 있다. 리얼리즘 문학의 연구에서 간접화법을 서술상의 근간으로 하는 작품들이 대체로 리얼리즘적 성과로 거론되는 것도 서술상의 방법과 관련하여 주목할 점이다.

간접화법은 발화자가 다른 발화자의 말을 옮기는 것으로 간접 인용의 말하기이다. 발화자의 말은 인용된 타자의 말과 더불어 복수화되어 객관성과 신뢰성을 넓힐 수 있다. 이러한 인용의 화법을 통해

---

**5** 곽충구, 「이용악의 시어에 나타난 방언과 시문법 의식」, 이기문·이상규 외, 『문학과 방언』, 역락, 2001.

대화의 구조는 개인 대 개인의 것에서 다수 대 다수의 것(집단 대 집단의 견해 대립)으로 확대될 수 있다. 엄밀한 의미에서 간접화법은 인용자 자신의 주관적 검열을 거치는 것이기 때문에 발화의 고유한 권한과 기능은 인용자에게 있다. 그러나 발화의 배면에서는 두 개 세 개 이상의 화자의 말들이 끊임없이 인용하는 화자의 말과 매개된다. 이용악 시의 특이성은 무엇보다 이 간접화법의 사용에서 찾을 수 있다.

## 2. 화해되지 않는 타자와 중층적 발화

발화자의 발화 행위 속으로 타자의 발화가 끼어들 때[6] 발화는 중층적인 구조로 분화된다. 본질적으로 다른 상황과 맥락 속에 존재하는 타자의 발화는 발화자가 구축하고 있는 발화 행위 속으로 끼어들면서 여러 개의 겹을 만들어 놓는다. 발화의 층위가 여러 겹으로 분화되면 하나의 주제를 향해 구축되는 발화자의 메시지는 구심점이 약해지지만 대신 발화의 대상과 수용의 폭은 더 넓어진다. 그러므로 이제 하나의 주제를 향해 긴밀한 연관 관계에 놓인 연과 연, 행과 행, 구절들은 새로운 발화들을 수렴하면서 새롭게 구축되는 양상으로 나타난다. 발화자와 타자의 사이를 길항하면서 분화하고 확장되는 발화의 접점에는 타자의 흔적이 남아 있다. 간접화법은 타자의 발화가 남긴 흔적이면서 동시에 발화자가 타자를 끌어들이고 자신의 체계 안에 통합시키는 작동 방식이다.

그러나 타자의 말은 인용자에 의해서 수용되면서도 여전히 그 타

---

6 바흐찐은 이러한 타자의 말을 "발언 속의 발언(speech with speech), 발화 속의 발화(utterance with utterance)이자 동시에 발언에 관한 발언, 발화에 관한 발화"라고 정의했다. M. 바흐찐, 「언어 구조에 있어서 발화 유형의 역사」, 『마르크스주의와 언어철학』, 송기한 역, 한겨레, 1988, p.158.

자성을 완강하게 가지고 있다.[7] 이것은 본질적으로 타자의 말이 다른 맥락 속에서 발생했기 때문이다. 그러므로 발화자가 타자의 말을 전달할 때에는 타자의 메시지가 아니라 발화자의 발화와 타자의 발화가 맺는 능동적인 관계에 유의해야 한다. 타자의 말은 단순히 주제의 수준에서가 아니라 구성 방식 속에서 그 의미를 살펴야 한다.


(전략)

이 집 안방 짓두광주리 옆에서

첫울음을 울었다고 한다


'털보네는 또 아들을 봤다우

　송아지래두 붙었으면 팔아나 먹지'

마을 아낙네들은 무심코

차그운 이야기를 가을 냇물에 실어보냈다는

그날 밤

저릎등이 시름시름 타들어가고

소주에 취한 털보의 눈도 일층 붉더란다


(중략)


더러는 오랑캐령 쪽으로 갔으리라고

---

**7** 바흐찐에 의하면, 타자의 말이 다른 발화 행위 속으로 끼어들어도 타자의 발화는 본래의 구성상, 의미상 독자성을 계속 보유한다. M. 바흐찐, 『마르크스주의와 언어철학』, p.158.

더러는 아라사로 갔으리라고

이웃 늙은이들은

모두 무서운 곳을 짚었다

—「낡은 집」 부분

이용악의 대타적인 발화 특성의 연원을 살피기 위해 비교적 초기
작을 살펴보자. 이용악의 초기 대표작 중 하나인 「낡은 집」은 타자의
이야기를 발화자의 발화 층위로 가져오는 인용의 방식이 잘 나타난
작품이다. 3연의 7행 "첫울음을 울었다고 한다"의 간접화법은 시의
전면에 직접적으로 드러난 화자 '나'의 '소꿉친구'가 출생했다는 정보
를 알려 주는 또 다른 발화자의 존재를 부각시킨다. "짓두광주리 옆
에서" "첫울음을 울었다"는 구체적 표현은 발화자인 '나'가 확인할
수 없는 시간의 일이기에 타자의 말을 통해 객관화된다. '나'의 발화
층위 안으로 중개된 타자의 말은 '사실성과 흥미'라는 서사성을 담보
해 준다. 간접화법을 통한 인용은 흥미를 적절히 유지하면서도 이후
발생하는 비극적인 상황에도 일정한 거리를 갖도록 만들어 주며 반
복(점층)과 함께 이 작품[8]의 구축 방법으로 작동하고 있다.

직접화법과 간접화법이 나란히 제시된 4연은 분석의 신중함을 요
구한다. 털보네의 출생에 관한 동네 아낙들의 발화인 1, 2행의 직접
화법은 4, 7행의 간접화법과는 다른 정서적 태도를 보여 주기 때문
이다. 발화자의 맥락 속으로 끼어든 후에도 타자의 말이 원래의 구

---

[8] 이경수는 1930년대 후반의 시를 반복 기법을 통해 고찰한 그의 박사학위논문에서
반복과 점층이 이용악의 시가 갖는 특징적인 언술 구조임을 밝히고 있다. 이경수,
「한국 현대시의 반복 기법과 언술 구조」.

성과 의미상의 특징을 그대로 보유한다는 바흐찐의 지적처럼, 인용부호 속의 타자의 말은 비정하기 이를 데 없다. 송아지와 털보의 아들의 비교 층위에서 털보의 아들은 팔아먹을 수도 없는, 송아지만도 못한 존재로 전락한다.[9] 발화자의 의식적 간섭을 거치는 간접화법과는 달리[10] 직접화법의 말들이 지닌 이러한 비정함은 털보네의 가난이 인간 이하의 생활임을 폭로한다. 아마도 「낡은 집」이 갖는 해석상의 특징은 바로 이러한 폭로성, 고발성에서 찾을 수 있을 것이다.[11] 야꼽슨의 발화 모델에서는 청자 기능이 극대화될 때 발화 행위는 명령적 기능이 두드러지는데, 이용악의 다른 작품들에 비해 이 작품은 발화 행위에서 청자가 차지하는 기능과 비중이 가장 큰 작품이다. 3행에서는 다시 직접 인용된 말의 발화 주체가 마을 아낙들임이 드러난다. 이때 타자의 말과 '나'의 말의 층위를 분명하게 갈라놓는 표지는 3행과

---

9 황인교는 털보의 아들이 송아지의 상품 가치만도 못하다는 마을 아낙네들의 표현을 이용악의 시 「북쪽」에서 "여인이 팔려간"이나 「절라도 가시내」의 전라도 가시내와 상호텍스트를 이루고 있다고 보았다. 딸이 상품 가치를 가지는 것에 비해 아들이 상품 가치를 가지지 못한다는 해석은 타자가 속한 집단의 가치 체계를 보여 준다고 하였다. 황인교, 「이용악 시의 언술 분석」, p.23.

10 "타자의 말은 하나의 덩어리 전체를 이루는 사회적 행위로서, 화자가 분리할 수 없는 개념상의 위치로만 받아들여진다. 결국, 말의 내용만이 받아들여지고, 그 기법은 받아들여지지 않는 것이다." M. 바흐찐, 『마르크스주의와 언어철학』, p.165.

11 이숭원도 이 작품의 폭로성에 주목하고 있다. "이 구절은("북쪽을 향한 발자욱만 눈 위에 떨고 있었다", 인용자) 앞의 '도토리의 꿈'과 다시 한번 대비되면서 어린이의 작은 소망조차 여지없이 파멸시켜 버리는 현실의 비인간적인 냉엄성을 간접적으로 폭로한다." 그는 이러한 폭로가 털보네라는 가족의 한정된 울타리를 벗어나 민족 전체의 현실 문제로 확대된다고 의미를 부여한 후, "민족의 미래에 대한 전망이 결여되어 있기 때문에, 자칫하면 패배주의나 허무주의에 기울 가능성도 없지 않다"고 평가하였다. 폭로가 갖는 일차적 의미를 성공적으로 보았다면, 마지막 연에서 묘사되는 폐허의 이미지가 "완벽한 죽음의 공간"으로 끝나는 것을 이 작품의 한계로 보았다. 이숭원, 「이용악 시의 현실성과 민중성」, p.43.

4행에 걸친 문장의 부사어 "무심코"와 관형어 "차그운"이다. 이러한 표지들이 각각 타자의 말에 대한 화자 '나'의 간섭을, 즉 타자의 말에 대해 의미의 주석을 보여 주고 있다면 4행의 "실어보냈다는"의 '-는'과 7행 "붉더란다"의 '-란다'는 언술상의 표지이다. 사회적 모순과 민중의 파탄상을 고발하고자 했던 프로문학이 노정해야만 했던 '구호시'와 '격문시'와는 다른 격을 이 작품이 거느릴 수 있는 것도 이러한 타인의 말을 화자가 비판적 거리를 통해 매개하기 때문이라고 할 수 있다.

1, 2연의 정보를 통해 지금은 흉가인 이 집에서 살았던 사람들이 털보네이며, 그들이 어딘가로 떠났다는 것만을 알고 있는 청자는 이제 3, 4연에 이르러 털보네의 이향이 극심한 가난으로 인한 것임을 깨닫는다. 6연에는 털보네의 상황을 '북쪽을 향한 발자국'을 통해 묘사하고 있는데, 발자국이 눈 위에 떨고 있다는 묘사는 7연의 간접 인용된 타자의 말에 대한 화자의 주석어 "무서운"을 통해 가난에 의한 비극적 상황의 아픔을 심화하며 잔잔한 울림을 준다. 고향을 등진 유이민의 강퍅한 삶으로 내던져진 털보네 가족의 비극적 일화를 간접화법으로 암시하며 마무리한다. "더러는 오랑캐령 쪽으로 갔으리라고/더러는 아라사로 갔으리라고"를 통해서 불투명한 미래에 대한 불안과 절망적 심경 외에 어떤 전망도 불가능한 털보네의 암울한 정황을 암시하는 것이다.

전체적으로 살필 때, 이 작품은 다시 크게 두 개의 층위로 나뉜다. 현재의 시점에서 "낡은 집"을 보며 이루어지는 발화자의 층위가 그 하나이며, 직접화법과 간접화법을 통해 털보네의 서사가 이루어지는 타자의 발화 층위가 다른 하나이다. 간접화법을 통해 배면의 발화가 과거형 시제를 거느림으로써 현재형 시제를 통해 제시되는 '나'

의 발화와 분화되는 모습으로 나타난다. 이러한 분화는 결국 이 작품이 전면에 등장한 발화자 '나'를 통해서 보여 주려고 한 것이 "낡은 집"이라는 것을 일깨운다. 다시 말해서 이 작품은 털보네의 이야기와 함께 그 털보네가 살았던 집과 친구를 생각하는 '나'를 함께 매개하고 있기에, 서술의 대상을 단순히 '가난한 시대를 살았던 민중의 아픔'으로만 치환될 수는 없다. 또한 이것이 가난이나 유이민의 삶에 대해 「낡은 집」의 해석적 잉여가 아무리 크더라도, 어디까지나 현실에 대한 절제된 묘사[12]의 층위를 넘어서지 않게 되는 이유이기도 하다.

「낡은 집」은 1937년 동경 삼문사에서 『분수령』을 출간한 후, 이듬해 다시 같은 출판사에서 출간한 『낡은 집』의 표제가 된 작품이기도 하다. 1년의 시간적 거리를 갖는 두 시집이 모두 커다란 내용적·서술적 변별성을 갖지 않는다는 점을 떠올릴 때, 「낡은 집」을 통해 이용악 시의 발화의 한 특징인 간접화법을 통한 타자와의 매개가 초기부터 연원하는 것임을 살필 수 있다.

---

[12] 이때의 묘사란 상황을 바라보는 태도를 말한다. 서사가 시간에 따른 변화에 관심을 갖는 방식이라면, 묘사는 그러한 상황에 대한 충실한 반영에 관심을 갖는다. 이경수의 논문(「한국 현대시의 반복 기법과 언술 구조」)도 「낡은 집」을 간접화법을 통해 분석하고 있다. 이 논문에서 그는 "이 시에서 직접화법과 간접화법으로 인용된 타인의 발화는 털보네집의 개인사에 보편성을 부여하는 힘으로 작용하게 된다"고 하여 간접화법이 갖는 의미상의 기능을 잘 요약하고 있다. 그러나 이용악의 시에 나타나는 간접화법의 유형과 기능을 살필 때, 「낡은 집」은 「오랑캐꽃」이나 「절라도 가시내」의 발화 구조와는 다르다. 타자의 말과 화자의 말이 융화되는 밀도에서 그 차이가 목격되는바 「낡은 집」의 고발·폭로성은 폭로의 주체가 발화자보다는 타자의 발화에 더 비중을 두고 있기 때문으로 보인다. 그리고 이 부족한 장악력은 이숭원이 지적한 전망의 부재와 연관된 것일 수밖에 없다.

## 3. 타자를 향한 능동적 화해의 발화

타자의 발화를 발화자의 발화에 매개함으로써 발화의 영역을 확대하는 간접화법은 이용악의 세 번째 시집인『오랑캐꽃』에서 적극적으로 수용되는 모습을 보여 준다. 시 전반에서 특이하게 주석 서술을 통해 '오랑캐꽃 이름'의 유래를 설명하는「오랑캐꽃」의 경우, 이러한 중첩적 발화 양상이 가장 복잡하게 나타나고 있다. 기존의 연구에서는 오랑캐꽃이라는 이름에 대한 주석 서술로 인해 민족 대 민족의 대결 양상으로 시를 해석하게 되었다. 그러나「오랑캐꽃」을 둘러싼 숱한 해석의 분분함과 갈등들은「오랑캐꽃」의 발화 구조와 발화자의 위치를 고려하는 것만으로도 비교적 분명하게 드러날 수 있는 것이다.


　　─긴 세월을 오랑캐와의 싸홈에 살았다는 우리의 머언 조상들이 너를 불러「오랑캐꽃」이라 했으니 어찌보면 너의 뒤ㅅ모양이 머리태를 드리인 오랑캐의 뒤ㅅ머리와도 같은 까닭이라 전한다─


　　안악도 우두머리도 돌볼새 없이 갔단다
　　도래샘도 띳집도 버리고 강건너로 쫓겨 갔단다
　　고려 장군님 무지 무지 처 드러와
　　오랑캐는 가랑잎처럼 굴러 갔단다


　　구름이 모혀 골짝 골짝을 구름이 흘러
　　백년이 몇 백년이 뒤를 니어 흘러 갔나


　　너는 오랑캐의 피 한방울 받지않었것만

오랑캐꽃

너는 돌가마도 털메투리도 몰으는 오랑캐꽃

두 팔로 해ㅅ빛을 막아줄게

울어보렴 목놓아 울어나보렴 오랑캐꽃

—「오랑캐꽃」 전문

먼저 이 작품을 둘러싼 분분한 해석의 편린들을 살펴볼 필요가 있다. 가장 먼저 눈에 띄는 것은 '오랑캐'를 역사의 변방민으로 보는 윤영천의 견해[13]이다. 그는 "오랑캐꽃의 연약한 형상"이 일제 "식민 통치 아래 신음하는 조선 민중의 객관적 상관물"이라고 언명했다. 그러나 그가 '오랑캐'와 '오랑캐꽃'을 구별하면서도 '오랑캐'와 대립되는 "고려 장군님"의 함의를 해명하지 않은 탓에 논란의 여지를 남기게 된다. 이숭원은 이 작품의 첫머리에 '오랑캐꽃'의 이름의 유래를 밝히는 글이 이 작품의 맥락과 전적으로 상치되어 오히려 작품의 완성도를 방해하는 역기능을 초래하고 있으며, 이 작품이 "현저한 감상화"와 함께 민중 의식과는 무관하게 비애감만을 피력함으로써 현실의 객관적 묘사라는 「낡은 집」의 성과를 후퇴시키고 있다고 보았다.[14] 이숭원의 견해와는 대조적인 자리에서 김명인은 「오랑캐꽃」에서의 머리글이 작품과 충돌을 일으킬 하등의 이유가 없으며, 오히려 역사적 사실을 환기함으로써 주변인적 삶에 관한 시인의 슬픔을 잘 형상화하고 있다고 보았다.

이상의 견해들이 시 의식에 초점을 맞추고 개진된 논의들이라면

---

13 윤영천, 「민족시의 전진과 좌절」, 윤영천 편, 『이용악 시 전집』, 창작과비평, 1988, p.238.
14 이숭원, 「이용악 시의 현실성과 민중성」, pp.46-47.

형식적 자질들에 주목한 논문들은 이와 다른 견해를 보여 준다. 이용악의 시가 갖는 '서정과 서사의 대화적 구조'에 초점을 맞추고 있는 장석원의 학위논문에서는, '오랑캐'와 '오랑캐꽃'을 화자가 매개함으로써 '오랑캐꽃'이 '오랑캐'의 운명을 닮게 되는 것으로 나타나며, 이때 힘없는 민족을 대변하는 '오랑캐꽃'에 대한 시인의 애정이 드러난다고 보았다. 그러나 피지배 계층과 지배 계층의 언어를 대립시킴으로써 이용악의 언어가 소수집단의 언어로 지배 담론과 대화를 한다는 해석은 「오랑캐꽃」의 통사론적 분석에 의해 뒷받침될 필요가 있다. 그의 논문은 「낡은 집」이나 돈호와 명령 어법을 근간으로 하는 초기작들과는 달리 「오랑캐꽃」이 '대화적 구조'에 잘 맞지 않는다고 지적하고 있다. 이는 통사론적 분석과 그에 대응하는 의미론적 해석 사이에 보완되어야 할 여지가 있다는 것을 보여 준다.[15] 통사론적 분석을 정교하게 이루어 낸 이경수의 논문에서는 이 시에서 반복되는 언술 자질들을 '반복적 점층'의 구조로 파악하고 '반복적 점층'이 심화되는 가운데, 당대 민중의 슬픔과 억울함을 삶의 근거지를 잃고 떠나는 오랑캐의 모습과 겹쳐 놓음으로써 아이러니컬한 역사적 상황을 보여 준다고 말했다. 또한 머리글을 통해 '오랑캐꽃'의 이름의 유래를 밝혀 놓음으로써 '오랑캐'와 '오랑캐꽃'이 무관함을 말한다고 하고, 누가 쳐들어오고 누가 쫓겨 갔느냐가 중요한 것이 아니라 오히려 누군가가 쳐들어오고 누군가가 쫓겨 갔다는 설정만이 중요하다고 하였다. '오랑캐꽃'이 무엇을 의미하는가라는 질문을 괄호 치면서 침략적 상황을 읽어 내는 것은 탁견이다. 그러나 '반복적 점층'의 구조가 단일한 주제에 집중될 때 감동의 진폭이 커질 수 있는 것

---

15 장석원, 「이용악 시의 대화적 구조 연구」, pp.84-87.

에 비해 「오랑캐꽃」의 의미 구조가 쉽게 단일화되지 않는 대립적 자질(곧 '오랑캐'와 우리 민족의 관계)을 여전히 거느리고 있다는 점을 해결해야 한다. 따라서 발화자에게서 청자에게로 향하는 발화의 맥락과 발화의 분화를 면밀히 검토함으로써 「오랑캐꽃」에 대한 의미 해석이 분명하게 드러날 수 있을 것이다.

「오랑캐꽃」에 관한 기존의 연구들은 '오랑캐'와 '오랑캐꽃'을 약소 민족이나 유이민들의 제유적 대상으로 파악하면서 1연 3행의 "고려 장군님"과의 충돌을 피할 수 없었다. 작품 전체의 어조나 분위기가 '오랑캐꽃'에 대한 연민의 감정으로 충만한 것을 볼 때, 바로 우리의 조상인 "고려 장군님"이 현재의 연민의 대상에 대한 가해자가 되는 아이러니컬한 상황을 피할 수가 없었던 것이다. 이러한 부분은 시 의식에 주목해서 작품을 살피는 연구나, 작품의 구조와 형식에 근거한 분석의 경우에서도 난독의 괴로움을 따돌리기에는 역부족이었다.[16]

그러나 발화 행위에 초점을 맞춰서 이 작품을 읽을 경우, 이러한 난독은 더 이상 의미가 없다. 또한 전경에 제시되는 의미 자질 간의 충돌은 전복되면서 오히려 내포 의미를 확장시켜 놓는다. 우선 이 작품은 이례적으로 머리글을 통해 '오랑캐꽃'의 이름의 유래를 설명

---

16 오교정의 논의는 '오랑캐꽃'의 의미를 일본인이 아니면서도 일본인으로 불리워진 조선인이라고 보아 흥미롭다. 일제에 의해 강요된 내선일체와 황국신민, 창씨개명 등의 역사적 맥락을 참고함으로써 「오랑캐꽃」의 성취를 "민족문화를 말살당하고 내선일체를 강요당하던 당시 식민지 조선의 고향 사람들의 비극적 삶"의 노래로 보았다. 그러나 오랑캐가 아닌데도 오랑캐꽃으로 불려야 하는 처지가 조선인들의 비극이라고 해도, 1연을 오랑캐에 대한 연민으로 읽는다는 것은 "고려 장군님"의 존칭이나 부사어 "무지 무지"와 관련된 화자의 발화 태도와는 아귀가 맞지 않는다. 오교정, 「이용악 오장환 시에 나타난 고향 이미지의 대비 연구」, 전주대학교 석사학위논문, 1992.

해 준다. 이러한 설명을 통해서 발화자가 발화의 대상인 '오랑캐꽃'을 '너'라고 지칭하면서 이 작품 속에서의 발화 행위의 외연이 확정된다. 이 작품의 표면적인 청자는 '오랑캐꽃'이며 곧, 화자가 '오랑캐꽃'에게 발화하는 구조를 갖게 된다.

1연에서 제시되는 발화의 양상은 화자의 존재를 전면에서 숨긴 채 오랑캐들이 쫓겨 가는 모습을 표층에 올려놓는다. 언술상으로는 '-했단다'를 반복하면서 간접화법으로 말하고 있다. 1연에서부터 발화의 양상은 분화되게 된다. 분화된 발화의 표층에는 '오랑캐꽃'이 있고, 배면에는 쫓겨 가는 '오랑캐'들의 모습이 놓이게 된다. 이때 발화자에 의해 주석된 '아낙도 우두머리도 돌볼 새 없이'와 "무지 무지"와 "가랑잎처럼"은 오랑캐들이 쫓겨 가는 형상에 대한 어떠한 연민이나 감정적 태도와는 무관한 자리에 발화자를 위치시키고 있다. 오히려 내쫓는 "고려 장군님"에 대한 주석이 "무지 무지"로 표명됨으로써 쫓아내는 행위에 대한 동조에 더 가까운 반응을 보여 준다. "고려 장군님"에 대한 존칭도 빼놓을 수 없는 부분이다. 맥락 그대로 오랑캐의 퇴주는, 역사적으로 윤관의 여진 정벌을 환기시킨다.[17] 여진족의 퇴주가 무엇보다 인과적으로는 여진족의 침입에 의한 것이었음을 상기할 때, 1연의 타자의 발화에 대한 화자의 주석을 이해할 수 있게 된다. 1연의 발화는 3개의 문장 모두가 간접화법으로 제시됨으로써 철저하게 타자에 의한 발화라는 것을 보여 준다. 타자의 말에 의해 전달된 정보가 과거의 것임을 2연의 '시간의 흐름'을 통해

---

[17] 함흥 지역까지 넘어와 정주하던 여진족을 토벌하려는 고려왕조의 정책에 대항하여 동여진의 군사들이 정주성을 공략해 옴에 따라 본격적으로 고려왕조는 윤관을 통해서 이들을 내쫓고 성을 축조하기에 이른다.

3연에서 비로소 발화자의 발화가 시작된다. 3연의 발화 행위는 발화의 대상인 '오랑캐꽃'에게 이루어지고 있는데, 2행의 돈호가 마지막 5행에서 명령으로 나타나는 것은 전술한 야꼽슨의 도식을 빌려 오지 않더라도 예정된 수순이라고 할 수 있을 정도로 정격적이다.

3연의 발화는 "오랑캐의 피 한방울 받지않"은, "돌가마도 털메투리도" 모르는 '오랑캐꽃'을 전면화하면서 전적으로 '오랑캐꽃'과 '오랑캐'와의 무관함을 역설한다. 그렇다면 '오랑캐꽃'에게 울어 보라고 주문하는 문맥의 의미는 '오랑캐'가 아닌데 '오랑캐'와 같은 처지가 된 '오랑캐꽃'에 놓이게 된다. 이 대목이 이 시의 간단없는 독해를 방해하는 부분이기도 하다. 타자의 발화와 화자의 발화는 완강하게 대립되어 있어서 '오랑캐꽃'과 '오랑캐'를 쉽게 겹쳐 읽거나, 분리시켜 읽는 것을 방해하고 있다. 그러나 '오랑캐꽃'이 울어야 하는 이유를 화자의 발화에 의한 이름의 연원에서 찾든지 타자의 발화에 의한 '오랑캐'의 처지와의 유사성에 찾든지 '오랑캐꽃'이 서럽고 억울한 상황에 처해 있다는 것을 부정할 수는 없을 것이다. '오랑캐꽃'과 '오랑캐'의 처지가 같다고 해서 각각의 존재가 같아지는 것은 아니듯이, 간접 발화의 영역인 과거 시간 속에서 퇴주하는 '오랑캐'의 모습은 화자의 발화가 이루어지는 현재 시간의 '오랑캐'와는 시간적인 층위가 엄연히 다르다.

그러므로 이제 「오랑캐꽃」의 전체적 의미를 발화자의 발화에 중점을 두어 이해할 때, 우리는 1연의 "고려 장군님"과 3연의 "오랑캐꽃" 사이에서 의미의 역전을 발견할 수 있다. 그것은 화자와 역사적 친연 관계[18]에 있는 "고려 장군님"이 가해자[19]로 나타나고 있는 데 반해, "고려 장군님"의 후손인 3연의 발화자가 "오랑캐꽃"에게 햇빛을 막아 주는 보호자로 나타나고 있는 점을 주목할 수 있다. 미시 단위의 발화 체계를 잠시 괄호 치고 발화자의 발화만을 주목할 때, 이와 같은 역할의 변화가 드러나게 된다. 미시 단위의 발화에서 드러나고 있는 침략과 패주의 이미지를 우리 민족이 처한 당대의 식민지적 현실과 연관 지을 경우 그 의미는 보다 더 의미심장해진다. 타자의 발화가 담지하는 완강함과 계속해서 대립하지 않고 화해하고 있는 화자의 이러한 발화 행위를 통해 이 작품은 단순히 약소민족의 서러움을 연민의 시선으로 바라보는 것 이상의 의미를 만들어 낸다. 역전된 역사적 상황에 대한 자각과 작고 약한 것들에 대한 연민을 통해 「오랑캐꽃」의 발화 구조는 몸부림치며 요동하는 민족적 수난 속에 화해의 구심점을 마련하게 된다. 비록 민족 현실에 대한 직시를 통한 미래적 전망을 담지 못하고 있다[20]는 견해도 있지만, 일제 말기의 암담함을 다시 한번 떠올린다면, 미래적 전망이란 현실에 대한 직시 그 이상도 이하도 아닐 것이며, 역사적 피해 의식에 머무르지 않고 능동적인 사랑의 행위를 도출하는 이 작품의 마지막 행을 "미래적 전망의 결핍"이라고 단죄해야 할 이유도 없는 듯이 보인다.

아들이 나오는 올겨울엔 걸어서라두
청진으로 가리란다
높은 벽돌 담 밑에 섰다가
세해나 못본 아들을 찾아 오리란다

---

[18] 머리글의 일인칭 복수대명사 "우리"는 이러한 친연성을 증거하고 있다.
[19] 단순히 가해자로 본다면 "고려 장군님"의 "님"은 불필요해진다. 그러나 여진 정벌의 역사적 정당성과 외침으로부터 국토를 수호했던 민족사적 의미 맥락을 참조할 때, 국토 수호자의 의미를 함께 가지는 표상이라고 보아야 할 것이다.
[20] 이숭원, 「이용악 시의 현실성과 민중성」, p.47.

그 늙은인

암소 따라 조이밭 저쪽에 사라지고

어느 길손이 밥 지은 자천지

끄슬은 돌 두어개 시름겨웁다

―「강ㅅ가」전문

『오랑캐꽃』에 실려 있는 작품들의 외형적 변화는 작품들이 그 주제에 있어 서정성을 강하게 띠면서 소품화되고 있다는 것이다. 타자의 말에 대한 화자의 긴장과 대립이 다소 내향화하면서 서정성은 증가하는 반면, 서사성이 축소되는 면을 보이기도 한다.[21] 「강ㅅ가」는 서사 축소와 서정성의 증가를 단적으로 예시하는 작품이다. 1연의 타자의 말이 간접화법으로 매개된 발화를 보여 주고, 2연이 발화자의 발화로 전체 발화를 갈무리하는 구성을 볼 수 있다. 바흐찐은 타자의 말이 간접화법을 통해 발화의 층위에 개입할 때, 발화자는 주석과 응답이라는 경향을 보여 준다고 했다. 즉 발화자가 타자의 말을 매개하면서 가장 주목해야 할 점은 화자의 간섭의 정도와 방향이다. 1연에 매개된 타자의 말에서 화자의 주석을 찾아내기란 쉽지 않다. 비교적 건조하게 타자의 말이 점진적으로 구체성을 띠며 개입하고 있을 뿐이다. "가리란다"와 "오리란다"의 인용 자질 외에는 어떤

---

[21] 바흐찐의 대화 이론을 논거 틀로 삼고 있는 장석원의 논문이 서사의 감소와 서정성의 확대를 타인의 말이 줄어드는 것으로 보고 있다. 발화자와 타자와의 긴장과 화해를 살피는 이 글의 주제와도 일맥상통하는 부분이다. 이 글에서는 서사의 감소와 서정성의 증가라는 고찰을 보다 세분화하여 서사의 감소가 곧 타자의 목소리의 줄어듦이 아니라, 화자의 발화에 깊게 상호 침투하는 과정으로 이해하려 한다.

간섭도 보이지 않는다. 그러므로 이 작품의 구조는 타자의 말에 대한 발화자의 응답을 실현한다. 타자의 말이 화자에 의해 간섭되지 않는 것은 타자의 말이 갖는 맥락의 완강함이나 화자와의 불편함이 아니라 화자와의 화해와 동의, 상호 침투의 과정인 것으로 보인다. 상호 침투의 지점에서 제시되는 간결한 묘사 "끄슬은 돌 두어개"와 이어지는 진술 "시름겨웁다"는 잔잔한 울림을 만든다. 이러한 압축적이면서도 간결한 표현[22]과 시형의 제시에서 1930년대의 모더니즘적 특성을 엿볼 수도 있을 것이다. 아울러 모더니즘적 기법과 리얼리즘적 세계가 균형감을 유지하고 있는 모습을 볼 수 있다.[23]

---

[22] 이용악의 시간 의식을 "극복 대상으로서의 현재", "연속하는 현재"로 본 심재휘의 논문에서는 「북쪽」과 「강가」를 각각 서정적 진술과 서정적 묘사가 성공적인 시라고 보았다.(심재휘, 「1930년대 후반기 시 연구─백석, 이용악, 유치환, 서정주 시의 시간 의식을 중심으로」, 고려대학교 박사학위논문, 1997, p.58) 「강가」의 마지막 행에 나타난 묘사는 모더니즘적 색채를 띠지만 성공적인 형상화를 보여 준다고 생각된다. 유종호도 『오랑캐꽃』에 실린 단형의 작품들이 갖는 성과를 "삶의 실존적 내면적 경험에 대한 새로운 충실성의 산물"이라고 고평하면서, 윤영천의 "해방 후 그의 시에서도 철저히 청산돼 있지 않"은 "섣부른 모더니스트"라는 견해에 반박하고 있다.(유종호, 『다시 읽는 한국 시인』, 문학동네, 2002, p.210) 윤영천의 모더니즘에 대한 편견은 그가 「달 있는 제사」에 대해, "단지 5행에 불과한 이 시가 높은 수준의 시적 공감을 성취할 수 있는 것도 잘 따져 보면 이 시인의 뛰어난 현실 개괄력에 상응하는 시적 형상력, 즉 간결하면서도 견고한 시적 형태 때문에 가능한 것이다"라고 지적하는 부분에서 드러나는 것이기도 하다.(윤영천, 「민족시의 전진과 좌절」, p.220) 조용훈도 윤영천의 논의에 대해서 "「달 있는 제사」는 그의 말대로 빼어난 이미지가 구사된 모더니즘 시에 가깝기 때문이다. 이런 모순은 모더니즘에 대한 일방적인 매도에서 나오는 편견에서 기인한다"고 지적했다.(조용훈, 「한국 근대시의 고향 상실 모티프 연구─김소월, 박세영, 정호승, 이용악을 중심으로」, 서강대학교 박사학위논문, 1993, p.188)

[23] 김명인도 "감정과 언어의 날카로운 자기 제어를 통해 체험 세계를 생생하게 각인시킬 수 있었던 데에는, 모더니즘적 방법론도 크게 한몫한 것으로 판단"된다고 하면서 이용악에게 있어서 모더니즘은 김종한과의 대타 의식의 발로라고 보았다. 이용악이 등단한 시기가 프로문학의 이념과 모더니즘 기법의 결합이 모색되던 시기

## 4. 타자와의 상호 침투와 융합적 발화

서지상 「절라도 가시내」는 시기적으로는 「강ㅅ가」나 「오랑캐꽃」보다 두 달 전에 발표한 작품으로 확인된다.[24] 발화의 층위에서 「절라도 가시내」는 「강ㅅ가」나 「오랑캐꽃」과는 좀 다른 지점을 보여 준다.

네 두만강을 건너왔다는 석달전이면

단풍이 물들어 철리 철리 또 철리 산마다 불탔을건데

그래도 외로워서 슬퍼서 초마폭으로 얼굴을 가렸더냐

두 낮 두 밤을 두루미처럼 울어 울어

불술기 구름속을 달리는양 유리창이 흐리더냐


차알삭 부서지는 파도소리에 취한 듯

때로 싸늘한 웃음이 소리 없이 색이는 보조개

가시내야

울듯 울듯 울지 않는 절라도 가시내야

두어마디 너의 사투리로 때아닌 봄을 불러줄게

손때 수집은 본홍 댕기 휘 휘 날리며

잠깐 너의 나라로 돌아 가거라

—「절라도 가시내」 부분

---

였으며, "이용악 또한 이 두 가지 시적 흐름에 모두 관심을 갖고, 그것의 통합 지향을 그 시의 과제로 삼았음 직하다"는 것이 김명인의 추측이다. 김명인, 「이용악시고」, 『경기대학교 논문집』 30, 1992, pp.10-11; 김명인, 「서정적 갱신과 서술시의 방법」, 『시어의 풍경』, 고려대학교 출판부, 2000, pp.108-109.

24 윤영천이 정리한 서지에 의하면, 「절라도 가시내」는 1939년 8월 『시학』에 발표되었고, 「오랑캐꽃」은 1939년 10월 『인문평론』에, 「강ㅅ가」도 같은 시기 『시학』에 발표되었다.

「절라도 가시내」에서 드러난 발화는 화자의 것이다. "가시내야"라고 부르는 돈호의 시간적 지표는 현재이다. 화자는 북간도의 술막에서 전라도 여자를 만났다. "술을 부어 남실남실 술을 따르어"라는 말을 통해 여자가 술집 여자임을 추측해 볼 수 있다. 발이 얼어붙도록 추운 날씨에 눈보라를 헤치며 철교를 건너온 화자가 몸을 녹이려 술을 마시고 여자를 품는 상황를 그려 볼 수도 있을 것이다. 여자와 술을 마시면서 고향과 고향을 떠나온 이야기를 주고받았음을 화자의 이야기를 재구성해 보면 알 수 있다. "술을 따르어/가난한 이야기에 고히 잠거다오"라는 구절을 통해 술을 마시는 행위와 함께 살아온 이야기가 애틋한 정서로 뒤섞임을 느낄 수 있다.

타자의 말이 철저하게 감춰진 이 작품에서 그나마 가장 두드러지게 떠오르는 부분은 간접화법이 나타나고 있는 4연이다. "두만강을 건너왔다"는 사실과 "석달전"은 타자의 말에 대한 화자의 주석이다. "가렸더냐"로 끝나는 3행과 "흐리더냐"로 끝나는 5행은 타자의 발화가 간접적으로 제시된 것인지 발화자의 추측일 뿐인지 의문문이어서 판독이 어렵다. 이 어려움은 의미의 중층성 때문이다. 타자의 말에 대한 주석으로도 볼 수 있고, 발화자의 의사직접화법이라고도 볼 수 있다. 발화자의 말인지 타자의 말인지 경계가 불분명해지는 것은 타자의 말이 발화자의 말 속으로 철저하게 침투되어 버렸기 때문이다.[25] 의사직접화법으로 말하는 발화자의 발화 지표를 통해서 타자의 발화는 유추될 뿐이다. 타자의 발화를 유추하는 데 주요한 근거는

---

[25] 허병두의 논의도 이 작품에서 "이야기 주체와 대상과의 감정적 거리가 거의 없"다고 지적하고 있다. 허병두, 「백석과 이용악의 시적 상상력 연구」, 서강대학교 석사학위논문, 1993, p.76.

대상을 호명하며 대상을 향해서 말하는 화자의 발화의 직접성이다.

2행의 "단풍이 물들어 철리 철리 또 철리 산마다 불탔을" 거라고 추측하는 부분에서부터 타자의 말은 화자의 말 속으로 녹아들어 화자의 말인지 타자의 말인지 분간할 수 없는(분리될 필요가 없는) 두 개의 의문형 문장을 만들어 놓는다. 화자의 세계로 녹아든 타자와 주석자의 위치를 넘어 타자의 세계로 침윤해 들어가는 화자의 말들이 갖는 이 뜨거운 혼융은 신산스러운 두 운명을 애틋하게 묶어 내 이 작품을 모든 떠도는 자들의 울음으로 고양시켜 놓는다. 4연의 상호 침투와 주객 혼융의 고양은 5연의 절창으로 이어진다.

5연 3행부터 7행에 이르는 화자의 말은 「오랑캐꽃」에서도 보이는 능동적인 사랑의 자세와 함께 그 감동의 깊이를 보여 준다. "두어마디 너의 사투리로 때아닌 봄을 불러줄게"에서 화자의 능동성은 정점을 이룬다. 이들의 뼈아픈 객수와 향수가 '사투리 두어 마디'로도 차디찬 겨울 북간도의 술막을 따뜻한 봄으로, 순수한 소녀 시절로, 고향으로 표상되는 상처 이전의 원형적 시간으로 뒤바꾸어 놓는 놀라운 장면이다. 언어(사투리)를 통해 가질 수 있는 사랑의 가장 깊은 행위를 실현하고 있는 대목이기도 하다. 「절라도 가시내」가 보여 주는 화해의 거리는 국토의 종단적 거리이다. 전라도의 바다에서 북간도의 술막까지가 황폐화된 조국의 상징적 거리라 할 때, '함경도 사내' 와 '전라도 가시내'의 화해는 그만큼 깊은 울림으로 다가온다.[26] 환상에 가까운 교응의 시간을 뒤로하고, 화자는 마지막 연에서 이들에

---

26 "우리나라 가장 남쪽의 여인과 가장 북쪽의 남자가 다 같이 슬픈 유랑의 여로에 운명적으로 매어 있음을 이 시는 노래하고 있는 것이다. 아마도 그는 이 두 사람을 통해서 우리 민족 전반에 걸친 어두운 비극을 상징하려 했는지 모른다." 신범순, 「유랑하는 남과 여의 대비법」, 『문학사상』, 1996.12, p.114.

게 남은 시간을 "얼음길"이라는 공간적 언어로 표상하고 있다. 여전히 남은 시간은 엄혹하기 이를 데 없는 시간이라는 점에서 이 시도 비극적 절창이라 할 만하다. 그러나 타자의 말과 화자의 말이 완전히 혼융된 모습은 비극적 아름다움의 한 극단을 보여 주기에 부족함이 없다.

## 5. 대타적 발화와 균형 감각

서론에서 언급하였듯이 이용악의 독특한 발화 구조는 이용악 특유의 균형 감각과 떼어 놓고 이야기할 수 없다. 한 작가의 독특하고 참신한 문체가 혁신적인 발상이나 세계관과의 접목 없이는 불가능한 것처럼 이용악 시 특유의 발화 구조는 이용악의 균형 감각과 불가분의 관계에 놓여 있다. 그러한 균형 감각을 대타 의식이라는 말로도 표현할 수 있을 것이다. '균형감'이 이용악의 것이라면, 발화 구조의 특이함은 이용악 시가 보여 주는 것이며, '대타 의식'은 이용악의 시 의식과 관련해 살펴볼 수 있다. 세 개의 말들이 거느리는 세계가 종합적으로 고찰될 때에만 이용악 시의 독특한 발화 구조는 비로소 이용악 시를 해명하는 틀로 작용할 수 있을 것이다. 이용악의 친구인 유정의 글을 참조한다면, 이용악 스스로도 동시대의 오장환이나 서정주를 의식했던 것 같다.[27] 얼마든지 출세의 길을 걸을 수도 있는 학업 수준을 가지고도 가난한 삶을 살았던 점은 그럴 수밖에 없는 운명이 아니라, 그래야만 하는 선택적 당위감의 소산이라 볼 수 있을 것이다. 일본 유학이나 프로문학에 대한 동조적 경향까지 오장환과 이용악은 비슷한 성향을 가지고 있지만, 작품에 있어서

---

**27** 유정, 「암울한 시대를 비춘 외로운 詩魂」, 윤영천 편, 『이용악 시 전집』, p.199.

는 다른 차이점을 보여 준다. 오장환의 작품이 청자의 명령적 기능에 치우치는 작품들을 보여 주고 있는 것에 비해 이용악은 보다 현실에 밀접한 작품들을 보여 주었다. 특히나 두 사람 모두 경직되는 모습을 보여 주는 해방 직후의 작품만 비교해 보더라도 이용악과 오장환의 차이가 쉽게 나타난다. 오장환과 이용악 시의 비교 연구는 별도의 지면에서 시도되어야 할 사안이지만, 여기서는 잠시 광복 후의 두 사람의 이질적인 태도만을 살펴보도록 한다.

  8월 15일 밤에 나는 병원에서 울었다.
  너희들은 다 같은 기쁨에
  내가 운 줄 알지만 그것은 새빨간 거짓말이다.
  일본 천황의 방송도,
  기쁨에 넘치는 소문도,
  내게는 곧이가 들리지 않았다.
  나는 그저 병든 탕아로
  홀어머니 앞에서 죽는 것이 부끄럽고 원통하였다.

  (중략)

  그렇다. 병든 서울아,
  지난 날에 네가, 이 잡놈 저 잡놈
  모도 다 술취한 놈들과 밤늦도록 어깨동무를 하다시피
  아 다정한 서울아
  나도 밑천을 털고 보면 그런 놈 중의 하나이다.
  나라 없는 원통함에

에이, 나라 없는 우리들 청춘의 반항은 이러한 것이었다.

반항이여! 반항이여! 이 얼마나 눈물나게 신명나는 일이냐

(중략)

병든 서울, 아름다운, 그리고 미칠 것 같은 나의 서울아

네 품에 아모리 춤추는 바보와 술취한 망종이 다시 끓어도

나는 또 보았다.

우리들 인민의 이름으로 씩씩한 새나라를 세우려 힘쓰는 이들을

……

그리고 나는 웨친다.

우리 모든 인민의 공통된 행복을 위하야

우리들은 얼마나 이것을 바라는 것이냐.

아, 인민의 힘으로 되는 새나라

　　　　　　　　　　　　　　　—오장환, 「병든 서울」 부분[28]

거북네는 만주서 왔단다 두터운 얼음장과 거센 바람 속을 세월은 흘러 거북이는 만주서 나고 할배는 만주에 묻히고 세월이 무심찮아 봄을 본다고 쫓겨서 울면서 가던 길 돌아왔단다

띠팡을 떠날 때 강을 건늘 때 조선으로 돌아가면 빼앗겼던 땅에서 농사지으며 가 갸 거 겨 배운다더니 조선으로 돌아와도 집도 고향도 없고

　　　　　　　　　　　　　　　—이용악, 「하늘만 곱구나」 부분

---

**28** 최두석 편, 『오장환 시 전집』, 창작과비평사, 1989에서 인용함.

「병든 서울」에서는 전경에 나타난 '나'라는 발화자 외의 어떤 발화자도 보이지 않는다. 전경에 드러난 화자의 어조는 짐짓 강렬하기 이를 데 없다. 오장환 시의 발화자가 얼마나 거침없는가는 "그렇다. 병든 서울아"와 같은 자문자답과 돈호, "반항이여! 반항이여!"의 반복적 감탄과 절규, "에이" 같은 감탄사를 통해 도드라진다. 더욱 특기할 만한 것은 「병든 서울」에서는 화자의 분화가 아니라, 청자의 집단화가 이루어지고 있다는 점이다. 1연의 "너희들"과 4, 6연의 "네"(서울)는 동일한 층위에 놓이지 않는다. 그런 의미에서 6연의 "우리들"이라는 복수대명사 주어를 주목할 필요가 있다. 이러한 자질들을 통해서 이 작품이 상정하고 있는 예상 청자가 '집단 대중'임을 파악할 수 있다. 또한 연설문이나 웅변문과 같은 특수한 상황을 상정하고 있음도 알게 된다. 1연의 반성적인 어조는 4, 6연에서는 거의 절규에 가까운 개탄조, 선동조로 변화한다. 광복과 함께 거리로 쏟아져 나온 사람들이 내지르는 함성 속에 도리어 함몰되고 있다. 의식적으로도 극심한 반성, 제국의 총칼 앞에서 억눌렸다가 해방과 함께 거리로 쏟아져 나온 사람들에 대한 멸시의 시선과 야유, 그리고 이 혼잡상 속에서 인민혁명의 노선으로 가야 함을 역설하는 「병든 서울」의 발화는 발화라기보다는 거의 구호나 고함에 가까울 지경이다.

비록 같은 시기는 아니지만, 「하늘만 곱구나」의 발화는 전혀 대조적인 양상을 보여 준다. "1946년 12월 전재동포 구제 '시의 밤' 낭독시"라는 꼬리말에서 이 작품의 창작 연대를 확인할 수 있다. 광복에서 이듬해 12월까지의 민족사적 시간은 엄청난 차이를 가지고 있으나, 행사에서 낭독하기 위한 목적으로 쓴 시라는 점에서 「병든 서울」의 발화와 비교된다. 기존의 이용악 시에서 나타났던 간접화법이 계속되고 있음을 우선 확인할 수 있다. "왔단다" "돌아왔단다"와 같은 점층적 반복의 방법도 유지되고 있다. 「낡은 집」에서 보여 주는 수미상응의 구조도 그대로 실현된다. 인용된 2, 3연에서는 타자의 말이 지배적이다. 또한 타자의 말에 대한 화자의 간섭이 잘 드러나지 않는다. 해방 이후 이용악의 시가 보여 주는 급격한 이념화의 경향 속에서 타자의 말이 화자의 말을 압도하는 발화를 확인할 수 있다. 작품의 소재 선택과 발표 방식을 고려할 때, 이 작품이 충분히 목적적으로 쓰였을 거라고 추측한다면, 이러한 특징들이 이용악 시의 특유의 발화이며, 나름의 시작법으로 작동한다는 것을 부정하기 어렵다.

결국 이용악의 작품들에서 드러나고 있는 간접화법은 화자가 자신의 발화 안에 타자의 말을 빌려 옴으로써 담론의 층위를 중층화하는 데 기여한다. 이를 통해서 이용악이 계속적으로 보여 주는 대타 의식의 단초를 엿볼 수 있게 된다. 사회·역사적 맥락 속에 끊임없이 자신을 투사하고, 그것을 경험적으로 반추하는 작업이 이용악의 시에 나타나는 대타 의식이다. 간접화법을 통해 이용악은 간난의 시대의 핍박받고 떠도는 기층 민중의 삶을 감싸 안고 소통할 수 있는 중요한 접점을 확보하게 된다. 삶의 기저를 잃고 역사의 횡포 아래 절망해야 했던 민족적 비극을 이용악의 시는 역설적으로 껴안는 사랑의 힘을 가지게 되는 것이다. 오장환의 사회·역사에 대한 급진적 대타 의식과는 달리 역사와 문학 앞에 초연함을 잃지 않는 이용악의 균형 감각은 그의 시가 대립적이고 변별적 타자들의 말을 하나로 융합시켜 놓는 데 성공하고 있는 것으로 보인다.

제3부 내면의 발견

# 백석 시의 로컬리티

## 1. 서론

로컬리티는 그 자체로 자명한 개념은 아니다. 로컬리티는 그 상대 개념을 무엇으로 보느냐에 따라 다른 외연과 내포를 지니는 유동적인 개념이다. 로컬리티의 대개념으로는 "전 지구(global) 또는 전 지구성(globality) 및 국가(national) 또는 국가성(nationality)"이 될 수 있다. 그러나 한국이 서울에 대해서는 전체이면서 세계에 대해서는 지역일 수 있듯 '지역'이라는 말 속에는 여러 대상 또는 여러 관계가 포함될 수 있다.[1] 그러나 로컬리티의 문학적 호출은 무엇보다 국가 중심의 근대적 기획이 가지는 "근대성의 이성중심주의, 통일성, 중심성, 효율성"을 성찰하는 것에서 시작한다. 근대적 중심주의와 효율성의 성찰을 통해 "주변성, 특수성, 비효율성"으로 여겨져 왔던 로컬

---

1 이상봉, 「인문학의 새로운 지평으로서 '로컬리티 인문학' 연구의 전망」, 『로컬리티 인문학』 창간호, 2009, p.49.

리티를 주체의 심급에서 복권시키고자 하는 의도이다. "장소성, 역사성, 권력성 등을 포함한 다양한 현상과 관계성의 총체"를 통하여 발견되는 로컬리티는 삶의 활동 공간으로서 '지역'과 '인간'을 새롭게 주목하도록 한다.

근대적 삶-공간에 대한 성찰은 이미 슈마허의 '규모의 경제학'을 통해 제기된 바 있고, 중심적이고 효율적인 삶의 속도 지상주의에 대항하는 '느림'의 가치로 표방되기도 하였으며, 파편화된 삶의 구조에서 야기되는 의존성에 대한 자립적이고 순환적인 삶의 구조로 특정한 지역의 삶의 방식이 호출되기도 하였다.[2] 로컬리티의 구성 요소로 언급되는 장소, 공유 기억, 공통의 사유 방식, 언어, 생활 방식이야말로 거꾸로 로컬리티를 주목하는 이유이며, 저 열거된 로컬리티의 구성 요소들이 일률적이고 중심적이며 고도의 효율성에 집착하는 전체주의에 대한 하나의 대안적 공간일 수 있을 것이기 때문이다.[3] 무엇보다 이러한 로컬리티의 구성 요소가 함의하는 것은 인간적 삶의 기본적인 조건이다. 의식주의 문제나 정치·경제적 자유처럼 근대적 기획이 추구해 온 기본권이 아니라, 무엇보다 인간과 인간의 어울림과 조화라는 관계적 사유를 근간으로 하는 인간학의 추구일 것이다. 시나 문학에 국한해서 말한다면 로컬리티의 호출은 결국 시간의 깊이를 경험하게 하는 체화된 공간의 호출이라고 할 수 있다.

로컬리티의 규명은 단순히 차별적 '지역성'의 파악에 있는 것이라기보다는 바로 그러한 지역에 녹아 있는 누적된 시간의 층위들, 제

---

2 E. F. 슈마허, 『작은 것이 아름답다』, 이상호 역, 문예출판사, 2001, p.84; 피에르 쌍소, 『느리게 산다는 것의 의미』, 김주경 역, 동문선, 2000; 헬레나 노르베리-호지, 『오래된 미래』, 양희승 역, 녹색평론사, 2001.

3 이상봉, 「인문학의 새로운 지평으로서 '로컬리티 인문학' 연구의 전망」, p.51.

도에 선행하는 어떤 풍습과 같은 어울림의 방식들을 포함하는 것이다. 그러나 로컬리티가 단순히 '다른 삶의 형태'에 대한 호기심에만 부속하는 것은 아니며, 기억을 일종의 불가침적 신성 공간으로 천명하기 위한 방편인 것은 더욱 아니다. 호기심의 영토를 확장하기 위한 방법으로서의 로컬리티는 오히려 제국주의의 한 기획이었으며, 기억의 불가침선언은 그 특권적 신성성으로 인하여 오히려 폐색과 색전으로 비유될 수 있는 국면을 부르는 것일 수밖에 없다. 로컬리티의 문제는 이러한 광범위한 지역학의 범주를 포함하는 것이겠으나, 백석의 시를 통해 로컬리티를 살피는 이 글에서는 무엇보다 언어와 화자, 그리고 풍물이라는 관점에서 보고자 한다.

백석의 시는 시집 『사슴』만 보더라도 총 33편의 시 중에서 공간의 이름으로 이루어진 제목의 작품만 19편에 이른다. 또한 전체 작품 중에서는 53편에 이른다. 작품의 제목으로 그가 공간의 명칭을 사용할 만큼 그는 공간에 대한 남다른 애착이 있었고, 그의 여행과 방랑벽은 알려진 전기적 사실과 작품 속에서도 두드러지게 나타난다. 이러한 그의 장소에 대한 편벽과 지향은 그것이 평범한 공간적 이동이 아닌 일종의 시간적 이동이라는 점에서 더욱 주목을 요한다. 백석이 시를 통해서 보여 준 공간의 이동은 고스란히 근원적인 시간을 향한 움직임으로 화답하여 남다른 특색을 남기게 된 것이다. 방언과 유년 화자, 그리고 풍물들은 그의 이 시간-공간 이동의 시적 형상들이다.

## 2. 방언, 로컬의 언어

백석의 시에서 가장 먼저 눈에 띄는 것은 단연 방언이다. 백석에 의해서 적극적으로 이루어진 방언의 사용은 이러한 언어와 동떨어진 사람들에게 낯선 느낌을 안겨 주며, 심지어는 난해함을 안겨 주기도 한다. 문제는 백석의 이러한 방언의 사용이 어떤 의도의 결과일 것인가 하는 점이다. 백석이 구사한 방언의 의도는 나중에 생각하더라도, 연구사를 통해 방언의 효과는 일정하게 수렴되는 것으로 보인다. 하나가 '인식의 낯섦'인데, 이는 곧 낯선 풍물이 눈앞에 또렷하게 그려지는 듯한 효과를 준다. 표준어에 대한 상대어나 번역어로서의 방언('아버지-아배'와 같은)도 있지만, 그 표준어적인 짝을 가지지 않는 고유어로서의 방언('여우난골'과 같은 지명이나 토속적 음식명 등)은 유일한 대상을 지시함으로써 그 선명성이 강화된다. 다른 하나는 '정서적 친숙함'인데, 빈번하게 노출되는 방언이 그 향토적 풍물의 정경과 어우러지면서 '친숙함'을 만든다. 방언이 주는 친숙함은 향토에 대한 일종의 관습적 태도이기도 하여 심지어는 지시하는 의미가 다소 불투명한 상태에서도 이 친근함은 쉽게 사라지지 않는다. 백석의 방언 사용이 보편적 의미로 대체되지 않는 고유한 사물을 호명했다는 사실과 함께, 심지어는 뜻 모를 말이지만, 그것이 방언이라는 사실을 인지하면서 조성되는 친근함의 결과로 백석의 방언은 일종의 근원 서사를 만들어 내기도 한다.[4]

고형진과 김영배, 강희숙의 연구는 백석의 시에 나타난 방언의 특징을 쉽게 간추릴 수 있도록 해 주었다.[5] 용언의 어미에 이르기까지 광범위하게 평북 말을 사용했던 소월과는 달리 백석의 방언 사용은

---

4 근원 서사란 방언의 사용을 백석이 민족적 근원을 지향했다고 보는 일련의 학문적 성과들과 함께 백석의 시를 읽으면서 독자가 얻게 되는 '고향의 느낌'과 같은 것을 한데 아우르는 말로 사용하였다.

5 고형진, 「백석 시 원본의 언어와 표기법, 그리고 정본의 원칙」, 『정본 백석 시집』, 문학동네, 2007; 김영배, 「백석 시의 방언에 대하여」, 이기문·이상규 외, 『문학과 방언』, 역락, 2001; 강희숙, 「백석의 시어와 구개음화」, 『한국언어문학』 53, 2004.

고유명-체언에 집중되어 사용되었다.[6] 또한 백석의 방언 사용은 평북 정주의 말에만 집중되지 않았다. 평북 말의 음운상 가장 두드러진 특징이 구개음화와 두음법칙을 무시하는 것인데, 백석의 방언에서는 구개음화가 된 시어가 자주 발견된다.[7] 백석 시의 방언이 가지는 이러한 특징 중에서 가장 중요한 점은 바로 그러한 방언을 가져와서 결합하는 언어 체계가 표준 언어라는 점에 있다.[8] 언어학자인 로만 야꼽슨은 실어증에 관한 글에서 일상적 발화의 조직 원리로 코드와 컨텍스트를 주목하고, 각각 선택과 결합이라는 작용에 의해서 이루어짐을 보여 주었다. 일상적 발화에서 장애를 겪는 경우 이른바 유사성 장애와 인접성 장애로 나타나는데, 이러한 언어장애는 역설적으로 일상적 발화에 작용하는 두 원리를 명시적으로 보여 준다.[9] 야꼽슨의 언어 작용적 관점에서 본다면 백석의 방언은 표준어 사용자의 언어 체계 위에서 선택적으로 추가된, 의식적인 수집 활동이라

---

6 소월의 시어적 특성에 대해서는 이기문, 「소월 시의 언어에 대하여」, 이기문·이상규 외, 『문학과 방언』 참조. 소월이 광범위하게 평북 방언을 시에 도입하면서도 비두음법칙을 지키지 않은 것과 달리 백석이 평북 방언 특유의 비두음법칙을 지킨 것은 두 개의 언어권 모두를 자기 의미식 위에서 자각한 결과라고 보는 것이 타당할 것이다. 한편 김영배에 의하면 방언의 품사에서도 체언이 용언에 비해 3배 이상 많은 압도적인 빈도를 보인다. 김영배, 「백석 시의 방언에 대하여」, p.149.

7 김영배, 「백석 시의 방언에 대하여」, p.148.

8 고형진, 「백석 시 원본의 언어와 표기법, 그리고 정본의 원칙」, p.317. "어법은 일상적인 언어생활의 화법과 발음을 반영하는 것이어서, 어법이 표준어를 견지하고 있다는 것은 발화자의 언어가 기본적으로 표준어의 기저 위에서 이루어져 있다는 것을 의미하는 것이다. 백석은 일본에서 유학해서 영문학을 전공했고 귀국해서는 조선일보 출판부에서 편집 일을 했으며, 그 후에는 교사 생활을 하는 등 중앙어의 구사가 요청되는 환경 속에서 생활했다."

9 로만 야꼽슨, 「언어의 두 양상과 실어증의 두 유형」, 『문학 속의 언어학』, 신문수 편역, 문학과지성사, 1989.

고 할 수 있을 것이다.

그러나 수집과 채집이라고 하지만 그 나름의 시적 통사론에 입각하고 있는 것이 바로 백석 시의 문학적 성과라고 할 수 있다. 아무리 평북 방언이 압도적이라고 하더라도 중부 지방이나 남부 지방의 방언도 포함된 그의 시어가 연구자들로 하여금 "배타적인 방언 지향"으로 읽힐 만큼 시적으로 잘 어우러지고 있다는 증거일 것이다.[10]

갈부던같은 藥水터의山거리
旅人宿이 다래나무지팽이와같이 많다

시냇ㅅ물이 버러지소리를하며 흐르고
대낮이라도 山옆에서는
승냥이가 개울물 흐르듯 운다

소와말은 도로 山으로 돌아갔다
염소만이 아직 된비가오면 山개울에놓인다리를건너 人家근처로뛰
여온다

벼랑탁의 어두운 그늘에 아츰이면
부헝이가 무거웁게 날러온다
낮이되면 더무거웁게 날러가버린다

山넘어十五里서 나무뒹치차고 싸리신신고 山비에촉촉이 젖어서 藥

---

10 유종호, 「시원 회귀와 회상의 시학」, 『다시 읽는 한국 시인』, 문학동네, 2002, p.260.

물을 받으러오는 山아이도 있다

아비가 앓른가부다
다래먹고 앓른가부다

아래ㅅ마을에서는 애기무당이 작두를타며 굿을하는때가 많다
一「山地」 전문

갈부던같은 藥水터의山거리엔 나무그릇과 다래나무짚팽이가많다

山넘어十五里서 나무뒝치차고 싸리신신고 山비에촉촉이젖어서 藥
물을받으려오는 두멧아이들도있다

아레ㅅ마을에서는 애기무당이 작두를타며 굿을하는때가많다
一「三防」 전문


동일한 작품의 개작 과정보다 더 창작 의도를 잘 보여 주는 실례
도 드물 것이다. 인용된 작품 「山地」는 『조광』 창간호(1935.11)에 실린
작품으로 백석의 공식적인 두 번째 발표작으로 본격적인 작품 발표
를 시작하는 시기의 작품이다.[11] 나란히 인용된 작품 「三防」은 「山地」

---

11 백석이 「정주성」을 발표한 것은 1935년 8월 30일 『조선일보』 지면이었으며, 1935년
11월과 12월에 위 작품 「山地」를 포함 일곱 작품을 연달아 발표하는 등 본격적인
시작에 들어간 것으로 보인다. 1936년 1월 20일에 그의 첫 시집 『사슴』이 간행되었
으니, 사실상 1935년 하반기가 백석에게는 첫 시집의 준비 기간이었다고 이해해도
무방할 것이다.

를 개작하여 수록한 작품으로 시집『사슴』의 마지막 작품이다. 두 작품을 나란히 읽으면 우선 작품의 길이가 대폭 줄어든 것을 볼 수 있다. 「山地」의 2, 3, 4, 6연이 통째로 삭제되었다. 삭제된 연에 포함된 시냇물 소리와 승냥이 소리, 소와 말과 염소, 부엉이가 날아오는 어두운 산그늘, 아이들이 약수를 받으러 오는 이유에 대한 추측들이 그 생략된 내용이다. 이러한 생략된 정보들은 부차적인 정보처럼 느껴진다. 이런 부수적인 느낌은 시의 제목과 관련이 깊다. 개작의 과정을 통해서 제목의 "산지"는 곧 "삼방"이라는 지역임을 알 수 있는데, 고유한 지명이 드러나면서 선 굵은 사실과 사건들만이 남겨지고 부차적인 요소들은 모조리 생략된 것이다. 뒤집어서 말하자면, 「산지」라는 제목으로 구성될 때에는 시냇물 소리와 승냥이 소리가 나란히 "흐르"는 것이 이 산의 깊이를 말해 주는 것처럼 느껴지고, 인가가 띄엄띄엄하고 인적이 드문 산에서 주인처럼 마음껏 "돌아"가는 소와 말의 이미지도 이런 정경에 잘 어울리는 것들이다. 특히 4연의 "부헝이"가 날아들 만큼 "어두운" 산그늘은 야행성인 부엉이의 활동을 가능하게 할 만큼 깊은 산속임을 실감 나게 한다. 5연의 두 행도 "앓른가부다"를 반복하여 시오 리나 되는 먼 길을 마다하지 않고 약수를 받으러 오는 아이의 다급함을 심화시켜 준다. 곧 「산지」는 「삼방」과 같은 작품을 나란히 놓고 비교하지 않는다면 그다지 군더더기가 많은 작품으로 느껴지지 않을 뿐더러 그 나름의 청신함이 느껴지고, 또한 아픈 아버지를 떠올려 봄으로써 이러한 피상적인 청신함에 머물지 않는 인간적 깊이까지 느껴지는 작품으로 보인다.

그런데 이 작품을 개작하면서 우선 제목에 고유명을 사용하여 사실성을 높였다. 전체적으로는 3행·연으로 처리하여 읽는 속도감을 높였으며 더욱이 원래 1연의 두 행을 한 행으로 처리한 것을 보면 그러한 의도가 더욱더 짙어 보인다. 1연에서도 "다래나무지팽이와같이 많"았던 여인숙은 사라지고, "나무그릇"과 "다래나무짚팽이가많"은 것으로 바뀌었다. 생략된 여인숙이 이 산의 깊이에 따라오는 소재라면, 나무그릇과 다래나무 지팡이는 약수로 유명한 이 지방에서 약수만큼 이름난 토산품들이며, 각각 산길로 약수를 받으러 오는 사람들에게 요긴한(그릇/지팡이) 물건들로 보인다. 근경엔 약수터의 거리와 약수를 받으러 온 아이들을 배치하고, 원경에서 애기 무당의 굿을 잇대어 놓은 채 한 폭의 풍물화를 그리고 있는 것이다. 「삼방」의 2연에서 시오 리나 되는 길을 나무 물병을 들고, "싸리신"을 신고, 약물을 받으러 오는 아이들을 "두멧아이들"("山아이")로 바꾼 것도 눈에 띈다. "山"이 생경한 한자 말은 아니고 한글로 토착화한 한자 말이지만 "나무뒝치"와 "싸리신"과 더 어울리는 "두멧아이들"로 바꾼 것에도 백석의 방언에 대한 나름의 고심이 느껴진다. 이 아이들이 「산지」에서는 단수형으로 등장하여 산의 적막함에 기여했다면, 「삼방」에서는 복수화함으로써 3행·연에서 원경으로 시선이 움직이는 것을 자연스럽게 하였다. 제목을 바꾸면서 당연히 초점은 지역성을 드러내는 것으로 옮겨 갔지만, 생략된 행들을 제외한 3행·연에서 평북 특유의 방언들이 남은 것 역시 간과할 수 없는 특징이다. "갈부던"이나 "다래나무짚팽이" "나무뒝치" "싸리신"과 같은 사물들은 모두 이 지역적 특성을 고스란히 담고 있을 뿐만 아니라, 그 이름들 또한 표준어로는 그 사물의 아우라를 전달할 수 없는 말들인 것이다. 이러한 백석의 방언이 갖는 힘은 정작 재북 시기의 그의 몇 안 되는 작품과 비교할 때 뚜렷하게 드러난다.

골안에 이른 봄을 알린다 하지 말라

푸른 하늘에 비낀 실구름이여,

눈 놉이는 큰길가 버들강아지여,

돌배나무 가지에 자지러진 양진이 소리여.


골안엔 이미 이른 봄이 들었더라

산기슭 부식토 끄는 곡괭이 날에,

개울섶 참버들 찌는 낫자루에,

양지쪽 밭에서 첫운전하는 뜨락또르 소리에.

—「이른 봄」 부분


삼수갑산 높은 산을 내려

홍원 전진 동해바다에

명태를 푸러 갔다 온 처녀,

한달 열흘 일을 잘해

민청상을 받고 온 처녀,

삼수갑산에 돌아와 하는 말이―


"삼수갑산 내 고향 같은 곳

어디를 가나 다시 없습데.

홍원 전진 동태 생선 좋기는 해도

삼수갑산 갓나물만 난 못합데."

—「갓나물」 부분[12]

---

12 재북 시기의 작품들은 김재용 편, 『백석 전집』, 실천문학사, 1999에서 발췌하였다.

새끼오리도 헌신짝도 소똥도 갓신창도 개니빠디도 너울쪽도 집검
불도 가락닢도 머리카락도 헌겊조각도 막대꼬치도 기와장도 닭의짖도
개터럭도 타는 모닥불

―「모닥불」부분

인용한 두 작품 「이른 봄」과 「갓나물」은 각각 1959년 6월 『조선문
학』에 발표한 작품의 부분이며 「모닥불」은 시집 『사슴』에 수록된 작
품이다. 「갓나물」의 2연에 직접 인용되는 삼수갑산 처녀의 말이 아
니었다면 재북 시기 백석 시의 공간은 표준어로 표백된 공간으로 보
인다. 북한에서 쓴 백석의 작품에는 시간의 깊이를 느낄 수 있는 정
감 어린 사물과 사물어들이 잘 보이지 않는다. 드물게 나타난 저 "갓
나물"과 평북 언어("없습데" "못합데")는 용언의 어미에만 겨우 그 흔적
을 남기고 있을 뿐이다. 이데올로기는 전래의 자연과 그 속에서 오
랫동안 내면화한 가치나 풍속보다는 '생산'과 '증식'을 위해 이것들을
개량한 '혁혁한 당'에 더 순응할 수 있도록 문학어를 완전히 표준화
해 놓은 것처럼 보인다. 「갓나물」의 "민청상"보다 「모닥불」의 저 나열
과 열거 속에 더욱 집요하게 민중이 살아 숨 쉬고 있는 것처럼 느껴
지는 것은 무엇보다 정신이 기거하는 공간이 저 위태한 말들이기 때
문이다.

### 3. 유년, 로컬의 기원

로컬리티를 문학 연구에서 호출하는 이유가 '시간의 깊이'를 발견
하기 위해서라고 이미 말하였지만, 공간을 경험하고 내면화하는 일
은 '시간'적 여과 없이는 불가능하다. 결국 공간이 시간의 좌표라면
시간은 곧 공간의 좌표가 된다고 할 수 있다. 가난과 궁벽은 삶의 한

고난이지만, 동시에 이러한 난경들이 결국 삶의 소박한 기쁨에 들뜰 수 있는 조건이기도 하다. 궁핍한 시대에, 그 궁핍에서 무능한 전통이 아니라 낡고 익숙한 사물의 친근함과 편안함을 불러오기 위해서는 다른 시간과 시선이 필요한 것이다. 유년의 시간은 저 궁벽과 곤란의 시간을 순수한 호기심과 즐거움으로 바꾸어 놓기에 좋은 시간이다. 그것은 어쩌면 유년에게만 허락된 기쁨과 호기심에의 편향이며, 낙천적인 단순성이기도 할 것이다.

이 유년이라는 시간은 의도적으로 소환되고 변형된 것이라는 점에서 주목할 필요가 있다. 동시가 반드시 어린이 독자를 위한 것이 아니듯, 유년의 시간도 정작 유년에 의해서 창조된 것이 아니다. 유년은 성년에 대한 상대적 시간이면서 성년에 의해 재구성되는 다분히 목적적인 시간이다. 삶의 곤핍을, 인간의 어리석음을 재정의할 수 있는 상대적 시간이 유년이라고 할 수 있을 것이다. 따라서 유년의 화자를 내세우는 작품에는 내포 작가로서의 유년 화자를 가리키는 봉합선이 포함되기 쉽다.[13]

山넘어 十五里서 나무뎅치차고 싸리신신고 山비에촉촉이 젖어서 藥물을 받으러오는 山아이도 있다

아비가 앓른가부다
다래먹고 앓른가부다

　　　　　　　　　　　　　　　　　　　　―「山地」 부분

---

13 백석 시의 유년 화자에 대한 연구는 이현승, 「백석 시의 화자 연구」, 『어문논집』 62, 2010 참조.

아배는타관가서오지않고 山비탈외따른집에 엄매와나와단둘이서 누
가죽이는듯이 무서운밤집뒤로는 어느山골짝이에서 소를잡어먹는노나
리군들이 도적놈들같이 쿵쿵거리며다닌다

(중략)

나는 얼마나반죽을 주물으며 힌가루손이되어 떡을 빚고싶은지 모른
다

ㅡ「고야」 부분


동일한 대상을 가리키는 어휘인 "아비"와 "아배"는 전혀 다른 뉘
앙스로 기능한다. 깊은 산골을 여행하는 성인 화자를 통해 발화되
는 "아비"와는 달리, 유년 화자의 관점이 투영된 발화에서는 "아배"
라는 시어가 선택된다. 「산지」의 "아비가 앓른가부다/다래먹고 앓른
가부다"의 반복은 화자의 추측을 심화시킴으로써 촉촉이 젖은 "山
아이"의 약수 심부름에 깊이를 부여한다. 화자에 의해서 이루어지는
추측만으로도 단순한 행위는 사건적 의미를 띠게 된다. 반면에 「고
야」에서 "아배"는 밤을 두려워하는 심리, 두려움 때문에 어둠의 공간
을 전래담 속의 주인공들로 채우는 환상과 같은 장치들을 통해 호명
하는 주체가 아이일 것이라고 자연스럽게 유추하게 만든다. "아비"
와 "아배"는 결국 서로 다른 뉘앙스를 통해 이질적인 화자의 존재로
소급되는 것이다.

백석의 시에서 유년의 화자가 가장 잘 드러나는 시는 「오리 망아
지 토끼」이고 『사슴』의 시편에서는 「여우난곬족」「가즈랑집」「고방」과
같은 작품에서도 유년 화자의 목소리가 잘 구현되어 있다.


승냥이가새끼를치는 전에는쇠메듦도적이났다는 가즈랑고개

가즈랑집은 고개밑의

山넘어마을서 도야지를 잃는밤 즘생을쫓는 깽제미소리가 무서웁게
들려오는집

닭개즘생을 못놓는

멧도야지와 이웃사춘을지나는집


예순이넘은 아들없는가즈랑집할머니는 중같이정해서 할머니가 마
을을가면 긴담배대에 독하다는막써레기를 멫대라도 붗이라고하며


간밤엔 섬돌아레 승냥이가왔었다는이야기

어느메山곬에선간 곰이 아이를본다는이야기


나는 돌나물김치에 백설기를먹으며

넷말의구신집에있는듯이

가즈랑집할머니

내가날때 죽은누이도날때

무명필에 이름을써서 백지달어서 구신간시렁의 당즈깨에넣어 대감
님께 수영을들였다는 가즈랑집할머니

언제나병을앓을때면

신장님달련이라고하는 가즈랑집할머니

구신의딸이라고생각하면 슳버졌다


토끼도살이올은다른때 아르대즘퍼리에서 제비꼬리 마타리 쇠조지
가지취 고비 고사리 두릅순 회순 山나물을하는 가즈랑집할머니를딸으

며

　나는벌서 달디단물구지우림 둥굴네우림을 생각하고

　아직멀은 도토리묵 도토리범벅까지도 그리워한다


　뒤우란 살구나무아레서 광살구를 찾다가

　살구벼락을맞고 울다가웃는나를보고

　미꾸멍에 털이멫자나났나보자고한것은 가즈랑집할머니다


　찰복숭아를먹다가 씨를삼키고는 죽는것만같어 하로종일 놀지도못
하고 밥도안먹은것도

　가즈랑집에 마을을가서

　당세먹은강아지같이 좋아라고집오래를 설레다가였다

—「가즈랑집」 전문


　백석의 시가 유년의 화자를 통해 원형적 삶의 공간을 그리고 있
다는 이혜원의 지적처럼 유년의 세계는 두려움과 호기심(금지와 모
험), 원초적 감각 체험(미각과 후각을 동원), 물활론적이고 신화적인 상
상력의 세계로 점철된다.[14] 이 작품은 전반부에 '가즈랑고개'와 '가
즈랑집'과 '가즈랑집 할머니'를 차례로 소개하며, 심심산골에서도 외
진 곳에 위치한 '가즈랑집'과 그 집 할머니의 성격을 보여 준다. 할머
니는 중처럼 정갈한 이미지와 독한 담배를 얼마든지 태우는 강한 이
미지로 제시된다. 나란히 제시되는 거주 공간의 무서움과 성격의 강
직함은 할머니의 이미지를 마을의 수호신으로서 손색이 없게 느껴

---

14 이혜원, 「백석 시의 신화적 의미」, 『어문논집』 35, 1996, pp.614-615.

지도록 한다. 4연의 들여쓰기 된 '이야기'는 할머니를 통해서 전수된 민담으로서 자연 친화적인 유년 공간의 성격을 잘 보여 준다.[15] 이 훼손되지 않는 자치지구로서의 유년 공간은 "구신의딸"이라는 운명의 슬픔과 온갖 종류의 음식의 맛을 함께 환기시키며 매혹적인 공간으로 변화한다. 또한 같은 고향의 마을을 그리고 있는 시라고 하여도 화자에 따라 얼마든지 다른 느낌을 줄 수 있다는 것을 「여우난곬」을 통해 확인할 수 있다.

박을삶는집

할아머지와손자가오른은집붕웅에 한울빛이진초록이다

우물의물이 쓸것만같다


마을에서는 삼굿을하는날

건넌마을서사람이 물에빠저죽었다는소문이왔다


노란싸리닢이한불깔린토방에 햇츩방석을깔고

나는호박떡을 맛있게도먹었다


어치라는 山새는벌배먹어콩옵다는곬에서 돌배먹고앓븐배를 아이들

은 띨배먹고나었다고하였다

―「여우난곬」 전문


---

15 들여쓰기의 의미에 대해서는 고형진과 김응교도 논한 바 있다. 고형진, 「백석 시 원본의 언어와 표기법, 그리고 정본의 원칙」, p.338; 김응교, 「백석 시 〈가즈랑집〉에서 평안도와 샤머니즘」, 『현대문학의 연구』 27, 2005, p.70.

이 작품은 동일한 지역성이 시의 제재로 다루어지고 있음에도 불구하고 명절 체험을 흥성스럽게 묘사한 「여우난곬족」과는 다른 분위기를 느끼게 한다. 예의 그 미각에 세계에 탐닉하는 원초적 흥분이 그다지 느껴지지 않는다. 3연에서 "호박떡을 맛있게도먹었다"고 쓰고 있지만 거기엔 유년의 세계에서 넘쳐 나던 흥겨움과 호기심이 없다. 오히려 이 작품에서 "여우난곬"은 여행지처럼 타자화된 거리감을 보여 준다. 박을 삶는 집이 나오고, 삼을 찌는 마을의 풍광이 제시되는 와중에 지붕 위의 할아버지와 손자는 진초록 하늘을 매개하는 존재로 타자화하고, 삼을 찌는 마을과 물에 빠져 죽은 사람의 소문이 병치되면서 소격 효과를 낳는다. 이러한 이질적인 세계를 끼고 앉아 '호박떡을 맛있게 먹을 수 있는 존재'는 성인 화자일 것이다.

방언에는 주지하다시피 지역 방언과 사회 방언이 있다. 지역 방언이 지역에 기반한 사투리라면, 사회 방언(계급 방언)은 언어 사용자의 계층이나 사회적 범주가 그 기반이 된다. 백석의 시가 보여 주는 로컬리티가 지역 방언을 통하여 그 영토를 확보하고 있다면, 특별히 유년 화자를 통해 도입된 세계는 방언학의 저 사회 방언적 요소를 가미함으로써 그 리얼리티를 높이고 있다고 할 것이다. 게다가 유년의 세계가 갖는 환상성은 단순한 나열에 그칠 수 있는 방언의 토속성에 활력을 부여하고 있는 것으로 보인다. 유년의 시간은 재구성된 시공간으로서 쉽사리 훼손되지 않는 자치적 성격을 얻는 것이다. 그러므로 백석의 시가 말과 사물들을 통해 시간의 깊이를 불러오는 것에는 방언만큼이나 유년 화자의 역할도 큰 것이다.

## 4. 풍물, 미래적 기원의 풍경

서론에서 이미 언급하였지만, 방언은 때로 그 언중이 거주하는 지역과 무관하게 일종의 향수를 불러일으킨다. 1936년에 『사슴』이 간행되었을 때, 이효석이 보인 반응이 이러한 사실을 반증한다.

다시 시골로 돌아가 영서에 내려가 볼 때 거기에 또한 뿌리깊은 두고온 친척은 없는지라 여남은 살까지의 들에 뛰놀던 시절과 보통학교 시절과 철든 후 서울서 가끔 내려가 한철씩 지낸 때의 일과—이것이 영서에서 보낸 생활의 전부이다. 눅진하고 친밀한 회포가 뼈 속까지 푹 젖어들 여가가 없었던 것이다. 고향의 정경이 일상 때 떠오르는 법이 없고, 고향생각이 자별스럽게 마음을 녹여준 적도 드물었다. 그러므로 고향없는 이방인 같은 느낌이 때때로 서글프게 뼈를 에이는 적이 있었다. 우연히 백석 시집 〈사슴〉을 읽은 것은 다행이라 생각한다. 잃었던 고향을 찾아낸 듯한 느낌을 불현듯이 느꼈기 때문이다. <u>시집에 나오는 모든 소재와 정서가 그대로 바로 영서의 것이며 물론 동시에 이 땅 전부의 것일 것이다.</u> 나는 고향을 찾은 느낌에 기쁘고 반갑고 마음이 뛰놀았다. 워즈워드가 어릴 때의 자연과 교섭을 알뜰히 추억해낸 것과도 같이 나는 얼마든지 어린 때의 기억을 풀어낼 수 있게 되었다. 고향의 모양은—그것을 옳게 찾지 못했을 뿐이지—늘 굵게 피 속에 맥치고 있었던 것을 느끼게 되었다. <u>〈사슴〉은 나의 고향의 그림일 뿐만 아니라 참으로 이땅의 고향의 일면이다. 소재의 나열 감쯤은 덮어놓을 수 있는 것이며, 그곳에는 귀하고 아름다운 조선의 목가적 표현이 있다.</u>[16](밑줄은 인용자)

---

16 이효석, 「영서의 기억」, 『조광』, 1936.11. 여기서는 문재원, 「1930년대 문학의 향토 재현과 로컬리티」, 『우리어문연구』 35, 2009, p.409에서 재인용.

두 번씩이나 반복된 저 '고향'은 어딘지 특수한 지역 '영서'를 가리키는 것이라기보다는 그 지역이 떠올리는 느낌인 '향수'를 가리키는 것으로 보인다. 유년과 고향을 등치시키는 상상력은 이효석의 회고담에서는 "아름다운 조선의 목가적 표현"이라고 명명되고 있지만, 어쩐지 저 "목가적"이라는 말의 뉘앙스에는 백석보다는 "워즈워드"가 더 어울려 보인다. 같은 전원 마을에 대한 향수라고 하더라도 저 "목가"에는 드넓은 평야와 그 드넓음을 마음껏 향유하는 양 떼들의 이미지가 따라붙기 때문이다. 문재원도 이효석의 저 고향이 "구체적 實地라기보다 보편적 心象으로 재현된다. 생활이 아니라 풍경으로, 이미지로 그려지는 이 자리에서 영서의 기억이 재생된다"[17]고 언급하고 있다. 평북 정주의 공간감이 영서 출신의 작가에게 향수를 불러일으키는 것, 이것이 보편적 심상으로서의 '향수'의 본래적 심급이다. 이효석에게 고향과 향수의 감정은 체험된 사실로부터 소환된 것이라기보다는 "고향없는 이방인 같은 느낌이 때때로 서글프게 뼈를 에이는" 도회의 삶으로부터 유래한 것이라고 보아야 옳을 것이다. 더하여, 이효석의 저 '착시'는 결국 백석의 시가 확보한 어떤 보편성을 방증한다. 평북 말에 토대를 두되, 타 지역의 방언까지 수습하면서도 그것을 표준어적 어형 속으로 녹여 낸 백석의 시는 유년 체험과 그 생활의 질감을 실감케 하는 구체적인 감각을 일깨움으로써 보편적 고향의 이미지에 가닿은 것이다.

지금까지의 논의가 주로 '회상'에 의한 유년의 재구에 초점을 둔 것이라면 백석의 시가 로컬리티를 확보하는 다른 하나의 방편인 '여행'을 집중적으로 살펴보도록 하자. 유년의 세계가 재구성의 세계였

---

**17** 문재원, 「1930년대 문학의 향토 재현과 로컬리티」, p.410.

던 것처럼, 재구성이라는 작업이 곧 경험적 배치를 따를 수밖에 없었던 것처럼 여행에도 '배치'가 존재한다. 여기서 사용하는 '배치'라는 말은 들뢰즈적인 개념으로, "복수의 기계적 요소들의 계열화를 통해 정의되는 사물의 상태"를 의미한다.[18] 곧 용도와 기능으로부터 의미를 추적하기 위한 하나의 개념이다. 특정한 공간이 시적으로 재구성될 때에는 그 실제 공간의 모든 것이 다 필요한 것은 아니다. 특정 공간을 재구성해야 하는 이유에 부합하는 사물과 계기들만 필요한 것이다. 이렇게 본다면 재구성된 공간 속에는 사물과 현상적 계기들만이 드러나는 것이 아니라 마땅히 그러한 사물을 호출하고자 하는 욕망이 함께 포함되는 것이다. 이러한 욕망의 체계를 배치라고 명명할 수 있을 것이다. 이효석의 향수가 도시적 고독에 의한 배치였던 것처럼, 공간에 대한 이해에는 '공간을 이해하는 방식'이 포함되어 있으며, 이를 배치의 개념으로 이해할 수 있다.

그렇다면 여행을 통해서 이루어지는 배치, 여행을 구성하기 위한 배치는 무엇일까? 아마도 본 것, 들은 것, 맛본 것, 만난 것이 될 것이다. 견문(見聞)이라는 말은 여행의 배치에서 필수적인 것인데, 이를 통해 방외자에게 사물들은 그 시간적 깊이를 허락하기 때문이다. 여행을 통해 이루어지는 공간의 배치는 무엇보다 그 여행의 목적에 종속될 수밖에 없다. 가변적인 요소들을 제외하고 항상적인 요소만으로 이야기하더라도, 취재차 떠난 여행과 여가로 떠난 여행이 똑같을 수는 없을 것이다. 아마도 후자에서 더 파노라마적 몰각 상태가 쉽게 발견될 것이다. 마음을 쉬기 위해 떠난 여행자가 있는 그대로를 보기보다는 창밖을 내다보지만 때로 아무것도 보지 않는 일종의

---

18 이진경, 『근대적 시공간의 탄생』, 푸른숲, 2004, p.140.

몰각 상태를 유지하는 것은 그 목적을 감안할 때 당연해 보인다. 휴양지에서의 기억이 장소를 불문하고 비슷한 것은 그 공간적 특성에서 연유한 것이라기보다는 심리적 태도에서 기인하는 것일 수 있다.

특정한 공간이 경험되는 것은 우선적으로 이러한 욕망의 배치를 따르고, 추가적으로는 우연적인 사건이나 공간 자체의 특수성을 첨가하면서이다. 이렇게 경험된 공간을 이-푸 투안은 '장소' 내지 '장소감'으로 명명했다.[19] 공간이 객관적인 실체라면 장소는 주관적 체험의 결과라고 할 수 있다. 경험에 중점을 두는 것이 장소이기 때문에 이-푸 투안에게서는 "어린아이에게 보모는 제일의 "장소"이다"와 같은 표현이 가능한 것이다.

백석의 여행시를 살펴보기에 앞서 눈에 띄는 것은 백석의 여행시에 남긴 저 '-시초(詩抄)'라는 부제들이다. 연작의 형태로, 혹은 선집의 형태로 전해지는 백석의 시집(詩集)은 다섯 개로 "南行詩抄" "咸州詩抄" "山中吟" "물닭의소리" "西行詩抄"가 그것이다. '시초'라는 제목을 쓰는 것은 세 가지인데, 남쪽과 함주와 서쪽이라는 방위에서 지도적 상상력을 느낄 수 있다. 백석은 공간감과 장소감을 모두 다 가지고 있었던 것으로 보인다. 이것은 마치 백석이 고향의 토속어에 시적으로 이끌리면서도 그것을 표준어적 감각으로 재배치했던 것처럼, 개별적인 지역의 풍물들에 대한 백석의 탐닉과 함께 백석의 균형 잡힌 공간감으로 이해할 수 있을 것이다. 아마도 연보상으로 백석의 첫 여행시는 「산지」 즉 "삼방"에 대한 시가 아닌가 생각되지만, 시작 초기에 해당하는 또 다른 여행시에서도 백석의 배치는 잘 드러난다.

---

**19** 이-푸 투안, 『공간과 장소』, 구동회·심승희 역, 대윤, 1995, p.219.

넷날엔 統制使가있었다는 낡은港口의 처녀들에겐 넷날이가지않은
千姬라는이름이많다
미억오리같이말라서 굴껍지처럼말없이사랑하다죽는다는
이千姬의하나를 나는어늬오랜客主집의 생선가시가있는마루방에서
맞났다
저문六月의 바다가에선 조개도울을저녁 소라방등이붉으레한뜰에
김냄새나는 실비가날였다

—「統營」 전문

동일한 제목의 작품이 백석에게는 두 편(각각 1936년 1월과 3월 『조선
일보』 발표작)이 더 있기 때문에 통영 연작이라고 볼러 볼 수도 있을
텐데, 이 작품(1935년 11월 『조광』에 발표)은 통영의 풍물들이 비교적 소
박하게 단형으로 제시된다. 놀랍게도 이 작품은 '통영'의 제일 명물
로 이곳 처녀들을 제시한다. "미억오리같이말라서 굴껍지처럼말없
이" 사랑을 위해 죽는 여인의 이미지는 방외자에게 한없는 사랑의
환상을 심어 주기에 충분하다. 이러한 가상의 연모 감정에서 '천희'
라는 이름의 유래가 '처녀'의 사투리인 것은 그다지 중요하지 않다.[20]
전기적 사실을 통해서도 확인되는 바이지만, 백석에게 '통영'이라는
지역은 저 '여인'을 빼고서는 구성되지 않는 공간인 것이다. 그 여인
과의 만남이라는 사건으로부터 객줏집 마루의 생선 가시까지 시적
조명을 받을 만큼 '통영'이라는 공간의 배치는 이 여인에게 집중되
어 있다. 여러 '천희'들 가운데 한 '천희'로부터 '통영'은 장소감을 얻

---

**20** 김명인, 「1930년대 시의 구조 연구—정지용·김영랑·백석의 시를 중심으로」, 고려
대학교 박사학위논문, 1985, p.133.

게 되며, 이 만남으로부터 조개 울음소리와 소라 등의 붉은빛과 김 냄새 나는 비까지가 완벽한 하나의 객관적 상관물이 되는 것이다. 백석의 방언 사용과 관련해서는 "소라방등"이 주목을 요한다. "방등"은 평북 방언으로 소라를 이용한 등잔은 '통영'의 것이지만, 그것을 자신의 언어로 명명한 것에서 백석의 언어 감각을 엿볼 수 있는 것이다.

> 저녁밥때 비가 들어서
> 바다엔배와사람이 흥성하다
>
> 참대창에 바다보다푸른고기가께우며 섬돌에곱조개가붙는집의 복도
> 에서는 배창에 고기떨어지는 소리가들렸다
>
> 이즉하니 물기에 누굿이젖은 왕구새자리에서 저녁상을받은 가슴앓
> 는사람은 참치회를먹지못하고 눈물겨웠다
>
> 어득한 기슭의 행길에 얼굴이 햇슥한처녀가 새벽달같이
> 아 아즈내인데 병인은 미억냄새나는 덧문을닫고 버러지같이 누었다
>> ─「柿崎의 바다」 전문

이미 김윤식에 의해서도 언급되었지만, 이 작품의 배치는 위의 「통영」의 그것과 유사성이 많은 점이 흥미롭다.[21] 실제로 이 작품을

---

21 김윤식, 「허무의 늪 건너기」, 『김윤식 선집 5』, 솔, 1996, p.194. "경상도의 「통영」도 일본의 「카키쟈키의 바다」도 같은 수준으로 읊었던 것."

제목을 가리고 본다면 통영 연작시로 보아도 크게 무리는 없을 것이다. 그것은 공간을 배치하는 욕망이 같고, 그 배치를 표명하는 말이 같기 때문이다. 저 이즈반도의 카키자치의 저녁에 대한 백석의 "아즈내"라는 명명과 미역 냄새 나는 바닷가의 풍광은 모국어의 필터를 관통하면서 철저히 보편화되었기 때문이다.

>나는 북관에 혼자 앓어 누워서
>
>어늬 아츰 의원을 뵈이었다
>
>(중략)
>
>문득 물어 고향이 어데냐 한다
>
>평안도 정주라는 곳이라 한즉
>
>그러면 아무개氏 故鄉이란다
>
>(중략)
>
>의원은 또다시 넌즈시 웃고
>
>말없이 팔을 잡어 맥을 보는데
>
>손길은 따스하고 부드러워
>
>고향도 아버지도 아버지의 친구도 다 있었다
>
>　　　　　　　　　　　　　　　　　　　—「고향」 부분

>明太창난젓에 고추무거리에 막칼질한무이를 뷔벼익힌것을
>
>이 투박한 北關을 한없이 끼밀고 있노라면
>
>쓸쓸하니 무릎은 꿇어진다
>
>
>
>시큼한 배척한 퀴퀴한 이 내음새 속에
>
>나는 가느슥히 여진의 살내음새를 맡는다

얼글한 비릿한 구릿한 이 맛속에선

깜아득히 新羅백성의 鄕愁도 맛본다

—「北關─咸州詩抄」 전문

　「고향」은 "아무개"인 "방응모"라는 이름과 그 인연만으로도 고향
이 재구성되는 경험을 보여 주는 작품이다. 백석의 집요한 방언 지
향을 이 시의 방법론과 함께 읽어 볼 수 있겠다. 곧 토속적인 말, 고
유어의 추구는 이념이나 담론이 틈입하기 전의 원초적 대상에 대한
탐닉으로 이해해 볼 수 있겠다. 타향에서 몸이 아픈 자가 고향과 아
버지의 친구를 아는 의원을 만나는 것만으로도 무망과 불모의 감정
은 불식되고 아버지와 아버지의 친구가 다 같이 존재감을 얻는 것이
이 고유어의 힘이며, 대상을 갖지 않으면서도 대상을 환기시키는 언
어, 곧 시적 언어의 힘이다.

　"咸州詩抄"의 연작 중 첫 번째에 해당하는 「북관」도 백석의 여행
이라는 배치를 이해하는 데 있어서 중요한 의미를 가지는 작품이다.
이 작품에서 소개되는 저 명태속젓인 창란젓은 젓갈 특유의 구릿한
냄새를 환기시키면서 당연하게도 뒤섞이고 곰삭은 시간의 지층을
손쉽게 떠들쳐 올린다. 마지막 연에서 화자는 저 창란젓의 맛을 처
음엔 "얼글한 비릿한 구릿한"이라고 수식하고 나중엔 "新羅백성의
鄕愁"라고 명명한다. 실제로 창란젓의 유래와 신라가 어떠한 관련을
가지는지는 확인해 보지 않아 알 수 없으나, 함주 지방을 여행하면
서 상대적으로 동쪽에 위치했던 '신라'를 호명하는 것은 이 '신라'가
나라 이름이 아니라 '시대의 이름'이라는 것을 뜻한다. 특정한 맛으
로부터 보편적 경험의 아우라를 이끌어 내고, 이를 통해 공간의 이

동을 모종의 시간 이동으로 바꾸어 놓는 시적 경지가 백석이 획득한 로컬리티일 것이다. 여행이라는 기계를 통해서 배치되는 욕망은 무엇보다 그 근원의 지향이 최종적인 심급을 이루는 것이다. 이 여행은 현재적 공간에서 이루어지고, 그 심원한 체취를 따라 보다 근원적인 시간을 향하지만 궁극적으로 그것이 현재의 사물을 새롭게 보게 만든다는 점에서 이 기원은 근원적이면서 동시에 미래적인 것이기도 하다.

## 5. 결론

백석의 시에서 로컬리티는 어떻게 얻어지는가? 그것은 당연 여행이라는 경험과 유년의 시간에 대한 재구를 통해서 얻어진다. 여행이라는 경험이 성인 화자를 통해 적극적으로 얻어지는 공간 체험이라면, 유년의 시간에 대한 재구를 통해서는 고향의 공간에 대한 경험이 주를 이룬다고 할 수 있다. 물론 유년의 화자의 경험 공간이든, 성인 화자의 경험 공간이든 이 공간의 체험에는 말 그대로 견문이 포함된다. (풍경과 습속을) 보는 것과 (전해지는 이야기를) 듣는 것은 사물과 공간을 장소화하는 가장 일반적인 방법이다. 보는 것에 해당하는 것은 지리적 풍광과 그 풍광 속에서 살아가는 사람들의 행위들(출산과 병고와 죽음을 치르는 삶의 행위들)이 주를 이루고, 주어진 공간과 조화를 이루기 위해서 오랫동안 뿌리내린 음식 문화가 두드러진다. 이러한 고향과 타향의 풍물들은 각각의 고유어를 통해서 시 속에서 소환되며, 무엇보다 그 말이 원래 놓였던 배치를 그대로 가져옴으로써, 그 고유어 속에 일종의 체험적 깊이를 부여한다.

백석의 시에서 각각의 풍물에 해당하는 말들은 하나같이 고유어라고 할 수 있을 것이며, 이러한 고유어들이 방언인 것은 자연스러운 일이다. 문제는 그 풍물이 고향의 것만을 포함하는 것이 아니기에 고유어 또한 평북 정주에 국한되지 않는다. 백석의 고유어는 두 가지 측면에서 주목되는데, 하나는 그 방언이 주로 이름씨에 해당하는 것이고, 다른 하나는 평북 방언에 국한하지 않고 중부와 남부 지방의 말을 포함하며, 고어나 한자, 일본어도 얼마간 포함한다는 점이다. 우선 백석의 고유어가 이름씨에 국한한다는 것은 이 글의 주제인 로컬리티와 관련하여 '지역성'이 발현되는 장소로서의 지역과 그것을 발견하는 장소로서의 표준어적 의식 공간을 동시에 떠올리게 한다. 여행을 통해 얻는 '즐거움'의 추구는 무엇보다 낯선 자연 풍경을 보는 것, 자연에 순응하는 토착적인 삶의 형태를 목격하는 것, 이러한 삶에 기반한 이색적인 음식을 맛보는 것이라고 할 수 있고 이 모든 과정에서 경험되는 고유성은 전체성을 그 전제로 한다.

백석은 통사적으로는 표준 문법과 서술 언어를 통해 방언을 결합한다. 이 계열 축에서 방언을 선택하게 하는 기제가 향토 취미라면 그러한 향토성을 결합시키는 중심에는 표준적 사유와 미의식이 놓여 있다. 이는 황현산이 서정주에게 부여한 농경 사회적 정서와 근대적 시의 이해를 양립시킨 시인의 지위에 부합하는 위상을 공유할 수 있을 것이다.[22] 백석의 시에서는 이러한 미적 근대성과 소재적 전근대성이 낯설고 새로운 시적 경험으로 완성된다. 하나의 시적 전통이 그 전통적 기반 위에서는 당연한 것으로 향수될 수 있지만, 기실 그것의 생성의 지점에서는 충분히 낯선 경험일 수 있다는 것을 우리는 당대적 비평 속에서 확인할 수 있다. 김기림과 오장환, 박용철과 이효석의 상이한 관점들은 각각 백석의 시가 불러들이는 미적 경험

---

22 황현산, 「모국어와 시간의 깊이」, 『말과 시간의 깊이』, 문학과지성사, 2002, p.425.

이 '고향의 시적 제재화', '방언의 시적 활용'이라는 측면에서 상당히 '낯설고 신선한' 경험이었음을 잘 보여 준다.

# 백석 시의 환상성

## 1. 서론

백석 시의 환상성을 살펴보려는 이 논의가 무엇보다 환상문학이나 환상시에 대한 장르적 관심을 가지고 있는 것이 아님을 먼저 밝힌다. 백석의 시가 명약관화한 환상성의 지표들을 가지고 있다고 생각되지도 않는다. 환상성의 지표를 가지고 있지 않다는 말은 환상성 자체가 하나의 목적으로 의식되고 추구되지 않았다는 의미이다. 이른바 환상성의 출몰 장소로 이야기되는 기괴함이나 공포감, 두려움이 백석 시에서 일관적으로 목격되지도 않는다. 더군다나 '현실과 자연'의 언어로는 재현 불가능한 어떤 경험이 지속적으로 나타나 있지도 않은 것이다. 그러므로 백석 시의 환상성을 논구하는 일은 환상성 자체에 대한 일정한 개념적 정의를 거치지 않고는 곤란할 것이다.

일반적으로 환상성 내지 환상은 서사 장르에서 더 활발하게 추구되어 왔다. 그것은 환상 자체의 정의와도 일정한 관련이 있는데, 환상은 그 자체로 규정적인 개념이 아니기 때문이다. 그것은 '사실/사실성'의 범위에 따라 상대적으로 결정된다.[1] 환상이란 '비현실적인 것'인데, '비현실성'은 '현실성'과 대비될 때 가장 강하게 드러나는 개념 짝이기 때문이다. 환상이 자기 규정적이 아니라는 것은 환상에 대한 논의에서 중요한 것은 일관성이라는 뜻이기도 하다. 또한 '비현실성'은 '현실성'과 대비를 이룰 때에 더욱 선명하게 자각될 수 있는 것이다. 환상/환상성이 서사 장르에서 더 활발하게 추구되어 온 것은 곧 서사 장르가 보다 더 재현적이며 객관적이기 때문이다. 환상성에 관한 주요한 세 논자의 개념을 통해서 환상에 대한 스펙트럼을 살펴보고 이 글에서 사용되는 '환상'의 개념을 일정하게 제한하고자 한다.

토도로프는 「환상문학 서설」에서 환상을 일군의 문학 장르가 제공하는 문학적 효과로 한정하고, 그러한 문학적 효과로서 환상을 '망설임'으로 정의했다.[2] 이 망설임은 텍스트가 제시하고 있는 사건(인물과 세계)에 대한 초자연적인 설명과 자연적인 설명의 양가성 위에서 발생한다. 장자의 '호접몽'처럼 그것은 꿈으로도 읽히고 기억으로도 체험되는 양가성 위에서 어떠한 확신의 실마리를 주지 않는다. 꿈과 기억의 유사성은 잠과 각성이라는 서로 다른 의식적 지평과 관계하며 독자를 망설이게 한다. 문학적 효과로서 환상이 상대적이거나 주관적인 영역에 머무를 수 있기 때문에 토도로프는 환상의 재현을 주로 서사 양식에 한정하고, 시나 알레고리 등을 제외시켰다. 토도로프에게서 이 환상은 기괴와 경이의 모습으로 출현한다.

---

1 이창민, 『현대시와 판타지』, 고려대학교 출판부, 2008, pp.12-13.

2 츠베탕 토도로프, 『덧없는 행복—루소론 환상문학 서설』, 이기우 역, 한국문화사, 1996, pp.123-141.

환상의 체험이 의식/무의식의 욕구와 연관된 것이고, 환상의 도입이 무엇보다 가치 전복성에 있음을 역설한 것은 로즈매리 잭슨이다. 로즈매리 잭슨은 환상성에 대한 토도로프의 책이 지닌 결함을 "정신분석 이론에 관여하기를 꺼린 것"이라고 비판하였는데, 이는 정신분석이 의식적 사고를 넘어선 무의식적 억압과 욕망에 다다름으로써 다른 어떤 사유 체계보다 가치 전복적인 결과들을 도출하는 데 능숙하기 때문일 것이다.[3] 문학의 한 효과이자 결과물로서의 환상(성)은 결국 보여 줄 수 없는 것을 보여 줌으로써 '욕망을 얘기하거나 대리 추방'하고자 한다.[4] 로즈매리 잭슨의 이러한 관점은 환상의 어원이 그리스어 'φανταξω' 즉 '가시화하다, 명백하게 하다'라는 사실에 잘 부합하는 것으로 보인다. 그럼에도 불구하고 환상이 일반적인 감각과 앎이 주는 감정과 다른 감정을 야기하는 것은 그것이 비논리적이고 모순적인 것이기 때문이다. 나아가 그것은 프로이트의 'Das Unheimlich'와 유사한 감정의 교란을 만들어 낸다.[5] 앎의 즐거움과 미지의 불안함, 익숙한 것의 편안함과 낯선 것의 불편함이라는 교란 위에서 환상은 앎과 미지가 명확하게 구분되어 있는 곳에서는 경험할 수 없는 체험을 불러일으킨다. 로즈매리 잭슨의 관점은 환상을 그 '전복적 기능'에 한정 지음으로써 역으로 환상문학의 환상성을 환상문학이 아닌 문학작품에서도 논의할 수 있도록 만들어 놓

---

3 로즈매리 잭슨, 『환상성—전복의 문학』, 서강여성문학연구회 역, 문학동네, 2001, p.83. 물론 토도로프의 논의가 가지는 협소함은 무엇보다 논리적인 목적 때문일 것으로 생각된다. 서설에서 이미 프라이의 비평의 문제점으로 일관성과 정합성을 제기하고 있는 것으로 볼 때, 논의의 선명성을 위해서 장르적인 차원으로 영역을 한정하고, 정신분석의 관점을 배제한 것으로 보인다.

4 로즈매리 잭슨, 『환상성—전복의 문학』, p.12.

5 로즈매리 잭슨, 『환상성—전복의 문학』, p.88.

고 있다.[6]

마찬가지로 환상의 외연을 확장하고자 하는 논자가 캐스린 흄이다. 캐스린 흄은, 환상성 자체가 텍스트가 산출하는 효과라면 환상성의 외연을 배제적으로 정의하는 것이 결국 이러한 개념에 부합하는 텍스트를 매우 제한적으로 만들어 버려 환상성이라는 비평적 개념의 사용에 도움이 되지 못한다고 지적한다. 흄은 문학 텍스트가 단순히 재현(모방) 자체에만 목적을 두지 않고, 그러한 재현 방법의 혁신과 영역의 확대를 목적한다고 본다. 권태와 구속성으로부터 자유로워지고자 하는 재현 체계의 확장이 그 궁극적인 목적이라고 한다면 환상 자체를 좁은 정의 속에 남겨 두어야 할 이유가 없는 것이다. '환상 자체의 추구'는 '환상성의 도입'까지 그 외연이 넓혀져야 한다.[7]

한편 상상과 환상은 구분되어야 한다고 보는 논자도 있다.[8] 초자연적이고 비현실적인 경험이란 논증의 문제가 아니라 믿음의 문제라는 것이다. 그러나 흄의 말처럼 문학작품이 하나의 재현 체계라는 점을 염두에 두면 상상과 환상의 경계는 막상 그렇게 뚜렷하지 않다. 환상은 신비의 추구가 아니라 망설임, 즉 모호함에 있다고 토도로프도 보았지만, 비현실적이고 초자연적인 사건이 '정말로 일어난 것처럼' 느껴져야만 환상성이 발생할 것인데, 이 정말로 일어난 것처럼 여겨지는 기제는 어디까지나 미메시스의 영역이기 때문이다.

---

6 환상성 자체에 대한 본격적인 논의가 이 글의 목적이 아니기 때문에, 모든 환상은 가치 전복적이지만, 모든 가치 전복적인 경험이 다 환상적인 것은 아니라고 정리해 두도록 하자.

7 캐스린 흄, 『환상과 미메시스』, 한창엽 역, 푸른나무, 2000, p.55.

8 「상상과 환상의 통합 1·2」라는 기획 대담에서 원구식은 가브리엘 마르께스의 노벨 문학상 수상 소감을 원용하면서 환상과 상상은 다른 것, 곧 환상은 유추 가능하지 않은 일종의 종교적 속성을 가진 것으로 규정한다. 『현대시』, 2012.4, pp.106~117.

따라서 환상/환상성은 가장 좁은 정의인 '망설임'과 가장 넓은 정의인 '리얼리티를 바꾸려는 욕구' 사이에서 지양될 필요가 있다. 이 글은 이러한 환상성을 무엇보다 사실성의 잉여, 재현 체계의 범람으로 보고자 한다. 이것은 "리얼리티로부터의 일탈" 자체를 목적으로 보는 흄의 관점을 "리얼리티의 지향"이라는 목적으로 되돌리는 것이다.[9] 러시아 형식주의자들이 '낯설게 하기'를 자동적 인식에 대한 저항으로 해석했던 것은 형식적 파격이 사실은 현실을 더 잘 이해하기 위한 것이었듯이, 환상도 현실의 한 부분인 것이다.

장르적인 관심이 아니라면 환상이란 무엇인가라는 질문은 비현실성이 발생하는 지점, 곧 현실성을 초과하는 범람의 지점을 가리키고 있다. 또한 현실성의 초과라는 문제는 현실적인 삶의 중층적인 차원을 잘 보여 주고 있다. 라캉이 말하는 상상계와 상징계가 일종의 단계이기도 하지만, 동시적인 차원이기도 하다는 것이다. 감각을 통한 경험의 구성은 궁극적으로 상상적이며 거울적인 것이다. 상징계와 상상계는 동일한 삶의 두 차원일 수 있는 것이며 양자는 변증법적으로 매개되는 것이다. 상징적 현실을 초과하는 상상적 동일시와 충동들이 없다면 상징적 질서는 그 자체로 억압일 수밖에 없을 것이다. 그렇다면 비현실성이 발생하는 지점, 현실성이 초과되는 지점에서 발견하게 될 것은 현실적 결핍과 상처이고, 그것을 메꾸는 상상(력/상상적 보충물)일 것이다.[10]

---

**9** 최기숙, 『환상』, 연세대학교 출판부, 2003, p.23.

**10** 지젝은 "사물들의 실상을 은폐하는 환영"에서 더 나아가 "사회적 현실 자체를 구조화하는 환상"을 이데올로기에서 발견한다. 슬라보예 지젝, 『이데올로기라는 숭고한 대상』, 이수련 역, 인간사랑, 2001, p.68. 프로이트에 의하면 "과거 사건의 기억은 무의식적인 욕망에 따라 계속적으로 재형성된다." 환상이란 "무의식적 욕망을 상

따라서 백석의 시를 통해 환상성을 분석하는 일은 백석의 시에 포함된 상처와 절망을 읽어 내는 일과 다르지 않다. 백석의 시를 하나의 경험으로 확정하지 않고, 어떠한 경험의 재현, 나아가 상상적 재구성이라는 관점에서 분석함으로써 백석의 시가 갖는 리얼리티를 재전유할 수 있을 것이다. 가령 백석 시의 주제로 언급되어 온 '풍속의 재구'나 '시원 회귀'는 결국 동일한 문제에 대한 서로 다른 답변으로서, 백석 시가 궁극적으로 무엇을 수행하고 있는가에 대한 대답으로 제출된 것이다. '환상'은 풍속을 재구성하고자 하는 의도, 즉 시원으로 회귀하려고 하는 욕망, 그러한 욕구를 산출하는 쓰라린 현실이 없이는 드러나지 않을 것이다.

## 2. 결핍과 결여의 상상적 보충

시를 하나의 재현 양식으로 이해한다는 것은 시 속에 나타난 요소들을 '의도의 소산'으로 이해하는 데 도움을 준다. 시에서 말하는 사람인 화자의 지위도 같은 차원에서 생각할 수 있다. 가령 백석의 시에서 이야기하는 유년 화자의 문제는 '기억 속의 소년 백석'과 관련된 문제가 아니라 '청년 백석의 결여'와 관련된 문제인 것이다. 유년화자의 세계에 나타나는 그토록 풍족하고 친화적인 세계, 천진스러움은 바로 그러한 것들을 허락하지 않은 현실의 메마름과 연관된 것이라 생각할 수 있다. 일반적으로 유년 회상과 같은 경험은 실제로 경험한 것보다 더 나은 시간으로 유년의 시간을 과장하는 경향이 있고, 이러한 과장이 아니더라도 돌아갈 수 없는 시간이라는 의미에서

---

연하는 무대", 계속적으로 기억을 재형성하는 무의식적 욕망의 한 기제이다. 딜런 에반스, 『라깡 정신분석 사전』, 김종주 역, 인간사랑, 1998, p.436.

유년이라는 시간은 고향이라는 물질적 배경과 동일시되는 경향이 있다. 유년의 세계에 도입된 공포감은 유년 화자의 경험을 보다 실감 나는 것으로 만드는 한편 유년의 주체가 환상적인 경험의 주체로서 얼마나 적합한지를 잘 보여 준다.

아배는 타관 가서 오지 않고 산비탈 외따른 집에 엄매와 나와 단둘이서 누가 죽이는 듯이 무서운 밤 집 뒤로는 어늬 산골짜기에서 소를 잡어먹는 노나리꾼들이 도적놈들같이 쿵쿵거리며 다닌다

날기멍석을 저간다는 닭보는 할미를 차 굴린다는 땅아래 고래 같은 기와집에는 언제나 니차떡에 청밀에 은금보화가 그득하다는 외발 가진 조마구 뒷산 어늬메도 조마구네 나라가 있어서 오줌 누러 깨는 재밤 머리맡의 문살에 대인 유리창으로 조마구 군병의 새까만 대가리 새까만 눈알이 들여다보는 때 나는 이불 속에 자즈러붙어 숨도 쉬지 못한다.

—「고야」 부분

비단 백석의 시를 이야기하지 않더라도 거개의 문학개론서들은 문학의 가장 중심적 특성을 허구성으로 보고, 그러한 허구성이 본질적으로는 거짓임에도 불구하고 실제적 사실을 능가하는(사실이 하지 못하는) 진실을 보여 준다고 말한다. 이때 문학의 허구가 진실과 실감에 가닿을 수 있는 것은 그러한 상상이 무엇보다 '개연성'이 있기 때문이고, 그러한 개연성이 곧 보편성의 전제 조건이 된다. 보편성을 가진다는 것은 결국 이해 가능하다는 말이고, 문학적으로 이해 가능함이란 비록 간접적이지만 경험 가능성을 말한다. 이 경험 가능성을

우리는 환상에서도 찾아볼 수 있다. 자기 경험이 아닌 것에 대한 상상적 동일시란 경험 가능성 위에서 실현될 것이기 때문이다. 인용한 작품 「고야」에서 등장하는 "노나리꾼"이나 "외발 가진 조마구"는 일상적으로 존재하기는 어려운 상상적인 인물들이다. 화자 선택이 유년 화자인 점은 이 상상적 대상을 전달하기에 가장 좋은 퍼스펙티브가 무엇인가 하는 고민의 대답이다. 더군다나 이 작품의 마지막 연에는 유년 화자의 지위가 현저하게 희박해지는 모습을 노출하고 있어 화자 선택이 무엇보다 전언의 주제에 민감하게 설정되는 것임을 알 수 있다.[11] 또한 이 두려운 대상들은 한결같이 '도둑들'인데, 자신들만의 세상이 있으며, 거기서 한 치도 부족함이 없는 존재라는 사실은 유년의 풍족함에 대한 반어적 투사라고 생각된다. 늘 '저기 어디'에는 낙원이 있고, 거기에는 먹고 마시고 입을 것이 풍족하며, 세상의 모든 영화를 살 수 있는 "은금보화"도 가득한 것이다. 따라서 이 대상들에 대한 화자의 감정은 양가적일 수밖에 없는데, 그것은 수단과 방법을 가리지 않는 도둑들이라는 점에서 공포감을 불러일으키며(유년의 화자에게 값진 것은 "은금보화"가 아니라 엄마 아빠인데, 이 시의 시작은 "아배는 타관 가서 오지 않고"이다. 즉 유년의 화자라면 그나마 함께 있는 엄마

---

11 "섣달에 냅일날이 들어서 냅일날 밤에 쩨하얀 할미귀신의 눈귀신도 냅일눈을 받노라 못 난다는 말을 든든히 녀기며 엄매와 나는 앙궁 우에 떡돌 우에 곱새담 우에 함지를 버치며 대냥푼을 놓고 치성이나 드리듯이 정한 마음으로 냅일눈 약눈을 받는다/이 눈세기물이 냅일물이라고 제주병에 진상항아리에 채워두고는 해를 묵여가며 고뿔이 와도 배앓이를 해도 갑피기를 앓어도 먹을 물이다" 행갈이 된 후반부 '냅일물'에 대한 약능을 설명하는 부분은 두려움을 느끼는 앞부분의 화자의 태도와는 현저하게 다른 느낌을 준다. 유년의 주체도 세시풍속에 해박할 수 있지만, 한 작품의 통일적인 감정이라는 측면에서 볼 때, 이 작품의 후반부의 화자는 성인 화자의 거리감이 엿보인다.

를 잃을까 봐 두려워할 것이다.) "니차떡에 청밀에 은금보화"가 가득한 풍족한 존재들로서 부러움을 함께 느끼는 것이다. 이 양가적 감정은 환상이 가지고 있는 양가성과 망설임에 가장 부합하는 특성이다.

가난한 내가
아름다운 나타샤를 사랑해서
오늘밤은 푹푹 눈이 나린다

나타샤를 사랑은 하고
눈은 푹푹 날리고
나는 혼자 쓸쓸히 앉아 소주를 마신다
소주를 마시며 생각한다
나타샤와 나는
눈이 푹푹 쌓이는 밤 흰 당나귀 타고
산골로 가자 출출이 우는 깊은 산골로 가 마가리에 살자

눈은 푹푹 나리고
나는 나타샤를 생각하고
나타샤가 아니 올 리 없다
언제 벌써 내 속에 고조곤히 와 이야기한다
산골로 가는 것은 세상한테 지는 것이 아니다
세상 같은 건 더러워 버리는 것이다

눈은 푹푹 나리고
아름다운 나타샤는 나를 사랑하고

어데서 흰 당나귀도 오늘밤이 좋아서 응앙응앙 울을 것이다
                                              —「나와 나타샤와 흰 당나귀」전문

    결핍과 결여의 상상적 보충이라는 환상의 기능이 유년 화자를 통해서만 이루어지지 않을 것임은 자명하다. 현실적인 결여의 영역에서 가장 깊은 것 중의 하나가 아마도 실연의 감정일 것이기 때문이다. 불가능이 아니라 적절성의 차원에서 유년 화자는 연애 감정에서 배제된다. 이 작품이 가지고 있는 환상성의 가장 깊은 지점은 다음 장에서 논의되는 언어의 물질성이나 언어의 마술성과 함께 이야기되어야 할 것이다.[12] 주지하다시피 문학의 언어는 사물 그 자체로부터 온 것이 아니라 재현 체계로부터 온 것이다. 언어는 사물 자체를 재현하지 않고, 사물을 대신하는 관념을 재현할 뿐이다. 그럼에도 불구하고 화자에게 있지도 않은(결여된) '나타샤'를 불러오고 이야기하는 것은 화자가 처한 결여라는 상황, 화자가 고독하기 때문이다. 모든 이야기는 각각의 우연적 사건들을 필연화하는 의도의 소산이다. 1연에서 눈이 내리는 이유는 "가난한 내가/아름다운 나타샤를 사랑해서"인 것이다. 이 아름다운 구절은 사랑에 빠진 모든 사람의 마음을 대변하는 듯하다. 대상애에 온통 빠진 사람에게는 그가 바라보는 사랑의 대상에 비하여 자신이 가진 것은 한없이 모자란 '가난'일 뿐인데, 바로 그런 가난한 내가 아름다운 '나타샤'를 사랑해서 눈이 내린다고 쓴 것은 이 지극한 마음에 대한 일종의 보답으로 눈이

---

**12** 김윤식은 그러한 마법성을 '이야기체'라고 명명했다. "허깨비를 불러내어 '이야기'를 하지 않으면 견디지 못"하는 습벽은 외로움이고, 보다 근본적으로는 허무 의식이다. 김윤식, 「백석론」, 고형진 편, 『백석』, 새미, 1996, p.213.

내린다고 보는 것이다. 사랑에 빠진 사람의 마음을 이보다 더 잘 대변하기는 어려울 것이다. 하지만 화자는 가난하고, 심지어 행연이 진행되면 '나타샤'는 화자와 같은 공간에 있지 않다는 것이 드러난다. 없어서 더 강화되는 존재감과 실재성은 대상을 향한 화자의 마음의 깊이에 의존할 수밖에 없다. 2연에서는 이러한 실재성을 강화하는 조건들이 명시된다. 나는 "혼자 쓸쓸"하고, "소주를 마시며 생각한다". 세상의 움직임을 가두는 눈이 "푹푹" 내리고, 현실의 상처 위로 붓는 소주는 결여와 환영을 더욱더 강화한다.[13] 화자가 애원하듯 말하는 "산골로 가자"는 '가난과 궁벽'이 그 자연적 위력 앞에서 무효화되는 공간이 산골이기 때문일 것이다.

3연에 가면 화자가 경험하는 이 환상이 매우 적절하게 피력된다. 그것은 2행의 '나타샤 생각'이 3행의 '반드시 올 것이라는 믿음'으로 연결되는 데서 잘 나타난다. 그리고 '나타샤'는 "언제 벌써 내 속에" 와서 "고조곤히" 이야기하는 것이다. '나타샤'의 환영이 전하는 말이 "산골로 가는 것은 세상한테 지는 것이 아니다/세상 같은 건 더러워 버리는 것이다"라는 점은 이 생각의 뿌리가 어디인가를 거의 즉각적으로 떠올리게 한다. '나타샤'와 완벽하게 합일된 화자의 장소란 곧 환상 속의 장소일 뿐이다. 이 궁벽한 미련과 순박한 사랑은 당연하게도 아름다우면 아름다울수록 더 절망적인 상황을 암시할 뿐이다. 그럼에도 불구하고 그러한 절망적 궁핍과 깊은 고독과 허무야말로 당나귀의 울음소리를 "응앙응앙" 듣게 만드는 조건인 것이다. 이것은 단순히 상상이라고 치부할 수도 있겠지만, 화자가 감당하고 있는

---

13 유종호는 이 시편을 판타지 시편이라고 명명했다. 유종호, 「넘치는 사랑과 슬픔 속에」, 『다시 읽는 한국 시인』, 문학동네, 2002, p.281.

사실감만은 그 외로움과 함께 전달됨으로써 사실과 환상의 사이 존재를 부각시킨다.

## 3. 감각적 언어와 실존적 깊이

결여가 환상의 근원지이고 환상이 결여의 보충물이라면, 문제는 '재현성' 자체에 있다. '어떻게 진짜처럼 느껴지게 하는가'의 문제인 셈이다. 그것은 화자 선택과 정황적 조건 속에서 찾을 수 있었다. 재현 체계 속에서 이 실감을 강화하는 것은 물질적 언어, 감각적 언어가 될 것이다. 그러나 물질적·감각적 언어라는 것은 그렇게 단순하지 않다. 이는 동일한 사물이 다른 감정에 따라 어떻게 즉각적으로 그 질적 변화를 이루어 내는가의 문제가 포함되기 때문이다. 백석의 시에 빈번하게 등장하는 '여행'의 모티프를 통해서 이를 비교해 보고자 한다.

'자시동북팔십천희천'의 푯말이 선 곳
돌능와집에 소달구지에 싸리신에 옛날이 사는 장거리에
어니 근방 산천에서 덜거기 껙껙 검방지게 운다


초아흐레 장판에
산 멧도야지 너구리가죽 튀튀새 났다
또 가얌에 귀이리에 도토리묵 도토리범벅도 났다


나는 주먹다시 같은 떡당이에 꿀보다도 달다는 강낭엿을 산다
그리고 물이라도 들 듯이 샛노랗디샛노란 산골 마가을 볕에 눈이 시울도록 샛노랗디샛노란 햇기장 쌀을 주무르며

기장쌀은 기장차떡이 좋고 기장차랍이 좋고 기장감주가 좋고 그리고 기장쌀로 쑨 호박죽은 맛도 있는 것을 생각하며 나는 기쁘다

—「월림장」 전문


나는 지나 나라 사람들과 같이 목욕을 한다

무슨 은이며 상이며 월이며 하는 나라 사람들의 후손들과 같이

한물통 안에 들어 목욕을 한다

서로 나라가 다른 사람인데

다들 쪽 발가벗고 같이 물에 몸을 녹히고 있는 것은

대대로 조상도 서로 모르고 말도 제가끔 틀리고 먹고 입는 것도 다른데

이렇게 발가들 벗고 한물에 몸을 씻는 것은

생각하면 쓸쓸한 일이다

이 딴 나라 사람들이 모두 니마들이 번번하니 넓고 눈은 컴컴하니 흐리고

그리고 길굿한 다리에 모두 민숭민숭하니 다리털이 없는 것이

이것이 나는 왜 자꼬 슬퍼지는 것일까

—「조당에서」 부분


여행의 경험이 담겨 있는 여행시는 여행 자체가 아니라 여행의 기억이 담겨 있다는 점에서, 나아가 전체 여행의 견문과 느낌이 선택적으로 기재된다는 점에서 '재현적'이다. 이 재현에는 어떤 의도가 포함되어 있으며, 그것은 느낌과 어조 속에 녹아 있다. 「월림장」에는 여행이 주는 즐거움, 미각적 풍미가 한껏 그 흥취를 더한다. 여행지에서 맞닥뜨리는 풍물이 주는 즐거움만큼이나 고장에서 나는 토

속 음식은 여행의 즐거움을 배가시키는 품목임에 틀림이 없다. 하여 이러한 볼거리를 찾는 데에는 장터만 한 곳도 없을 것이다. '월림장'에서 화자는 그러한 기쁨과 기대로 한껏 들떠 있다. 화자의 이러한 심적 상태는 1연의 저 '수꿩'의 울음에 대한 묘사에 매우 잘 반영되어 있다.[14] "검방지게"에는 꿩의 지위를 인격화하는 해학의 시선이 담겨 있다. 「월림장」의 3연에서 화자는 기장쌀을 손으로 주무르면서 "기장차떡"과 "기장차랍" "기장감주" 그리고 "기장쌀로 쑨 호박죽"의 맛을 잔뜩 기대한다. 독자는 비록 이 물목들의 맛을 알지 못하더라도 충분히 그 맛을 아는 사람의 심정에 의탁하여 함께 들뜰 수가 있는 것이다. 맛있는 음식을 기다리는 설렘은 보편적인 정서이다. 반면 「조당에서」의 화자는 여행자의 들뜸이 아니라 여행자의 객수를 전면화하고 있다. 욕구의 차원에서 보자면, 「월림장」은 경험을 늘리고, 「조당에서」는 결핍을 늘린다. 후략된 시의 본문에서 화자는 이 결핍감을 만회하려 도연명과 같은 좋아하는 사람들을 상상적으로 소환하고, 맛있는 "연소탕"이나 고운 "새악시"를 떠올려 보지만, "어쩐지 조금 우수"운 기분이 들고 만다. 그것은 재현에서 있어서는 사물이 아니라 감정이 먼저이기 때문이다. 이것이 곧 응시이다. 봄이 아니라 되봄이고 마주침인 것이다.[15] 조당은 화자의 결여를 채울 수 없는 다른 잉여인 것이다.

오늘 저녁 이 좁다란 방의 흰 바람벽에

---

**14** 고형진, 「백석의 음식 기행, 우리 문화와 역사의 탐미」, 『서정시학』, 2012.봄, p.245.
**15** 사물 자체의 힘이 아니라, 사물을 통해 환기되는 감정의 힘이 사물을 재현하게 한다. 여행의 경험이 여행의 시로 쓰이기까지는 여러 선택과 배제의 과정을 거치게 될 수밖에 없다. 이때 시에서는 가장 중요한 선택 원리는 감정이 될 것이다.

어쩐지 쓸쓸한 것만이 오고 간다

이 흰 바람벽에

희미한 십오촉 전등이 지치운 불빛을 내어던지고

때글은 다 낡은 무명샤쯔가 어두운 그림자를 쉬이고

그리고 또 달디단 따끈한 감주나 한잔 먹고 싶다고 생각하는 내 가

지가지 외로운 생각이 헤매인다

그런데 이것은 또 어인 일인가

이 흰 바람벽에

내 가난한 늙은 어머니가 있따

내 가난한 늙은 어머니가

이렇게 시퍼러둥둥하니 추운 날인데 차디찬 물에 손은 담그고 무이

며 배추를 씻고 있다

또 내 사랑하는 사람이 있다

내 사랑하는 어여쁜 사람이

어늬 먼 앞대 조용한 개포가의 나즈막한 집에서

그의 지아비와 마조 앉어 대구국을 끓여놓고 저녁을 먹는다

벌써 어린것도 생겨서 옆에 끼고 저녁을 먹는다

그런데 또 이즈막하야 어늬 사이엔가

이 흰 바람벽엔

내 쓸쓸한 얼골을 쳐다보며

이러한 글자들이 지나간다

—나는 이 세상에서 가난하고 외롭고 높고 쓸쓸하니 살어가도록 태

어났다

그리고 이 세상을 살어가는데

내 가슴은 너무도 많이 뜨거운 것으로 호젓한 것으로 사랑으로 슬픔

으로 가득 찬다

　그리고 이번에는 나를 위로하는 듯이 나를 울력하는 덧이

　눈질을 하며 주먹질을 하며 이런 글자들이 지나간다

　—하눌이 이 세상을 내일 적에 그가 가장 귀해하고 사랑하는 것들은
모두 가난하고 외롭고 높고 쓸쓸하니 그리고 언제나 넘치는 사랑과 슬
픔 속에 살도록 만드신 것이다

　초생달과 바구지꽃과 짝새와 당나귀가 그러하듯이

　그리고 또 '프랑시스 쨈'과 도연명과 '라이넬 마리아 릴케'가 그러하
듯이

—「흰 바람벽이 있어」 전문


　이 작품 「흰 바람벽이 있어」는 작품 속에서 이 "흰 바람벽"이 하는
역할로 인해서 백석 시의 환상성을 가장 잘 보여 주는 작품이라고
해야 할 것이다. 때 전 낡은 무명 셔츠가 걸려 있는 흰 벽은, 하얀색
이 덧칠된 벽이라기보다는 아무것도 칠해지지 않은 쪽에 가까운 벽
이다. 이 공백 위로 마음의 영사기는 이런저런 응시들을 쏟아 낸다.
그리고 이 흰 벽에 "희미한 십오촉 전등이 지치운 불빛을 내어던"질
때 이미 이것은 거의 완벽하게 스크린이 된다.[16] 크리스티앙 메츠의
스크린에는 이미 어떤 영화가 상영되고, 그 투사된 이미지를 욕망의
상영으로 읽는 것이 관객이지만, 이 "흰 바람벽"으로 지나가는 이미

---

[16] 영화관에서 관객은 동일시 과정을 끊임없이 계속해야 한다. 이 과정이 없다면 그
어떤 사회적인 삶도 존재하지 않을 것이기에, 가령 매우 간단한 대화에서조차도
'나'와 '너'의 교체를 반복하며, 대화에 참여하는 두 상대는 서로 동일시를 순환적으
로 계속하기 때문이다. 크리스티앙 메츠, 『상상적 기표─영화·정신분석·기호학』,
이수진 역, 문학과지성사, 2009, p.80.

지들은 이러한 영화적 상상을 빌려 와 마음의 결여를 무작위로 투사한다. 그것은 말 그대로 "가지가지 외로운 생각"이다. 앞에서도 이야기했지만, 재현의 대상은 실제의 사물(인물)이 아니라 그 사물의 결여, 사물의 응시이기 때문에 이 작품에서 불려 나온 '어머니'는 "내 가난한 늙은 어머니"이며 "시퍼러둥둥하니 추운 날인데 차디찬 물에 손은 담그고 무이며 배추를 씻"는다. 또 "내 사랑하는 사람" 역시도 "그의 지아비와 마조 앉어 대구국을 끓여" 저녁을 먹는다. 그 단란한 곁에는 "어린것도" 함께 저녁을 먹는다. 화자 자신의 가장 내밀한 마음의 거리에 있는 '어머니'와 '어여쁜 사람'이 이렇게 차갑고 단란하게 그 부재를 알릴 때, 마음은 그러한 깊은 상실감을 겪고 있는 자신을 되비출 수밖에 없다. 화자는 '쓸쓸한 자신의 얼굴'을 투사하며, 그 쓸쓸함과 외로움이 역설적으로 '호젓한 사랑' 때문임을 적시한다. 함께 있지 못하기 때문에 그리워하고, 그리워할 수 있기 때문에 사랑하는, 사랑이 아마도 높은 사랑일 것이다. 그것은 사랑의 깊이만큼이나 높은 정신이어야만 감당할 수 있는 슬픔인데, 일말의 자기 위안과 자책의 감정이 밀려든다. "언제나 넘치는 사랑과 슬픔"이란 왜소한 한 인간으로서는 짐작조차 할 수 없는 어떤 거대한 운명의 기획을 생각하게 한다. 그리고 그러한 삶에도 시공을 초월한 도반이 있으며, 인간의 삶을 넘어선 동류들이 있는 것이다. 초승달과 박꽃과 뱁새와 당나귀가, 프랑시스 잼과 도연명과 라이너 마리아 릴케가, 그 무엇도 아닌 자기 운명에 순종하면서 살아가는 동류들이 있는 것이다.

이리하여 나는 이 습내 나는 춥고, 누긋한 방에서,

낮이나 밤이나 나는 나 혼자도 너무 많은 것같이 생각하며,

딜웅배기에 북덕불이라도 담겨 오면,

이것을 안고 손을 쬐며 재 우에 뜻없이 글자를 쓰기도 하며,

또 문밖에 나가디두 않고 자리에 누워서,

머리에 손깍지벼개를 하고 굴기도 하면서,

나는 내 슬픔이며 어리석음이며를 소처럼 연하여 쌔김질하는 것이
었다.

내 가슴이 꽉 메어 올 적이며,

내 눈에 뜨거운 것이 핑 괴일 적이며,

또 내 스스로 화끈 낯이 붉도록 부끄러울 적이며,

나는 내 슬픔과 어리석음에 눌리어 죽을 수밖에 없는 것을 느끼는
것이었다.

그러나 잠시 뒤에 나는 고개를 들어,

허연 문창을 바라보든가 또 눈을 떠서 높은 턴정을 쳐다보는 것인데,

이때 나는 내 뜻이며 힘으로, 나를 이끌어 가는 것이 힘든 일인 것을
생각하고,

이것들보다 더 크고, 높은 것이 있어서, 나를 마음대로 굴려 가는 것
을 생각하는 것인데,

이렇게 하여 여러 날이 지나는 동안에,

내 어지러운 마음에는 슬픔이며, 한탄이며, 가라앉을 것은 차츰 앙
금이 되어 가라앉고,

외로운 생각만이 드는 때쯤 해서는,

더러 나줏손에 쌀랑쌀랑 싸락눈이 와서 문창을 치기도 하는 때도 있
는데,

나는 이런 저녁에는 화로를 더욱 다가 끼며, 무릎을 꿇어 보며,

어니 먼 산 뒷옆에 바우섶에 따로 외로이 서서,

어두워 오는데 하이야니 눈을 맞을, 그 마른 잎새에는,

쌀랑쌀랑 소리도 나며 눈을 맞을,

그 드물다는 굳고 정한 갈매나무라는 나무를 생각하는 것이었다.

—「남신의주 유동 박시봉방」 부분

이 작품에도 제시된 공간이 욕망의 스크린으로 탈바꿈하는 비전이 담겨 있다. 누구라도 이 작품에서 가장 먼저 발견하게 되는 저 강박적인 구두점(쉼표)의 사용은 물론 이러한 공간 이동과 밀접한 관련을 가지고 있다. 힘겹게 그러나 지속적으로 자신의 내면을 들여다보는 저 상상의 개진은 구두점의 사용과 함께 매우 느리고 무겁게 독자를 마음의 극장으로 데려간다.[17]

화자는 "어느 바람 세인 쓸쓸한 거리"를 헤매다가, 아마도 '박시봉'이라는 이름을 가진 목수네 집의 허름한 방에서 밤을 보내게 된다. 쓸쓸하게 거리를 헤매던 마음은 "헌 샅을 깐" 방에 누워도 그 방황을 멈추지 않는다. 그래서 "혼자도 너무 많은 것같이 생각"되는 것이다. 화자에게 어떤 일상적인 역할이 부과되어 있지 않은 이 빈방에서, 화자가 무엇을 하더라도 그것은 꼬리에 꼬리를 무는 생각이고, 자신의 "슬픔이며 어리석음"을 연거푸 생각하는 뼈아픈 반성이다. 그 뼈아픔과 슬픔과 부끄러움은 거의 죽음에 육박하는 강도와 무게로 화자를 짓누른다. 죽을 듯이 짓누르던 슬픔과 한탄이 다시 가라앉는 동안 자신의 응시를 감당하면서 화자는 마침내 완벽한 하

---

17 구두점의 사용은 말 그대로 한 호흡을 쉬는 데서 찾을 수 있다. 내면적인 서사를 가지고 있어 비교적 쉽게 읽힐 수 있는 이 작품은 저 구두점의 작용과 함께 어떤 말을 매우 힘겹게 꺼내는 사람의 호흡에 동일시되도록 한다.

나의 상을 발견한다. 그것은 「흰 바람벽이 있어」의 도반과 동류와도 달리 "바우섶"에 외따로이 서 있는 "굳고 정한 갈매나무"이다.

이 '갈매나무'는 당연히 실제의 나무라기보다는 그 나무를 수식하고 있는 말들의 주인으로서("어니 먼 산 뒷옆에 바우섶에 따로 외로이 서서,/ 어두워 오는데 하이야니 눈을 맞을, 그 마른 잎새에는,/쌀랑쌀랑 소리도 나며 눈을 맞을,/그 드물다는 굳고 정한" 무엇의) 표상으로서 완벽한 하나의 환상이자 상징이다. 이는 '갈매나무'가 환상의 결과물이라는 것이 아니다. '갈매나무'가 이 시의 화자가 말하는 바로 그 심급에서 "하이야니 눈을 맞"으면서 "굳고 정"하게 서 있는 모습은 하나의 상상을, 환상을 필요로 한다는 말이다. 이 모든 형용어들로부터 이 환상의 보충물은 충분히 재현적 공감을 얻어 내게 되는 것이다.

### 4. 결론

캐스린 흄은 『환상과 미메시스』에서 말한다. "환상을 사용하지 않고서 우주의 본질에 관한 문제에 답변하는 것은 실제로는 불가능하다."[18] 흄의 이 말은 정확하게 '인생'과 '시간'에 대해서도 마찬가지로 적용해 볼 수 있을 것이다. '일장춘몽'이라는 고사성어도 있지만, 인생의 덧없음을 비유하는 것에는 꿈처럼 적확한 것을 찾기 어렵다. 현재를 인식하는 과정에도 기억이 소용된다는 면에서, 모든 인식은 결국 재인식이다. 기억이란 이미 그 몸의 형태를 잃어버린 관념적 형식이라는 점에서 그것의 실존 형식은 곧 환상이다. 이 환상이 욕망이 상연되는 극장이라는 프로이트의 관점은 문학에 대한 일반적인 정의뿐만 아니라, 실제로 상연 예술인 연극이나 영화에 대한 담

---

18 캐스린 흄, 『환상과 미메시스』, p.204.

론에서 더욱 뚜렷하게 인식된다. 많은 관객들은 가상의 경험, 즉 환상을 자기화하는 경험을 위해서 연극 무대와 스크린 앞으로 가는 것이다. 물론 거기에는 더 많은 부분적인 요소들이 그 변증법적 작동 기제와 함께 이야기되어야 할 것이지만, 이러한 환상의 체험에 있어서 감각적 재현이 얼마나 중요한지는 두말할 나위가 없다. 감각은 예술의 재현 체계 이전에 존재하는 하나의 재현 체계인 셈이다. 나아가 모든 재현이 대상이 아니라 대상에 대한 감정의 재현이라는 점은 문학/시의 환상성이 토도로프로부터 연유하는 저 해석의 양가성과 선택에 대한 망설임뿐만 아니라 문자라는 매체 자체의 허구성에까지 추적되어야 함을 생각하게 한다. 감정도 문자도 그 자체로는 몸을 가지지 않기 때문이다.

  고형진, 김명인, 이숭원, 최근의 류경동에 이르기까지 백석론자들이 지적하는 백석 시의 감각성은 곧 백석 시의 재현성에 다름 아니다. 백석의 시가 감각적이며 재현적인 것이 그대로 백석 시의 환상성을 야기하는 것은 아니다. 그러나 백석의 이러한 충분한 재현 능력은 종종 기억과 상상의 언어들에게 실감 나는 현실감을 부여함으로써 '실제하는 것 같은' 환상을 가장 잘 경험하게 한다.

# 오장환 시의 부정 의식
―초기 시를 중심으로

## 1. 서론

오장환은 1933년에 『조선문학』에 「목욕간」을 발표하며 등단하였다. 1948년에 월북하기까지 오장환은 네 권의 시집과 한 권의 번역 시집을 출간하였으며 비평까지 영역을 확대하였다. 활동 시기가 일제에 의한 식민 통치가 극에 달할 때였음을 생각한다면 15년 동안 오장환이 보여 준 창작열은 눈에 띄게 왕성한 것이다. 기왕의 연구는 시의 변모 과정을 일종의 변증법적 발전 과정으로 설명하여 오장환의 시 의식을 규명하고자 하였다. 변모 과정에 초점을 두는 연구는 전체 과정을 시기별로 구분하고 각 시기별 시 의식을 얼마간 도식화할 수밖에 없다. 그런데 오장환 시의 연구에서 이런 도식화의 난점은 비슷한 시기의 작품에 대한 서로 다른 평가에서 보듯 소실점을 어디에 두느냐에 따라 대상의 의미가 달라진다는 점이다. 가령 오장환의 초기 시에 대해 최두석이 "현실에 대한 인식이나 그것을 바탕으로 마련될 미래에 대한 전망이 부재하다"고 지적하고 이를 시 세계의 한계로 지적한 것은 그가 오장환 시의 핵심을 진보성에 놓고 보기 때문이다.[1] 반면에 심재휘가 "안일한 서정 속으로 도피하지 않고 삶의 문제에 대해 정면으로 맞서고 있다"고 의의를 발견하는 것은 오장환의 시가 갖는 부정 의식에 주목하고 있기 때문이다.[2] 현실의 부정성과 그러한 부정적 인식을 가능하게 한 진보적 관점 모두 하나의 현실의 서로 다른 얼굴일 것이다.[3] 같은 맥락에서 변증법적 발전 과정을 거치는 오장환의 시적 편력이 출발하는 지점을 어디로 볼 것인가의 문제도 발생한다. 출발점을 재구성하는 방식에 따라 그 시적 편력이 가지는 의미와 평가는 조금씩 달라지게 되기 때문이다. 오세영, 송기한, 김용직, 박정호의 연구는 오장환의 시적 편력을 다음과 같이 도식화하였다. 오장환은 전통 부정과 그에 따른 근대 세계의 지향을 보이지만 식민지적 현실에 의해 좌절되는데, 좌절로 인한 내면화를 통해 고향과 생명을 발견하고 현실에 대한 미학적 응전력을 갖게 되지만, 해방이라는 전기를 맞으면서 급격하게 이데올로기화한다고 본다.[4] 다소간 차이는 있을지언정 네 권의 시집이 이러한 지양과 지향의 방식으로 나아간다고 보는 것이 비교적 일반화된

---

1 최두석, 「오장환의 시적 편력과 진보주의」, 최두석 편, 『오장환 전집 2』, 창작과비평사, 1989, p.204.

2 심재휘, 「오장환 시 연구」, 고려대학교 석사학위논문, 1989, p.106.

3 최두석은 오장환의 시적 변모를 진보주의의 관점에서 보았고, 박윤우와 심재휘는 비판 의식이나 부정 의식을 오장환의 시적 변모의 동력으로 보았다. 최두석, 「오장환의 시적 편력과 진보주의」; 박윤우, 「오장환 시 연구—비판적 인식의 변모 과정을 중심으로」, 서울대학교 석사학위논문, 1989; 심재휘, 「오장환 시 연구」.

4 오세영, 「탕자의 고향 발견」, 권영민 외, 『월북문인연구』, 문학사상사, 1989; 송기한, 「오장환 연구—시적 주체의 의미 변이에 대한 기호론적 연구」, 『관악어문연구』 15, 1990; 김용직, 「열정과 행동—오장환론」, 『한국 현대시 해석·비판』, 시와시학사, 1993; 박정호, 「오장환의 부정 의식과 체념적 비애」, 『한국어문학연구』 16, 2002.

시각 틀이라고 할 수 있다. 그러나 이러한 도식적 접근이 오장환 시에 대한 평가절하의 근거가 되는 것을 보면 오장환식의 현실주의가 만들어지는 초기 시에서 현실 의식이 어떻게 만들어지는가를 면밀하게 검토할 필요성은 충분해 보인다.[5]

오장환의 시에서 언급될 만한 상당한 특성들은 초기 시와 산문에서도 발견된다. 예컨대 프랑스의 상징주의 시의 영향이나 일본의 전위시와의 친연성에서 나타나는 과감하고 파괴적인 형식 실험의 면모, 전통적 세계나 서구적 근대 세계에 대한 부정 의식, 사회주의적 리얼리즘에 대한 이념적 지향들이 그것이다. 이 글은 오장환의 초기 시와 시론을 중심으로 오장환이 부정하고자 한 대상과 그 이유를 밝히고, 이를 통해 부정 의식이 현실 인식의 방편이자 시적 대응 방식임을 밝히고자 한다.

## 2. 전통과 근대의 혼재와 부정

1933년 등단한 이후 1937년 7월 첫 시집 『성벽』이 간행되기까지 오장환이 문학지와 일간지 그리고 동인지를 통해서 발표한 작품은 총 23편인데 이 중에서 첫 시집에 수록되지 않은 작품이 10편이다.[6]

---

5 김학동이 집필한 『오장환 평전』과 장연희의 학위논문에서는 오장환이 서자 출신이기 때문에 봉건적 유교 질서를 부정하게 되었다고 보았다. 그러나 오장환의 전통 부정의 원인을 서자 콤플렉스로만 보는 것은 지나친 단순화이다. 개인적 콤플렉스뿐만 아니라 시인으로서의 미학적 지향이 동시에 개입되었다고 보는 편이 설득력 있는 관점이라 생각된다. 김학동, 『오장환 평전』, 새문사, 2004; 장연희, 「오장환 시 연구─주체의 형성과 욕망의 구조」, 강원대학교 석사학위논문, 2000.

6 「목욕간」 「캐메라·룸」 「면사무소」 「수부」 「정문」 「야가」 「종가」 「체온표」 「선부의 노래」 「싸느란 화단」 등 10편이 이미 발표되었으나 첫 시집에서 누락된 작품이다. 여기에 발표된 적이 없는 작품이 9편이 추가되어 시집이 간행되었다.

흥미로운 것은 『시인부락』 창간호 말미에 오장환의 시집 광고 내용이다. 광고에 따르면 수록 시편 수는 장시 「전쟁」을 위시한 작품들 60여 편이 게재될 예정이었으며, 시집의 제목도 『종가』로 되어 있다.[7] 60여 편에 이르는 편수도 편수지만, 나중에 발굴되어 전모를 확인할 수 있게 된 장시 「전쟁」의 경우 200자 원고지 72매에 달하는 분량임을 고려한다면 시집의 계획과 결과물 사이의 차이는 현격하다. 일제의 검열과 오장환 나름의 판단이 포함된 결과이겠지만 시집의 제목이 "종가"에서 "성벽"으로 바뀐 것, 게다가 「종가」나 「정문」과 같은 작품들이 빠지게 된 것은 그 이유에 궁금증을 갖게 한다. 많은 연구자들이 오장환의 초기 시의 문제의식으로 '전통에 대한 부정'이 주목되었기 때문이다. 시집의 출판 과정에는 당대적 영향들도 개입하지만, 무엇보다 시인 자신의 내적 검열이 반영되었다고 볼 수 있다. 그러므로 첫 시집의 구성에 있어서 나타난 선택과 배제가 의미하는 것이 무엇인지를 살펴볼 필요가 있다.

비슷한 주제 의식을 보이는 「성씨보」와 「성벽」이 수록되고, 「종가」와 「정문」이 배제된 것, 또 「수부」와 「야가」가 빠지고, 「해수」가 남은 것에서 얻을 수 있는 효과는 쉽사리 파악하기 어렵다. 그러나 「종가」와 「정문」에 나타난 노골적인 비판보다는 「성씨보」의 개인화된 자기부정이 더 설득력을 얻기 쉽다. 「수부」와 「야가」 「전쟁」이 누락된 것은 총독부의 출판 검열 때문이라고 추측할 수 있다.[8] 노골적인 풍자

---

7  김학동, 「오장환의 시적 변이와 지속성의 원리」, 『시문학』, 1990.6, pp.24-25.
8  김재용은 장시 「전쟁」이 누락된 이유를 일제의 검열에서 찾고 있는데, 「수부」나 「야가」도 「전쟁」에서와 같이 근대화에 대한 부정적 시선을 보여 주고 있기 때문에 같은 맥락에서 생각해 볼 수 있다. 김재용, 「식민지 자본주의와 근대 문명의 내파」, 김재용 편, 『오장환 전집』, 실천문학사, 2002, pp.633-634.

와 비판적인 작품들이 누락되었지만 전통 세계와 근대 세계의 부정적 국면들이 그러한 세계 속에 놓인 부정적 개인 화자를 통해 다소 상징적으로 드러나게 되었다. 개인 화자가 접촉하는 세계는 전통과 근대가 혼재하는 세계이다. 전통과 근대가 지양의 과정으로 놓여 있지 않다는 점에서 '전통 부정=근대 지향'이라는 도식은 거부된다. 시집 『성벽』의 편제는 일제와 시인 자신에 의한 검열의 결과이면서 동시에 전통과 근대 세계 양쪽에 대한 부정 의식을 드러내기에 적합한 편제라고 할 수 있다.

시집의 편제를 떠나 작품의 연보만 보더라도 「목욕간」과 「캐메라・룸」, 장시 「전쟁」은 오장환의 가장 이른 시기의 작품들이므로 오장환의 초기 시 의식이 전통 부정에만 놓이지 않는다는 것을 생각하게 한다. 근대 세계에 대한 심도 있는 부정 의식을 보여 주는 장시 「전쟁」이 일련의 전통 부정을 보여 주는 시들[9]보다 앞서 창작된 것이다.[10] 「목욕간」에서는 밤나무를 "世傳之物"이라 표현하고 있는데 이는 전통적 인식의 영향을 보여 준다. 반면 "수업료를 바치지 못하고 정학을 받아 귀향"한 '나'의 행동반경은 근대적 학습 체제 내부에 존재하고 있다.

불효

이 어린 병아리는 인공부화의 엄마를 가졌다. 그놈은 정직한 불효다.

(중략)

---

9 「성씨보」 「성벽」 「정문」 등은 1936년에 창작되었고, 「종가」와 「전설」은 1937년에 창작되었다.

10 김용직은 「전쟁」의 탈고 연대를 1934년 중순경으로 추정한다. 김용직, 「열정과 행동—오장환론」, pp.159-160.

서낭

인의예지(仁義禮智)―

당오(當五).

당백(當百).

상평통보(常平通寶).

일전(一錢)―광무 2년―약(略)

이 조그만 고전수집가(古錢蒐集家)는 적도의 토인과 같이 알몸뚱이
에 보석을 걸었다.

―「캐메라·룸」 부분

　7개로 나뉘어진 시의 두 번째와 일곱 번째 부분이다. 소제목은
"불효"는 주제를, "서낭"은 소재를 가리킨다. 「불효」에서 두 문장으
로 구성된 짧은 시행의 제재는 '병아리의 인공부화'이다. 인공부화
는 근대적 사건이라고 할 수 있는데, 문제는 이러한 근대적 사건을
어떻게 바라보고 있느냐이다. 화자는 그것을 '효'라는 전통적 관념으
로 바라본다. 그러나 이 병아리는 기계적 조건에서 부화하였기 때문
에 '효'를 다할 대상도 필요도 없다고 쓰고 있는 것이다. "정직한 불
효"는 전통적 가치관을 냉소적으로 부정한 표현이다. 근대적 표상에
대해 전통적 관념을 매개한 「불효」와는 달리 「서낭」에서는 전통적 표
상인 서낭을 "고전수집가"로 묘사하고 있다. 전통 세계의 표상과 근
대 세계의 표상이 혼재하고 있는 것은 오장환이 시를 쓰고 있는 당
대적 상황 자체인 것이며, 그러한 점에서 오장환의 시에 미친 당대
의 영향으로 보아야 한다. 영향과 지향은 다르다. 전통적 표상을 근
대적 관념으로 냉소하고, 근대적 표상을 전통적 관념을 매개로 하여
부정함으로써 오장환의 초기 시 의식이 전통과 근대 세계 모두에 대

한 부정 의식을 표출한 것이다. 시의 형식적인 면에서 볼 때, 이러한 부정의 방법은 오장환의 초기 시에서 일관되게 등장하는 산문시형의 도입과도 관련이 있어 보인다.[11] 건조한 산문시형은 오장환이 부정하고자 한 세계에 대한 객관적 거리와 고발적 태도를 갖는 데 용이한 시 형식이라고 생각된다.

> 징기쓰汗이 北部戰線에물밀듯미러나온다.
>
> 項羽氏는 수염에게倒立運動을 명한다.
>
> 렌즈, LENZE.
>
> 렌즈.
>
> 新聞記者의活躍. 活躍.
>
> 急流에고기뛰듯튀는 記者의 手腕
>
> 한녀석에게 말(馬)말과(馬과)말(馬)과, 말(馬)과, 창, 칼, 방패. 갑
>
> 옷. 투구. 활. 전통. 시위.
>
> ─「전쟁」부분

「전쟁」은 근대 세계의 근간을 이루는 '저널리즘' '기계 과학' '자본주의'와 함께 '세대 갈등' '사물화된 자연과 미학주의' 등을 단어의 나열이나 구절의 병치와 같은 파격적인 방식으로 드러낸다. 인용한 부분에서도 근대적 직업인인 신문기자가 징기스칸이나 항우와 같은

---

11 김용직의 논의에서 실마리를 찾은 박현수는 비교문학적 관점에서 오장환의 초기
시와 기타가와 후유히코(北川冬彦)가 중심이 된 신산문시 운동과 아방가르드 운동
의 연관성을 밝혔다. 오장환의 초기 시에 나타난 산문시형은 일본의 신산문시 운동
의 영향과 관련이 있는데, 미학적인 전통과 단절하려는 오장환의 의지의 결과이다.
박현수, 「오장환 초기 시의 비교문학적 연구」, 『한국시학연구』 4, 2001.

아시아의 전근대적 인물들과 나란히 등장하고 있다. 징기스칸을 "징기쓰汗(땀)"으로 표기해 희화화하고, 항우도 수염 난 인물을 벌주고 훈육하는 우스꽝스런 모습으로 제시된다. 말(言)과 말(馬)의 언어 유희를 통해 실제의 전쟁과 저널리즘이 겹쳐진다. 마치 종이를 덕지덕지 콜라주하듯이 전통 세계의 인물과 사물이 근대 세계의 인물이나 사물과 뒤섞여 있다. 형식적인 실험 의식이 두드러진 시기이기 때문에 작품 전체의 의미는 보다 정치하게 분석해야 하겠지만, 인용한 부분만으로도 전통과 근대의 혼재 그리고 두 세계에 대한 비판적 시선을 느낄 수 있다. 「전쟁」은 전쟁의 참상을 직접적으로 묘사하기보다는 전쟁 자체를 일종의 근대 세계의 메커니즘으로 비유하고 풍자한 작품이다.

### 3. 순응과 퇴행의 거부―인간을 위한 문학

부정 의식은 오장환의 식민지적 현실 인식을 이해하는 중요한 준거를 마련해 준다. 그러나 현실 인식뿐만 아니라 현실에 대한 미학적 대응이라는 측면에서 볼 때 부정 의식은 더욱 중요해진다. 오장환의 시가 전통 세계나 근대 세계에 대해 가지는 완강한 부정은 현실을 비판적으로 볼 수 있는 주체의 자리를 확보할 미학적 근거가 된다. 문학은 소외를 경험하고 드러내는 자리에서 역설적으로 현실적일 수 있다. 당면한 현실에 대한 부정을 극대화하는 지점에서 아이러니컬하게도 인간이 존재할 수 있는 최소한의 조건이 드러나는 것이다.

탈근대적 역사 담론에서는 근대 민족주의 나아가 근대주의 자체가 제국주의를 모델로 하고 있으며, 따라서 식민지는 '근대 미달'이나 '왜곡된 근대'가 아니라 일종의 작동 기제임을 밝히고[12] "모든 근대는 식민지다"라는 명제를 제출하였다. 모든 근대가 식민지라는 인식은 식민 통치라는 역사적 실제를 방기하는 것이 아니라, 부조리한 현실에 대한 부정과 거부가 근대적 인간 주체 탄생의 조건이라는 점을 시사하는 듯하다. 시인으로서 현실에 대한 무비판적인 순응으로 일관하거나 기존의 시적 성취에 안주한다면 진정한 세계 인식에 도달하지 못할 것이다. 나아가 미학적인 글쓰기로서 시의 발화가 정향성에 사로잡힐 때의 문제를 오장환은 이미 계급주의에 토대를 둔 일련의 문학적 실천에 대한 반성을 통해 알 수 있었을 것이다.

　오장환이 시를 쓴 1930년대 후반은 이러한 복잡한 문단 상황과 지적 풍토 위에 놓여 있었던 것이다. 박윤우의 논의는 1930년대 후반 오장환의 시적 출발점을 당대적 환경과의 유기적인 연관 관계 속에서 파악하고 있다는 점에서 설득력을 지닌다.[13] 1930년대는 이른바 카프문학이 일제에 의해 강제로 일소된 이후, 한국 문단은 일종의 공백 상태를 겪을 수밖에 없었다.[14] 이러한 공백 상태를 메운 것은 "휴머니즘론, 지성론, 포오즈·고발·모랄론, 예술주의론, 고전·동양문화론, 세대론, 신체제론 등"이었다. 박윤우의 이러한 진단은 오장환의 초기 시에 대한 즉각적인 의미 부여가 김기림과 임화에 의해서 이루어졌다는 사실과도 무관하지 않다. 또한 이들 두 평론가가 각각 모더니즘 운동의 기수이자 당대의 사회주의적 리얼리즘적 미학관을 대표하는 사람이었다는 점은 오장환의 시가 형성되는 기반으로서 모더니즘 시 운동과 신세대 문학론이 놓여 있음을 이해할 수

---

12 윤해동·천정환·허수·황병주·이용기·윤대석 편, 『근대를 다시 읽는다 1』, 역사비평사, 2006, p.18.
13 박윤우, 「오장환 시 연구―비판적 인식의 변모 과정을 중심으로」, pp.8-19.
14 정종진, 『한국 현대 시론사』, 태학사, 1988, p.142.

있게 해 준다. 오장환의 산문을 통해 문단적 상황에 대한 인식과 지향을 발견할 수 있다.

> 우리는 문단에 있어서도 신문학을 제창하고 나온 몇 사람 선배와 그들의 지나간 행동을 볼 수가 있다. 문학을 뜻을 둔 청년으로서 누구나 새로움을 찾고 향상되기를 바라며 그 만만한 의도에 패기를 가져보지 않은 사람이 어디 있겠는가! 그들은 무거운 전통과 습속에 눌리며 모진 괴로움을 맛보고 싸워나왔다. (중략) 진정한 신문학이라면 형식은 어떻게 되었든지 위선 우리의 정상한 생활에서 합치될 수 없는 문단을 바숴버리고 진실로 인간에서 입각한 문학 즉 문학을 위한 문학이 아니라 인간을 위한 문학의 길일 것이다.
>
> ―「문단의 파괴와 참다운 신문학」 부분[15]

인용한 글은 오장환의 첫 시집이 출간되기 6개월 전에 『조선일보』에 발표한 산문의 부분이다. 시기적으로 시집 출간 이전이라는 점에서 첫 시집의 시 의식과도 관련이 있다고 볼 수 있다. 흥미로운 것은 두 가지인데, 새로움에 대한 지향과 형식과 기교에 대한 비판이 그것이다. 오장환은 이 두 가지에 대한 비판을 "인간을 위한 문학"에 정향하고 있다. "무거운 전통과 습속에 눌리며 모진 괴로움을 맛보고 싸워나왔다"는 진술을 문학적 혁신에 대한 지향 의식으로 이해할 수 있다. 인용된 글의 제목 "문단의 파괴와 참다운 신문학"에서 "참다운 신문학"의 예비 조건으로서 "문단의 파괴"를 언급하고 있는 것

---

15 오장환, 「문단의 파괴와 참다운 신문학」, 『조선일보』, 1937.1.28-29. 최두석 편, 『오장환 전집 2』, pp.9-11 재인용.

도 문학적 혁신에 대한 의지를 읽을 수 있다. 아마도 현실주의 또는 인간주의로 이름 지을 수 있는 지향점이 오장환의 중요한 문제의식 이었으며, 새로운 형식이란 인간주의적인 목적에 부합해야만 비로 소 진정한 신문학이라고 생각한 것이다. 형식적 새로움에 대한 '현실 인식'의 우위는 오장환에게 있어서 지상명령과 같은 것으로, 「백석론」에서 백석을 "스타일만 찾는 모더니스트"[16]라고 폄하했던 것도 부조리한 현실에 대한 비판적 인식이 보이지 않는다고 판단했기 때문일 것이다.

위 글은 시집이 출간되기 6개월 전에 쓰인 것으로 오장환 자신이 추구하는 "인간을 위한 문학"에 가장 근사한 문학으로 "『백조』 시대의 신경향파에서 '카프'에 이르기까지"의 그룹이라고 천명하고 있는데, 이 표현이 우선 시사하는 바는 오장환의 계급문학에 대한 동조이고, 두 번째는 완벽한 동의가 아닌 동조라는 점이다. "가장 새로운 문학에 접근한 것"이었다고 진술했다는 점은 지향성에 대해서는 동조하면서도 이들 계급적 성향의 문학들이 보여 준 미학적 함량에 대해서는 동의하지 않은 것으로 생각된다. 더욱이 짧은 시간에 왕성한 시작 활동을 보여 준 오장환의 편력을 생각할 때, 이미 시집이 출간되기 6개월 전에 이루어진 문학관의 천명과 그의 첫 시집에서 나타나는 미학적 지향과의 비교가 필요할 것으로 보인다.


世世傳代萬年晟하리라는 성벽은 편협한 야심처럼 검고 **빽빽하거니**
그러나 보수는 진보를 허락치 않어 뜨거운 물 끼얹고 고춧가루 뿌리던
성벽은 오래인 휴식에 인제는 이끼와 등넝쿨이 서로 엉키어 면도 않은

---

16 오장환, 「백석론」, 『풍림』 5, 1937.4.

터거리처럼 지저분하도다.

—「성벽」 전문

　　내 성은 오씨. 어째서 오가인지 나는 모른다. 가급적으로 알리어주
는 것은 해주로 이사온 一淸人이 조상이라는 가계보의 검은 먹글씨.
옛날은 대국숭배를 유심히는 하고 싶어서 하고 싶어서, 우리 할아버니
는 진실 이가였는지 상놈이었는지 알 수도 없다. 똑똑한 사람들은 항
상 가계보를 창작하였고 매매하였다. 나는 역사를, 내 성을 믿지 않어
도 좋다. 해변가으로 밀려온 소라 속처럼 나도 껍데기가 무척은 무거
웁고나. 수퉁하고나. 이기적인, 너무나 이기적인 애욕을 잊을랴면은 나
는 성씨보가 필요치 않다. 성씨보와 같은 관습이 필요치 않다.

—「성씨보」 전문

　　인용 작품에는 오장환이 부정하려고 한 대상으로서 전통이 분명
하게 드러난다. 전통을 부정할 때 그에게서는 보수와 진보라는 직선
적인 역사관이 엿보인다. 최두석과 장도준에 의해서 지적되고 있는
'진보의 역설', 즉 새로움과 진보의 자리에 제국주의가 놓이는 모순
이 드러난 작품이 「성벽」이라면, 오장환 자신을 화자로 전면화하면
서 자기부정과 '성씨보'로 상징되는 봉건적 질서에 대한 노골적인 거
부 의사를 드러낸 작품이 「성씨보」이다. 그러나 '진보의 역설'보다 더
중요하게 보아야 하는 것은 '성벽'을 '지저분함'으로 바라보게 하는
'진보'의 등장이다. 「성씨보」에서 '성씨보'에 대한 거부와 부정의 태도
또한 "똑똑한 사람들은 항상 가계보를 창작하였고 매매하였다"는 현
재적 사실과 관련이 있다. 식민지적 재편이 이루어지고 있는 1920-
30년대에 조선총독부에서 허가받고 발간된 책들 중 가장 많은 유형

이 '족보'였다는 사실[17]을 확인하고 나면 오장환이 이토록 극렬하게 야유한 이유를 쉽게 이해할 수 있다. "나는 성씨보가 필요치 않다. 성씨보와 같은 관습이 필요치 않다"고 한 언급도 중요하다. '성씨보' 자체를 단순한 구습의 상징으로 읽는다면 "성씨보와 같은 관습"은 단순한 반복과 강조가 되지만, '성씨보'를 창작하고 매매하는 현실은 과거의 기억만이 아닌, 당대적 현실의 한 단면이기도 한 것이다. 그러므로 '성벽'과 '성씨보', '성씨보'를 만드는 관습에 대한 부정 의식은 오장환의 내면적 지양뿐만 아니라 (그가 보기에) 현실을 혁신하는 데 일말의 도움도 되지 못하고 있는 현실의 구태에 대한 거부로 보아야 한다. 이러한 오장환식의 '진보 의식'이 지금에 와서 전적으로 동의할 수는 없는 것이라고 하더라도 오장환의 냉철한 현실 인식을 이해하는 데 있어 중요한 관점을 제시해 주는 것은 사실이다.

「성벽」과 「성씨보」는 이처럼 근본적 가치를 상실한 전통적 세계의 유물과 습속에 대한 노골적인 부정 의식을 보여 주는 작품들인데, 이러한 냉철한 현실 인식은 오장환 이전에는 발견하기 어려운 것들이다. 비탄과 허무는 전대 문학의 주된 정조였지만, 오장환의 시는 강력한 자기부정을 식민주의적 현실과 매개하면서 부정적 세계에 대한 냉철한 인식과 거부 의사를 보여 준다. 식민 제국주의의 외압에 부닥친 조선 사회가 일단은 순응으로 일단은 전통 세계로의 퇴행에 빠져들었던 것인데, 양자 모두에 대하여 부정적 태도를 강하게 보이는 오장환의 시는 진보적이라기보다는 퇴행에 대한 거부로 읽힌다. 순응과 퇴행에 대한 거부가 바로 오장환이 말한 "인간을 위한

---

17 천정환, 「1920-30년대의 책 읽기와 문화의 변화」, 윤해동·천정환·허수·황병주·이용기·윤대석 편, 『근대를 다시 읽는다 2』, 역사비평사, 2006, p.24.

문학"이 서 있는 자리이다. 그것은 전근대와 근대가 혼재한 세계를 '서구 문명의 지향'이나, 계급 혁명의 대상으로 단순화하지 않았다는 점에서 오장환의 미학적 대응이 현실적이라고 말할 수 있다.

## 4. 식민 세계의 경험과 저항 의지

오장환의 시에서 항구나 기차역과 같은 공간이 비애와 절망의 표상 공간이 되는 것은 근대적 식민성의 한 증거라고 할 수 있다. 식민성의 이동 경로는 그대로 자본의 이동 경로이자 욕망의 이동 경로이다. 이러한 이동 경로의 끝에는 행락지가 있고, 무역항이 있으며, 절대적으로 타자화된 '외부'가 있다. 이때의 외부란 자족적 동일시를 허락하지 않는 파괴되고 훼손된 이미지로서의 외부이다. 그것은 식민성으로 분할된 착취의 공간이면서, 동시에 분할과 착취를 가능하게 하는 시선의 체험 공간이다.

온천지에는 하루에도 몇 차례 은빛 자동차가 드나들었다. 늙은이나 어린애나 점잖은 신사는, 꽃 같은 계집을 음식처럼 싣고 물탕을 온다. 젊은 계집이 물탕에서 개고리처럼 떠 보이는 것은 가장 좋다고 늙은 상인들은 저녁상머리에서 떠들어댄다. 옴쟁이 땀쟁이 가진 각색 더러운 피부병자가 모여든다고 신사들은 두덜거리며 가족탕을 선약하였다.

―「온천지」 전문

식민주의에 의한 근대적 재배치는 자본주의적 지배와 계급화의 양상으로 나타난다. 온천지에는 서로 다른 계급의 인간들이 모여 있다. "꽃 같은 계집을 음식처럼 싣고" 온 신사들에게는 행락지이지만, "옴쟁이 땀쟁이" "피부병자"들에게는 치료가 목적이 되는 공간이 온

천이다. 공간이 그 이용 목적으로 나타나는 시선이 바로 근대적 시선이요, 그 시선과 마주친 공간이 곧 식민지인 셈이다. 신사들이 젊은 여자들의 헤엄치는 모습을 바라보며 즐거워하는 모습과 더러운 '피부병자'를 못마땅하게 여기고 투덜거리는 모습에서 철저하게 자기 이익과 즐거움에만 집착하는 이기적인 인간임이 드러난다. 오장환의 초기 시에는 이러한 부정적인 모습의 인간으로 신사와 매음녀, 선원 등이 자주 등장하는데, 이들은 모두 착취자, 피착취자의 전형으로 제시된다. 자본 권력에 의한 식민지의 재편이 일상의 공간 속에 침투된 채 드러나고 있다.

　항구야
　계집아
　너는 비애를 무역하도다.
　(중략)
　야윈 청년들은 담수어처럼
　힘없이 힘없이 광란된 ZAZZ에 헤엄쳐 가고
　빨간 손톱을 날카로이 숨겨두는 손,
　코카인과 한숨을 즐기어 상습하는 썩은 살뎅이

　나는 보았다.
　　항구,
　항구,
　　들레이면서
　수박씨를 까바수는 병든 계집을—
　바나나를 잘라내는 유곽 계집을—

(중략)

항구야,
환각의 도시, 불결한 하수굴에 병든 거리여!
얼마간의 돈푼을 넣을 수 있는 죄그만 지갑,
유독식물과 같은 매음녀는
나의 소매에 달리어 있다.

그년은, 마음까지 나의 마음까지 핥어놓아서
이유없이 웃는다. 나는
도박과
싸움,
흐르는 코피!
나의 등가죽으로는 뱃가죽으로는
자폭한 뽀헤미안의 고집이 시루죽은 빈대와 같이 쓸쓸쓸 기어다닌
다.

—「해수」 부분

　　자본 권력에 의한 식민지의 개척은 일상 공간의 재편으로만 나타
나지 않는다. 인간과 육체 자체에까지 침투된 식민성을 인용한 「해
수」의 첫 연에서 읽을 수 있다. "항구야/계집아/너는 비애를 무역하
도다"라는 진술에서 반복적 호명을 통해 '항구'와 '계집'의 유비 관계
가 성립된다. 비애를 무역하는 주체는 항구이고 또 계집이 되는 셈
이다. 이 유린된 여성성의 이미지는 오장환의 초기 시에서 빈번하게
두드러지는 이미지로서 자본에 의한 신체의 점령과 매매를 보여 준

다. "병든 계집"은 "유곽 계집"이고, "유독식물"과 같이 위협적인 존재이다. 이 훼손되고 착취되는 신체와 여성의 이미지는 이 시에서 항구의 가장 중심적인 표상으로 기능함으로써 화자가 식민성을 경험하는 계기가 된다. 이 시의 화자는 "이유없이 웃는"데, 기형적이고 병적이며 환락적인 세계에 무기력한 모습으로 그려진다.

항구의 식민성은 비교문학적 독법을 통해 확연해진다. 오장환의 초기 시와 프랑스 상징주의 시를 비교한 양혜경의 연구는 오장환 초기 시의 지배적인 핵심으로 전통 부정의 반항 의식, 여행벽, 육체 또는 감각 지향성을 들어 보들레르와 랭보와의 상관성을 밝힌 바 있다.[18] 양혜경의 연구에 따르면 오장환의 「해수」는 보들레르의 「여행」이나 「고독자의 술」과 유사한 점이 많다. 소재나 이미지, 구절에서도 유사성이 보이지만 보들레르의 여행과 오장환의 행려가 갖는 세계 인식의 방법에서의 유사성은 보다 근본적인 것이다.

그러므로 보들레르적 세계 인식은 스스로를 이방인으로 자임하는 부정 의식의 소산이고, 부정적 세계 인식은 곧 근대적 식민성의 경험인 것이다. 오장환의 이러한 자의식은 부정과 방황의 반대편에 자기만족과 안주의 공간을 남겨 두지 않았다는 점에서 보들레르적이고 근대적이다. 오장환의 시의 이런 특성들은 흔히 딜레탕티즘과 포오즈로 명명되기도 하지만, 문제의 핵심은 내밀한 경험과 사실성을 확보하고 있는가이지 표상 자체의 외래성이 아니다. 김진희도 이러한 맥락에서 "사회에 대해 저항하고 분노하는 그의 의식이 시의 문면에 강한 어조로 드러나고 있다. 그의 열정적 어조는 낭만적 영탄

---

18 양혜경, 「오장환 초기 시와 프랑스 상징주의시 비교 연구」, 『국어국문학』 119, 국어 국문학회, 1997.

이 아니라 사회적 현실에 기대어 있기 때문에 현실성을 확보하게 된다"고 지적하였다.[19] 타자화된 세계의 경험과 여행자라는 자의식은 낭만성을 키워드로 한 주영중의 연구[20]에서도 비슷한 맥락을 형성하고 있다. 경계인으로서의 낭만적 주체가 갖는 감각적 관능의 세계란 결국 오장환의 시가 갖는 부정 의식과 방외자적 주체관과 통한다. 방외자적 현실 인식은 전통과 근대 세계 모두를 부정할 수밖에 없는 식민지적 상황에서는 미학적 저항의 방식이 될 수 있다.

## 5. 부정적 현실과 저항적 주체

오장환의 부정 의식을 살피는 데 있어서 장도준과 김현정과 김용희의 논의[21]는 각각 리얼리즘적, 탈식민주의적, 모더니즘적 관점에서 오장환의 부정 의식을 살폈다. 세 논자에 의한 부정의 심급은 전통의 부정을 "성씨와 혈통 중심의 봉건적 가치"와의 결별[22]이나 식민주의에 의해 드러나게 된 폐쇄적 유교적 전통의 부정[23] 그리고 식민지 조선의 분열적 현실을 드러내기 위한 미학적 대응으로 이해된다. 이들 논자들의 관점은 하나의 관점으로 포섭될 필요가 있다. 왜냐하면 오장환을 둘러싼 부정적 현실은 이들 논자들이 언급한 부패

---

**19** 김진희, 「오장환의 30년대 시와 모더니즘의 문제 1」, 『이화어문논집』 15, 1997, p.221.

**20** 주영중, 「오장환 시의 낭만성 연구―『성벽』과 『헌사』를 중심으로」, 『국제비교한국학』, 2008.

**21** 김용희, 「식민지 지식인의 근대 풍경에 대한 내면 의식과 시적 양식의 모색―1930년대 오장환의 경우」, 『한국문학논총』 43, 2006; 장도준, 「오장환 시의 모더니즘과 리얼리즘」, 『어문학』 60, 1997; 김현정, 「오장환 시에 나타난 탈식민성 연구」, 『어문연구』 49, 2005.

**22** 장도준, 「오장환 시의 모더니즘과 리얼리즘」, p.524.

**23** 김현정, 「오장환 시에 나타난 탈식민성 연구」, pp.287-293.

하고 무력한 구습이나 식민주의를 포함하고 있고, 오장환은 이러한 부정적 상황에 대해 시 쓰기로 대응한 것이기 때문이다.

직업소개에는 실업자들이 일터와 같이 출근하였다. 아무 일도 안하면 일할 때보다는 야위어진다. 검푸른 황혼은 언덕 알로 깔리어오고 가로수와 절망과 같은 나의 긴 그림자는 군중의 대하에 짓밟히었다.

바보와 같이 거물어지는 하늘을 보며 나는 나의키보다 얕은 가로수에 기대어 섰다. 병든 나에게도 고향은 있다. 근육이 풀릴 때 향수는 실마리처럼 풀려나온다. 나는 젊음의 자랑과 희망을, 나의 무거운 절망의 그림자와 함께, 뭇사람의 웃음과 발길에 채우고 밟히며 스미어오는 황혼에 맡겨버린다.

제집을 향하는 많은 군중들은 시끄러이 떠들며, 부산히 어둠 속으로 흩어져 버리고, 나는 공복의 가는 눈을 떠, 희미한 路燈을 본다. 띠엄 띠엄 서 있는 포도 우에 잎새 없는 가로수도 나와 같이 공허하고나.

고향이여! 황혼의 저자에서 나는 아리따운 너의 기억을 찾어 나의 전서구와 같이 날려보낸다. 정든 고샅, 썩은 울타리. 늙은 아베의 하얀 상투에는 몇 나절의 때문은 회상이 맺혀 있는가. 우거진 송림 속으로 곱게 보이는 고향이여! 병든 학이었다. 너는 날마다 야위어가는……

어디를 가도 사람보다 일 잘하는 기계는 나날이 늘어나가고, 나는 병든 사나이. 야윈 손을 들어 오랫동안 隋怠와, 무기력을 극진히 어루만졌다. 어두워지는 황혼 속에서, 아무도 보는 이 없는, 보이지 않는 황혼 속에서, 나는 힘없는 분노와 절망을 묻어버린다.

―「황혼」 전문

「황혼」에는 실직한 노동자를 화자로 내세워 실직이 주는 무력감과 절망감 그리고 고향에 대한 향수를 보여 준다. 1연의 "아무 일도 안 하면 일할 때보다는 야위어진다"는 진술에서 엿보이는 절망감은 "나의 긴 그림자는 군중의 대하에 짓밟히었다"라는 감각적 문장으로 이어진다. 근대적인 도시 공간이 지닌 위력은 어떤 사람이든 소외된 객체로 만들어 버린다는 데 있다. 개인들이 군중 속에서 익명으로만 존재할 수 있는 도시 공간의 거대함과 교환관계는 필연적으로 개인적 소외를 심화시키게 되는 것이다. 시의 화자는 익명성 속에서 결국 향수에 시달리며 자신의 고향을 불러 본다. "병든 나에게도 고향은 있다"는 진술은 역설적으로 도시 공간에서 사물화된 개인성에 저항하는 메시지로 읽힌다. 이 시 전체를 지배하는 무기력한 병적 이미지만으로 이 작품을 본다면, 그러한 무기력과 병적 이미지 너머에 있는 것을 볼 수 없게 된다. 이 작품에는 무력감과 절망감만이 표현되어 있는 것이 아니다. 그러한 무력감과 절망감을 낳는 계기와 이유들이 드러나 있다. 실업으로 드러나는 자기실현의 불가능, 군중 대 개인으로 대립되는 인간관계의 파행, 기계에 의한 일자리의 대체 등을 직시하는 주체의 자리가 이 작품 속에는 들어 있기 때문이다. 김용희는 이 작품의 화자가 보이는 이 무기력한 태도를 "시인은 사물의 본질보다는 현상의 흐름을 고현하는 자세로 취하며 변화하는 모든 것에 대한 판단을 유보하려 한다"고 지적하면서 「황혼」 속에 나타난 절망과 무기력을 오장환 초기 시가 보여 주는 권태이자 포즈로 규정한다. 또한 포즈는 낭만적 허무 주체가 근대적 자아의 균열임과 동시에 미적 균형점을 찾기 위한 노력이라고 보았다.[24] 사물의 현상을 고현하는 자세로 보고 있다거나 무기력과 권태까지도 포즈라고 한 지적에 선뜻 동의하기는 어렵다고 하더라도, 김용희의 이러한 지적은 무기력과 절망만으로는 설명할 수 없는 이 작품의 잉여를 지적했다는 점에서 수긍할 수 있다. 현실에 대한 부정의 태도로서 절망감이나 무력감조차도 저항의 한 방법이 될 수 있다. 시의 화자는 단순히 무능력한 주체로 머무는 것이 아니다. 단순히 절망감과 무기력에 빠지는 것과 그것을 표현하는 것은 다르다. 주체의 저항은 부정적인 현실의 인식과 함께할 때에만 설득력을 지니는 것이기 때문이다. 문학적 차원에서 볼 때, 개인과 역사의 진보는 미래적 지향의 새로움만으로 마련되지 않으며, 오히려 현실에 대한 비판의 충실함을 통해서 확보되는 것이다.

## 6. 결론

벤야민은 「역사의 개념에 대하여」라는 글에서 낙관주의의 폐해를 지적했다.[25] 파리코뮌 이후의 역사적 과정에서 사민주의가 노동자계급을 미래 세대의 구원자로 임명하는 순간 노동자들은 투쟁하는 주체를 잃어버렸음을 간파한 것이다. 벤야민의 이 날카로운 지적이 갖는 의미는 일반적으로 이해하는 낙관주의나 희망적 역사관과는 달리 역사의 발전이 부정과 투쟁이라는 동력 위에서 더 강력한 힘을 갖는다는 점이다. 노동자계급이 미래의 메시아를 자처함으로써 '현

---

24 김용희, 「식민지 지식인의 근대 풍경에 대한 내면 의식과 시적 양식의 모색—1930년대 오장환의 경우」, pp.252-254.
25 발터 벤야민, 『발터 벤야민 선집 5』, 최성만 역, 길, 2008, p.343, p.355.

212

재적 억압'이라는 현실을 '미래의 해방'이라는 낙관으로 바꿔치기해 버린 것이다. 이처럼 현실과 주체는 늘 상관적이다. 현실을 인식하는 한에서만 주체일 수 있으며, 주체의 대응 역시 현실 인식의 관점 속에 놓일 수밖에 없다. 월북 이전의 오장환의 시에 낙관적 미래관이나 현실 인식이 보이지 않는 것은 오장환의 시가 갖는 건강한 역동성, 즉 반발력을 의미하는 것으로 볼 수 있다. '건강한 반발력'을 잉태할 수 있는 부정 의식이란 결코 부정의 대척점에 자기만족적 낙관을 갖지 않는 것이어야 한다. 오장환의 초기 시는 전통적 가치 질서와 근대적 세계 어느 쪽에도 대타적 낙관을 두지 않는 부정 의식을 보여 주었다.

이 글은 오장환의 초기 시를 중심으로 오장환 시의 부정 의식을 살폈다. 오장환은 전통적 세계와 근대 세계, 나아가 미학적 전통 전체에 대한 부정 의식을 보여 주었는데, 지금까지의 연구사에서 이러한 부정 의식을 다루면서도 오장환의 시적 편력의 한 과정으로만 다룬 것에 이의를 제기하고, 이러한 부정 의식이 오장환 시의 가장 중요한 동적 요인임을 밝히고자 했다. 전통과 근대 세계에 대한 오장환의 부정 의식은 부정적 현실을 거부하고, 전통과 단절되고자 하는 저항 의지를 갖는 주체와 연관된 것임을 살필 수 있었다. 오장환 시의 부정성은 곧 현실 인식의 치열함과 바꿔 말할 수 있는 것이다. 오장환의 시는 식민지 근대라는 특수한 상황에서 볼 때, 순응과 퇴행에 대한 거부와 식민 세계의 소외에 대한 저항을 통해 완강한 현실 인식을 보여 주었다. 오장환의 시가 당대적 맥락에서 새롭다고 할 때, 새로움이라는 이 낯섦의 체험은 이 두 가지 단순화의 바깥에 위치한다. 새로움은 '낡은 것'의 극복이라는 정향적 목적에 완전히 귀속되지 않고, 또한 정신적·물질적·경제적 영향 관계 속에 위치하면

서도 그 부정적 국면에 끊임없이 저항한다는 점에서의 새로움인 것
이다.

# 아방가르드와 전쟁의 상상력
## ―오장환의 장시 「전쟁」론

### 1. 서론

「전쟁」은 1990년 7월 『한길문학』을 통해 발굴된 오장환의 장시이다. 구체적인 창작 연대가 밝혀져 있지 않아 여러 가지 설이 많으나, 1934년에서 1935년 1월 사이에 쓰인 것으로 보인다.[1] 이 작품은 오장환의 등단과 첫 시집의 사이에 비교적 뚜렷하게 구별되어 위치하는 작품이라고 할 수 있다.[2] 「전쟁」은 오장환의 작품들 속에서도 유

---

1 잘 알려져 있다시피 『시인부락』(1936.11.14)에 실린 오장환의 시집 광고에 「전쟁」이 포함되어 있다. 그리고 무엇보다 1990년 발굴된 원문에 1935년 1월 16일자 검열인으로 보건대, 최소한 1935년 1월 이전에 작성된 시이다. 문제는 1935년 이전에 오장환이 발표한 작품이 1933년의 「목욕간」과 1934년의 「캐메라·룸」이 전부라는 것이다. 김용직은 1934년 중순경에 이 작품이 쓰였을 것이라고 본다. 실제로 오장환의 작품 연표를 보면 왕성한 다작형 시인이기는 하나, 1935년 1월의 검열 직전에 이 긴 작품을 완성했으리라고 보는 것은 무리가 있다. 더욱이 1933년의 등단작인 「목욕간」과는 발상, 언어, 그 형식 등에서 큰 차이를 보이고, 「캐메라·룸」의 관심사나 냉소적인 시적 태도가 더 많은 일치점을 가지고 있는 점을 고려한다면 1934년 중순부터 1935년 1월 사이에 작성된 것으로 보는 것이 타당하리라고 본다.

별난 형식상의 특징을 지니고 있을 뿐 아니라, 1930년대 한국 근대 시사에서도 보기 드문 아방가르드 시로서도 주목을 요한다.[3] 「전쟁」에 대해서는 언급한 논자가 많지 않다. 김용직, 김학동, 이필규, 곽명숙이 각각 이 작품에 대한 논평을 남겼으며, 예외적으로 박현수가 본격적인 논문 두 편을 통해서 「전쟁」의 위상을 논하고 구체적인 분석을 기하였다.[4] 곽명숙은 벤야민의 '알레고리'를 오장환의 시적 정신이자 실천의 방법으로 보았으며 학위논문의 2장에서 「전쟁」과 『성벽』의 작품 세계를 살폈다. 「전쟁」을 크게 세 가지의 주제로 정리하여 논술하였다.[5] 박현수는 미카엘 리파떼르의 기호학에서 하이포그

---

2  『시인부락』에 실린 오장환의 시집은 『성벽』이 아니라 『종가』였으며 수록 작품들도 실제 간행된 『성벽』과는 차이를 지닌다. 광고상으로는 이 장시 「전쟁」을 포함하고 있었으나 이후에 출간된 오장환의 첫 시집에서는 비교적 형식적 통일성을 지닌 단형의 작품들이 주를 이루고 있다. 「전쟁」과 주제적으로나 수사적으로 가장 친연성을 가지는 작품은 『낭만』에 실린 「수부」인데, 이들 작품이 모두 시집에서 제외된 것은 일차적으로는 총독부의 검열과 관련지어 생각할 수 있다. 여하한의 이유에서든 「전쟁」은 1933년의 등단에서 1937년 첫 시집 『성벽』의 간행 사이에서 대단히 실험적이고 형식성이 강한 작품으로서 그 자리를 차지하게 된다. 김재용도 「전쟁」과 「수부」의 친연성을 지적한 바 있다. 김재용, 「식민지 자본주의와 근대 문명의 내파」, 김재용 편, 『오장환 전집』, 실천문학사, 2002, pp.633-634.

3  오장환의 이 작품에 대해 아방가르드 작품이라고 명명하고 이 논의를 본격화한 이는 박현수이다. 박현수, 「오장환의 장시 「전쟁」 연구」, 『세종어문학』 10, 1997; 박현수, 「오장환의 장시 「전쟁」 연구 2」, 『세종어문학』 11, 1998.

4  김학동 편, 『오장환 연구』, 시문학사, 1981; 김용직, 「열정과 행동—오장환론」, 『한국 현대시 해석·비판』, 시와시학사, 1993; 이필규, 「오장환 시의 변천 과정 연구」, 국민대학교 박사학위논문, 1995; 곽명숙, 「오장환 시의 수사적 특성과 변모 양상 연구」, 서울대학교 석사학위논문, 1997; 박현수, 「오장환의 장시 「전쟁」 연구」.

5  곽명숙이 「전쟁」을 이해하는 세 가지 주제는 ① 각종 병기들과 전쟁터의 모습을 통한 현대 전쟁의 성격, ② 병원, 탈주병, 매음녀 등의 이미지를 통한 비인간성과 생존 의식, ③ 저널리즘과 작가에 대한 비판이 그것이다. 전쟁터의 장면, 전쟁의 비유와 알레고리들, 그리고 저널리즘과 작가에 대한 냉소는 「전쟁」의 가장 두드러진 특

램이나 유표소와 같은 개념을 빌려 와 오장환의 시를 분석한다. 박현수의 이러한 논의는 오장환의 「전쟁」을 논하는 데 중요한 참조항이 될 뿐만 아니라, 「전쟁」의 미학적 가치를 높게 보는 가장 유력한 것이기도 하다. 곽명숙의 알레고리 분석이나 박현수의 해석학적 접근은 「전쟁」에 대한 학술적인 접근의 토대를 마련한 중요한 논의들이라고 하겠다. 이 글은 오장환의 장시 「전쟁」을 대상으로 하여 「전쟁」의 전체적인 구조와 짜임 그리고 부분적인 이미지들의 분석을 통하여 이 작품의 의미와 의의를 구하고자 한다.

## 2. 「전쟁」의 구성 원리

옥타비오 파스는 그의 시론에서 장시의 개념을 정의하였다. 무엇보다 길이 자체가 장시 분류의 근거가 될 수 없음을 길이의 상대적 비교를 통해 보여 주었다. 하나의 작품을 구조적인 관점에서 본다면 오히려 장시의 특징은 각 부분들의 독립성에서 찾을 수 있다고 보았다. 통일성과 변주가 시의 원리라면, 장시의 경우는 그 변주가 강화되는 것이라고 보아야 한다.[6] 시학의 관점에서 장르 자체의 본질에 주목한 에밀 슈타이거에게서도 비슷한 생각을 얻을 수 있다. 슈타이거는 서사의 본질을 표상에서 찾았으며, 사건의 지연과 에피소드의 확대에서 찾았다.[7] 요컨대 옥타비오 파스의 관점에서 장시는 두 가지의 이중적인 요구를 만족시켜야 한다. 하나는 변주의 확대이고, 다른 하나는 이러한 확대가 놀라움을 저해해서는 안 된다는 것이다.

---

징들이면서, 동시에 「전쟁」의 성과를 도출할 수 있는 요소들이기도 하다.

6 옥타비오 파스, 『흙의 자식들 외』, 김은중 역, 솔, 2003, p.220, p.231.

7 에밀 슈타이거, 『시학의 근본 개념』, 이유영·오현일 역, 삼중당, 1978, p.166(부분의 독립성), p.176(참다운 서사적인 구성 원리는 단순한 부가 작용이다).

통일성과 변주를 함께 얻을 수 있는 방법이 장시에 부여되는 이중적인 요건인 셈이다.

오장환의 「전쟁」을 살펴보는 데 있어서도 이 점은 중요하다. 단순히 길이만 보더라도 유례없이 긴 작품이지만, 무엇보다 하나로 얽혀지는 서사적 구심점이 보이지 않는다는 점에서 이 작품은 문제적 유형이라고 할 것이다. 「전쟁」이 가지고 있는 두드러진 특징은 두 가지이다. 하나는 이 작품이 그리는 '전쟁'이 실제적 체험이기보다는 일종의 알레고리라는 점이고, 다른 하나는 서술의 차원에서 '전쟁'과 관련된 서사라기보다는 '전쟁'에 대한 이미지의 제시가 주된 의미 전달 방식이라는 점이다. 이 두 가지 특징은 모두 '서사성의 약화'에 기여한다. 역사상의 장시들이 대부분 서사시인 것은 서사에 모든 에피소드들을 하나로 묶을 수 있는 통일의 힘이 존재하고 있기 때문이다.[8] 하나의 서술 시점을 통해 전체적인 이야기를 장악하지 않는 「전쟁」의 전개 방식은 오히려 반서사에 대한 욕구들을 보다 구체적으로 보여 준다. 그것은 장면과 이미지의 제시를 통해서 몽타주적 병치로 일관하며, 문체적으로는 문장이 되기 이전의 단어 나열이나 의성의태어의 사용과 같은 사례들을 통해서 드러난다. 20세기 시의 형식적 특성을 '불협화'와 '비규범성'에서 찾은 후고 프리드리히도 현대시의 고의적인 모호성과 긴장의 추구가 구문의 해체, 단순화된 명사 진술, 비실재적인 인유적 결합 등으로 나타난다고 지적한 바 있다.[9] 여하한 「전쟁」을 분석하고자 할 때 연구자가 부닥치는 첫 번째 난관은 전체적인 구성과 짜임이 잘 드러나지 않는다는 점이다. 열거된 장면

---

8 박진·김행숙, 『문학의 새로운 이해』, 청동거울, 2004, p.20.

9 후고 프리드리히, 『현대시의 구조』, 장희창 역, 지식을만드는지식, 2009, p.34.

들은 자유연상의 흐름을 따라 종횡무진 통일성을 유지하기 어려운 시점들을 개입시키고, 병치된 이미지는 연관성이 적으며, 대상에 대한 냉소적인 태도가 더욱 이해에 어려움을 느끼게 한다. 그러나 작품의 성패에 대한 판단이나 사적 평가까지는 아니더라도, 이 작품에 내재된 '통일성과 변주'를 찾아내지 못한다면 「전쟁」은 의미화되기 어렵다. 「전쟁」의 전체적인 짜임새를 파악하는 일은 중요한 과제일 수밖에 없다.

「전쟁」에 대한 본격적인 연구를 펼친 바 있는 박현수는 「전쟁」의 시퀀스 분석을 통해 그 짜임을 밝히고자 하였다. 그는 「전쟁」을 35개의 시퀀스로 나눴는데, 열거하자면 다음과 같다.

전파/칼의 포옹/호외/유서/사군자/포로/소부르조와/징기스칸/훈장/서정시/캠플주사/향수/소년시인/까마귀/국세도/방목전람회/영혼의 오후/전장의 밤/헤드라이트/해골들의 저주/비료/어뢰/용궁/동면/저널리즘/실연/목내이/표본/매소부/음향신호기/와사탄/살인광선/듸스레이/산파/새아침[10]

일견 난삽하기 이를 데 없는 텍스트를 35개의 시퀀스로 나눈 것만으로도 일정한 의미를 가지는 것이라고 할 수 있다. 인용된 시퀀스들의 명명은 대부분 각각의 시퀀스가 시작하는 행의 첫 단어로 이루어진 것이다. 그러나 각각의 시퀀스의 시작점이 분명하게 드러나는 장점에도 불구하고, 박현수가 각각의 시퀀스들을 명명한 방식으로 「전쟁」을 본다면 이 작품의 통일성은 손에 잡히지 않는다. 열거된

---

[10] 박현수, 「오장환의 장시 「전쟁」 연구 2」, pp.327-328.

제목으로는 장시 「전쟁」의 흐름이나 구성 방식을 파악하기가 쉽지 않기 때문이다. 또한 「전쟁」의 전체적인 짜임과 얼개를 고려하고 본 다면 장면에 부여된 이름들이 텍스트에서 발췌된 것이라고는 하나 얼마간 수정이 필요해 보인다. '전파'나 '사군자' '소부르조아' '징기스칸'과 같은 부분들은 과연 그 장면을 대표하는 말인지 재고의 여지가 있다. '전파'는 '선전포고'가 더 어울리고, '사군자'는 '신문을 보는 아저씨'가 더 대표적이다. '소부르조아' 역시 '전선'이 더 적절하고, '징기스칸' 역시도 '(북부)전선'에 포함되는 것이 적절해 보인다.

물론 근본적으로는 「전쟁」이 서사시가 아니기 때문에 이와 같은 혼란이 발생하는 것이다. 「전쟁」이 특정한 퍼스펙티브에서 경험되는 인칭 서술을 보여 주지는 않지만, 600행에 육박하는 긴 시에 통일성을 부여하는 '서사적 요소'가 필요한 것은 불가피하다. 서사에 의존하지 않는 장시이지만, 이야기나 장면의 배열 원리로서의 '서사'는 있을 수밖에 없을 것이다. 이 불가피한 배치 원리로서의 '서사'를 서사 구조로 본다면, 「전쟁」의 이미지나 장면, 명사 진술 등도 일정한 배열 원리를 따라 이루어지고 있는 것이다. 이미지의 충돌이나 일관성을 유지하기 어려운 자유분방한 연상들을 단순화하고 보면 보다 거시적인 흐름이 발견된다. 「전쟁」을 '전쟁' 자체와 직접적으로 관련되는 어휘들을 중심으로 단순화시켜 가면서 정리하면 다음과 같은 흐름 내지는 얼개를 얻을 수 있다.(괄호 안의 부분은 박현수의 시퀀스명이다)


① 선전포고와 전쟁의 발발 (전파-사군자)
② 전쟁 포로와 전선과 병원의 참상 (포로-까마귀)
③ 전장-대륙의 이미지 (국세도-영혼의 오후)
 -보고서/혼란/풍경들

④ 전장의 밤 (전장의 밤-비료)

　-황혼의 장례식/무력한 시인/해골들의 대화/갈매기의 시체

⑤ 전장-바다의 이미지 (어뢰-용궁)

　-군함/용궁

⑥ 전장-지하의 이미지 (저널리즘-실연)

⑦ 폐허의 이미지 (목내이-매소부)

　-목내이의 악수/나비의 죽음/상제의 울음/사막/처녀의 유린

⑧ 전쟁의 첨단 기술과 파괴의 보고 (음향신호기-디스레이)

　-낙하산/탐조등/전차/독가스/살인광선/괴력선의 활약 보고

⑨ 지도의 파괴와 처녀의 유린, 전쟁의 반추 (산파-새아침)

　단순화를 통해서 「전쟁」의 일정한 '서사'가 형성되는 것을 볼 수
있다. 이 작품은 선전포고와 전쟁의 발발에서 시작하여 전쟁으로 인
한 인간성의 파괴와 유린을 포로와 병원의 모습을 통해서 제시한다.
다음 전장의 모습을 육지와 해상 그리고 지하전의 양상을 통해서 보
여 준다. 전쟁의 양상을 제시하는 과정에서 첨단 무기와 살인 기술
을 열거하고 저널리즘과 시/시인에 대한 조롱과 야유를 보인다. 이
를 통해 과학기술과 저널리즘을 일종의 전쟁의 은유로 제시하고 총
체적으로 비판한다. 대체로 전쟁의 발발에서 그 진행상을 주로 시
간의 흐름을 따라 전개시키되, 단일 주체와 단일 시공간이 아닌 다
중적 주체와 다중적 시공간이 교차하는 파노라마적 장면들을 제시
하고 있는 것이다. 이러한 전체적인 짜임과 흐름이 「전쟁」의 통일성
이자 통일 원리라고 한다면, 각각의 장면들은 명사 진술과 다중 주
체의 진술들이 자유연상의 과정으로 연결되면서 변주된다. 「전쟁」의
'통일성'은 희미하지만 시간적 인과에 의해서, '변주'는 횡적 공간의

환유적 확대라는 방식으로 짜여 있다. 그 세부에서는 과학기술과 살인 무기들의 열거, 저널리즘과 시에 대한 야유와 풍자, 매음과 주검의 이미지들을 통해 연결시켜 나간다. 세부 이미지들은 나란히 제시되거나 상호 연결되면서 '전쟁'의 어두운 이미지를 구축하게 된다.

### 3. 카메라의 시선과 전장의 몽타주

이미 논술한 바와 같이 「전쟁」은 단일한 인간 주체의 퍼스펙티브를 통해 '이야기'를 전개하는 시가 아니다. 그래서 서사성은 약하고 각각의 장면과 이미지들의 파편성은 극대화되는 양상을 보인다. 일반적으로 묘사된 대상의 객관성은 그 묘사의 정교함뿐만 아니라, 묘사를 행하는 자의 위치가 뚜렷하게 부각될 때 얻어진다. 서사물에서 서술자는 사건과 대상을 보는 관점을 제시(암시)함으로써 이야기의 객관성과 신빙성을 높이고 이야기에 몰입되도록 도와준다. 결국 「전쟁」에서는 이 서술자라는 절대적인 위치를 포기함으로써 경험적 객관성이 희박해지게 되는데 역설적이게도 경험적 객관성의 약화로 인해 알레고리가 모습을 드러내게 된다.

흔히 알레고리는 부정적으로 인식될 때 그 도식성을 비난받는데, 이 도식성과 조야함이 역설적으로 예술 작품을 하나의 제작된 유희물로서 인식하게 한다. 완전무결한 세계는 침식되며 절대성을 금 가게 하여 상대화되고 파편화된 세계를 일깨우게 되는 것이다.[11] 알레고리의 이러한 파괴적·유희적 측면은 근대의 아방가르드가 계승하는 유희적 형식 실험이나 예술적 권위에 대한 도전으로 계승되는 요소들이라고 할 수 있다.[12] 도식성과 조야함이 예술 작품의 권위를 흔

---

11 발터 벤야민, 「독일 비애극의 원천」, 최성만·김유동 역, 한길사, 2009, p.273.

들고, 이로써 예술 작품이 하나의 유희적 추구의 결과물일 뿐이라는 사실이 자각될 때, 동시에 '기호로서의 세계'가 자각되는 것이다. "모든 인물, 모든 사물, 모든 관계는 임의의 다른 것을 의미할 수 있다."[13] "이의성, 다의성은 알레고리의 기본 특성"이며 "이의성은 어디서나 의미의 순수성과 통일성에 대한 반박"이 되는 것이다. "총체성의 거짓 가상이 사라지는" 자리에서 역설적으로 글 쓰는 자의 현세적 유희성이 강화되는 것이다.[14] 파편화된 이미지는 몽타주로 결합되는데, 그 결과로 '전쟁'은 일종의 알레고리가 된다. 이는 「전쟁」이 어떤 이데올로기적 가치를 위한 투쟁의 담론이나 영웅적 주체의 성공담이 아니라, '전쟁'이라는 대상의 일의성을 침식하여 세계의 비정함과 불모성을 부각시키기 위한 하나의 알레고리적 전략으로 기여하는 것이다. 뷔르거는 벤야민의 알레고리와 아방가르드의 몽타주를 사실상 같은 전략으로 이해한다.

 「전쟁」에서 파편화된 이미지들을 몽타주하는 방법, 경험 서사와는 다른 제시 방법을 '카메라의 시선'이라고 불러 볼 수 있을 것이다. 오장환은 「전쟁」에서 '저널리즘'의 비정함과 야비함을 지속적으로 고발하고 있는데, 무엇보다 바로 그 '저널리즘'의 보도 형식을 취하여 야유한다. 심지어는 서사의 형식을 거의 취하지 않으면서도 특정한 장면에서는 극적 구성을 취함으로써 전쟁의 비정함과 냉혈한 전쟁 의지를 폭로하기도 한다. 이것은 「전쟁」의 주제적 목표가 '전쟁의 공포와 허무'를 체험적 관점에서 전달하려고 하기보다는 '전쟁의 악랄함'

---

12 피터 뷔르거, 『아방가르드의 이론』, 최성만 역, 지식을만드는지식, 2009, pp.134-142.
13 발터 벤야민, 『독일 비애극의 원천』, p.260.
14 발터 벤야민, 『독일 비애극의 원천』, p.263.

을 비판하는 데 놓여 있음을 반증한다. 말하자면 전쟁의 양상은 세 개의 영역으로 분할되어, 전쟁터—전쟁의 지원 체제로서의 자본 시스템과 정치적 관료—그리고 전쟁의 발발과 함께 삶이 곧 전시체제로 변동되어 버릴 수밖에 없는 후방의 일상이라는 양상을 묘파하려는 의지로 구현된다. 이러한 다차원의 시공간을 모두 흡수할 수 있는 시점이 저널리즘의 카메라가 갖고 있는 복합 시점이다. 벤야민에 의하면 실제로 군중의 모습은 육안(개인적 퍼스펙티브)보다는 카메라적 조감에 의해 더욱 잘 드러난다고 한다.

대량 복제에 특히 도움을 주고 있는 것은 대중의 복제이다. 축제 행렬, 대규모 집회, 스포츠 경기에서의 대집회, 전쟁—이처럼 오늘날 촬영 기구에 의해 예외 없이 모두 붙잡혀지는 이러한 것들 속에서 대중은 그들 스스로의 모습을 다시 마주하게 되는 것이다. 그 중요성을 새삼 강조할 필요가 없는 이러한 사태의 발전은 복제 기술 내지 촬영 기술의 발전과 밀접한 관련을 맺고 있다. 대중의 움직임은 일반적으로 육안보다는 카메라에 의해 더욱더 분명하게 드러난다. 수십만 명에 달하는 기간 부대의 모습은 조감도에 의해 가장 잘 파악될 수 있다. 이러한 원근법은 카메라와 마찬가지로 육안으로도 접근이 가능한 것이지만, 육안에 의해 수용된 영상은 카메라의 필름이 확대되는 방식으로는 확대될 수가 없는 것이다. 다시 말하면 대중의 움직임, 그리고 전쟁은, 특히 기계(카메라)에 적합한 인간 행동의 형태를 보여 주고 있다고 할 수 있다.[15]

---

**15** 발터 벤야민, 「기술복제시대의 예술작품」, 반성완 편역, 『발터 벤야민의 문예이론』, 민음사, 1983, p.229의 22번 주석.

벤야민은 같은 글의 후반부에서 "제국주의적 전쟁은 일종의 기술의 반란"이라고 하여, 대량복제기술이 예술 작품의 대량생산에만 기여한 것이 아니라 대중사회를 양산하였듯이, 마찬가지로 대량생산의 시스템이 전쟁의 대량 살상으로 이어지는 점을 분명히 지적한다. 제시 방법의 특성을 살피기 위해 「전쟁」의 시작 부분을 살펴보자. 전쟁의 시작을 알리는 선전포고와 전쟁의 발발 장면이 다음과 같이 제시되어 있다.

트 르르르

트, 트,

<u>裝甲自動車에 업혀가는 탕크.</u>

<u>싸이드 카──를 타고나온 機關銃.</u>

自走式 高射砲.

水陸兼用의 戰車.

<u>유니폼──을가리(갈아)입은選手들은피스톨의信號를기다리며스타──</u>
<u>트의線을도적질한다.</u>


칼과칼의 불같은사랑.

<u>불같은 抱웅.</u>

≪이제 圖書館을갈거먹는歷史家는 白紙의處女性을 揉欄(蹂躪)할 것이다.≫ (밑줄은 인용자)


장갑자동차에 실려 가는 탱크, 사이드카에 부착된 기관총, 자주식 고사포와 수륙양용 전차들이 마치 출발신호를 기다리는 육상 선수의 모습으로 묘사되고 있다. 이러한 희화화는 실제 장면을 대면하고 있는 자가 견지하기 어려운 관점이다. 오히려 카메라의 눈을 통해 획득된 이미지들—신문지상에 제시된 전형적인 전쟁의 이미지들(무기와 군수물자들)에서 촉발된 것이기 쉽다. 다음 연의 "칼과칼의 불같은사랑"이나 "불같은 抱擁"이 곧 전쟁의 시작을 의미한다고 볼 수 있는데, 이러한 의인화는 이후의 전쟁으로 인한 참상을 생각한다면 이 '전쟁'에 대해 이미 비판적·풍자적 관점을 가지고 있을 때 가능한 수사학이다. 괄호 친 역사가에 대한 진술은 희곡에서의 지문과 대사처럼 그 서술 층위와 태도가 다르다는 것을 분명하게 하기 위한 표식이다. 전쟁이 수행하는 인간의 파괴와는 다소 떨어진 자리에서 역사가에 의해서 기록되는 전쟁의 역사를 대조적으로 조망하고 이를 비판하기 위해 역사가의 역사 서술을 "白紙의處女性을" 유린한다고 쓰는 것이다. 요컨대 이미 인용한 바 있는 벤야민의 글에서 나타나듯 오장환이 드러내고자 한 전쟁의 참상들은 카메라에 의해서 더욱 효율적으로 나타나는 바, 이러한 파노라마적인 카메라를 통해 이루어지는 건조한 고발의 효과를 극대화하기 위한 방법이 전쟁이나 무기에 대한 위악적인 의인화인 셈이다.

## 4. 유린된 현실과 예술적 저항

아방가르드 예술이 추구했던 자유로움, 새로움, 우연성의 추구는 오장환이 작품 활동을 하던 시기의 특수성과 맞물리면서 더욱 절대적인 정당성을 부여한다. "초현실주의자들은, 합목적적으로 조직화된 사회는 개인이 뻗어 나갈 수 있는 가능성들을 더욱더 제한하고 있다는 경험에서 출발하여, 일상생활에서 예견할 수 없는 것의 요인들을 발견해 내려고 한다."[16] 뷔르거의 견해는 물론 세계대전으로 인한 인간의 파괴, 관료 사회와 부르주아지들의 대중 집단화로 인한 개인성의 말살이 예술적 아방가르드의 '저항' 이유가 된다는 것을 설득력 있게 보여 준다. 아방가르드에 대한 기본적 이해는 오장환이 「전쟁」을 쓰게 된 근본적인 이유들을 잘 설명해 준다. 곧 "합목적적으로 조직화된 사회"가 심지어는 "식민주의의 감시와 통치를 받는 사회"라고 한다면 단절과 파괴에 대한 충동과 열망이 더욱 강할 수밖에 없었을 것이다. 아직 스무 살도 되기 전의 소년 시인이 「전쟁」과 같은 현란한 아방가르드 시를 작성하게 된 것은 예술적 아방가르드와 정치적 아방가르드가 하나일 수 있었던 믿음, 즉 "예술을 변혁하는 것은 삶을 변혁하는 것과 동일하다"는 믿음[17]에 기반한 것이라고 할 수 있다. 그 자신의 산문에서 언급되는 정신적 동류인 랭보가 '미지의 것에 도달하고자 하는 새로운 언어의 발명'을 추구했던 것과도 상통한다.[18] 오장환의 「전쟁」은 식민주의와 군국주의적 현실의 한 알레고리로서 '전쟁'을 제시하고 있다.

형식주의의 미덕은 언제나 그 효과의 선명성에 있다. 미학적 아방가르드가 더욱 중요한 운동력을 갖기 위해서는 그 형식적 파격만큼이나 그 사유의 근본적 기반이 분명해야 한다. 가령 프랑스혁명을 불러일으킨 루소의 사유 체계에서 '쇠사슬'과 '노예'가 '예속과 비참'의 수사학을 이루게 하는 것을 상기할 수 있다.[19] 평등의 추구, 불평등의 철폐의 추구는 곧 이러한 주장을 정당화하기 위한 전제적 상황으로서 '노예'와 '쇠사슬에 묶인 상태'를 내세우게 한다. 마찬가지의

---

16 피터 뷔르거, 『아방가르드의 이론』, pp.128-129.
17 M. 칼리니스쿠, 『모더니티의 다섯 얼굴』, 이영욱 외역, 시각과언어, 1998, p.142.
18 M. 칼리니스쿠, 『모더니티의 다섯 얼굴』, p.143.
19 루소, 『인간불평등 기원론』, 주경복·고봉만 역, 책세상, 2003, p.106, p.110.

차원에서 「전쟁」은 '파괴자로서의 전쟁'의 악덕과 비인간성, 기만성과 야비함을 폭로한다. 과학기술의 이기는 문명 파괴와 살육이라는 모순으로, 시의 아름다움의 추구는 '아름다움을 탐닉하는' 도피적이고 비겁한 자세로, 인간 감각을 사회적으로 확대하는 저널리즘은 생존을 위해 윤리를 팔아넘기는 매음의 이미지로 묘사한다. 「전쟁」의 체제 전복적 사유 방식은 이와 같다.

戀愛를 할터먹는詩人.

窒息性毒物=鹽素.호스겐. 지호스겐.
　爛性毒物=로스트(佛名이페릿트). 루이싸이드.
　催淚性. 재채기를하도록하는性質의毒物.=臭化벤질. 鹽化삐크린. 鹽化아세도페논.
　(요따위抒情詩들은, 彈丸의炸裂과함께, 不完全한防毒面을透過케하야재채기와눈물을흘니도록만드러, 防毒面을벗지안이치못하게 하야, 이때를 타서 致死的인激烈한毒瓦斯를 配達하는 것이다.) 지페니엘靑化砒素. 仝鹽化砒素.

　一分間의 致死. 아담싸이드.

인용한 부분은 생화학무기들을 "요따위抒情詩"로 명명하고 있는데, 생화학무기의 용도가 시의 부정적 본성과 맞아떨어지면서 이 은유의 적확성을 느끼게 한다. '질식'과 '미란'과 '최루'는 시의 감상성을 비판하기에 매우 적절한 용어적 구현이라고 할 수 있다. 바로 그 앞에 제시된 "戀愛를 할터먹는詩人"이 곧 그러한 죽은 정신, 마비적 감각의 생산자라는 점을 생각해 본다면, "총이웃는것은,전쟁자신이 시인이기때문이다"라는 이 시의 부제가 의미하는 바가 비교적 쉽게 이해될 수 있다. 총이 육체적 인간의 살생자라면, '시인'은 정신적 인간의 살해자가 되는 셈이다. 이러한 과도한 비난과 폭로는 물론 그 나이에 걸맞은 정의감과 순수함의 발로라고 생각해 볼 수도 있을 것이다. 부득불 "戀愛를 할터먹"고, "밤의 눈섭을 할"으며, "계집의 젓꼭지를 할는" 시인은 저 '핥는' 동작으로부터 지속적으로 탐욕적인 '개'로 비유되고 있으며, 이러한 부정적인 시인의 이미지는 '늙은'이라는 형용사와 결합될 때 배가된다.

病院.
들것. 들것. 들것. 들것. 들것. 들것.
　　　　　赤十字旗.
催名判官의榮職을어든 軍醫.
喪제가된看護婦.
발목이썩어드는 兵丁.
뱃속에드른 彈丸. 배를 째이고잡어내는彈丸.
軍醫의 鑛山熱.


─負傷兵이오. 목숨이경각에있습니다. 핫! 상관!
─……………………담배연긔………………………
─캠풀注……
─하, 하, 하, 하, 그대는아직도戰爭을모르나?
─……射를請하오.
─사러날希望이없는걸, 웨 貴한캠풀을消費하느냐──말야!

―핫! 上官, 親舊는遺言을하고싶어합니다.

입을움질거리며. 애쓰는꼴을좀보십시오.


　　　아― 상관, 캄풀을, 어서 캄풀…………ㄹ

―비켯! 遺言은個人의事情이야.


旗!

平和와博愛를날니는 赤十字의旗.

　　　　　　　　旗!

날니는旗빨.


붕대를감은閻羅國.

(까―제, 핀셋트, 메쓰. 注射. 고무掌甲. 탈지면. 간호부.)


　인용한 부분은 야전병원의 모습을 제시하고 있으며, 그 극적 구성으로 인해서 인물의 위악성이 극대화되어 나타난다. "들것. 들것. 들것. 들것. 들것. 들것."으로 여섯 번 반복해서 사용함으로써 마치 일사분란하게 들것을 들고 지나가는 것과 같은 느낌을 살린다. 그것은 마치 '하낫 둘, 하낫 둘'과 같은 구령 소리처럼 들린다. 이러한 분주하고 절박한 움직임의 뒤에서 계속 적십자기는 펄럭거린다. 절체절명의 순간에 있는 부상병에게서 '캄풀'을 아끼고, 유언을 희망하는 환자에게 '개인적인 사정'이라고 일축하는 군의관은 '목숨줄을 쥐고 있는 판관'으로, 그 곁의 간호부는 "喪제"라고 쓰고 있는데, 이들의 소속은 모두 "붕대를감은閻羅國"이다. 곧 의사와 간호사는 생명을 지키고 고통을 위무하는 주체가 아니라 죽음의 판관이며 그 실행자로 묘사된다. 완벽하게 가치 전도된 이러한 상황은 이 싸움이 어차피 이기기 위한 싸움이 아니라 '죽이고 지게 만드는' 싸움이라는 생각을 반영하고 있는 것이다.

地圖의 破瓜.

桃色姦通.

새싹은 滿朔이되였으니, 너는 전날, 당기꼬리가잔등이에박이여좀이나不便하엿겟느냐!

발서 너는 午前브터비르는구나.

處女야!

처녀야!

産婆를불너다주련?


―흥, 産婆.

―흥, 産婆.


産婆가고무掌甲을넣어 애기를잡어빼기에는 너의 純潔性이넘으도부끄러우냐?

危테롭진 안니?

애기는다시 戰爭을하기 前까지는 幸福하게될것이다. 저녀노을이 스기전은 幸福이다.


새아츰.

輕氣球를 높이空中에꼬지라.

微笑는 歷史를모르고,

눈물은 고인적이없다

戰爭이란動物은 反芻하는 재조를가젓다.

「전쟁」의 마지막 부분이다. 인용 부분의 앞부분이 '괴력선'의 파괴력을 보고하는 장면이므로, 인용한 부분의 "地圖의 破瓜"는 무기에 의한 대지의 파괴에 대한 비유로 보인다. 흥미로운 것은 '지도의 파괴'와 '도색 간통'과 '만삭'과 '임신한 처녀'와 '산파'로 이어지는 상상력이다. '지도의 파괴'에서 유린의 이미지를 떠올리고, 여기에서 '도색 간통'과 '만삭'의 제시로 이어진 것이다. 이러한 상상력을 따라간다면 물리적 공간에서의 파괴 행위인 전쟁은 다시 한번 성적 욕망의 파괴력으로 비유된다. 더욱 이 '도색 간통'이 '처녀'의 순결성과 바뀌는 장면은 오장환의 시에서 자주 발견되는 '매음부'의 이미지로서 뿌리 깊다. '고무장갑을 낀 산파'나 "너의 純潔性이넘으도 부끄러우냐?"라는 냉소적 물음은 모두 출산의 이미지를 탈신비화하고, 나아가 동물적인 이미지로 실추시킨다. 새로운 생명인 아가는 "戰爭을하기 前", "저녁노을이 스기전"이라는 시한부의 행복을 물려받음으로써 비극적 운명의 상속자가 된다. 따라서 '새로운 아침'이 밝아 오지만, 역사는 더 이상 미소 지을 만한 사정이 아니며, 눈물은 고일 틈 없이 계속 흐른다. 그러므로 마지막 행의 저 되새김은 아마도 전쟁의 반복에 대한 지시로 읽는 것이 마땅할 것이다.

「전쟁」의 이런 도저한 비틀림과 야유, 비극성에의 전도는 그 전언의 지평에서보다는 발화의 맥락과 지평 속에서 먼저 정당성을 얻는다. 지극한 악한의 내면 속에도 그 행위의 악의성과는 다른 순수한 면모가 있을 수 있는 존재가 인간이며, 고매한 인격의 무의식에서도 끊임없이 파괴적 욕망이 끓어오르고 있음을 생각할 때 인간에 대한 단편적인 묘사는 언제나 그러한 묘사의 한계를 먼저 생각하게 한다. 그럼에도 불구하고 오장환의 「장시」는 아직 스무 살도 되지 않은 소년 시인의 것이라고는 믿기지 않을 만큼 근대적 세계에 대한 수용성과 언어적 재기발랄함을 그 '거부와 저항'이라는 단일한 목적 속으로 집어넣고 있다. 공교롭게도 그가 이끌린 것으로 생각되는 이러한 형식적 조류가 군사 용어에서 연유한 아방가르드임은 아이러니컬하다. 「전쟁」은 식민지 조선에서 쓰인 최초의, 그것도 가장 도저한 아방가르드 시로서 주목할 필요가 있다. 아직 근대화가 시작된 지 얼마 되지도 않은 시점에서 근대 문명의 "죽어 가는 얼굴 표정(facies hippocratica)"을 이토록 집요하게 그리고 있다는 것은 놀랄 만한 일이다.[20] 식민지 당국의 검열이 아니었다면 한국의 시사는 이 작품을 오장환의 첫 시집에서 발견하게 되었을지도 모른다.

## 4. 결론

이 글은 오장환의 장시 「전쟁」의 전체적인 짜임과 얼개를 살펴본 후, 이러한 얼개가 만들어지는 관점이 경험적·개인적 퍼스펙티브가 아니라 파노라마 카메라의 관점이라는 점을 분석하였다. 이 파격적인 장시의 가장 큰 특징은 600행을 넘어서는 분량에도 불구하고 어떤 중심 서사도 존재하지 않는다는 점에 있었다. 더욱이 서사를 배제한 채 이미지와 장면의 배열과 제시라는 몽타주 기법을 주로 보여 줌으로써 이러한 서사성의 약화가 더욱 강조될 수밖에 없었다. 이에 이 글은 장면들의 단순화를 통해서 「전쟁」이 주인공 인물을 가지고 있는 지속적인 단일 서사는 없지만, 장면들의 배치를 통해 드러나는

---

20 발터 벤야민, 『독일 비애극의 원천』, p.247.

서사 구조 즉 구성 원리를 드러내었다. 전쟁의 발발에서 소강상태(내지는 종전)까지를 '저녁-밤-새 아침'이라는 시간적 흐름 속에 배치하였음을 보았다. 장소적으로는 전후방을 교차하여 보여 주는데, 전장과 후방의 모습을 조감과 밀착이라는 서로 다른 거리의 교차편집을 통해 드러내었다.

또한 이 글은 몽타주와 알레고리의 접합점 위에서 「전쟁」의 비극성과 근대 문명에 대한 저항의 지점을 포착하였다. 오장환은 과학기술과 저널리즘을 전쟁의 살육 기술과 매음녀의 이미지를 통해서 고발하였다. 오장환에 의해서 이행되고 있는 이러한 파괴적인 근대문학의 기법과 주제는 이전까지는 조선의 그 누구에게서도 시도된 적이 없는 것으로서 그 실험성에 주목을 요한다. 그의 파편적 몽타주 속에서 그는 서정시의 감상성을 배격하고, 그러한 시를 작성하는 '늙은 시인'을 개에 비유하였으며, 파괴되고 유린된 현실을 매음녀의 출산으로 비유하였다. 「전쟁」을 통해 구현된 이러한 언어 감각과 미의식은 미숙하나마 결코 작다고 할 수 없을 중요한 문학적 자산이다.

지금까지의 「전쟁」 연구는 오장환 시 전체의 연구 맥락 속에서 단평에 그치거나, 이 시가 가지고 있는 아방가르드적 요소만을 언급하는 데 그쳤을 뿐이다. 이 글은 곽명숙의 알레고리적 관점과 박현수의 아방가르드 시의 해석의 관점을 흡수하면서, 이들 논의의 가장 시급한 보충점을 「전쟁」의 짜임과 구성이라고 보고 이를 보완하고자 하였다. 이 글이 「전쟁」의 구성 원리를 제시하고, 중심적 몽타주 이미지들의 상상력을 제시하였으나, 대상 텍스트의 분량과 함량을 고려할 때 후속적인 규명이 필요할 것이다.

제4부 질문의 발견

# 한국시 운율론의 난제
## —정지용의 시를 중심으로

## 1. 서론

운문으로서 시가 지니는 가장 변별적인 특징은 운율에서 찾을 수 있다. 산문과는 달리 운문에는 음악성에 대한 기대가 자리 잡고 있다. 이때 음악성이란 음운의 차원에서부터 행, 연을 넘어 개별 작품 전체에 미치는 반복적이고 순환적인 자질들에 대한 총체적 규명일 것이다. 음악성을 변별적 특징으로 하는 시라 할지라도 그것이 의미를 매개한 언어예술이라는 점에서 본다면 현상적 특징들로 수렴될 수 없는 운율론의 복잡다기한 문제들이 발생하는 것도 당연한 이치일 것이다. 김인환은 시의 구조 원리를 운율과 비유로 설명하였다.[1]

---

1 김인환, 『비평의 원리』, 나남, 1994. 1장 전체의 제목이 운율과 비유의 이론으로, 각각 시조와 현대시, 주제와 변주, 음악과 시의 3절에 걸쳐 시의 구성 원리를 운율과 비유를 통해 설명하고 있다. "운율은 경험에 질서를 부여하는 방법이다"고 말할 때, 작품 전체를 관통하는 내적 질서로서의 율격과 세부적 표현의 층위에서의 소리 자질을 아우르는 말이라고 할 수 있을 것이다.

시의 가장 특징적인 요소이자, 시적 상상력의 작동 방식을 의미하는 이 두 요소는 시적 상상력과 표현에 있어서 함축성에 도달하고자 하는 가장 핵심적인 요소라 할 것이다. 비유의 경우, 산문을 포함한 문장 전체에 해당하는 용어이나 운율의 경우는 시라는 장르만의 전유물로 인식된다.

직관적으로 말한다면 운율이라는 포괄적인 개념 속에는 두 가지의 상충된 힘이 담겨 있다. 하나는 경험적인 율격 의식으로서 일정한 율격적 모형에 대한 친화력이다. 율격적 모형에 대한 친화력을 통해 작품 속에서의 발화는 일정하게 제약을 받는다. 반면 율격적 모형을 배척하려고 하는 하나의 힘이 존재할 수 있는데, 이것은 하나의 틀로서의 율격에 대한 거부와 저항이 된다. 따라서 율격론에 대한 개개의 접근 방법은 이 두 힘에 대한 나름의 조화가 이루어지는 지점으로 개별 시인의 율격적 특성을 상정할 수 있다.

우리 시의 운율을 이야기하는데 전제가 되어야 할 것은 우리말 표기상의 어절 구분과 읽기상의 음보 구분에 대한 이해이다. 한국어로 이루어진 시가의 경우 통사적 분단이 율격 형성의 기본 자질이다. 즉 한국의 시에서는 음보의 경계가 반드시 통사적 경계와 일치한다. 모든 통사적 경계가 다 율격적으로 유효한 음보 경계가 되는 것은 아니지만, 모든 음보 경계는 다 통사적 경계이다.[2] 정격화된 율격 의식을 보여 주는 한국의 고전 시가에 그 범위를 한정시킬 경우, 이러한 끊어 읽기의 자질은 한 행이 어떻게 구성되는가를 넘어서 작품 전체의 완결성이 어떠한 방식으로 보장되는가를 이해하는 핵심적인 요소가 된다. 때문에 한국 시가의 율격을 읽기의 자질인 음보를 통

---

2 김흥규, 「한국 시가 율격의 이론 1」, 『욕망과 형식의 시학』, 태학사, 1999, p.34.

해 이해하는 방식이 가장 탄력적인 운율론의 접근 방법으로 합의되는 가운데, 정격형과 변이형 사이에서 나타나는 율격 의식을 밝히는 방향으로 학문적 연구가 집중되어 왔다.

그러나 한국 시가의 운율 체계를 정식화하고 그 구조 원리를 밝히는 문제는 현대시의 운율론을 정립하는 데 그대로 적용될 수 있는 것은 아니다. 단정하게 정식화된 율격 속에 담기기를 거부하는 현대적 사유의 진폭들은 현대시 율격론에 수많은 난맥상을 발생시키며 '내재율'이라는 새로운 개념을 도입하기에 이르렀다. 그러나 정식화된 율격을 벗어나 있다는 의미에서 '내재율'이라는 말 또한 스스로 형용모순에 사로잡혀 있는 것이 사실이다. 그것은 율격이라는 말의 정형성과 그것을 거부한 채 오로지 내적인 의미의 리듬감 속에 모든 율격적 기능을 담아낸다는 것을 함의하기 때문이다.

한국 현대시에서의 율격론의 가능성을 비판적으로 검증하고자 하는 기획으로 쓰인 이 글에서는 율격론의 현대적 가능성을 탐구하는 것이 주된 관심사이다. 이 글은 정지용 시의 운율을 귀납적으로 정식화하기보다는 현대시의 율격론에 대한 비판적 접근을 통해 정지용 시의 운율 의식을 살펴봄으로써 한국 현대시의 내적 리듬의 현 위치를 가늠해 보고자 한다.

## 2. 한국어의 율격적 가능성―고전 시가 율격론의 세 문제

한국시의 전통 속에 내재하는 율격적 원형을 탐색하기 위해서는 우선 고전 시가의 율격론을 검토해야 할 것이다. 지난 시기의 정형화된 시적 율격을 보여 주는 고전 시가는 그것 그대로 현대시 속에서 계승과 저항의 긴장 관계를 만들어 왔기 때문이다. 한국 현대시의 율격론이 우선 고전 시가의 정형화된 율격을 발견하는 것에 집중되어 왔던 것도 개별 장르의 특이성에도 불구하고, 무엇보다 율격적 특징이 언어적 특징에 구속될 수밖에 없기 때문이다. 그것은 한국의 고전 시가 속에서 한국적인 율격을 발견하고 그러한 율격을 가능케 한 율격 의식을 탐구하는 일련의 과정을 의미한다. 김흥규는 이러한 율격론의 연구 과정을 크게 세 가지로 정리한다. 자수율론, 복합 율격론, 단순 율격론이 율격론의 세 영역이다. 시간적 순서와도 일치하는 이러한 율격론의 세 유형은 각각 율격의 기본 단위를 무엇으로 볼 것인가에 초점이 맞춰진 분류라고 할 수 있다.

새로운 율격 이론을 모색하면서 김흥규는 한국 시가의 율격 형성 자질이 통사적 분단에 의한 것임을 전제한 후, 통사적 경계가 율격적 경계로 작용하고 있음을 논증한다. 그는 할레와 케이저의 '생성 율격론'을 통해 한국 시가의 율격을 검증하고자 한다. 생성율격론은 언어학의 생성문법을 모델로 고안한 율격론으로 특정 언어의 시적 발화자들에게 공통적으로 경험되었으며 따라서 일반적으로 작용하는 율격 의식을 추상하는 것으로부터 시작한다. 이러한 보편적인 율격 모형은 개개의 창작 과정에서 두 가지 힘의 간섭을 받게 되는데, 그의 율격론에서 이 두 가지 힘은 '조응 규칙'과 '허용 규칙'으로 설명된다. 조응 규칙과 허용 규칙을 아우르는 율격적 룰을 율격 규칙이라고 부를 수 있을 것이며, 그러한 율격 규칙이 경험적으로 내면화된 일정한 율격에 대한 기대상을 '율격 능력'이라고 명명할 수 있다. 이러한 율격 능력의 구조가 해명되지 않는다면 율문의 구조에 대한 분석은 요원할 수밖에 없다. 이와 같은 방법으로 고전 시가의 율격을 추상함으로써 한국 시가의 율격을 정식화할 수 있을 뿐만 아니라 구체적인 작품의 분석에서 보다 탄력적인 접근 방법을 가질 수 있을 것이다.

고전 시가의 율격론에 대한 연구사를 정리할 때 나타나는 문제점은 다음과 같다. 첫째, 시가의 율격적 자질이 해당 언어의 특징 속에서 수렴되는가의 문제이다. 둘째, 그러한 율격적 자질이 언어학적 검증 과정을 거쳤다 해도 그것이 산문에 대해 배타적인 운문만의 구성 요소로써 기능하는가의 문제가 남겨질 것이다. 그러나 이렇게 해서 일정한 율격 규칙을 추상하고 그것의 조응 규칙과 허용 규칙을 구체적 율격 능력 속에서 분석해 냈다 하더라도 그러한 율격 규칙이 갖는 내면적 의미를 생각해 보아야 한다. 왜냐하면 율문이나 시라는 장르의 특성상 그것이 무엇보다 언어를 질료로 하며, 의미 전달을 목적으로 한다는 것을 잊어서는 안 되기 때문이다. 성리학적 세계관으로 세계를 바라보고 인식했던 사대부들의 장르가 바로 시조의 율격적 특성이었다면 현대의 세계에 살고 있는 시인들에게 있어서는 세계 인식의 보편성과 일반적 규칙의 율문화는 낭만적 허영에 지나지 않는다. 따라서 현대시에 있어서 율격적 파행이 갖는 의미까지를 함께 고찰하기 위해서라도 일정한 율격 규칙이 갖는 심층적 의미의 분석이 필요하다고 하겠다. 김인환의 표현을 빌리면, 율격은 경험을 질서화하기 위한 형식 구조인 셈이다. 형식의 규제가 결국 사유의 폭을 규제한다고 해도 과언이 아닐 것이다. 일정한 율격적 양식을 추상하고 그러한 율격 체계의 구조를 밝히는 일은 가장 중요한 율격론의 과제가 될 수밖에 없을 것이나, 거기에서 율격론의 과업이 끝나는 것은 아니다. 추상된 율격 의식에 담겨 있는 이념적 표상이 의미하는 것이 무엇인지를 밝히는 방향으로 나아가야 한다.

## 3. 현대시와 율격론의 가능성

한국시를 근대적으로 탈바꿈하는 데 가장 크게 기여했다고 해도 과언이 아닐 김억이나 황석우의 논의를 보면서 종래의 정격적인 율격에서 벗어나려는 이들의 저항과 실험을 읽을 수 있다.[3] 다소 비판적으로 말한다면 이들이 주장했던 율격 의식은 기존의 정격화된 율격에 대한 저항 이상도 이하도 아닌 것이었다. 이 시기 이들의 기존 율격에 대한 부정과 거부는 그것 그대로 새로운 율격적 시도였음에는 틀림없다. 그러나 그러한 율격이 일정한 미학적 세계를 거느리지 못할 때, 격조시론과 같은 구태의연한 율격적 실험으로 기울 수밖에 없었을 것이다. 김억과 황석우의 율격 의식은 다소 모호하지만 '자유시론(산문시)'으로 수렴된다. 이들에게는 아직 자유시라는 개념과 산문시라는 개념 영역이 분리되지 않은 채 하나의 대상으로 인식되고 있었다. 산문시란 기존의 정형화된 율격을 부정하는 시형이었으며 내면적인 의미의 개진만으로 시상을 구축하는 새로운 율격의 발견이었다. 표면적인 율격 규칙이 없는 내적 율격이란 말을 이해하기 위해서는 다시 율격이 갖는 규칙성으로 돌아가야 한다. 고전 시가의 율격론에서 중요한 개념이었던 율격 규칙은 작품 전체의 의미 구조나 발화 방식에까지 깊이 관여하는 하나의 기준으로서 휴지 개념의 중요성을 되새기도록 한다. 시조 종장의 정형화된 음수율과 종지법에 대한 천착을 보여 준 김흥규의 글은 결국 시적 발화의 시작과 종지가 어떻게 결정되는가에 있어서 율격 의식이 관여하고 있음을 보여 주는 좋은 사례라 할 수 있다.[4] 따라서 표면적으로 드러나는 어떠

---

3 "(자유시는) 재래의 시형과 정규를 무시하고 자유자재로 시상의 미운을 잡으려 하는 다시 말하면 평측이라든가 압운이라든가를 중시치 아니하고 모든 제약 유형적 율격을 버리고 미묘한 언어의 음악으로 직접 시인의 내부 생명을 표현하려는 산문시다." 김억, 「시형의 운율과 호흡」, 『태서문예신보』, 1919.1.13.
4 "평시조 종장의 정형적 특수성을 정리하면서 가장 먼저 확인할 수 있는 것은 그 율

한 규칙성도 거부한 형식으로서 이들이 내세운 자유시의 율격을 구체화하지 못하고 모호한 호흡이나 리듬, 영율 등의 용어에서 그친 것이 이들의 한계일 것이다. 아이러니한 것은 이들 이후에 자유시와 산문시의 율격으로 이해되어 온 내재율이 오히려 운율에 대한 이해를 주관적이고 개인적인 것으로 신비화하여 그것의 해명 가능성을 단절시키는 역할을 하기도 했다는 사실이다.[5]

내재율의 구조를 분석한 강홍기의 논문은 시가 표면에 드러나는 음성적 규칙성을 떠나서 어떻게 작품을 구조화할 수 있는가를 보여 준다.[6] 강홍기는 구조적인 측면에서 지속적 구조, 대립적 구조, 전이적 구조로 삼분하고 따로 구문 구조에 의한 율격을 다루고 있다. 그

---

격·통사 구조가 초·중장의 규칙적 반복성과 개방성에서 확연히 구별되는 일회성 및 폐쇄성을 가지며, 이 때문에 종장에서의 시적 완결이 양식적 원리로 보장되어 있다는 사실이다." 이러한 김흥규의 지적은 결국 넓은 의미에서 운율이나 보다 원칙적인 규칙성을 담고 있는 용어로서 율격이 낭독의 즐거움과 용이함을 넘어서 시적 발화 전체의 규칙성으로 나타나고 있음을 보여 준다.

5 김흥규의 조응 규칙과 허용 규칙을 통해 현대시의 운율을 비판하는 자리에서 황정산도 "현대의 자유시가 아무리 분방한 유동성을 가지고 있다고 하더라도 거기에는 율격론적 맥락에서 해명해야 할 어떤 내적 구조 원리나 미학적 기반이 내재해 있다. 자유시의 운율은 개별적이고 주관적인 현상이 아니라 우리가 공통적으로 가지고 있는 율격 능력에 기초하기 때문에 그것에 대한 체계적인 연구가 필요하고 또한 가능하다"고 지적하였다. 황정산, 「초기 근대시의 운율 연구」, 『한국문예비평연구』 14, 2004.

6 그는 "청각이나 시각에 의해서는 감지되지 않고 심리적인 혹은 정서적인 반응에 의해서만 나타나는 내면적인 리듬을 내재율"이라 규정하고 있다.(강홍기, 『현대시 운율 구조론』, 태학사, 1999, p.42) 그러나 이러한 규정 자체는 예상 가능한 반론을 이미 안고 있다. 그것은 시 장르의 특징으로 운율을 상정하기 이전에 언어적 특성이 소리 자질과 의미 자질의 결합인바, 리듬의 근원적 속성을 규칙적 반복성 또는 그러한 순환성으로 놓고, 소리 자질의 반복이 아닌 의미 자질의 반복을 통해 드러나는 운율로 정의하는 것이 용이할 것이다.

의 논의 속에서는 이러한 분류 자체가 각각에 해당하는 내재율의 특성을 언급하는 것이 되기도 한다.[7] 시의 의미 구조 속에서 '수미상관'에 의한 반복 구조를 생각해 본다면 이러한 내재율의 한 가능성을 쉽게 공감할 수 있을 것이다. 수미상관은 형식적인 반복을 의도적으로 머리와 꼬리에 배치함으로써 발화의 시작과 종지를 분명하게 하는 역할을 한다. 정형화된 율격의 틀이 사라진 현대시에서도 이러한 수미상관의 방법은 작품 자체의 안정성을 담보해 줄 수 있는 기법으로 사용된다. 그것은 외부적으로는 닫혀 있지만 내부적으로는 열려 있는 의미 공간을 시사한다고 말할 수 있을 것이다.

강홍기의 이러한 내재율 율격론은 그동안 모호하게 펼쳐져 있던 내재율이라는 용어의 구조화에 대한 한 가능성을 보여 주고 있다는 데에 그 의미가 있다. 그러나 시가 갖는 수사적 기법이 결국은 내재율의 율격 의식이라고 전제한다면, 그 자체로 내재율의 '율'적 자질은 사실상 소멸되었거나 녹아 있을 뿐 어떤 형태적 특성을 찾을 수 없다는 것을 역으로 반증하고 있는 셈이다. 고전 시가의 율격론이 율격 자질의 해명에만 천착한 결과 도식적이고 단조로운 율격에 논의를 한정시키고 율격 수행의 과정에서 나타나는 허용 규칙의 미학적 가치를 분석하지 못했던 것처럼, 수사적 영역과 율격 의식과의 관계를 정립하지 못한다면 현대시의 내재율 연구 또한 율격 체계의 전반의 작동 원리를 규명하지 못하는 한계를 지닐 수밖에 없다.

실제로 정형시와 자유시를 간단없이 나누려는 시도들이 갖는 어

---

7 지속적 구조에 의한 내재율을 '반복률'과 '병렬률'로, 대립적 구조에 의한 내재율을 '대조율'과 '경중률', 전이적 구조에 의한 내재율을 '순환율'과 '연쇄율' '점층률', 구문 구조에 의한 내재율을 '성분율', '대행률', '대연율'로 나누어 살피고 있다.

려움을 황정산도 지적한다.[8] 정형시와 자유시를 나누는 개념은 보다 집합적이고 관습적인 것이어야만 한다. 내재율이 표면적인 율격 지표들을 모두 지워 버리고 분방한 유동성을 가져도 거기에는 여전히 율격론적 맥락과 관점에서 해명되어야 할 내적 구조 원리나 미학적 기반이 있을 것이다. 현대시는 과거의 시들이 지니는 율격 의식을 계승하고 부정하면서 내재율이라는 율격 체계를 만들어 낸다. 내재율이란 시어의 소리 자질의 규칙성과 반복성이 아닌 의미 자질의 규칙성과 의미 구조의 규칙성을 통해 작품을 구축하는 원리를 말한다. 이러한 사실은 단아한 음보율의 율격 체계를 통해서는 나타낼 수 없는 세계가 현대 세계임을 반증하는 것이며, 그러한 낭만적 허영과 축복이 깨어진 시대의 음울한 개인들의 실존에 밀착된 양식이 바로 내재율이라는 율격 체계라는 것이다. 한국 현대시의 율격적 특성을 살피는 데 있어서 근대계몽기부터 근대시의 풍모를 갖춰가는 2,30년대까지의 시기는 이러한 율격 의식의 변모 과정을 살필 수 있는 전례가 될 것이다. 이 시기에 가장 왕성하게 작품 생산을 담당했던 시인으로 정지용을 떠올릴 수 있을 것이다. 그는 동시대의 다른 어느 시인들보다도 자신의 시 의식과 그것에 걸맞은 시

---

8 성기옥은 『한국 시가 율격의 이론』에서 "주어진 자료에서 율격이 행 내의 질서는 물론 행과 행 사이의 통일성 조성에까지 관여하는 율격적 현상을 볼 수 있다면 이는 정형율로 정의할 수 있다. 그리고 율격이 행 내의 질서에만 관여하고 행들 사이의 통일성 조성에는 주변적으로 관여할 뿐인 율격적 현상을 본다면 이는 자유율이라고 정의할 수 있다"고 주장했는데, 이에 대해 황정산은 정형시와 자유시 구분에 대한 충분한 정의가 되지 못한다고 말하면서 김소월의 시가 7.5조의 운율로 행들 간의 통일성을 갖고 있어도 이를 정형시라고 하기는 곤란하며 사설시조의 경우는 율격적 파행에도 불구하고 정형적 형식을 가지고 있는 것으로 보인다고 반박하였다. 황정산, 「초기 근대시의 운율 연구」, p.345의 6번 주석.

적 형식을 의식하고 고심했던 시인이었으므로 정지용의 시에 나타
난 율격 의식을 통해서 현대시의 내재율론의 비판적 검증을 수행할
수 있을 것이다.

## 4. 정지용 시의 운율 의식

김인환이 김흥규의 탁견에 동의하며 이병기와 이은상의 연시조를
볼 때 이들이 시조의 율격을 제대로 이해하지 못하고 있다고 지적
한 것은 율격론을 이해하는 데에 시사하는 바가 크다.[9] 종장의 음수
율만 맞춘다고 해서 그러한 시를 같은 정형시의 틀로 놓고 이해하는
것에 대해 반기를 들 수밖에 없다. 왜냐하면 앞 장에서 살폈던 것처
럼 추상된 율격 체계가 갖는 정형성은 그러한 정형성을 떠받드는 세
계관과 맞물려 있을 수밖에 없는데, 이 말을 율격적 관심에 따라 바
꿔 말하면 일정한 율격 체계 속에 담길 수 있는 세계상은 한정될 수
밖에 없는 것이기 때문이다. 소리 자질의 반복적 순환을 운율의 가
장 큰 특징으로 이해한다고 해도 각각의 율격적 단위 속에는 그러한
율격 의식을 이해하는 일정한 세계 인식이 반영되어 있어야 한다.

정지용의 시들은 그 표현 기법이나 정신적 이력만큼이나 율격 의
식도 다양한 변화를 보여 주는 시인이다. 1920년대의 소월이나 만
해, 그리고 동인지 시인들의 시적 유산을 물려받은 1930년대의 대표

---

9 김인환과 김흥규에 의하면, 윤선도의 「어부사시사」 40수 중에서 평시조 종지법이
지켜지고 있는 것은 제40수뿐이라는 것을 통해 연시조의 경우 전체가 하나의 작품
으로 이해되어야 하는데도 불구하고 이은상이나 이병기의 연시조들이 각각의 평
시조에 종지법을 지키고 있는 것은 시조의 율격을 제대로 이해하지 못한 증거라고
할 수 있다. 율격 의식과 시의 구성과의 관련성을 보여 주는 깊이 있는 지적이라
할 만하다. 김인환, 『비평의 원리』, p.31; 김흥규, 「어부사시사의 종장과 그 변이형」,
『민족문화 연구』 15, 1980, p.63.

적 시인이 정지용이다. 정지용의 시에는 소월이나 김억이 시도했던 율격적 실험과 시조의 율격이 그대로 나타난 작품들이 있으며, 전통과 현대의 사이에서 자신의 율격적 이상이라고 할 2행·연의 형태를 가지고 있는 작품들도 많다. 뿐만 아니라 이러한 율격적 표지가 사라진 산문시도 다수 나타난다. 이러한 다양한 율격적 형상들은 정지용이 갖고 있는 율격적 변화의 과정을 그대로 담고 있는 것이기도 하다. 특히 작품의 구조적 완결성을 강조하는 정지용 나름의 시작법을 염두에 둘 때, 정지용 시의 율격적 특징들은 어느 것 하나 우연의 결과라 보기 힘든 시적 모색과 고심을 함께 가지는 것이라 하겠다.

「띄」는 1926년 『학조』에 실린 작품들 중 하나로 초기의 정지용이 갖고 있었던 율격적 모형을 짐작할 수 있는 작품이다. 짧은 운율을 정격화하고 있는 몇 편의 시[10]를 통해서 정지용의 율격 의식이 전통과 현대 사이의 중간 지점에 서 있는 것을 발견하게 된다. 그것은 전통적으로 한국시에서 용인되는 어떤 율격의 정형성[11]을 보여 주며 심지어 자신의 유학 경험을 통해 습득되었을 것으로 생각되는 영미시의 율격적 흔적[12]까지 짐작게 한다.


하늘 우에/사는 사람//머리에다/띄를 띄고,//

이땅우에/사는 사람//허리에다/띄를 띄고,//

---

[10] 정지용의 초기작 중 「병」 「할아버지」 「산넘어 저쪽」과 같은 작품들은 완벽한 율격적 지배를 보여 준다.

[11] 통사적 규칙인 띄어쓰기를 염두에 둔다면, 이 작품에서 음보와 음수율을 일치시키려는 지용의 의지를 읽는 것은 어렵지 않다.

[12] 1·3·5연의 '사람'의 중성과 종성의 일치는 근대 시인들의 실험 속에서도 존재했던 것인데, 각운을 실험하고 있는 것으로 보인다. 중요한 사실은 다양한 율격 규칙이 지용 시에 혼재하고 있다는 판단이다.

땅속나라/사는 사람//발목에다/띠를 띄네.

—「띠」전문(전집 1권)

　편의상 2연씩 나란히 배치해 본 위의 작품에서는 1연의 첫 어절을 제외하고는 모든 행의 자수와 음보 단위가 일치하며 또한 통사적 분단도 일치한다. 이러한 일치를 위해 배려된 어절이 "이땅우에"와 "땅속나라"이다. '땅 우에'와 '땅 속에'가 원래의 의미인데 애써 율격적 일치를 위해서 시어에 변형을 가한 것으로 생각된다. 작품의 미학적 완결성이나 심미적 깊이를 따진다면 학문적 관심에서 벗어난 이 작품은 그러나 가장 역설적인 방법으로 시의 율격 규칙의 양면성을 보여 준다. 정지용은 이 작품 외에도 이와 같은 짧고 단조로운 운율의 시를 여러 작품 가지고 있다. 그러한 작품들의 공통점은 동시적인 세계관이라 할 단조로운 사고를 보여 주며 작품의 구성과 완결성에 있어 거의 율격의 전횡이라 할 수 있을 정도로 율격에 기대어 쓰였다는 점일 것이다. 이승복은 정지용의 시를 1930년대 모더니즘 시의 역사 속에서 개관하면서 정지용 시의 운율 의식과 함께 율격 모형을 몇 가지로 정리한 바 있다.[13] 그에 의하면 위의 작품「띠」는 '2행·연 시'의 율격 모형으로 분류되는데, 정지용 시의 율격 형상의 원형질 같은 것으로 이해하고 있다. 그러나 정지용 시의 율격 형상을 귀납하기 이전에 생각할 문제는 하나의 텍스트로서 시가 가지는 각각의 층위와 층위 사이의 구조적 문제이다. 일례로 평시조의 경우

---

13 첫째 2행·연의 반복과 일치, 둘째 음상징의 효과로서 율격 모형, 셋째 유사 압운의 의도와 율격 모형, 넷째 산문율의 해사적 모형 등이 그것이다. 이승복, 「정지용 시 율격의 체계와 교육 방법」, 『정지용 이해』, 태학사, 2002, p.328.

율격 규칙이 각 행의 음보뿐만 아니라 음수율에까지 영향력을 미치는 것을 확인할 수 있다. 고전 시가의 율격 규칙을 염두에 두고 현대시를 살펴본다면, 현대시에서는 율격 규칙이 관여할 수 있는 범위가 확대되어 가는 과정으로 이해할 수 있을 것이다.[14] 물론 이때의 과정이 문학사의 특정 시기에 갇히는 개념은 아니다. 그것은 개별 시인의 변모 양상 속에서 외적 율격 규칙이 소멸되어 가는 정도를 의미할 수도 있고, 현대 시사의 흐름 속에서 율격 의식이 변화되는 과정으로 이해될 수도 있을 것이다.

이승복도 정지용 시의 다양한 율격 의식에 대해 구속 지향과 일탈 지향[15]이라는 용어를 통해서 율격 규칙의 변화와 역동성을 설명하고 있다. '지향'이라는 용어를 통해서 논리의 역동성을 꾀하고 있으나, 가장 자유로운 운율 의식을 보여 준다고 해야 할 산문시의 분석에서 그가 제시하는 '등장성' 개념은 산문율의 율격 의식에 대한 논증에 설득력을 빼앗아 버린다. 예컨대 등장성의 개념은 음보율을 상정할 때 가능한 용어이며, 음수가 많고 적음과 관계없이 통사적 분단이 이루어지는 음보의 단위는 같은 시간에 걸쳐 율독된다는 뜻이다. 그런데 산문시 「백록담」에서 각각의 장면 번호를 하나의 율적 단위로 보고, 길이가 짧은 시행을 상대적으로 음량을 길게 해야 한다는 그의 '연 단위 형태의 등가성' 개념은 그의 논리의 후퇴라고 이해

---

14 '율격 의식의 확대'는 규칙으로부터 탈피하려는 적극적인 지양 의식을 포함한 말이다. 정형성을 탈피하려는 의식적 과정의 결과로 나타나는 개별 시인, 개별 작품의 율격적 다양성은 결국 율격 의식의 확대로 이해될 수 있다는 아이러니컬한 상황을 보여 준다. 김흥규의 용어를 쓴다면, 조응 규칙보다 허용 규칙이 늘어나는 양상이다.
15 이승복의 '구속 지향'과 '일탈 지향'은 김흥규의 '조응 규칙'과 '허용 규칙'과 구조적으로 상통한 개념이라 할 수 있다.

할 수밖에 없다.[16]

> 모오닝코오트에 禮裝을 가추고 / 大萬物相에 들어간 한 壯年紳士가
> 있었다 / 舊萬物 우에서 알로 나려뛰었다 / 웃저고리는 나려 가다가
> 중간 솔가지에 걸리여 벗겨진채 / 와이샤쓰 바람에 넥타이가 다칠세라
> 납족이 업드렸다 / 한겨울 내- 흰손바닥 같은 눈이 / 나려와 덮어 주
> 곤 주곤 하였다 / 壯年이 생각하기를 「숨도아이에 쉬지 않어야 춥지 않
> 으리라」고 / 주검다운 儀式을 가추어 三冬내- 俯伏하였다 / 눈도 희기
> 가 겹겹히 禮裝 같이 / 봄이 짙어서 사라지다.
> ―「예장」 전문(『문장』 3권 1호, 1941) ('/' 표기는 인용자)

> 畵具를 메고 山을 疊疊 들어 간후 / 이내 踪跡이 杳然하다 / 丹楓이
> 이울고 / 峯마다 찡그리고 / 눈이 날고 / 嶺우에 賣店은 덧문 속문이
> 닫치고 / 三冬내- 열리지 않었다 / 해를 넘어 봄이 짙도록 / 눈이 처
> 마와 키가 같었다 / 大幅 「캔바스」 우에는 木花송이 같은 한떨기 지난
> 해 흰 구름이 새로 미끄러지고 / 瀑布소리 차츰 불고 푸른 하눌 되돌아
> 서 오건만 / 구두와 안ㅅ신이 나란히 노힌채 戀愛가 비린내를 풍기기
> 시작했다 / 그날밤 집집 들창마다 夕刊에 비린내가 끼치였다 / 博多
> 胎生 수수한 寡婦 흰얼골이사 / 准陽 高城사람들 끼리에도 익었건만 /
> 賣店 밖앝 主人 된 畵家는 이름조차 없고 松花가루 노랗고 / 뻑 뻑국

---

<sup>16</sup> 율독을 염두에 두고 있는 '등장성' 내지 '등가성'의 개념은 자칫 정지용의 시에 나
타나는 다양한 율격 모형을 거칠게 하나의 원형으로 재단할 위험을 갖는다. 「띠」와
같은 작품은 정형적 율격 의식을 강하게 보여 주고 있기 때문에, 흔히 율격론에서
말하는 '등장성' 개념이 발견된다고 할 수 있다. 그러나 등장성이 소용되는 정지용
의 작품이 얼마나 될지는 의문이다.

고비 고사리 고부라지고 호랑나븨 쌍을 지여 훨 훨 靑山을 넘다.

　　　　—「호랑나븨」 전문(『문장』 3권 1호, 1941) ('/' 표기는 인용자)


　1941년 『문장』지에 실린 위의 두 작품은 정지용의 후기 시에 해당
한다. 죽음의 편린을 보여 주고 있는 이 두 작품에서는 일정한 율격
적 표지를 발견할 수가 없다. 발표 지면인 『문장』지의 표기를 그대로
따를 때, 이 작품들은 두 가지의 특징을 보여 주는데 우선 띄어쓰기
의 간격이 일정하지 않다는 것이고[17] 또 하나는 작품의 마지막에만
마침표를 쓰고 있다는 것이다. 띄어쓰기의 경우, 대략적으로 율독의
편의성을 살리고 있다고 생각될 뿐 김대행[18]이나 황정산의 논문[19]이
주목하고 있는 이른바 '2음보 대응'이나 그것의 변형인 '4음보' 율격
을 발견할 수 없다.[20] 『문장』지의 표기가 정지용 자신의 띄어쓰기를
따라 구분된 것이라고 이해해도 일정한 율독의 규칙으로 포섭되지
않는 것은 어쩔 수 없다. 「예장」의 "한겨울 내- 흰손바닥 같은 눈이/
나려와 덮어 주곤 주곤 하였다"의 부분은 통사적 분단과 일치하지
않는 띄어쓰기를 발견할 수 있다. 통사적 분단과 임의로 띄어쓰기가
된 부분과의 연관성이 극히 희박하게 나타나고 있는 것을 볼 때, 정
지용의 산문시의 내적 율격을 전통과의 접맥으로 읽을 가능성은 희

---

**17** '/' 표시는 『문장』지의 표기에서 임의로 띄어쓰기를 벌려 놓은 부분을 필자가 표시
　　한 것이다.

**18** 김대행, 「정지용 시의 율격」, 김학동 편, 『정지용 연구』, 새문사, 1988.

**19** 황정산, 「정지용 시와 운율」, 『주변에서 글쓰기』, 하늘연못, 2000.

**20** 김대행과 황정산을 비롯한 논자들의 '2음보격'과 그것의 변형은 지나치게 많은 예
　　외 항목을 거느리게 된다는 점에서 '지향'의 방식으로 구성될 수밖에 없었다. 이러
　　한 논의의 전제가 되는 '등장성' 개념 역시 읽는 이마다 다른 양상으로 나타날 수
　　있는 개념이라는 의미에서 적절한 개념항이 될 수 있는지 의문을 갖게 한다.

박해진다. 「호랑나븨」의 중간 부분 "大幅 「캔바스」 우에는 木花송이 같은 한떨기 지난해 흰 구름이 새로 미끄러지고"의 경우도 마찬가지이다. 임의의 띄어쓰기가 율독을 위한 배려가 아니라는 것을 보여 주는 부분이다.

율격 의식 속에 담긴 세계관과 관련하여 이 작품들의 의미를 살펴볼 필요가 있다. 다양한 율격적 모형들은 각각의 시 세계나 정신성과의 관련 속에서 살펴져야 하기 때문이다. 인용한 작품들이 공히 죽음을 소재로 하고 있으며, 산문시 형태를 띄고 있는 것 역시 흥미 있는 부분이다. 작품 속에는 사내의 죽음과 그것을 둘러싼 풍경이 묘사되고 있으며, 다시 그러한 사실을 이야기하는 화자의 자리가 놓여 있다. 작품의 전면에서 물러난 화자의 자리는 철저히 서사의 맥락 바깥에 있다. 위의 작품들이 갖는 율격 의식과 작품 내용의 정서는 비슷한 시기에 쓰인 정지용의 다른 작품들, 가령 「비」나 「구성동」 같은 작품을 떠올린다면 매우 이질감을 느끼게 한다. 율격 의식이 강하게 나타난 「비」나 「구성동」에서보다 「예장」이나 「호랑나븨」에서 바라보는 자의 풍경에 대한 소외가 강하게 나타난다. 은일자연의 세계에 머물면서도 풍류와 안빈낙도, 심지어는 연군의 정을 이야기하는 선대의 시가류에서 포착되는 자연은 풍요로움의 극치를 이루고 있지만, 정지용의 시에 나타난 자연은 고독하고 소외된 자의 내면에 포착된 자연의 쓸쓸함과 존재감을 보여 준다는 점에서 전혀 다른 시각을 담지하고 있는 것이다.

정지용의 산문시 율격을 정격화된 율격의 해체로 나가려는 의도로 이해할 수 있을 것인가에 대한 비판적 검증은 여전히 남겨진 문제인지도 모른다. 되풀이하자면 이는 정지용의 산문시가 보여 주는 세계를 은일자연의 세계로 이해할 수 있는가의 문제로 환원될 수 있는 질문이기도 하다. 성리학적 세계관으로 세계를 이해하던 과거의 선비들과는 달리 현대의 시인들은 자연을 단순하고 깊은 상징으로 옮겨 놓을 수 없기 때문이다.[21] 그것은 오히려 풍경 속에서 소외되어 있는 인간을 발견하는 일과 보다 밀접하게 관계된다. 다시 말하면 풍경과 동화되지 못하는 개인, 풍경 속에 정서적으로 포섭되지 못한 채 '저만치' 존재하는 인간의 자리에 더 가깝다.[22] 정지용의 시가 보여 주는 율격 의식도 이러한 관점에서 이해할 수 있다. 그것은 김인환의 말처럼 부정을 통해서만 전통과 만날 수 있는 현대시의 숙명일 수도 있고, 전통과 현대를 접속시키는 자리에서 정지용이 서 있는

---

[21] 율격 의식은 무엇보다 세계를 바라보고 이해하는 관점과 조응되어야 함은 물론이다. 그러한 의미에서 김인환의 다음과 같은 지적은 현대 시인들 대다수의 율격 의식을 이해하는 하나의 전제가 된다고 하겠다. "19세기 이전의 사람들은 세계를 하나의 열린 체계로 파악하고 있었을 뿐 아니라, 그들이 살던 사회에도 개인의 특수성을 허용할 만한 여유가 깃들여 있었다. (중략) 그러나 우리 시대는 개인에게 사회의 경제 체계가 분담하는 역할 이외에는 아무것도 허용하지 않는다. 개인의 개별성은 사회적인 일탈의 특징이 되었다. 무명의 사회 체계가 개인들을 관리하고 조작하는 일탈 시대에는 사물들이 죽은 무기물 또는 하나의 원료가 될 뿐 아니라, 사람도 죽은 물건으로 변형된다. 이러한 시대의 개인의 특수성은 무의식 속에 보존될 수밖에 없다. (중략) 개인의 참다운 자율성이란 열린 체계 안에서만 가능한 것이므로 닫힌 체계를 부정하지 않은 채, 자율적 개별성을 확보할 수는 없을 터이다. 부정만이 닫힌 체계와 열린 체계를 매개해 줄 수 있다. (중략) 현대시는 부정의 변주에 의해서만 시조와 한시의 주제에 접근할 수 있는 것이다." 김인환, 『비평의 원리』, pp.56-57.

[22] 고진은 '풍경화'의 관점에서 바라보는 중세의 회화와 '산수화'가 근본적으로 이질적이라고 지적한다. '풍경화'가 원근법에 의해 그것을 바라보는 시선과 바라보는 자를 동시에 화폭에 배치하는 방식과는 달리 '산수화'는 소나무를 그리되 진짜 소나무를 그리고자 하는 것이 아니라 정신의 투영물로서의 소나무를 그리는 것을 나타낸다. 즉 '풍경'은 고독하고 내면적인 상태와 긴밀히 연결되어 있는 것이며 그러한 의미에서 자연과 인간의 관계는 심각하게 소외되어 나타난다. 가라타니 고진, 『일본 근대문학의 기원』, 박유하 역, 민음사, 1996, pp.38-39.

지점을 극명하게 보여 주고 있는 것일 수도 있다. 정지용의 후기 시들이 보여 주는 일련의 의고적 취향과 정서를 율격 의식과 관련지어 생각할 때 행과 연의 구분을 가지고 있는 시들에서 나타나는 일정한 율격 의식은 그것 그대로 전통적 율격에 대한 정지용의 구심점을 보여 주고 있다고 생각된다. 그러나 정지용 시의 또 다른 원환이자 전통적 율격에서 벗어나려는 그의 산문시형들을 통해 드러나는 율격 규칙으로부터의 원심력은 현대 시인들의 내적 율격이 지향하는 지점을 명확하게 가리키고 있다.

## 5. 결론

이 글은 한국 현대시의 운율론의 가능성을 타진하려는 의도로 기획되었다. 서구적인 개념의 운율이 한국어로 쓰인 시 속에서 구현되기 어려운 것은 서구 시가 가지고 있는 압운에 대응하는 개념적 상이 한국어에는 존재하지 않기 때문이다. 그러므로 한국 현대시의 율격론은 고전 시가와의 관계 속에서 한국어가 가질 수 있는 율격적 가능성을 한 축으로, 다른 한편으로는 근대시 초기에 서구적 운율 개념을 도입했던 선구적 시론가들의 운율 개념을 추상하는 것을 다른 축으로 삼아서 검토되어야 한다. 한국 현대시의 율격적 형상은 무엇보다 한국어가 가지는 특징 속에서 규명되어야 할 것이다. 이는 한국어가 가지는 통사적 분절이 시 속에서 율격적 분절로 구현된 것이라는 전제 위에서 검토되어야 한다는 것을 의미한다. 그러나 시속에 구현된 통사적 분절과 율격적 분절이 어떻게 시적 효과로 설명되는가를 이해하기 위해서는 고전 시가의 율격론이 보여 주는 '음수율'이나 '음보율'이라는 율격적 지표를 절대화하지 않고, '지양의 과정' 혹은 '부정과 창조'라는 변증법적 관점에서 접근해야 할 것이다.

이 글은 반복적 표지로서의 율격을 언어적 특성 속에서 살피고자 하였으며, 동시에 운율이 가지는 규제를 탈피하는 과정의 산물로서 정지용의 초기 시 1편과 후기 시 2편을 검토하였다. 정지용의 시가 보여 주는 율격 의식은 기존의 '4음보율'이나 '2음보율'에 국한되기 어려우며, 그것은 자신의 시 속에서 전통과 현대를 포괄하고 있는 정지용의 시 의식이 근대적 주체의 '소외감'과 그것을 견디는 내적 인내를 보여 주는 지점에서 산문화한다는 것을 통해 반증되고 있다.

# 교양 교육에서 시 교육의 가능성

## 1. 교양 교육의 본질과 목표

교양이란 무엇이며 교양 교육의 목표는 무엇인가? 일반적으로 대학에서의 교양 교육은 기초 교육으로서, 학문하는 데 있어서 요구되는 기초 능력 배양을 위한 '일반 교육(general education)'이자, 자율적인 시민으로서의 품성과 자질을 형성하는 '자유 교육(Liberal education)'을 의미한다.[1] 일반 교육이나 자유 교육은 미세한 차이를 가지는 그 나름의 목표를 가지고 있는데, 자유 교육의 '자유'가 전공의 '바깥'에 해당하는 영역이라는 의미를 가진다면(직업 교육에 반대) 일반 교육의 '일반'은 역시 전공의 바깥에 있지만, 전문인으로서의 지식 이외에 필수 지식이나 기본 소양 등의 총체적 인간 구현을 위한 교육의 의미를 지닌다. 공통적으로는 이른바 직업 교육이나 전문

---

1 하병학, 「보편적인 학문 이론과 교양 교육에 대한 현상학적 연구」, 『철학과 현상학 연구』 31, 2006, p.176.

교육이 아닌 '나머지의 교육'으로서의 의미를 더욱 강하게 가지고 있지만 자유 교육보다 일반 교육이 보다 가치 지향적이고 사회적 함의를 강하게 지닌다. 오늘날 대학에서 이루어지는 교양 교육이란 그러므로 '일반 교육, 기초 교육, 기본 교육, 핵심 교육, 공통 교육, 도구 교육, 자유 교육, 직업 역량 교육'과 같은 부수적인 함의들을 함께 지닌다.[2] 일반적으로 교양 교육은 필수 교양 과목과 계열 교양 과목이 있다. 이 경우 필수 교양이 공통 교육이나 도구 교육의 의미에 가깝다면, 계열 교양의 경우 기초 교육이나 자유 교육의 의미에 가깝다.[3] 오늘날은 융복합 교육의 필요성을 주장하는 만큼 이러한 기본 교육 역시 일정 정도 전문 교육과 연관성을 살리는 방안을 고민하고 있지만, 어떤 의미에서 접근하든지 교양 교육은 직업적 전문성과는 분리된 교육이라는 의미에서 이미 태생적으로 부차적인 과목이라는 느낌을 준다. 입문 지식에 초점을 맞추는 과목은 그 목표의 설정에서 이미 충분히 부차적인 목표를 가지고 있다.

뿐만 아니라 한국의 교양 교육은 모델을 미국식으로 채택했기 때문에 편제상 고등 교육 과정, 즉 대학에서만 이루어진다.[4] 중등 교육 과정과의 연계나 차별성을 갖추지 않은 교양 교육은 학생들로 하여금 고등학교까지 과정에서 배웠던 것과 별 차이가 없다고 느껴지게

---

2 강명구·김지현, 「대학 학사 구조의 변화와 기초 교양 교육의 정체성 확립의 과제」, 『대학 교육 강화 3차 포럼 자료집』, 2009. 여기서는 백승수, 「한국 고등 교육의 교양 교육 과정 형성 과정 분석」, 『교양 교육 연구』 6, 2012, p.335에서 재인용.

3 오늘날 교양 교육에 대한 논의들은 통상적으로 그 정체성을 자유 교육에서 일반 교육으로 진행하고자 하는 노력을 보여 준다고 할 수 있다.

4 유럽의 경우는 영국의 퍼블릭 스쿨, 독일의 김나지움, 프랑스의 리쩨처럼 중등 교육 과정에서 교양 교육을 담당한다. 백승수, 「한국 고등 교육의 교양 교육 과정 형성 과정 분석」, p.338.

만들거나, 아니면 너무 갑작스러워서 이해나 소화하기에 어려움이 따르는 문제를 낳는다. 미국식 교양 교육 시스템이라고는 하지만, 미국의 경우 4년제 정규 대학이지만 특수한 전공을 강조하지 않는 '자유 교양 대학(Liberal Arts College)'과 같은 학부 중심 대학이 존재하는 것처럼 한국의 교양 교육은 미국의 교양 교육과도 현저한 차이를 갖고 있다.[5] 이렇듯 교양 교육은 그 설립 단계에서 이미 부차적인 목표로 설정됨으로써 그 중요성이 무시되어 온 면이 강하다. 따라서 오늘날 한국의 교양 교육이 문제라고 성토된다면, 이는 중등 교육의 모든 과정이 대학 입학을 위한 준비 과정으로 단순화되고, 대학의 모든 교육 과정이 실질적으로는 취업을 위한 과정으로 축소되어 버리는 현상과 무관할 수는 없다.

그러므로 교양 교육의 문제는 먼저는 대학 교육의 문제라는 틀에서 접근되어야 한다.[6] 2000년 중반부터 한국의 대학에서는 '교양 교육 운동'이라고 일컬을 만큼 다양하고 활발하게 교양 교육 과정의 재편 움직임이 진행되고 있다. 대학에서는 교양 교육을 전담하는 기관과 대학이 운영되고 있으며, 대학 교양 교육에 초점을 맞춘 전문 학술지가 생겨나는 등 본격적인 고민과 실천이 시작되었다. 그러나 대부분의 교양 교육 관련 논의들에서 보듯 여전히 한국의 교양 교육은 여러 가지 현실적인 문제들을 안고 있다. 가령 변화된 교양 교육 체제에서 가장 성공적으로 정착한 과정 중의 하나가 대학의 글쓰기 관련 강의들이다. 그러나 대학이 교양 교육의 무용성에 너무 시달린

---

5 마크 C. 헨리, 『인문학 스터디』, 강유원 외역, 라티오, 2009, p.13.
6 김진해는 한국 대학 교육을 실패로 진단하고, 대학이 '진리의 공동체'로 탈바꿈해야 하며, 그 실천 공간으로서 '교양 교육'을 경희대학교 후마니타스 칼리지를 실례로 제안하였다. 김진해, 「대학 교양 교육의 새로운 모색」, 『대학 작문』 3, 2011.

나머지 계열별 글쓰기 프로그램이 지나치게 실용성에 초점을 맞추게 된 것은 교양 교육으로서 글쓰기 본래의 목적과는 동떨어진 방향으로 흐르고 있다고 지적된다.[7] 교양 교육의 문제를 두고 한편에서는 사회적 요구에 너무 무신경하다고 타박하며, 다른 한편으로는 지나치게 실용성에 초점을 두어 취업 학원 강의와 구별되지 않는다고 말한다. 또한 새로운 지식 정보 사회의 요구에 걸맞은 인재를 교육하기 위해서는 근대 학문의 세분화된 배타적 영토화를 극복하고 학제 간의 소통과 연대를 시도하는 융복합 교양 과목이 개발되어야 한다고 주장한다.[8] 이러한 주장에 따르면 분과 학문 시스템을 그 기조로 삼고 있는 한국의 대학 시스템에서 융복합 교양 과목은 일종의 대안적 커리큘럼으로 제시된다. 그러나 근본적으로 교양 교육이 (전공 교육에 비해) 부수적이고 부차적인 목표를 설정하고 있는 마당에 전공 교과의 한계를 뛰어넘는 새로운 목표를 교양 교육에 부과하는 것은 온당한 일이거나 실현 가능한 일일까 회의적이다.

## 2. 대학 (교양) 교육의 문제들과 극복 노력

교양 교육의 설립 취지에 맞추어 본다면 오늘날 한국의 교양 교육은 실패한 것이 아닌지도 모른다. 한국의 교육에서 실패하고 있는 것은 단순히 교양 교육이 아니라 고등 교육 기관으로서의 대학의 교육 과정 전체인지도 모른다.[9] 만약 대학의 교육이 실패한 것이라면,

---

7 김현정, 「교양 교육으로서의 글쓰기 교과의 본질과 방향」, 『교양 교육 연구』 6, 2012, pp.89-91.

8 이희용, 「한국 대학의 교양 교과목 개발의 실태와 방향성 고찰」, 『교양 교육 연구』 6, 2012, pp.267-269.

9 김진해, 「대학 교양 교육의 새로운 모색」, p.108.

이 실패 역시 대학 자체만의 문제는 아닐 것이다. 중등학교 내에서 벌어지는 학교 폭력이 폭력적인 성향의 문제나 혹은 폭력을 조장하거나 가르치는 난폭하고 억압적이며 비정한 사회 어느 쪽에만 있다고 할 수 없듯이, 문제의 해결 과정 역시 사회운동이나 학교의 변화가 함께 이루어져야 하고, 이러한 문제는 제도와 같은 근본적인 구조 속에서 양산되는 것은 아닌지 점검되어야 한다. 마찬가지로 교양 교육에 문제가 있다면 '교양 교육'이라는 영토에 포함된 이질적인 문제들을 가려냄으로써 보다 현실적인 성찰과 극복의 모색이 가능해지리라고 본다. 이는 오늘날 교양 교육에 대해 제출된 엄청난 문제 제기와 그 극복 방안들을 일별해 볼 때 더욱 분명하다. 우리가 문제 자체를 파악하지 못하거나 해법을 갖지 못해서 극복 불가능한 것이 아니라는 사실을 놓고 볼 때 보다 근본적인 문제가 있다는 것은 분명해 보인다.

### (1) 고도 경쟁 사회와 대학의 상대평가

대학 내 교양 교육의 문제들을 파악하기 위해서 가장 우선적으로 고려되어야 할 것은 대학을 포함하고 있는 사회의 문제이다. 왜냐하면 이토록 많은 문제의 제기들이 충분한 실효성을 향하지 못한 채 반복적으로 그 시효가 짧은 대안만 양산한다면 그것은 여전히 그 문제 제기가 본질적이지 않다는 것이기 때문이다. 한국의 대학에 가장 심각한 문제를 야기하는 외적 요인은 실업의 문제, 경기 둔화에 따른 엄청난 실업(혹은 구직난)의 문제이다.[10] 실업이라는 사회적 문제는

---

10 실업이란 본래 취업 후 직장을 잃는 것이지만, 오늘날의 실업은 미취업 상태의 지속, 곧 미취업과 실직을 아우르는 말로 넓은 외연을 가진다.

한국의 대학을 일종의 취업 준비 기관으로 바꾸어 놓아 대학 내의 모든 학문적 연구와 교수의 흐름을 취직이라는 하나의 목표로 연결시키는 결과를 낳게 된다.[11] 높은 실업률이 경쟁의 정도를 더욱 심화시키는 것이므로 따지고 보면 실업의 문제와 고도 경쟁 사회란 비슷한 문제라고 할 수 있다. 학생들의 편에서는 학점이나 이른바 스펙이 취업의 핵심적인 지표가 되면서 더욱 나은 학점을 얻기 위한 과잉 경쟁에 뛰어들게 되었고, 학교는 이러한 과도한 경쟁을 해소하기 위해 상대평가라는 고육지책을 내놓을 수밖에 없게 된다.

대학에서의 상대평가가 전혀 교육적이지 않다는 보고는 너무 많이 들어 이제는 지겨울 지경이다. 어쩌면 상대평가 제도는 학생들 자신의 주체적인 열정과 노력의 결과를 그러한 노력 자체가 아니라 학점이라는 결과에서 찾게 함으로써 대학에서의 배움에 대한 성취감을 불식시키는 제도적 중핵이다. 배움은 언제나 불충분한 자기와의 대면으로부터 시작되며, 배움 자체가 주는 만족감이 공부의 가장 큰 목적이어야 함에도 상대평가는 그 불충분함을 내면이 아닌 사회적 수요로 떠넘김으로써 불충분과 만족의 지점이 학생 자신이 아닌 사회적 요구 조건이 되도록 주체성을 박탈해 버린다. 문제는 여기서 끝나지 않는다. 상대적 평가는 결국 학점의 수혜자인 학생들이 납득할 만한 기준을 제시하도록 만들고, 이는 오늘날 대학수학능력평가에서 보듯 문제를 점점 더 어렵게 만들도록 하여 그 평가의 기

---

11 실업률의 증가가 대학을 취업 준비 기관으로 바꿔 놓았다는 과격한 주장에는 사실 실업, 바꿔 말하면 취업이라는 문제로 대학을 기능화하는 시선이 이미 예비되어 있다. 대학의 연구가 고답적이라거나, 대학이 더 이상 기업이 원하는 인재를 배출하지 않는다는 말은 이미 충분히 대학의 존재 의미를 기업이라는 구매자에 대한 생산자의 위치로 고정시키는 발상을 보여 준다.

준이 배움의 정도를 초과하도록 요구·정당화하게 된다. 그러나 오늘날 강단에서 피부로 느끼듯 모든 학생들이 빠짐없이 출석하고 지각하지 않으며 과제를 최선을 다해 제출하고 게다가 그 결과에 있어서 학생들 개개인의 지적·감정적 노력이 별다른 차이를 만들지 못할 때 이런 상대평가는 (최소한 학점의 수혜자인 학생에게) 그 객관성의 기준을 제시하는 데 실패하거나 (따라서 평가자로 하여금) 평가에 대한 불만을 잠재울 만한 난이도에 매달리게 만들 공산이 크다.[12] 강의를 통해 질문되어야 할 근원적인 문제들과 학생들의 처지는 이반되어 학생들의 학습 욕구를 저하하고, 대학 당국이 하고 있는 프로그램 전반에 대한 실망과 불신을 고조시킨다. 결국 같은 고도 경쟁 사회의 그늘에서는 절대평가 제도 역시 악용될 소지가 있지만, 예술 교육과 같이 주관적인 미적 영역의 계발을 목적으로 하는 과목에서 상대평가는 강의의 개설 취지와 잘 부합하지 않는다. 지금과 같은 천편일률의 상대평가 방식은 미학적 창조와 내면적 성찰과 같은 해당 교과 자체의 본질적 목적을 훼손할 수 있다. 왜냐하면 상대평가의 부정적 효과란 언제나 강의의 수혜자들이 '창조와 성찰'이 아니라, '창조와 성찰'이 가져다줄 수 있는 학점을 목적하게 하며, 이로써 보다 본질적인 목적을 수단화하여 본질을 자꾸만 방법적인 문제로만 인식하고 골몰하게 만들기 때문이다. 방법적인 문제로 전락한 예술 과목은 '창조와 성찰'을 경험하게 하지 않고, 창조와 성찰의 매너리즘만을 재생산할 뿐이다.[13]

---

**12** 교육의 수요자의 입장에서는 출석과 과제와 강의 시간에 대한 모든 충실도가 성적에 적절히 반영되었다고 느끼기 어렵다.

**13** 절대평가만이 옳다거나 상대평가가 무조건 문제인 것은 아니다. 상대평가가 예술 과목을 매너리즘화한다는 말도, 반드시 평가 방식만의 문제는 아닐 것이다. 그러나

## (2) 지식 정보 사회의 컨텐츠와 지식 산업의 아웃 소싱

정보 사회라는 21세기적 환경의 변화는 새로운 지식이 창출될 수 있는 근거로 작용하였지만, 따지고 보면 정보화할 수 있는 것만을 지식이나 배움으로 신뢰하게 함으로써 지식과 진리 탐구를 단편적인 지식 정보의 형태로 제공하도록 무의식적으로 강요하기도 한다. 이는 마이크로 소프트가 제공하는 파워포인트가 복잡한 과정을 단순화하여 설득력을 높여 주는 기술이지만, "매우 복잡한 문제들을 마술적으로 축소함으로써" "논쟁과 비판을 억압하고 의사 결정 과정을 헝클어뜨릴 뿐만 아니라 이해와 통제라는 환상을 심어" 준다는 지적과 같은 맥락에서 이해할 수 있다.[14] 교육 과정에서 요구되는 평가의 엄격함은 결국 명확하게 말할 수 있는 것만을 지식으로 간주하게 되는 절차적 편의주의를 낳을 수 있다. 교육이란 합리성에 토대를 둔 계몽에 그 본질이 있겠지만, 계몽이 일깨우고자 한 대상은 무엇보다 인간과 세계라는 실제적인 대상이다. 인간과 세계가 완벽하게 합리화할 수 있는 대상이라는 확신은 환상일 뿐이다. 계몽의 힘이 미치는 영역에 대한 추구를 위해서는 실로 그 반대편의 어둠을 견디는 힘 역시 필요하다. 인간의 역사를 보건대 진화란 엄청난 시행착오의 축적으로부터 얻어진 결과물이라고 보아야 옳다. 그러므로 정보와 지식의 중요성을 키우는 정보 사회가 다른 한편으로는 대학의 지식 체계의 위상을 박람회(파워포인트)의 컨텐츠로 바꾸어 버림으로써 학문의 탐구를 간명하고 명쾌한 사실들에 복종하도록 강요

---

상대평가 제도가 고도 경쟁 사회와 결합하면서 지식의 상대화와 부수화를 낳거나 이를 가속화하는 것은 틀림없다.

**14** 강준만, 『감정 독재』, 인물과사상사, 2013, p.35.

하고 있는 셈이다.

그러나 교육은 명쾌한 정보의 지식의 뒤편에 있는 오랜 인내를 가르쳐야만 한다. 배움이나 삶의 의미를 결과가 아니라 그 과정 자체로 옮기지 않는다면, 즉 그 과정의 힘겨움과 결과의 즐거움을 한꺼번에 누릴 수 없다면 교육은 삶의 중력과는 점점 더 멀어져 어떤 문제이든 다 해결 가능하다는 환상, 불가능이 아니라 피로가 실체인 무기력만을 낳게 될 것이다. 정보 사회의 정보 범람이 주는 피로감은 기실 정보 사회의 정보 유통과 관련이 깊다. 복잡한 연산에 강점을 보이는 컴퓨터는 인간의 지식 탐구에 도움을 주는 것이 분명하지만, 그 결과물들을 손쉽게 습득하고 변형을 가할 수 있도록 개방함으로써 지식 정보 체계에 일종의 아웃 소싱의 부작용을 만들어 내었다. 오늘날 대학이라는 공간의 배후에는 지식 정보의 암시장이 존재하고, 이 중고품 알뜰시장에서는 대학에서 부과하는 각종 리포트와 감상문 등이 거래되고 있다고 한다. 베끼기와 짜깁기를 강요하는 것은 성과주의나 경쟁주의지만, 정보 사회의 정보화 기술은 부작용에도 기여하여 이를 기술적으로 돕고 있는 것이다. 이러한 지식과 정보의 아웃 소싱은 지식 사회 내부에도 존재하며[15] 학문과 교육의 요람으로서 대학이 가지는 가치를 그 근본에서 뒤흔든다. 이러한 문제들은 그 자체로는 단방약을 구할 수 없다는 점에서 더욱 심각하다.

### (3) 창의성과 인성 교육을 위한 제도의 정비

사실 고도 경쟁 사회가 요구하는 상대평가나 지식 정보 사회가 주

---

**15** 치과 의사들의 학위논문 대필과 같은 사건은 지식 탐구와 학위가 자리를 바꾼 우리의 치부를 보여 준다. 「학위 장사 치과대 교수 구속」, 『경향신문』, 2014.6.17.

도하는 정보화의 어두운 면은 사회 전체가 해결해야 하는 과제이고, 대학도 축소된 사회이자 사회의 힘 있는 구성원으로서 이러한 문제를 모르는 것은 아니다. 그렇다면 어째서 대학들이 이러한 악순환의 고리를 끊지 못하고 있는 것일까? 앞에서 논의되었다시피 이 모든 노력들은 얼마간 가시적인 지표 자체에 매달릴 수밖에 없는 구조에서 기인한다. 정부 주도 하에 이루어지는 대학의 개혁이나 지원 프로그램들은 개혁 주체인 대학의 가시적인 성과들, 즉 지표화된 양적 데이터들을 요구하게 되고, 이러한 개혁의 아웃 소싱 시스템은 역시나 일관성 있는 데이터를 산출하기 좋은 방향으로 그 프로그램을 기획하고 진행한다. 고용 창출이라는 문제가 노동 유연화라는 미봉책을 통과하면서 근본적으로는 고용 불안이라는 원래의 문제 상태로 더 강력하게 회귀하듯이 문제에 대한 근본적인 해결이 없이는 잠시의 우회를 경유하면서 정작 문제는 더욱 커지게 되는 악순환이 발생한다. 따라서 이렇게 무수히 악순환되는 문제들을 가만히 들여다보고 있으면 근본적으로 대학이라는 기관이 갖는 정체성의 혼란이 그 근본 지점에 놓여 있다는 것을 발견하게 된다.

대학은 진리의 공동체이자 진리의 상아탑으로서 보잘것없는 것들에 매달림으로써 도리어 보다 근본적인 심급에 도달하게 되는 순수한 학문 탐구의 장인가, 아니면 어디까지나 사회적 주체의 하나로서 그 구성원이자 구매자들인 사회와 학생들이 원하는 컨텐츠를 생산하고 판매해야 하는 서비스 산업의 시장인가? 대학의 역할을 순수한 진리 탐구로 보는 관점에서는 대학에 요구되는 실용성 자체가 하나의 덫이다. 대학은 눈앞의 문제들을 쫓아다니다가 결국은 근본적인 자기 정체성을 잃게 될 것이다. 대학은 현재에도 지나치게 기업화되고 있으며, 인간으로부터 멀어지고 있다는 지적이다. 반대로 빠르게 변화하는 현실의 문제를 해결하고 평균적인 문명을 견인하기 위해서는 대학이 자신들의 자족적이고 고답적인 성채에서 내려와서 시장의 목소리를 경청해야 하며, 그러기 위해서는 사회가 원하는 컨텐츠를 생산해 내야 한다는 실용화에 대한 요청이 쇄도한다. 이미 거의 모든 영역이 자본주의화된 상황에서 이러한 흐름에 역행하는 것은 현실도피로 결국 고립과 멸망을 자초하는 것일 뿐이라고 경고한다. 그러나 대학은 진리의 공동체이면서 동시에 시장 속에 위치하고 있다. 대학은 자신의 이념에 부합하는 연구와 교육에 매진하면서도 동시에 사회적 요청에 대해 기민하게 반응할 수밖에 없는 존재이다. 고답과 혁신은 대학의 두 얼굴이다.

대학의 사회적 책무를 분석하는 홍병선의 논의[16]에는 대학을 향한 두 가지 사회적 요청이 뚜렷하게 나타난다. 가령 "기업에서 요구하는 것은 하나의 전공을 전문적으로 공부한 것만이 아니라 다양한 능력을 겸비한 인재"이며 곧 "국제적 감각, 실용적 능력뿐 아니라, 문제 해결 능력이나 적용 능력, 나아가 인성을 겸비한 글로벌 인재상"이라는 것이다. 대학의 인재 양성에 대한 사회적 요청은 전공 전문성과 국제 감각과 같은 지식과 기술 영역에, 문제 해결 능력이나 적용 능력, 인성과 같은 인격적 영역을 함께 요구하는 것으로 볼수 있다. 산업 개발 시기에 단순한 업무 능력 이상을 요구하지 않았던 것과는 대비되는 까다로운 요구 사항이라고 할 수 있지만, 대학의 교육 이상이 이미 전문 직업 교육과 인간적 소양의 교육이었다는 점을 생각해 본다면 이는 그리 특별한 요청 사항이라고 할 수 없다. 같은 논문에서 제시된 인사 포털 인크루트의 2009년 통계 자료

---

16 홍병선, 「대학 교육의 현실과 사회적 요구」, 『교양 교육 연구』 6, 2012.

는 더욱 흥미롭다. 대기업 인사 담당자 337명을 대상으로 대학 교육에 대한 만족도를 묻자 만족한다는 대답이 56%로 나왔으며, 불만족의 이유를 물었더니 창의성과 독창성 부족이 35%, 인성 교육 부족이 23%로 나타났다. 종합하면 대학 교육에 대한 불만족은 창의성과 인성 교육에 있는 것이다. 결국 오늘날 대학 교육이 지향해야 할 목표는 창의성과 인성 교육에 중점을 두고 있는 교양 교육에 있다고 할 수 있다.

그렇다면 창의성과 인성 교육을 책임질 수 있는 새로운 방식의 교양 교육은 어떻게 가능할 것인가? 고답과 혁신은 오랫동안 대학의 두 얼굴이라고 이야기했지만, 창의성 교육과 인성 교육은 전혀 다른 문제일 수도 있다. 왜냐하면 대학이 창의성과 인성을 가르치지 않은 것이 아니기 때문이다. 사회가 원하는 창의성이란 그 자체로 특정한 문제를 해결할 수 있는 기발하고 유연한 사고 능력을 말하는 것이다. 창의성은 틀에 매이지 않은 자유분방함뿐만 아니라 평균적인 수준을 초과하는 지적 역량으로부터 도출된다. 이러한 지적 역량은 순수한 유희의 정신으로부터 기인하는 경우가 많다. 더구나 사회는 인성 교육 또한 요구하고 있다. 창의성, 인성 교육은 무엇보다 창의적인 교육자와 시스템으로부터 도출될 수 있다. 단지 컨텐츠(커리큘럼)의 문제라고 인식한다면 오산이다. 대학 자체의 창조적 역량을 극대화하는 노력이 필요할 뿐 아니라, 교양 교육의 전문성이 보다 더 제고되어야 한다. 교육자의 전문성과 창의성이 담보되어야 하는데, 이는 단시간에 확보하기 어려운 문제이다. 대학은 교양 교육을 전담하는 전문 인력을 양성하고 보다 안정적인 형태로 제공하여야 한다. 최근에 교양 교육의 혁신은 대부분의 대학에 교양 교육을 전담하는 기관과 학부를 마련했지만, 여전히 교양 교육을 담당하는 강사들의

고용 형태는 비정년트랙이나 학기제 시간강사이다. 이러한 불안한
고용 형태는 교양 교육의 담당자들로 하여금 보다 안정적인 고용 형
태를 찾아 떠나가게 만들거나, 그도 아니라면 이미 어쩔 수 없는 생
계의 수단으로 작용하여 직업적 흥미를 반감시킬 공산이 크다.[17] 더
구나 가르치는 사람의 고용 불안은 교수 과정에서 인간적인 접촉을
가로막는 요소로 작용한다. 단순화하자면 고용의 무책임은 강의의
무책임 혹은 최소주의를 낳는다. 더하여 전담 인력뿐만 아니라 전담
기관이 보다 주도적으로 학제 간의 연결 고리를 만들 수 있도록 독
려해야 한다. 공동 연구처럼 강의 내에 협력 체제를 구축하는 것도
방안일 수 있다. 협력 체제는 학과나 학부 간에도 이루어질 수 있고,
전공 교수들 사이에서도 이루어질 수 있다. 이러한 융합 복합형 강
좌에 대해 대학 당국의 전향적인 검토와 지원이 필요하다.

### 3. 창의성과 인성 교육 프로그램, 예술 교육

제도의 개혁만이 능사는 아니다. 그러나 근본적인 문제 해결을 위
해서는 구조의 문제를 해결해야 한다. 창의성과 인성 교육을 위한
프로그램의 하나로 예술 교육의 예를 들 수 있다. 실러는 자신의 『인
간의 미적 교육에 관한 편지』에서 감각적인 인간을 이성적으로 만드
는 것에는 그를 우선 심미적으로 만드는 일 외에는 다른 길이 없다
고 썼다.[18] 심미적 경험이야말로 감각의 세련화를 통해 감성과 이성
이 어울리는 전인적 인격의 형성에 이바지한다. 예술 경험은 세계의

---

[17] 강사의 고용이 교육의 목적에 배치된다고 단순화하는 것이 아니다. 강의 프로그램
이 보다 길고 지속적인 시야 위에서 구축될 필요가 있다는 의미이다.

[18] 프리드리히 쉴러, 『인간의 미적 교육에 관한 편지』, 안인희 역, 청하, 1995, p.16.

전체 속에서 인격의 전체를 만들어 가는 일이다. 이 경로가 곧 교양의 과정이다.[19] 예술의 경험은 취향, 취미라는 가장 사적이고 개인적인 차원에서 '감각적'으로 일어나는 것이면서 동시에, 이 감각의 사건은, 그것이 사유와 논리 속에서 반성된다는 점에서, '이성적'이기도 하다.[20] 예술 작품을 향수하는 일이 개인적 차원의 감각뿐 아니라 보편적 차원의 사유와 논리에도 해당한다는 것은 일반적인 예술 교육이 감성의 계발을 목적으로 하는 것이고, 감성의 계발이란 무엇보다 감상과의 결별을 뜻한다. 감상이란 논리적이고 이성적인 이유를 갖고 있지 않은 감정의 제시를 말한다. 그러므로 개인적 차원의 감상도 물론 감성의 계발에 도움이 되지만, 교육 과정을 통해서 예술 작품을 만나는 일은 그것의 분석 및 해석과 이어짐으로써 감성과 이성의 영역을 모두 아우르는 수업이 될 수 있다.

예술의 교육이란 일반적으로 두 가지의 형태를 가질 수 있다. 하나는 직접 작품을 만들어 보는 것이고, 다른 하나는 뛰어난 작품들을 감상하는 일이다. 예술의 경험이 개인적인 감성을 계발하고 보편적인 사유 능력을 신장시킨다는 것은 예술 작품의 창작과 향수 모두에 포함된다. 제시카 호프만 데이비스는 예술 학습의 결과를 다섯 가지로 정리하였다. 구체적인 생산물, 감정에 대한 주목, 모호성, 과정 지향, 연관성이 그것이다.[21] 예술 교육을 통한 교양 교육의 가

19 문광훈, 「감정의 정련화」, 『세계의 문학』, 2014.여름, p.31.

20 문광훈, 「감정의 정련화」, p.29.

21 제시카 호프만 데이비스, 『왜 학교는 예술이 필요한가』, 백경미 역, 열린책들, 2013, p.89. 풀어서 설명하자면 예술 작품의 창작은 그것의 완성도나 성취도와 무관하게 두 가지를 생산한다. 바로 예술 작품을 만들고 있는 주체와 예술 작품을 만들어 내기 위한 상상력이다. 또한 예술 작품은 감정의 형식화된 단계인 감성의 개방 없이는 불가능하다. 거기에는 특정한 감정을 특정한 형식과 결합시키는 표현이

장 뛰어난 점 중의 하나는 예술 작품의 창작이나 향수가 반드시 평균 이상의 위대함과 연결되지 않아도 이미 그 교육의 목적이 실현된다는 데 있다. 시를 써 보거나 목탄화로 자신의 손을 한번 베껴 보는 것은 그 결과물이 예술적으로 얼마나 놀라운가와 관계없이 충분히 교육적이다. 제시카 호프만 데이비스가 말하는 생산물, 감정 주목, 모호성, 과정, 연관성 들은 사실상 그 과정에서 얻어지는 것들이기 때문이다.

어떤 예술 작품이든 다 감성의 계발과 이성적 사유 능력을 신장시킬 수 있겠지만, 감정과 사유를 매개하는 언어를 그 재료로 하는 언어예술인 문학작품의 경우는 여러 가지 이점이 많다. 특별히 시의 경우는 그 분량이 짧고, 내포 정보가 많다는 점에서 예술 교육 및 교양 교육의 한 형태로 바람직한 모델이 될 수 있다. 표현의 언어인 구어와 사유의 언어를 감정적으로 매개하는 시 창작은 무엇보다 오늘날과 같은 고도 경쟁 시대의 학생들에게 억눌린 감정을 열어 놓는 기회를 제공할 수도 있다. 학생들은 수월한 시를 짓지는 못하더라도

---

있고, 역으로 특정한 표현을 통해서 특정한 감정을 환기하는 공감이 있다. 나아가서 예술적 형식이 단일한 감정으로만 귀일하지 않는다는 점에서 이는 해석의 다양성을 야기한다. 해석이 다양하게 존중될 수 있다는 것은 결국 다른 관점에 대한 존중을 의미한다. 따라서 이러한 해석과 존중은 모호성이라는 결과로 묶인다. 단순한 그림을 그리거나 짧은 시를 쓰거나 그 결과물의 사이즈와는 달리 예술 작품의 창작은 많은 시간이 소요된다. 많은 시간을 통해 단일한 작업에 매달리는 행위를 '과정 지향'이라고 할 수 있다. 이는 탐구와 반성의 핵심 요소이기도 하다. 또한 이러한 예술 작품의 창작은 궁극적으로는 특정한 감정과 특정한 형식을 결합시키는 일로서 개인적인 감정과 사회적인 상징을 연결시킨다. 예술 창작이 지극히 개인적인 행위이면서 동시에 사회적인 행위가 될 수 있는 것은 이 형식화가 갖는 미덕이며 이를 통해 개인적 감정은 사회적 행위로 재탄생한다. 개인에 의해서 성취된 이러한 참여는 곧 자아를 세계 속의 일원으로 사유하게 함으로써 모종의 책임감을 키워 준다.

억눌린 자신의 감정을 확인하거나, 반대로 바로 자신의 감정이라고 믿었던 감정이 사실은 거의 구체적인 사유를 거치지 않은 상투적인 것이었다는 것을 학습하게 된다. 상투화된 자신의 감정이 사실은 광범위한 사회적 학습의 결과물이라는 사실을 발견하는 것은 예술 교육이 줄 수 있는 큰 혜택 중의 하나이다.

### 4. '낯설게 하기'와 '정색하고 보기'—시 창작 수업의 두 방향

예술 교육의 일환으로 시 교육의 가치를 검토해 보자. 시 교육의 경우 앞에서 말했듯 일반적인 예술 교육이 가질 수 있는 미덕을 두루 포함하고 있다. 게다가 교육 보조 재료가 거의 필요 없으며, 심지어는 다른 모든 예술과 접속할 수 있는 근원적인 예술의 한 형태라는 점에서 그 범용의 이익이 크다. 시 교육의 의의를 논하는 것은 별도의 지면이 필요한 논의겠으나, 단순화하자면 시 교육에서는 두 가지의 핵심적인 문제가 반드시 해결되어야 한다. 하나가 수월성이고 다른 하나가 직접성이다. 편의적인 개념들이지만, 수업 안에서는 심각한 충돌을 일으킬 수 있는 개념들이며, 그만큼 상호 연동되어 있는 개념이다. 수월성에 대한 인지가 마련되지 않으면 수업의 시 창작은 지극히 단순한 재미로만 끝나게 될 공산이 크고, 수월성에 대한 추구가 지나치면 역시 그 재미가 희생되기 쉽다. 그만큼 수월성과 직접성을 조화시키는 일이 중요하다. 수업에 참여하는 학생들로서도 수월성에 대한 인지가 이루어질 때, 직접적인 재미도 자연스러워진다.[22] 호랑이와 고양이의 차이를 알 때, 고양이를 그리는 보람

---

22 「시 교육과 전위시」라는 논문에서 김종훈은 7차 교육 과정의 국어 교과서가 전위시를 전통시의 대척점에 두고, 김소월과 백석의 시를 전통시에, 이상과 황지우를

역시 분명해진다. 교양 시 교육의 목표는 전문적인 시인의 양성이 아니다. 그러나 시인이 되기 위해서가 아니라고 해도 그만큼의 진지함이 있어야만 재미가 만들어진다.

시의 수월성에 대한 이해는 난해한 시에 대한 이해도 아우른다. 시 쓰기의 입문자 중에는 더러 시란 어려운 것, 어렵게 말하는 것이 곧 시 쓰기라고 오해하는 경우가 적지 않다. 따라서 학생들은 무엇보다 좋은 시가 반드시 어려운 시가 아니라는 것을 이해할 필요가 있다. 또한 좋은 시가 하루아침에 써지는 것이 아니라는 점도 이해할 수 있어야 한다. 좋은 시에 대한 공감을 통해 잘 만들어진 시에 대한 감상 능력을 키우고 표현에 대한 욕구(동기)를 만들어 낼 수 있다. 무엇보다 다양한 전범이 제시될 필요가 있겠다. 작품의 다양한 모범을 두루 향수하면서 시의 수월성에 대한 인지와 체험의 직접성이 동시에 마련될 수 있다. 이러한 이유로 시를 써 보는 수업에는 시를 읽어 보는 과정이 포함될 수밖에 없으며, 단순한 독해가 아니라 쓰기 위한 자발적 독해의 경우는 작품을 보다 적극적으로 향수하도록 만든다. 또한 그 시적 전범에 있어서 개성이 뚜렷한 작품은 그만

각각 전위시에 배치하고 있는 것에 대해 비판한다. 언뜻 읽기에 김소월과 백석이 전통적인 서정성을 거느리는 시인으로 이해되고, 이상과 황지우가 실험적이고 전위적인 시인으로 이해되는 것과 다르게, 백석과 황지우가 각각 이러한 배치에 어울리지 않는 작품이 선택되었음을 분석·비판했다. 백석의 「여승」은 다중의 시점을 내러티브 속에 내장한 텍스트로 전위적이지는 않더라도 전통으로부터는 멀리 나아간 시형이며, 황지우의 「새들도 세상을 뜨는구나」는 평소의 황지우의 실험성과는 다소 다른 전통적인 일점심도의 세계를 포착하고 있는 텍스트인 것이다. 교육 과정에서 시의 배치에 드러난 이러한 문제는 시의 교육에서도 위상과 위계가 중요할 수밖에 없다는 사실을 잘 환기한다. 요컨대 전통에 대한 이해 없이 전위에 대한 이해가 불가능하듯이 시 쓰기와 시 읽기를 병행하되, 시 읽기에서 다양한 시의 모델을 두루 학습할 필요가 있다. 김종훈, 「시 교육과 전위시」, 『비평문학』 41, 2011, pp.87-111.

큼 특성을 향수의 주체가 자기화하거나 변형할 수 있는 여지를 많이 가진다. 따라서 다양한 작품은 실제로 다양한 흉내 내기의 모범도 된다는 점이 중요하다.

교양 시 쓰기의 수업은 좋은 표현이란 무엇인가에 대한 이해를 가르치고, 이를 통해 좋은 표현을 만들고자 하는 순수한 모방의 충동을 생산해 낼 수 있어야 한다. 이 모방의 충동이 보다 교육적이기 위해서는 뛰어난 작품의 성취가 단순히 '표현의 묘'에서 끝나는 것이 아니라는 이해와 공감까지 나아가야 한다. 뛰어난 표현이 일반적으로는 사실 세계에 대한 깊이 있는 인식과 포착으로부터 온다는 것을 이해하는 것이 이 강의에서 가장 중요한 수업의 목표로 설정되어야 하는 것이다. 그렇다면 수업을 통해서 개성적이고 뛰어난 시가 제작되지 않더라도, 이 수업은 이미 수강의 주체로 하여금 자신을 포함하고 있는 삶의 조건과 환경을 보다 깊은 심미안으로 바라보고 성찰하도록 촉구하는 데 이미 성공할 것이기 때문이다. 이러한 수업의 목표를 '낯설게 하기'와 '정색하고 보기'라고 이름 붙여 볼 수 있을 것이다.

'낯설게 하기'는 쉬클로프스키에 의해 제안된 개념으로 시적 표현의 핵심을 자동화된(당연하다고 여겨지는) 글쓰기에 대한 반항으로 요약할 수 있다. 당연한 것에 대해 인간의 인지 능력은 잘 발휘되지 못한다. 의도적인 비틀기가 읽는 이로 하여금 더 많은 관심과 집중, 상상력을 불러일으키게 된다.[23] '낯설게 하기'는 글쓰기에 있어서 더욱

---

23 '낯설게 하기'는 사실 좁은 의미의 수사적 방법은 아니다. 쉬클로프스키에 의하면 그것은 "관례적 언어를 배제한 상태에서 대상을 묘사하는 모든 언어 속성이자 모든 작품의 특징이다."(이장욱, 「'낯설게 하기'의 미학과 정치학」, 『혁명과 모더니즘』, 랜덤하우스중앙, 2005, p.156) 그러나 '낯설게 하기'의 본령을 어디까지나 '인식의

뚜렷한 개념인데, 시 쓰기를 학습하는 과정에서는 이러한 인위적이고 의식적인 비틀기에 대한 적절한 수용 능력을 키우는 과정이 포함될 수 있다. '낯설게 하기'는 그 자체로 평범하고 자동화된 표현에 대한 저항으로서 시 쓰기를 일종의 대화적 관계 안에 포함시킬 수 있다는 점에서도 중요하다. 이러한 의도적인 표현이 일종의 목적적 글쓰기로서 시 쓰기의 전략으로 이해되는 것은 시 쓰기에 있어서 매우 중요한 부분이다.

시 쓰기에서 '낯설게 하기' 만큼 중요한 다른 한 축이 바로 '정색하고 보기'이다. 이 정색하고 보기란 지나치기 쉬운 것들에 대해 집중된 관찰의 힘을 부여한다는 것으로 사물을 깊이 있게 보는 훈련의 하나라고 할 수 있다. 깊이 있는 관찰이란 사물의 형세를 있는 그대로 본다는 날카로움뿐만 아니라 사물의 형세가 가지는 의미를 뚜렷하게 자각한다는 의미이다. 이러한 관찰은 사실 반복적인 훈련이 있어야만 가능하다. 사물의 형세를 놓치게 만드는 일련의 자동화된 흐름으로부터 단절된 상태로 사물을 지각하는 훈련이 필요한데, 이를 위해서는 사건을 단일한 방향으로 이해하지 않고, 보다 세분화된 반발과 계기들을 포함시켜서 이해할 수 있는 사고력이 필요하다. 사물과 사건을 결과를 중심으로 이해하는 것이 아니라, 과정 중심으로 이해할 수 있는 인식 능력이 시 쓰기를 통해서도 발견되는 것이다.

이러한 두 방향을 교차시키기 위하여 교양 시 창작 수업은 다음의 요소들을 포함할 수 있다.

---

자동화'에 대한 모종의 저항으로 읽는다면, 있는 것을 있는 그대로 바라보기 위한 일종의 의식적 노력으로 수렴할 수도 있을 것이다. 말하자면 만상의 자재로움은 있는 그대로 발견되는 것이 아니기에 그 발견에 이르기 위한 의식적 훈련이 필요하며, 이러한 의식적 방법론으로 시 쓰기를 제안할 수 있을 것이다.

| 구분 | 실천 | 효과 |
|------|------|------|
| 시 읽기 | 본보기가 될 만한 시를 읽는다. 반드시 분석적으로 읽고, 표현을 통해 감정을 유추해 본다. 표현과 감정을 종합하여 경험을 구성해 본다. | 언어의 형식화와 감정의 결합을 체감할 수 있다. |
| 패러디/ 번역 하기 | 본보기가 될 만한 시들을 나눠 주고 선택적으로 패러디를 하도록 유도한다. / 영어로 된 짧은 시를 주고 학생들로 하여금 번역하게 한다. | 패러디를 통해 처음부터 끝까지 쓰는 부담 없이 자기 느낌을 끼워 넣기 할 수 있다. / 영어로 된 시를 번역하면서 말을 고르는 경험을 해 본다. |
| 시 쓰기 | 시를 써 본다. 본격적인 시 쓰기 이전에는 구절 쓰기, 삼행시 짓기 등의 과정을 거칠 수 있다. | 감정을 표현한다. 사물을 관찰한다. 혹은 감정과 사물을 매개할 수 있다. |
| 합평 하기 | 타인의 작품에 대해 품평을 해 본다. 자신의 느낌과 생각대로 평가를 하되 그 근거를 제시하는 연습을 한다. | 표현과 읽기의 간극을 좁힐 수 있다. 의도와 표현의 간극을 체감한다. |
| 언어로 사생 하기 | 사물이나 특정 소재를 묘사하는 연습을 한다. 구절에서 문장으로 나가면서 묘사한다. 반복과 변주를 시도한다. | 더 잘 표현하기 위한 세련화에 재미를 느낄 수 있다. |

## 5. 결론

이 글은 교양 교육의 하나로서 시 쓰기 수업을 제안하면서 무엇보다 오늘날 사회가 원하고 진정으로 교육적인 교양 강의로서 이 수업이 자리 잡기 위해서는 대학이 평가보다 가르치는 일에 주력하는 것이 필요하다는 것을 분석하였다. 오늘날 지식 정보 사회가 대학의 지식 체계를 일정하게 정보화함으로써 지식 탐구의 열정을 빼앗아 가고 있다는 것을 분석하였다. 무엇보다 교양 교육에 대한 사회적 요청이 높은 것에 반해 대학의 대책이 여전히 근본적이지 못함을 고용 방식을 통하여 비판하였다. 그럼에도 불구하고 오늘날 사회적으로 요청되는 인재가 창의성과 인성을 겸비한 인재라는 점에 볼 때 예술 교육이 그 대안이 될 수 있음을 시 창작 수업의 사례를 통해 구체화하고 제안하였다. 흥미 본위를 통해 창의성을 이끌어 내고, 경험 자체의 완전성을 이끌어 낼 수 있는 교육은 그 규모로 볼 때 예술 교육이 가장 효율적이며, 한국적인 상황에서는 시 창작 교육도 충분히 효과적인 방안이 될 수 있음을 주장하였다. 교양 시 쓰기 강의는 학생들로 하여금 자신의 감정을 자각, 세련화하도록 하며, 무엇보다 감정을 가진 온전한 인간으로서 자기를 성찰하고 계발하도록 도와줄 수 있다. 이를 위해서 강의는 '낯설게 하기'와 '정색하고 보기'라는 두 방향을 가지는 것이 바람직하였다.

# 시 교육에 있어서 은유, 상징, 알레고리의 위상

## 1. 서론

비유와 상징은 시의 가장 일반적인 수사적 방법이다. 또한 시학에서 수사적 방법의 문제는 언제나 해석학의 관점과 조응한다. 곧 아리스토텔레스 시대부터 비유는 표현 방법으로서뿐만 아니라 세계에 대한 인식 방법으로서 주목받았다.[1] 비유는 하나의 사물-관념과 다른 사물-관념 사이의 유사성(차이성)을 통해 사물-관념의 새로운 의미를 발견하도록 하는 방법이다. 비유에서 이 두 사물-관념 사이의 유사성과 차이성을 확인하는 것은 매우 중요한데, 이로써 두 사물-관념 간의 관계는 유추의 관계를 확립한다. 두 사물-관념 사이의 유사성을 묶는 방법에 따라 직유와 은유로, 유사성을 발견하는 방법에

---

1 "은유에 능하다는 것은 서로 다른 사물들의 유사성을 재빨리 간파할 수 있다는 것을 뜻하기 때문이다." 아리스토텔레스, 『시학』, 천병희 역, 문예출판사, 2004, p.134; 김준오, 『시론』, 삼지원, 1996, p.179.

따라 환유와 제유 등으로 분류한다. 이 글의 관심의 중핵은 아니지만, 이미 직유와 은유에서 환유와 제유로 넘어오는 과정에도 이 비유는 자신을 제시하는 방법에 있어서 현저한 차이를 유발한다. 전자가 유사성을 직접적으로 드러내는 방법이라면 후자는 유사성을 전제로 한 사물-관념이 다른 사물-관념을 대신(치환)해 버리는 방법이다. 상징은 그 말의 어원('조립하다' '짜 맞추다'라는 뜻을 가진 그리스어 'symballein')에서 보듯 원뜻은 신표, 증표와 같은 의미이다.[2] 불가시적이고 관념적인 것을 표현하기 위해서 사용하는 가시적이고 물질적인 세계의 사물들을 지칭한다. 그러므로 시학에서 상징은 하나의 말이 원래의 의미와는 다른 새로운 의미를 얻었음을 뜻한다. 일반적으로 상징은 원관념이 생략된 은유로 정의되기도 하는데, 상징이 그 확립과 표현, 구조와 원리에 있어서 은유와 같은 뿌리를 가지고 있음을 알 수 있다. 은유가 제시된 두 사물-관념의 대응으로부터 하나의 형식의 다른 하나의 내용이 되는 1:1의 전이를 이루어 낸다면 상징은 의미 내용에 해당하는 어떤 사물-관념도 제시하지 않음으로써 무수히 많은 관념을 대두케 한다. 그러나 무엇보다 상징의 본령은 관념처럼 형상을 갖지 않는 대상을 현현하는 데서 가장 두드러진 특장을 이룬다.

일반적으로 상징의 하위 개념으로 더 자주 분류되는 알레고리의 경우는 저 상징이 갖는 관념의 현현에서 자신의 장기를 가져옴으로써 상징의 일종으로 분류된다. 동물이나 식물을 통해 인간의 본성을 파헤치는 우화나, 형상을 갖지 않는 자연현상인 '바람'이나 인간의 내면세계에 존재하는 '감정'을 인격화하는 신화의 방법은 대표적인

---

2 ⟨συμβαλείν⟩, 『미학사전』, 논장, 1988, p.348.

알레고리의 형상이다.

이처럼 비유(은유)와 상징과 알레고리는 시학의 중요한 수사적 범주로서 주목받아 왔다. 은유의 수사적 가능성에 주목했던 사람은 아리스토텔레스였다. 아리스토텔레스에게 은유는 단순한 수사를 넘어서 인간의 세계 인식의 원리를 보여 주는 것이었기 때문이다. 곧 사물과 사물의 같고 다름을 통해 유적 범주와 종적 범주를 가르는 보다 정치한 인식에 이르는 일반적인 힘이 은유 속에 담겨 있었기 때문이었다. 그것은 만상이 제멋대로 부려진 혼돈에서 일정한 체계를 가지고 조화롭게 배치되고 작동하는 질서를 갖춘 세계로 나아가는 근원적인 힘을 의미한다. 마찬가지로 상징은 세계를 근본적으로 불가해한 것, 신비스러운 것으로 보는 낭만주의나 신비와 꿈이라는 영혼의 세계에 대한 시적 탐구가 시도된 상징주의 시대에 중요하게 인식되었다.[3] 불가해와 신비에 제 심원한 뿌리를 두는 상징의 존재학과는 달리 비교적 지시하는 바가 뚜렷한 알레고리는 신고전주의에서 환영받는 수사적 장치였다. 나아가 벤야민에 의해 알레고리는 수사학을 넘어서는 역사철학, 세계 인식, 글쓰기 전반에 이르는 핵심적인 키워드가 되었다.

결국 은유와 상징과 알레고리는 각각 원래의 대상을 다른 어떤 대상으로 제시, 재현한다는 점에서 은유의 메커니즘을 갖는다. 그러나 은유가 보다 명확한 두 대상의 비교에서 출발한다면 상징과 알레고리는 원래의 대상에 해당하는 것이 주로 추상적인 관념에 해당하는 것들이다. 그러나 그 추상을 사물로 대체함에 있어 상징이 여전히 모호함과 다의성을 견지하는 것과 달리 알레고리는 일의적인 대상

---

3 이선영 편, 『문예사조사』, 민음사, 1986, p.79, p.183.

으로 한정 짓는 까닭에 알레고리는 상징보다 하등한 수사로 여겨지는 경우가 많다. 상징과 알레고리의 대조와 상징의 비교 우위는 괴테에 의해 마련된 것으로 지금의 시 교육에 있어서도 명확한 반증과 설명 없이 제시되는 경우가 많다. 문학이나 시학을 전공하는 사람들뿐만 아니라 일반적인 교양 교육의 범위에서는 시학이 보다 간략하게 제시되는데, 이 경우 은유와 상징과 알레고리의 위상의 정립은 보다 시급한 과제라고 생각한다. 따라서 이 글에서는 상징과 알레고리의 대립이 각각의 수사가 갖고 있는 문제가 아니라 그러한 수사를 동원하려는 근원적인 기획에서 비롯한 것임을 밝히고, 은유와 상징과 알레고리가 지향하는 바를 그 기저에서 재확인함으로써 은유와 상징과 알레고리의 새로운 위상을 제안하고자 한다.

## 2. 상징과 알레고리의 비교

문학사와 시학의 역사 속에서 상징과 알레고리는 여러 위상의 부침을 겪어 왔음에도 불구하고 여전히 일반적으로는 상징은 은유의 한 특화된 유형으로, 알레고리는 상징의 한 갈래로 인식되고 있다. 그럼에도 불구하고 상징과 알레고리는 주로 대조를 통한 상징의 비교 우위의 방식으로 기술되어 있다.

> 그런가 하면 상징 중에서도 너무 자주 사용하여 더 이상 새로운 의미망을 지니지 못하는 경우가 있는데, 이 경우의 상징은 그 의미가 어느 한 가지로 고정되어 버린 상징이라고 할 수 있다. 이러한 상징을 우리는 알레고리컬 상징이라고 부른다.[4]

---

4 김영구·박태상·서정기·이애숙·이원주·장부일·조남철 저, 『문학의 이해』, 한국방

결국 알레고리는 상징보다는 낮은 차원의 기법이요 양식이다. 왜냐하면 상징이 포괄적이고 형이상학적인 세계를 암시하는 데 비해서, 알레고리는 유한한 인간 세계의 도덕적·정치적 차원을 드러내 주는 데 주로 이용되기 때문이다.[5]

인용한 두 부분은 가장 일반적인 개론서에서 발췌한 상징과 알레고리의 비교 대조 서술문들이다. 두 개론서의 인용된 부분에서 알레고리는 상징에 비해서 그 함의가 너무 단순하게 고정되어 버렸으며, 상징의 형이상학적인 암시와는 달리 유한한 인간 세계의 도덕적·정치적 차원에 머무르는 비루한 형식에 지나지 않는다. 그러나 알레고리가 한 가지로 의미가 고정된 것이라고는 하나 일의적인 것이 언제나 문학적 흥미를 반감시키는 것도 아니며, 복잡하고 형이상학적인 것이 언제나 이상적인 문학적 전범이 되는 것은 아니다. 따라서 인용된 두 문학 입문서의 문장들은 일반적으로 알레고리에 대한 인식이 머무는 위상을 보기 위한 것이지, 단순성이나 인간의 도덕적·정치적 차원에 대한 반론을 시도하기 위한 것은 아니다. 더구나 두 번째의 인용문의 경우는 인용된 문단 바로 앞에 알레고리의 시적 특징에 대한 서술이 있기에 알레고리의 미학적 한계에 대한 지적은 지나치게 단순하고 비약적이다.[6]

---

송통신대학교 출판부, 2003, p.64.

5 송하춘·유성호·최동호·오형엽·박금산·이찬, 『문학에 이르는 길』, 서정시학, 2014, pp.87-88.

6 이 책에서는 알레고리의 시적 특성을 첫째 수사적 측면에서 의인화와 문답법을 사용하며, 둘째 이원론과 상반성을 특질로 가지며, 셋째 알레고리는 의미론적 측면에서 현세성과 교훈성을 특질로 가진다고 정리하였다. 송하춘·유성호·최동호·오형엽·박금산·이찬, 『문학에 이르는 길』, p.87.

보다 본격적인 시학과 시론에서 상징과 알레고리의 위상을 찾아보자.

> 상징의 암시성은 다시 다의성이라는 또 하나의 속성으로 연결된다. (중략) 환언하면 하나의 상징은 여러 개의 원관념을 환기할 수 있다. 상징은 명확한 결론도, 완벽한 정확성도 갖지 않으며 가질 필요도 없다. 대신 그것은 풍부한 의미론적 에너지를 가진 잠재성이다. 이처럼 상징은 여러 가지 의미를 내포하고 있다는 점에서 알레고리와 구별된다. 알레고리는 원관념과 보조관념의 관계가 1:1이지만 상징의 그것은 多:1이다. (중략) 문제는 이런 알레고리적 반응이 경직성에서 발생한다는 점이다. 시의 단순성이 미덕일 수 없는 경우는 여기에 있다. 알레고리적 반응은 일종의 저장 반응이다. 반응의 단순화는 반응의 경직성이다. (중략) 알레고리는 寡値的 사고의 산물이지만 상징은 多値的 사고의 산물이다. 식민지 시대의 폐쇄적이고 억압된 사회가 우리의 경험을 단순화시키고 경험의 가능성을 닫히게 한 것은 사실이지만 적어도 문학의 차원에서 시의 이미지를 상징으로 바라보는 다치적 사고가 우리에겐 필요하다.[7]

이 글의 앞에서 인용한 문학개론서들도 자신들의 참고 문헌으로 사용하고 있는 유력한 시론이 김준오의 『시론』이다. 김준오 자신이 동일성의 철학에 맞춰 체계를 짠 책이니 만큼 알레고리의 파편성보다는 상징의 통일성과 정신성은 『시론』의 방향과 일치한다고 할 수 있을 것이다. 상징에 대한 가치평가가 잘못이라거나, 알레고리에 대

---

7 김준오, 『시론』, pp.203-206.

한 기술이 틀렸다고 할 수 있는 것은 아니다. 그러나 위의 인용문에서 보듯 명백하게도 알레고리에 대해선 부정적인 관점으로 주력하고 있는 것이 사실이다. 식민지 시대의 억압된 사고의 산물로 살피는 작품은 이육사의 「청포도」요 신동엽의 「껍데기는 가라」인데 이 작품들은 알레고리의 부정성으로 거론이 가능한 여지를 갖고 있다고 하겠다. 대신 알레고리가 갖는 장점에 대한 기술이 없는 부분은 이미 괴테 이후 무비판적으로 수용되어 재생산되는 알레고리론임을 부정할 수 없다.

토도로프에 의하면 A. W. 슐레겔이 1801년에 발표한 책에 이미 상징을 중심으로 낭만주의 미학을 체계화하고 있는데, "유한한 방식에 의해서 표상된 무한"이라는 셸링의 말을 "무한의 상징적 표상"이라고 번역하면서 '상징'을 낭만주의 미학의 핵심으로 제출하였다.[8] 또한 상징은 알레고리와의 대비를 통해서 특별히 자신의 의미를 분명히 할 수 있었는데, 상징과 우의를 대비시켜 정식화한 최초의 논자는 괴테이다.[9] 괴테는 "인간 정신이 가장 내밀하게 자연과 결합되어 온전한 형상으로 창조한 대상"을 '상징적 대상'이라 일컫고 있으며[10] 자연법칙과 인간 정신의 통일을 통한 예술적 형상화의 결과물이 곧 상징이라 보았다. 괴테는 이러한 상징을 알레고리와 대비시킴

---

8 토도로프, 『상징의 이론』, 이기우 역, 한국문화사, 1995, p.265. 토도로프에 의하면 "1790년까지는 상징이라는 단어는 낭만주의 시대에 획득한 그러한 의미는 전혀 가지고 있지 않았다. 상징은 (중략) 일련의 단어들(우의·상형문자·숫자·수수께끼 등)의 단순한 유의어였다."

9 토도로프, 『상징의 이론』, p.266; 임홍배, 「괴테의 상징과 알레고리 개념에 관하여」, 『비교문학』 45, 2008, p.96.

10 괴테의 「조형예술의 대상에 관하여」(1797). 여기서 인용하는 괴테의 글은 임홍배, 「괴테의 상징과 알레고리 개념에 관하여」, p.100에서 재인용.

으로써 보다 뚜렷하게 개진할 수 있었는데, 알레고리를 도식적이고 관습적인 창작 방법으로 낮게 평가했다.

① 시인이 보편적인 것을 표현하기 위해 특수한 것을 찾아내는가 아니면 특수한 것 속에서 보편적인 것을 직관하는가 하는 것은 판이하게 다르다. 전자에서 알레고리가 생겨나는데, 그 경우 특수한 것은 단지 보편적인 것을 예시하는 사례나 표본으로서만 그 의미가 있다. 그러나 후자의 경우가 본래 시문학의 본성이라 할 수 있는데, 시문학은 그 본성상 보편적인 것을 염두에 두거나 가리키지 않은 채 특수한 것을 표현하는 것이다.[11]

② 특수한 것이 보편적인 것을 드러내되 보편적인 것에 관한 몽상이나 보편적인 것의 한낱 그림자로서 드러내는 것이 아니라, 온전히 탐구될 수 없는 대상의 생생하고 순간적인 발현을 통해서만 비로소 진정한 상징이 성립된다.[12]

③ 알레고리는 현상을 하나의 개념으로 바꾸고 그 개념을 형상으로 바꾸는데, 그 과정에서 개념은 형상 속에서 언제나 제한된 채로 포착되기 때문에 남김없이 드러날 수 있으며 형상을 통해 온전히 표현될 수 있다.[13]

---

11 임홍배, 「괴테의 상징과 알레고리 개념에 관하여」, p.102.
12 괴테, 「잠언과 성찰」(임홍배, 「괴테의 상징과 알레고리 개념에 관하여」, p.103).
13 괴테, 「잠언과 성찰」(임홍배, 「괴테의 상징과 알레고리 개념에 관하여」, p.105); 토도로프, 『상징의 이론』, p.273 참조.

괴테에 의해서 정식화된 상징과 알레고리의 대립 및 상징의 비교 우위는 임홍배의 논문에 자세하게 논술되어 있다. 괴테의 글들은 「조형예술의 대상에 관하여」와 「잠언과 성찰」에서 발췌한 것이다. ① 은 특수한 것 속에서 보편적인 것을 직관하는 상징을 시학의 본령으로 보아 알레고리와 대조하고 있다. 무엇보다 상징은 알레고리처럼 오성에 의해 지각되는 것이 아니다. ②의 "온전히 탐구될 수 없는 대상의 생생하고 순간적인 발현(Offenbarung)"이란 신학에서의 '계시'를 뜻하는 것으로 상징이 오성에 의해서 포섭되는 대상이 아니라 오성적 언어의 경계를 넘어서 현현하는 이데아임을 피력한다. 그 의미의 본질상 이념(이데아)에 해당하는 상징의 이러한 표현 불가능성은 ③ 의 알레고리가 "온전히 표현"될 수 있음과 한 대조를 이룬다.

심오한 형이상의 세계를 추구하던 시대의 미학을 대변하는 괴테의 상징 개념에 반기를 든 것은 벤야민이었다. 바로크 비애극에 대한 고찰을 통해 벤야민은 괴테식 '유기적 총체성'과는 다른 파편화된 알레고리들을 보았다.

> 알레고리적 직관의 영역에서 이미지는 파편이고 룬(Rune) 문자이다. 그 이미지의 상징적 아름다움은 신학의 빛이 그 위에 닿을 때 증발해 버린다. 총체성의 거짓 가상이 사라지는 것이다.[14]

벤야민의 알레고리가 파편의 이미지나 상형문자와 같은 문자 상태를 고수하는 것은 총체적인 통합의 거부로 이해된다. 전체성의 소산으로서 상징은 부분들의 조화를 통해 유기적 전체를 이상으로 갖

---

14 발터 벤야민, 『독일 비애극의 원천』, 최성만·김유동 역, 한길사, 2009, p.262.

는다. 알레고리는 이러한 근원적이고 이상적인 총체성을 거짓 가상으로 부정함으로써 파편적이고 현실적인 역사성의 세계에 머물고자 한다. 가령 상징이 죽음을 '불멸하는 삶의 과정으로 형식화'하려는 것과 달리 알레고리는 죽음 그 자체를 풍경으로 제시한다. 죽음의 이상적 의미(상징의 내용)를 제시하지 않고 죽음 자체를 드러낸다는 것은 알레고리가 그것을 향유하는 사람으로 하여금 현실을 경험적으로 전유하게 한다는 뜻이다. 또한 죽음은 상징적 의미가 되지 않고 죽음 그 자체로 전시됨으로써 더 이상 고전적 조화로움의 세계에 안주할 수 없는 (시대정신이나 대문자 역사와 같은 선험적 신념의 전체로 통합되지 못해) 파편화된 현실을 싸늘하게 보여 주게 된다.[15] 이때 조화로운 가상은 부정되지만 대신 있는 그대로의 현실이 재현될 수 있게 되는 것이다. 그러므로 벤야민의 알레고리론은 "더 이상 체계적이고 단일한 몇몇 원리에 입각하여 현대사회를 이해하는 것이 불가능하며, 이질적이고 상충하는 요소들의 복합적인 관계망을 복합성 그대로 포착해야 한다는 입장"[16]과 함께 알레고리를 현대적인 표현이자 인식의 틀로 격상시킨다. 결국 벤야민은 초월적 보편성을 부정하고 현실의 균열점들을 몽타주하면서 역사와 현실을 현재적으로 사유하고자 한 것이다.

따라서 상징과 알레고리의 대조와 상징의 비교 우위는 상징이라는 비유 자체의 탁월성에 있다기보다는 상징을 필요로 하는 역사적 맥락, 곧 조화로움과 통일성의 추구라는 맥락에서 가능했던 것이다. 마찬가지로 알레고리의 일의성이나 단순성에 대해서도 전혀 다

---

15 발터 벤야민, 『독일 비애극의 원천』, p.247.
16 정의진, 「발터 벤야민의 알레고리론의 역사 시학적 함의」, 『비평문학』 41, 2011, p.391.

른 견해를 도출할 수 있다. 세계가 단일한 지배 질서 속에 있지 않으며, 분열증적으로 파편화되어 있는 삶에서는 있는 그대로의 현실을 기워(몽타주) 비록 불완전하지만 하나의 통합된 상으로 제시하고자 하는 알레고리적 상상력이 더 실재에 가까울 것이다. 상징이 고차원적 형이상의 세계에 제 지향점을 두고 있는 것은 나무랄 데 없는 사실이지만, 그 조화로움이 사실적 지반을 갖지 않고 일종의 당위적인 명제로만 남게 될 때에는 알레고리의 파편화된 이미지보다 상징이 더욱 단조롭게 경험된다는 점은 아이러니컬하다.[17] 대부분의 시 교육에서 상징의 대표적인 용례로 제시하는 한용운의 '님'은 명시적으로는 조국이나 부처나 애인 등 고정시킬 수 없는 다의적인 의미를 가진다고 하지만, 한용운의 시가 놓인 역사적 시점, 그리고 하나의 텍스트를 반복적으로 학습하면서 얻게 되는 이해의 단순함은 상징을 알레고리보다 더 우위의 것으로 이해하는 것을 공감하기 어렵게 한다. 반대로 이성복의 첫 시집에 나타난 '가족'의 알레고리는 1980년 광주라는 역사적 사건과 실재를 충분히 시적으로 단순화하고 있다.[18] 가족사의 형태로 담아내고 있는 폭력적 이미지들은 당대의 독재 정권이 표방한 '조화로운 총체성'의 이미지 안으로는 포섭될 수

---

[17] 재미있는 사실 중의 하나는 언어예술과는 다르게 시각예술인 회화에서는 역사적으로 알레고리가 상징보다 더 중요하게 여겨져 왔다는 것이다. 가령 정의의 여신상을 떠올려 보자. 정의 자체는 관념인데, 여기에 '여신'의 형상을 부여한 것은 알레고리이며, 여신이 양손에 든 칼과 저울은 일종의 상징이다. 회화에서 상징은 매우 단조로운 의미 영역을 가지고, 대부분은 알레고리의 수단으로 작용한다. 곧 회화에서는 그림 전체의 주제적 방향을 결정짓는 것이 알레고리이고, 상징은 매우 장식적인 표현 수단에 지나지 않았다.(노성두, 「알레고리와 상징—알레고리의 기원과 역사」, 『미술 세계』 149, 1997, p.75 참조) 후에 기술하겠지만, 상징이 알레고리보다 더 높은 지지를 받았던 것은 언어 자체의 특성과도 연관이 있다고 할 수 있다.
[18] 권혁웅, 『시론』, 문학동네, 2010, pp.403-405.

없는, 그러므로 파편(행)적이고 부정적인 이미지들이다.

## 3. 은유와 상징과 알레고리의 위상, 그리고 언어의 운동성

시 교육과 시학에서 만날 수 있는 또 하나의 문제는 은유와 상징의 구분법에서도 나타난다. 시 교육과 시학에서 상징은 '취지가 생략된 은유'라는 브룩스와 워렌의 정의로 설명된다. 여기서 상징의 출생지가 은유라는 사실이 확인됨과 동시에 상징과 은유가 지속적으로 혼동을 유발할 수 있는 위상과 범주의 문제가 야기된다.

실제로 문학개론서와 시론서에서는 은유와 상징과 알레고리를 설명하기 위한 제시 작품들이 서로 겹치는 경우가 허다하다. 한 문학개론서에는 상징을 설명하기 위해서 김광섭의 「성북동 비둘기」를 제시하고 "전통적으로 비둘기는 평화의 상징이었다. 그런데, 이 작품에서 서울 성북동 산에 사는 '비둘기'는 산업화의 물결 속에 삶의 터전을 상실한 사람들을 상징한다고 할 수 있다. 그 과정에서 삶의 터전은 물론, 인간으로서 갖추어야 할 가치까지 상실한 소외된 인간으로 그 의미를 확대해 볼 수 있다"고 주석을 달았다.[19] 그러나 보다 원칙적으로 은유와 상징의 큰 차이는 상징의 원관념이 주로 관념이나 개념에 해당하는 대상이라는 점에 있다. 그러므로 위의 주석에서처럼 비둘기가 상징하는 바가 "삶의 터전을 상실한 사람들"이라면 이는 상징보다는 알레고리에 충실한 개념이라고 봐야 한다.

김준오의 『시론』은 상징의 성격을 '동일성' '암시성' '다의성과 알레고리' '입체성' '문맥성'으로 나누어 설명하고 있다. 그리고 이 다섯 가지의 성격은 모두 상징이 원관념을 생략함으로써 만들어지는 특

---

**19** 송하춘·유성호·최동호·오형엽·박금산·이찬, 『문학에 이르는 길』, p.85.

징들이다.

비유에서 원관념과 보조관념은 서로 이질적이면서도 유사성을 근거로 하여 결합된다. 비유란 유사성으로써 차이를 표현한다고도 말할 수 있다. 그러나 상징은 그 본질상 원관념과 보조관념이 하나의 완전한 결합체가 된다. 앞에서 말한 상징의 어원적 의미인 '조립한다', '짜 맞춘다'가 이를 시사하고 있다. 원관념이 숨고 보조관념만 작품의 표면에 나타나 있다는 상징의 존재 양식도 양자의 완전한 결합을 의미하고 있다. 이처럼 상징에 있어서 개념(원관념)과 이미지(보조관념)는 동시적이고 공존적이어서 두 요소는 분리될 수 없이 일체가 되어 있는 것이다. 이것이 상징의 본질적 성격으로서의 동일성(일체성)이다.[20]

우선 원관념이 생략됨으로써 보조관념이 일종의 기호로 격상된다는 취지로 이해할 수 있을 것이다. 그러나 이 동일성은 이어지는 상징의 암시성이나 모호성(다의성)과 충돌하는 설명 방식이다. 비록 이어지는 문단에서 "이처럼 관념과 이미지가 일체화되어 있는 상징의 동일성은 암시성, 다의성, 입체성, 문맥성 등을 하위 속성으로 지닌다"고 부기되어 있지만, 상징의 동일성을 예증하기 위해 김수영의 「눈」을 분석하고, "눈과 기침은 상징이다. 이 감각적 이미지는 순결과 진실성이라는 관념과 밀착되어 있다"라고 쓴 부분은 은유와 상징의 위계에 있어서나, 상징 자체의 특성을 기술하는 데 있어서도 다소 혼란을 야기할 가능성이 높다.

김준오가 강조하는 상징의 동일성은 상징이 제 뿌리를 두고 있는

---

20 김준오, 『시론』, p.197.

'은유적 구조'로 정리될 필요가 있다. 'A는 B를 상징한다'의 문장의 경우에서 보듯, '상징한다'는 말의 화용적 용례는 '뜻한다'이다. 이는 상징이 언어기호의 근원적 성격으로 회귀하고 있다는 생각을 갖게 한다. 예컨대 성공적인 은유는 스스로의 창조성과 문맥적 반복성과 일관성을 통하여 더 이상 원관념의 제시를 필요로 하지 않는 '지지'를 얻게 되는데, 원관념의 제시를 '필요로 하지 않는' 상징은 말 그대로 보조관념만으로 특정한 개념과 관념을 대신할 수 있는 단계에 이르렀다는 것이다. 그런데 더 이상 원관념을 필요로 하지 않는 상징은 가장 근원적인 언어의 구조에 도착해 있다고 생각된다.[21] 주지하다시피 말 자체의 이원적 구조는 근본적으로 은유와 동일하다. 말이 음성상징을(보조관념) 통해 특정한 의미 내용(원관념)을 전달하는 구조로 되어 있듯, 원관념을 필요로 하지 않는 상징의 많은 유형들(가령 관습적 상징이나 원형적 상징)은 이미 언어의 구조를 확립하고 있다. 그러므로 지속성과 반복성은 은유를 상징으로 끌어올리는 데 있어서 가장 일반적인 토대라고 생각된다. 은유의 성립에는 유사성만큼이나 차이성도 중요한데 이때의 차이가 바로 은유와 상징을 가르는 구분선인 셈이다. 그렇다면 은유와 상징은 언어 구조의 양면성으로도 설명 가능할 듯하다. 주지하다시피 언어는 소리와 뜻의 자의적 결합으로 이루어져 있으며, 이 결합의 '자의성'은 공시적으로는 사회적 약속이라는 불변성을, 통시적으로는 가변성을 낳는 이유가 된다. 권혁웅의 『시론』도 은유와 상징의 위상을 보다 가변성에 역점을 두고 설명한다.

---

21 필립 휠라이트, 『은유와 실재』, 김태옥 역, 한국문화사, 1999, pp.97-98.

상징은 은유에서 시작했으되, 은유적인 매개를 끊고 그 자체로 독립한 표상이다. 언술이 지시성의 차원에서 세계의 실질성을 시에 끌고 오는 것과 같이 상징은 원관념을 지움으로써 은유 너머의 세계를 지칭하는 셈이다.[22]

문학적 수사로서 은유와 상징은 이미 언어의 영역 안에서 설명되는 것이지만, 은유 자체가 서로 다른 두 관념의 차이성을 전제로 한다면, 상징은 이 차이가 힘을 잃고 근원적인 지시성만을 남길 때(권혁웅의 표현으로는 독립할 때) 만들어지는 것이다. 휠라이트가 강조하는 지속적인 반복은 은유를 상징으로 만드는 요소이다. 은유와 상징을 구분하는 오세영의 변별도 지금까지의 논의와 일치한다.

첫째, 은유의 경우 보조관념과 원관념이 될 수 있는 것들로는 관념과 사물이든 상관없지만 상징의 경우 원관념은 항상 관념이고 보조관념은 사물이다.
둘째, 원관념과 보조관념의 결합에 있어 은유는 일회적이지만, 상징은 반복적이다.
셋째, 상징은 일관성을 갖고 있다.
넷째, 상징은 공간적으로는 무한성을 시간적으로는 영원성을 보여주려 한다.[23]

오세영은 상징과 은유의 분기를 네 조건으로 정리하였다. 상징이

---

22 권혁웅, 『시론』, p.363.
23 오세영, 『시론』, 서정시학, 2013, pp.266-268에서 발췌 정리.

갖는 원관념의 관념(개념)성, 반복과 일관성, 초월성은 은유와의 경계를 가르는 지점들이다. 이 경계 짓기는 뒤집어서 말하자면 결합 가능성을 의미하는 것으로 은유와 상징 사이에 존재하는 운동성을 다시 한번 엿보게 한다. 일관성 있는 반복을 통해 특정한 사물은 특정한 관념을 얻게 되는 것이다. 소리와 뜻의 자의적인 결합인 말이 내적인 필연성이 아니라 사회적 약속에 힘입어 자신의 단위를 유지하듯, 비슷하지만 서로 다른 두 자질의 결합인 은유도 지속적인 반복에 힘입어 일종의 언어기호(상징)의 수준에 올라서게 되는 것이다. 그리고 그때 특정한 형태를 가지지 않는 관념은 구체적인 사물의 이미지를 통해서 바로 자신을 드러낼 수 있게 된다. 노드럽 프라이가 "분리시켜서 비평적 고찰을 할 수 있는 모든 종류의 문학 구조의 단위"를 다 상징이라고 한 이유도 근원적으로 비평의 해석학이란 보조적 관념을 통해 얻을 수 있는 암시와 유추를 따라가서 확인하고자 하는 원관념을 구하는 작업이기 때문이다.[24]

## 4. 결론. 언어 모델로 제안하는 은유와 상징과 알레고리의 새로운 위상

원관념이 생략된 비유(은유)라는 정의에서 보듯 상징은 그 뿌리에 있어서 은유에서 왔다. 즉 변형된 은유이다. 은유가 서로 다른 두 언어의 걸치기인 데 반해 상징은 과감하게 하나를 버리고 나중의 것으로 처음의 것을 대체하거나 포함하려고 한다. '원관념의 생략'이라는 사태로부터 상징은 유추나 암시라는 표현 형식을 얻는다. 은유와 상

---

24 노드럽 프라이, 『비평의 해부』, 임철규 역, 한길사, 2000, p.164. 여기서는 권혁웅의 『시론』에서 재인용.

징을 양분하는 원관념의 유무와 원관념의 다수성은 상징이 은유와는 달리 원관념을 생략한 채 제시되기 때문이다. 상징은 문맥과 문화적 체계, 원형적 사유 이미지 등의 근원적인 체계를 뒤에 업은 채 지속적이고 반복적으로 보조관념을 노출하면서 원관념을 암시한다.

은유가 유(類)적인 비슷함에서 출발함으로써 차이성을 극복하듯, 상징이 원관념을 생략하는 것도 그것을 가능케 한 일반적인 조건을 생각해 볼 수 있다. 외적으로는 텍스트 바깥에 구축되어 있는 문화적·자연적·관습적 체계성, 내적으로는 반복적이고 지속적인 보조관념의 노출, 그리고 원관념을 유추·암시하도록 하는 문맥이 원관념을 생략할 수 있게 하는, 즉 상징을 형성하는 조건이라고 할 수 있다. 그런데 비록 표면적으로는 원관념이 생략되어 있을지언정 (구조상으로는 은유인) 은유의 지속적인 반복이 상징을 가능하게 하는 것처럼, 상징도 운동성을 갖는다. '비둘기와 평화', '십자가와 희생'이라는 사고는 더 이상 설명을 필요로 하지 않는 유추항으로 남아 관습적이고 문화적인 상징체계로 흡수된다. 비유가 제 체계의 내부에 직유나 은유, 제유와 환유 같은 상이한 형태의 영역을 거느리고 운동하듯, 상징도 개인적이고 창조적인 표현 외에 문화적·관습적 체계와 관계하면서 나름의 운동성을 갖는 것이다. 상징이 은유로부터 온바, 은유가 그렇듯이 보조관념과 원관념의 이질성은 상징의 창조성을 증가시키는 결과를 만들고, 그리하여 상징은 난해하고 모호한 암시성을 가질 수 있지만, 원관념과 보조관념의 결합이 외부의 체계에 기대게 되면 의미 내용이 단순화하면서 알레고리가 된다. 일반적인 시학이 문제 삼듯 알레고리의 단순성은 그러나 상징의 모호한 암시성과 직접 비교 가능한 것은 아니다. 왜냐하면 상징에 대한 괴테와 벤야민의 입장이 달랐던 것처럼, 상징이 놓여 있는 기저의 차이가 모호한 상징과 단순한 알레고리 중 어느 것을 선택하도록 결정하는 것이라고 봐야 할 것이다. 괴테의 상징은 주체와 세계의 조화로운 이상을 꿈꾸는 총체성에 입각하여 인간과 자연의 합일을 꿈꾸지만, 이미 삶의 형태가 파편된 현대사회에서는 현실과 부합하지 않는 상징의 세계가 더 단조롭게 여겨지기도 한다. 'A는 B를 상징한다'(십자가는 예수의 희생을 상징한다)와 같은 상징의 화용적 용례에서 보듯 유추와 암시가 완료되어 버린 '상징한다'는 말은 매우 단조로운 느낌을 준다. 따라서 상징은 고차원적인 이념(정신성)의 영역과 관계하고 알레고리가 현세적인 인간의 욕망과 관계한다는 식의 비교는 괴테로부터 비롯한 것으로서, 괴테 시대의 상징에 대한 지지로 인해 무비판적으로 옮겨져 온 것으로 생각된다. 단순한 알레고리 역시 그 뿌리가 상징이요 은유인 것처럼 얼마든지 창조적인 결과를 만들 수 있는 것이다.

이 글은 시 교육에서 만나는 은유와 상징과 알레고리의 위상의 문제를 시에 대한 개론서나 본격적인 시론을 통해서 확인하고 해결하기 위해 기획되었다. 문학개론서나 시론서에서 답습되고 있는 위상의 문제를 확인하고 그 원인을 찾아, 마침내 단순한 원칙에 의해 은유와 상징과 알레고리의 위상을 재고하고자 하였다. 그 결과 상징과 알레고리의 비교와 상징의 우위는 괴테 시대에 만들어져 전해진 것으로 이후 무비판적으로 수용된 면이 없지 않다. 벤야민이 바로크 비애극에 나타난 알레고리를 통해 보여 주듯 화해로운 총체성이라는 가상에 대한 거절은 비록 파편적이지만 보다 역사적인 현재 위에서 지금의 삶과 인간에 대해 사유할 수 있는 가능성을 열어 주었다. 그럼에도 불구하고 이 글이 상징에 대한 알레고리의 '복권'을 주된 목적으로 삼고 있는 것은 아니다. 논의의 장을 '시 교육'으로 한정한 것 역시, 상징과 알레고리에 관한 논의가 문예학 전반으로 확대될 경우 간명한 논증을 찾기 어렵기 때문이다. 시 교육의 장에서는 은유와 상징과 알레고리를 무엇보다 우선 수사적 방법으로 검토할 필요가 있다. 상징과 알레고리에 대한 논의가 시 교육의 장을 떠나는 순간 발생할 수 있는 많은 문제들은 문예학의 역사적 깊이로 인한 것이다. 시 교육의 장을 떠나 본격적인 시학의 차원에서 본다면, 괴테의 상징이나 벤야민의 알레고리를 직접 비교하는 것은 어렵다. 왜냐하면 이들이 말하는 상징과 알레고리가 단순히 수사적 문제만을 다루는 것은 아니기 때문이다.

따라서 이 글은 다음과 같은 은유, 상징, 알레고리의 위상을 제안해 보고자 한다. 은유와 상징과 알레고리는 동일성과 비동일성이 상호 간섭하면서 만들어 내는 무늬처럼 보인다. 말과 말을 그 뜻과 맥락의 유사성에서 연결시키는 은유의 운동이 폭넓은 이해와 지지를 얻을 때 더 이상 이항 대립을 필요로 하지 않는 상징의 존재 형식을 만들어 낸다고 할 수 있다. 그러나 그 뿌리와 구조를 은유에 두고 있는 상징은 역시 암시성과 동일성이라는 매우 상반되는 얼굴을 가진 역동적인 수사로서, 상징 자체의 운동성이 희미해질 때 다시 상징은 자신을 포함한 외부(텍스트 밖)의 체계를 끌어들이면서 새로운 운동성을 얻게 되는데, 이것을 알레고리의 전략으로 볼 수 있다. 알레고리는 표면적으로는 단순한 상징에 머물지만, 그 상징을 호출하는 기저의 파편적·역사적 사실성에 힘입어 다시 창조적 활력을 얻는다. '은유→상징(모호한 상징)→알레고리(단순한 상징)'로 이어지는 운동의 근원적인 동력은 음성(문자)과 의미 내용의 자의적 결합 안에 사회적 약속이라는 불변성과 통시적 가변성이라는 양면적인 특징을 함께 가지는 언어 자체의 구조에서 비롯하는 것이라고 할 수 있다.

# 삶의 시간 문학의 시간
—오장환과 김수영의 시 비교 연구

## 1. 서론

오장환과 김수영은 문학사적 활동 시기가 다른 시인이다. 오장환
은 1933년에 등단하여 1936년부터 주로 해방기까지 활동하였으며,
김수영은 해방과 한국전쟁 이후 본격적인 작품 활동을 한 시인이다.
오장환의 활동 시기에 바로 이어지는 것이 김수영의 활동 시기라고
하겠다. 문학적 활동 시기에서 거의 한 세대의 시차가 나는 두 시인
이 막상 생물학적 출생년은 3년의 차이밖에 나지 않는다.[1] 사실 나
이로만 보면 동세대인이요, 문학적 동기생들이라고 해도 과언이 아

---

1 오장환은 1918년생이고 김수영은 1921년생이니, 둘의 출생 연도 차이는 3년밖
에 되지 않는다. 그럼에도 불구하고 문학사적 견지에서 오장환을 1930년대 후반
1940년대 초의 시인으로 보고, 김수영을 1960년대 시인으로 본다면 둘은 멀리 잡
으면 거의 한 세대(30년)라는 문학적 시간 거리를 가지게 된다. 오장환이 이미 약
관의 나이가 되기도 전에 문단에서 활약하고 시집을 낸 것에 비해 김수영의 등단
과 시인으로서의 활동은 뒤늦게 이루어지기 때문에 이러한 시차는 다소 당황스러
워 보이기까지 한다.

닐 두 시인이 서로 다른 시기에 자신의 문학적 인생을 펼치게 된 것은 두 시인의 비교 연구에 있어서도 흥미로운 점을 시사한다. 여러 전기적 자료들을 살펴보건대, 오장환이 시인 김수영을 알았던 것 같지는 않다. 그러나 김수영은 후배 시인으로서 오장환이라는 선배 시인을 분명하게 알고 있었고, 또 이미 일정 정도 비판적 거리를 가지고 있었던 것으로 보아 그 영향 관계를 생각해 볼 수 있다.[2] 오장환의 마지막 시집이자 다섯 번째 시집인 『붉은 기』는 1950년 5월에 출간한 것으로 알려져 있다. 현재까지 확인된 마지막 작품은 1950년 8월의 작품이다.[3] 1950년 6월에 발발한 한국전쟁은 두 시인의 운명선을 갈라놓았다. 한국전쟁을 기점으로 오장환의 창작은 사실상 끝이 나고 김수영의 시작은 본격적으로 시작된다. 시간적으로 한국전쟁과 월북은 오장환의 시에는 사망 선고와 같았지만 김수영은 연극판을 전전하다가 오히려 본격적으로 시작과 번역에 착수하게 되는 시점, 곧 시인으로서 태어나게 되는 시점이 전쟁 후라고 할 수 있다. 오장환의 시에 내려진 사망 선고라는 다소 과격한 표현은 그의 마지막 시기의 작품들이 그가 그 이전에 쌓아 올린 미적 성과와는 첨예하게 대립되는 것이기 때문이다. 미학적 사망이라는 다소 과격한 표현으로부터 이 글의 문제의식은 출발한다. 문학과 정치, 더 정확하게는 시와 정치의 갈등과 화해라는 문제 틀은 오장환과 김수영의 시를 비교 연구하고자 하는 이 글의 본질적인 이유이다.

1950년의 한국전쟁은 이데올로기 전쟁으로서도 뚜렷하지만, 오

---

2 김수영의 산문에도 오장환에 대해 한 언급이 눈에 띈다. 김수영, 「한국인의 애수」, 『김수영 전집 2』, 민음사, 1989, p.273.

3 김재용 편 오장환 전집에서 이러한 사실을 확인할 수 있다. 김재용 편, 『오장환 전집』, 실천문학사, 2002, p.671.

장환과 김수영 두 시인의 사이에도 건널 수 없는 하나의 사태로 놓여 있다. 결론적으로 말해, 한국전쟁이 사실상 오장환에게 문학적 죽음을 안겨 주었다면, 김수영의 문학적 이력은 전쟁과 함께 시작되며 4.19라는 시민혁명이 문학적 재탄생의 계기가 되었다. 문학과 정치의 갈등과 해소는 식민 통치와 함께 시작된 한국의 근대문학이 갖는 딜레마로서, 1920년대의 KAPF에서부터 1960-70년대의 참여문학 논쟁, 그리고 현재의 분단문학적 상황에 이르기까지 지속되는 일종의 문학적 해결 과제였으며, 여전히 과제라고 할 수 있다. 정치와 문학의 문제를 통과하지 않고는 한국문학의 정신에 이를 수 없다. 반복하자면 시와 정치의 갈등과 화해는 오장환과 김수영의 시를 해명하는 데 있어서도 유의미한 문제 틀이다. 문학과 정치는 오장환과 김수영의 시에서 뚜렷한 성취를 이룩하였다. 문학과 정치의 갈등과 해소는 두 시인이 문학적 전위와 정치적 전위를 조화시킨 드문 시인들이라는 점에서 여러 비교점을 남기고 있다.[4]

비슷한 세대로서 오장환과 김수영은 전기적 이력에서도 여러 가지 공통점을 남겼다. 김수영이 전문 번역가에 해당하지만 오장환도

---

4 오장환과 김수영의 계보적 일치를 논한 논자는 김재용과 유성호이다. 김재용은 『오장환 전집』을 묶으면서 붙인 해설에서 "다양한 형식 실험"을 통해 "근대를 그 내부에서 혁파하려고 하였던" 시인으로 오장환을 호명하고, 이를 이후 김수영을 비롯한 후배 시인들에게 이어지는 아방가르디즘 시인의 면모로 의미 부여한다. 유성호도 김재용의 이러한 견해에 동의하면서 오장환에 대한 기존의 평가가 모더니즘 시인에서 출발하여 리얼리즘 시인으로 변화해 갔다는(오성호) 견해에 대한 수정을 가한다. 유성호는 오장환은 단순히 "모더니즘이나 리얼리즘이라는 이념적·방법적 프리즘으로 규정되기에는 그 육체 안에 너무도 많은 이질적인 요소를 공유하고 있는 시인이" 오장환이기 때문이라고 말했다. 김재용, 「식민지 자본주의와 근대 문명의 내파」, 『오장환 전집』, p.663; 유성호, 「한국의 아방가르드 시인 오장환」, 『실천문학』, 2002.여름, pp.517-518.

에세닌을 중역한 것으로 보인다. 번역가이자 시인이었으며, 시론가이자 시인이었다는 점은 두 시인의 공통점이라고 하겠다. 두 시인이 공히 일본에서의 체류 경험이 있고, 특별히 임화라는 인물과 직접적으로 관련되는 사회주의 사상과의 연관을 가진 것도 공통점이다. 그러나 가장 유의미한 공통점은 두 시인이 모두 당대의 다른 어떤 시인들보다도 현실에 대한 관심이 지대하였으며, 그 관심을 주로 부정성을 통해 드러낼 만큼 삶과 시 양자에 있어서 강한 부정 의식과 전위성을 가지고 있었다는 점이다. '전위성'이라는 말 속에 담긴 통일되지 않고 다기한 의미의 결합은 그대로 시와 정치의 갈등과 해소라는 변증법적 과정 내지는 응전의 과정을 함축한다.[5] 이 글에서는 오장환과 김수영의 시가 제시하는 흥미로운 공통점을 비교하여 봄으로써 각각의 공통점이 의미하는 바와 또한 차이점이 가지는 사적 의미를 살펴보고자 한다.

## 2. 전쟁 체험의 두 양상과 미학적 분기점

한국전쟁은 오장환과 김수영 두 시인의 삶이나 미학적 방향에 있어 하나의 분수령이 된다. 1950년 6월에 발발한 저 전쟁은 무엇보다

---

5 아방가르드를 모더니티의 한 지류로 이해하는 M. 칼리니스쿠나 아방가르드에 대한 본격적인 접근을 보여 주는 페터 뷔르거의 논의를 통해서 아방가르드의 여러 층위, 가령 역사적 아방가르드와 보편적 아방가르드, 이를 다시 정치적 아방가르드와 미학적 아방가르드로 나누어서 살펴볼 수 있다. 정치적 아방가르드와 미학적 아방가르드가 일치된 경우는 그리 많지 않다. 이들의 논지에 의하면 랭보나 아폴리네르의 시에서 양자는 팽팽하지만, 나머지의 경우는 정치적 진보주의 추구나 미학적 파괴가 두드러지면서 그 평형을 잃고 만다. M. 칼리니스쿠, 『모더니티의 다섯 얼굴』, 이영욱 외역, 시각과언어, 1998; 페터 뷔르거, 『아방가르드의 이론』, 최성만 역, 지식을만드는지식, 2009 참조. 또한 이 글에서 '아방가르드'와 '전위'는 특별한 의미의 차이를 갖지 않는다.

냉전 시기의 세계주의의 두 구도가 가져온 불행이며, 이데올로기 전쟁이었다는 점을 놓칠 수 없다. 이러한 이데올로기의 세계주의적 측면을 고려할 때, 한국 내에서의 사회주의의 역사적 요청이 자본주의의 한계가 아니라 식민적 제국주의로부터의 탈출구로서 모색되었다는 점이 중요하다. 식민주의와 제국주의의 종식이라는 점에서 사회주의는 하나의 해방적 논리일 수 있었으나, 실제 역사에서는 이데올로기 전쟁을 통해서 도리어 한반도와 한민족의 삶이 두 개의 체제로 반분되는 끔찍한 결과를 낳게 되었다. 여전히 유지되어 오고 있는 분단의 체제가 남기는 과제는 무엇보다 이러한 이데올로기의 난맥에 대한 냉정한 이해라고 할 수 있다. 전쟁의 참상과 결과로만 이데올로기를 보아서도 안 되지만, 반대로 사회주의에 내장된 진보주의를 보지 못하고 배척하기만 해서도 안 되는 것이다.

오장환은 1937년 1월에 발표한 자신의 첫 산문을 통해 이미 자신의 시적 지향점의 뿌리를 카프와 신경향파 문학에서 찾고, 이러한 "인간을 위한 문학"이 "형식만으로서" 새로운 '신문학'과는 다르다고 선을 그었다.[6] 오장환이 이 산문에서 이야기하는 '신문학'의 기수들은 정지용, 김기림, 이상으로 언급된다. 그러나 오장환의 지향점을 살피는 자리에서 「문단의 파괴와 참다운 신문학」이 가지는 위치와 그 중요성은 무엇보다 이 글 자체의 개종적 성격에서 찾아져야 한다. 이 글의 후반부에서 오장환은 "이 기회에 말하고 싶다. 이때까지의 나는 절망과 심연의 구렁에서 벗어나지 못하고 뜻 모를 비명을 부르짖는 청년이었다고"라며 일종의 문학적 고해성사를 바치고 있

---

6 오장환, 「문단의 파괴와 참다운 신문학」. 여기서는 김재용 편, 『오장환 전집』에서 재인용.

다. 오장환의 자기 고백은 향후 오장환의 시적 지향과는 다르게 이전의 시적 지향이 형식적인 경도를 보였다는 것과 무관하지 않다. 같은 해 7월에 그의 첫 시집 『성벽』이 간행되는 것으로 볼 때, 이러한 자기 고백은 아마도 이전의 발표작 중에서 「전쟁」이나 「캐메라·룸」과 같은 작품의 창작과 관계 지어 보는 것도 무리는 아닐 것이다. 잘 알려진 바와 같이 오장환의 첫 시집에 대한 광고는 그가 몸담아 활동한 『시인부락』에 실려 있었으며, 이 광고에는 장시 「전쟁」이나 「종가」와 같은 작품이 포함되어 있었다.[7] 「종가」가 전통적 세계와의 단절과 부정 의식을 표나게 드러낸 작품이라면, 「전쟁」은 과학기술 문명에 기반한 자본주의적 근대 세계에 대한 부정 의식을 드러낸 작품이라고 할 수 있다. 「전쟁」은 전쟁의 체험기가 아니라 근대적 삶이나 과학기술 문명을 일종의 인간 파괴의 기술주의로 축소하여 제시하는 알레고리 형식의 시이다.[8] 오장환의 전 시기를 볼 때 '전쟁'의 체험 양상은 장시 「전쟁」과 말년의 소비에트 기행시집인 『붉은 기』에 나타난 시편들에서 드러날 뿐이다.

> 누가 쩌―내리즘과性交를하여주겟느냐.
> 미친고래처럼 요동하는 潛航정.
> 포푸라의 卒倒.
> 燈台가쓰러진밤은 아지못할不吉에싸혓다.
> 뒤흔드는 그의 궁둥이.

---

7  나아가 해당 지면의 광고에는 첫 시집의 제목이 『종가』로 나온다. 1월과 7월 사이에 심경의 변화와 시집 편제의 변화가 있었음을 의미한다.

8  이현승, 「오장환의 「전쟁」 연구」, 『비평문학』 42, 2011(이 책의 「아방가르드와 전쟁의 상상력―오장환의 장시 「전쟁」론」) 참조.

水雷.

水雷. 水雷의 亂射!

쩌—나리즘의 亂産.

쩌—나리즘은 發酵素의가난뱅이다.

—「전쟁」부분

인용한 부분은 근대사회의 알레고리로 저널리즘과 살상 무기 그
리고 매음의 이미지를 등장시키고 이들을 뒤섞어 놓은 하나의 판본
을 예시한다. "쩌—내리즘과性交"는 곧 저널리즘의 매문을 매음과
동일시한 표현으로서, 사고팔 수 있는 상품의 지위로 타락한 인간적
가치의 풍자를 위한 의도로 보인다. 전쟁을 수행하기 위한 잠수정의
난사를 "쩌—나리즘의 亂産"으로 이어붙이고 있는 것은 그 때문이
다. 오장환이 작품으로 흡수하고 있는 '전쟁'은 그 체험 양식으로 볼
때 저널리즘적인 것이다. 그것은 개인적 경험과는 무관하게 세계의
폭력성을 고발하기 위해서 끌어온 하나의 알레고리이다. 저널리즘
이나 제국주의는 모두 침략과 전쟁의 알레고리이면서 동시에 전쟁
역시 자본주의의 알레고리이기도 하다. 20세기의 세계 전쟁은 인류
가 경험해 보지 못했던 대량 살상과 무기 제조 과학기술의 박람회장
이었던 것이다. 이 난폭한 힘의 대결과 참상은 결국 근대사회의 한
알레고리라고 해도 과언이 아니다. 주로 발음상의 유사성에 의한 언
어의 변형과 그에 따른 환유적 상상력을 통해서 연결되는 이미지들
은 전쟁의 몽타주로서나 근대 세계의 부정적 면으로서나 손색이 없
다. 그러나 1950년대에 작성된 작품에서 엿보이는 전쟁의 이미지와
비교할 때 「전쟁」은 직접적인 체험과는 무관한 작품이면서도 그 특
유의 부정 의식을 통해 현실과의 미적 거리를 가질 수 있었던 반면,

1950년대에 작성된 작품에서는 그러한 미학적 거리를 발견하기 어렵다.

왓적 왓적 왓적
언 땅을 녹일 것 같은
힘찬 발자국 소리들
힘이다! 이것이 우리의 힘이다

아 우리들의 힘으로
한시라도 빨리 세우려하는
민주주의 조선인민공화국!
당신의 보드라운 날개를
찬란히 펴기 위하여
용솟음치는 파도와 같이
조국이 부르는 곳으로 역사가 가리키는 곳을
그대들의 발자국 소리를 이 땅을 울린다

　　　　　　　　—「찬가—조선인민군에 드리는 시」 부분

　연보에 의하면 1948년 9월에 발표된 이 작품에는 초기 오장환의 시인 「전쟁」에서도 쉽게 발견할 수 있는 의성의태어들이 보이지만, 그러한 의성의태어를 통한 의미의 비틀기나 장면의 비약과 같은 것은 보이지 않는다. "왓적 왓적 왓적" 하는 소리는 행군하는 군화 소리 그 자체이다. 이어지는 연에서 제시된 이미지들은 아방가르드적 실험과는 무관한 거의 산문화된 목소리일 뿐이다. 아마도 보다 넓은 독자와 그것도 가급적 쉽고 빠른 의미 전달을 목적했을 것으로 보이는 이러한 칭송 일변도의 시에서 오장환은 그 특유의 부정성을 생략함으로써 거의 시적 생명을 잃고 만 것으로 보인다. 더 넓은 독자를 의식하는 것이 더욱 평이한 표현과 상상력, 심지어는 예술적 아방가르드들이 그토록 경멸해 마지않았던 관용적 문구를 적극적으로 사용하는 데에 이르게 된 것이다.[9]

시를 쓰는 문제가 단순히 개인적 의식이나 체험의 시화로 국한되지 않으며, 작품을 읽고 향수하는 독자와의 공감과 감동을 그 최종적인 목적으로 생각하는 순간 발생하는 도그마가 곧 대중성이라는 함정일 것이다. 이 대중성의 미학적 함정은 그것의 평이함이 아니라 그것의 무반성에 있다. 1930년대 초반에 작성된 오장환의 「전쟁」이 한국적으로는 여전히 미개발 상태이었으면서도 근대 세계에 대해 첨예한 비판 의식을 드러낼 수 있었던 것과는 달리 1940년대 말에 작성된 「찬가」에서는 사회주의 국가 이데올로기에 대한 어떤 비판적 거리도 가지지 못함으로써 이 작품은 어떤 미학적 잉여도 거느리기 힘든 무반성적인 작품이 되어 버렸다. 이데올로기에 초점을 맞춰서 본다면 오장환의 시는 해방 정국의 소용돌이를 그 첨예하고 정직한 언어로 담아낸 「병든 서울」 이후에 급격한 투항의 길을 걷는 것으로 보인다.

김수영이 자신의 전쟁 체험을 표나게 작품으로 썼다고 보기는 어렵다. 산문이나 시를 통해 드러난 직접적인 체험들은 오히려 포로수용소의 생활과 더 밀접해 보인다. 김수영의 시와 산문, 나아가 평전

---

9 이러한 착오는 예술 향수의 기반과 토대가 이루어지지 않은 상황에서 문학을 통해 정치의식을 고양시키고자 했던 팔봉 같은 카프 논자들에게서도 공히 발견되는 고민이다. 팔봉의 '대중문학론'이나 임화의 '단편서사시' 형식에 대한 기민한 의미 부여는, 매체로서 시의 전달력을 높이기 위해 고안된 것이다.

에도 나타난 바이지만 김수영은 전쟁 이전에는 그다지 정치의식이 강한 시인이 아니었다.[10] 미학적 아방가르드에 경도되었던 자신을 고해한 오장환의 경우처럼 초기의 김수영도 초현실주의나 아방가르드적인 작품들을 통해 시라는 장르에 눈떴던 것 같다.[11] 시라는 장르의 입사가 전위적인 작품들을 통해서 이루어졌다는 사실은 이후에 보다 본격적으로 다루겠지만 정신적 해방을 말의 해방을 통해 추구하고자 한다는 점에서 본질주의적인 성향을 정초한 것이라 볼 수 있다.

나는 원래가 약게 살 줄 모르는 사람이다
진실을 찾기 위하여 진실을 잊어버려야 하는
내일의 역설 모양으로
나는 자유를 찾아서 포로수용소에 온 것이고
자유를 찾기 위하여 유자철망을 탈출하려는 어리석은 동물이 되고
말았다
(중략)
일전에 어떤 친구를 만났더니 날더러 다시 포로수용소에 들어가고
싶은 생각이 없느냐고
정색을 하고 물어봅니다
나는 대답하였습니다
내가 포로수용소에서 나온 것은
포로로서 나온 것이 아니라
민간 억류인으로서 나라에 충성을 다하기 위하여 나온 것이라고

---

10 최하림, 『김수영 평전』, 실천문학사, 2001, p.135.
11 최하림, 『김수영 평전』, p.54.

그랬더니 그 친구가 빨리 38선을 향하여 가서

이북에 억류되고 있는 대한민국과 UN군의 포로들을 구하여내기 위

하여

새로운 싸움을 하라고 합니다

나는 정말 미안하다고 하였습니다

이북에서 고생하고 돌아오는

상병포로들에게 말할 수 없는 미안한 감이 듭니다」

　　　—「조국에 돌아오신 상병포로 동지들에게」 부분(밑줄은 인용자)


　김수영의 전쟁 체험이 직접적으로 나타나 있는 「조국에 돌아오신 상병포로 동지들에게」의 부분이다. 이 작품은 특이하게도 낫표를 통해서 직접 발화를 인용하는 형식을 취하고 있다. 화자가 취하고 있는 이데올로기적인 태도는 상당히 모호하다. 낫표 바깥에서 이 작품의 화자는 "내일의 역설"을 이야기한다. 미지이자 미결정의 영역인 내일은 끊임없이 변화무쌍한 현재의 얼굴을 하면서 과거를 변화시킨다. 확고부동했던 과거의 순간들은 미결정인 미래의 시간으로부터 쉽게 전복되는 자리에 위태하게 놓여 있다. "자유를 찾기 위하여"라는 하나의 목적은 포로수용소에 온 이유가 되기도 하고, 포로수용소를 나가야 하는 이유가 되기도 한다. 이것은 황현산에 의해서 "시간에 대한 감수성"이라고 명명된 것으로, 전혀 다른 결과를 향하여 열려 있는 현대적 시간의 불안을 잘 보여 준다.[12] 물론 이데올로기 전쟁의 체험과 분단이라는 역사적 현실 속에서 이 불안의 정체는 하나의 상처일 수밖에 없다. 전쟁의 발발과 함께 피난하고 있지

---

12 황현산, 「난해성의 시와 정치」, 『말과 시간의 깊이』, 문학과지성사, 2002, pp.450-451.

않다가 인민군으로 징집되고 탈출하여 돌아왔다가 다시 포로로 붙잡히는 과정 속에서 김수영의 사상적 정체성이 무엇인지는 알 수 없지만, 적어도 그것이 확신에 찬 것이었다고 말하기는 어렵다. 이것은 또한 김수영의 포로수용소 탈출이 민간인 억류 해제와 관련될 것이라고 보는 견해와도 일맥상통한다.[13] 포로수용소가 이데올로기가 보장되는 공간이 아니라 이데올로기만 있고 인간은 없는 숨 막히는 폭력의 공간이라는 것이 확인되는 순간 이 시간에 대한 감수성은 자유의 근거지를 바꾸어 탈출을 욕망하게 만드는 것이다. 자유가 포로수용소 안에도 밖에도 없다는 사실은 '어떤 친구의 힐난'에서도 나타난다. 수용소에 다시 들어가고 싶지 않느냐는 질문 속에서 질문을 받는 사람의 정치적·사상적 성향에 대한 의심이 담겨 있으며, 대답하는 사람의 "민간 억류인으로서 나라에 충성을 다하기 위하여 나"왔다는 말 속에는 사상의 일치와 충성에 대한 사회적 억압과 강요가 엿보인다.

나는 이것을 진정한 자유의 노래라고 부르고 싶어라!
반항의 자유
진정한 반항의 자유조차 없는 그들에게
마지막 부르고 갈
새날을 향한 전승의 노래라고 부르고 싶어라!

그것은 자유를 위한 영원한 여정이었다

---

13 최하림은 김수영이 포로수용소에서 나온 시점들에 대한 증언을 종합하여 김수영의 억류 해제가 민간 억류 해제에 의한 것이라고 추측한다. 최하림, 『김수영 평전』, p.185.

나직이 부를 수도 소리 높이 부를 수도 있는 그대들만의 노래를 위
하여
마지막에는 울음으로밖에 변할 수 없는
숭고한 희생이여!
　　　　　　　　　　　　　　　―「조국에 돌아오신 상병포로 동지들에게」 부분

　전쟁의 체험은 김수영에게 급박하고 비좁은 현실적 자유에 눈뜨
게 해 주었다. 그리하여 인용한 같은 작품의 후반부에서 "진정한 자
유"는 '반항'과 '노래'를 통해서 얻어질 수 있는 것으로 묘사된다. 안
이나 밖에 위치하는 것이 아니라 반항이 허여되고 노래 부를 수 있
다면, 그 순간 실현되는 것이 자유인 것이다. 물론 이러한 "진정한
자유"에 눈뜨게 만드는 상황은 "마지막에는 울음으로밖에 변할 수
없는" 노래의 숙명 속에 담겨 있듯이 극히 희박한 자유만이 존재하
는 상황이다.
　오장환의 자유가 부정적인 현실을 매개하기 위한 하나의 시적 장
치로서 전쟁의 알레고리를 가져왔다면 김수영의 전쟁은 경험적인
것으로서 그 이전에 어떤 사상적·정치적 확고함이 없는 상황에서
부조리하고 공포스러운 현실의 경험으로 하나의 정치적 주체를 배
태한 것이다.

## 3. 현실의 부정과 예술적 전위

　일찍부터 오장환 시의 전위적 특성에 주목한 박현수는 그의 비교
연구에서 오장환의 등단부터 첫 시집까지 시가 보여 주는 단형 산문
시의 형태나 추구된 시정신의 측면에서 기타가와 후유히코(北川冬彦)
의 『시와 시론』을 통한 신산문시 운동과 많은 점에서 비교 가능한 유

사점이 있다고 주장하였다.[14] 박현수는 장시 「전쟁」에 대한 최초의 연구를 통해 「전쟁」이 일종의 형식적 실험성이 강한 아방가르드 작품임을 주장하며, 리파떼르의 기호학을 통해 해석을 시도하였다.[15] 주제 구현과 형상화의 방법에서 알레고리의 시적 전략을 논구한 곽명숙의 학위논문도 오장환의 시가 가지는 파편성과 독립성에 주목하였다.[16] 이러한 논의들은 오장환의 시에서 추출되는 형식적 특성에서도 기인하는 것이지만, 오장환 자신의 시론 격인 산문을 통해서도 예증되는 것이다. 시인으로서 자신의 언어를 혁신함으로써 재현적 언어의 허구성을 고발하고 새로운 세계로 도약하고자 하는 의지는 산문의 곳곳에서 나타난다. 물론 이러한 진보 의식을 견지하면서도 이른바 조선적 음률로 평가되는 민요조로 그에 부합하는 정서를 꽃피운 소월의 상징에 대하여도 논평한 바 있다.[17]

이러한 주장들의 대부분에 동의하면서도 여전히 남겨진 질문들은 오장환의 아방가르드 내지는 전위성에 해당하는 몸의 실체가 무엇이며 그것이 어떤 문체적 효과를 갖는가의 문제이다.[18] 이와 같은

---

14 박현수, 「오장환 초기 시의 비교문학적 연구」, 『한국시학연구』 4, 2001.

15 박현수, 「오장환의 장시 「전쟁」 연구」, 『세종어문학』 10, 1997; 박현수, 「오장환의 장시 「전쟁」 연구 2」, 『세종어문학』 11, 1998.

16 곽명숙, 「오장환 시의 수사적 특성과 변모 양상 연구」, 서울대학교 석사학위논문, 1997.

17 오장환은 「조선 시에 있어서의 상징」과 「소월 시의 특성」 두 편의 글을 남기고 있다.

18 이 글에서 사용하는 문체의 개념은 롤랑 바르트의 것이다. 바르트는 「글쓰기란 무엇인가」라는 글에서 언어(langue)와 글쓰기(ecriture), 그리고 문체(style)의 개념을 대립시켰다. 우선 언어란 작가에게 있어서 강력한 법 그 자체다. 작가는 물속의 물고기처럼 이 질서를 내면화하고 그 조건 속에서만 글쓰기를 유지할 수 있다. 그런데 글쓰기란 또한 문체와 대립되는 개념인데, 글쓰기가 발화로서 의미의 대응이나 생산에 관여한다면, 문체란 언제나 생산된 의미로부터 역으로 추상되는 것일 수

'몸의 실체'를 건축의 비유를 통해 이야기한다면, '공간-기계의 변혁이 없이는 새로운 생활 방식이 창출되지 않는다'는 아나톨 콥의 전언과 관련해서 생각할 수 있을 것이다.[19] 말하자면 새로운 형식적 실험은 그러한 형식적 실험을 추동하는 테제와 안티테제라는 변증법적 과정을 단계로 설명되어야 한다. 오장환의 경우는 선 단계에 신경향파와 카프의 문학을 놓고, 이에 대한 반동으로 정지용과 김기림, 이상의 시를 묶어 모두 형식주의적인 신문학이라고 언표하고 이에 대한 지양으로 "인간의 문학"을 제시하고 있다.[20] 그러나 오장환이 추구한 문학이 무엇인가는 오장환이 갖고 있는 지향 의식으로부터가 아니라 오히려 반동 의식을 가진 문학으로부터 더욱 쉽게 유추될 수 있다. 따라서 해방 후에 오장환이 정지용 후기의 시적 성취에 대해 "「소곡」의 센티와 자폭은 '지용' 개인 본심의 꽁지를 남의 눈에 띄우게 한"다거나, "치열한 정신을 육체로서 받아들인 것이 아니라 커다란 외형적인 힘에 안도하여 완전한 형식주의자로 빠"졌던 것이라고 폄하하였다. 오장환은 고통스러운 역사적·사회적 현실을 개

---

밖에 없기 때문이다. 바르트는 글쓰기가 "폐기된 의미를 향한 돌진"이며 "흔적 없는 즉각적인 이동"이라고 했는데, 글쓰기가 규범 자체를 초월하는 경험을 향한 기투라면, 문체란 언제나 읽는 과정에서만 "암시적으로" 얻어지는 "효과"일 수밖에 없다는 것이다. 그래서 바르트는 문체란 은유일 수밖에 없고 또한 언제나 하나의 비밀이라고 했다. 롤랑 바르트, 「글쓰기란 무엇인가」, 『글쓰기 영도』, 김웅권 역, 동문선, 2007, pp.15-19.

19 "우리의 삶의 방식을 바꾸고 새로운 종류의 생활 방식을 창출하는 것은, 혹은 새로운 종류의 미적 감각이나 기하학적 감각, 새로운 종류의 생활 감각을 생산하는 것은, 공간-기계의 변혁 없이는 생각하기 힘들다." 아나톨 콥, "Constructivist Architecture in the USSR", 『소비에트 건축』, 김의용 외역, 발언, 1993. 여기서는 이진경, 『근대적 시공간의 탄생』, 푸른숲, 2004, p.165에서 재인용.

20 오장환, 「문단의 파괴와 참다운 신문학」, 김재용 편, 『오장환 전집』, pp.208-209.

인적이고 육체적인 감각으로 형상화하되 그 고통과 절망의 끈이 사회·역사적인 것, 복수적 인간에게로 향한 것이기를 바랐다고 볼 수 있다. 이러한 오장환의 미학적 지향에서 놓치지 말아야 할 것은 오장환의 지양이 그의 표현으로 '형식주의'에만 향하는 것이 아니라는 점이다. 신경향파에서 카프에 이르는 문학적 경향에 대해 동조 의식을 갖고 있지만, 오장환의 작품들은 경향파와 카프문학이 구축한 것보다는 훨씬 형식적 잉여가 많은 작품들을 창작했다고 보아야 한다. 이러한 사실을 이 글의 주제와 연관 지어 생각한다면 미학적(시적) 전위와 정치적 전위를 동시에 추구한 것으로 볼 수 있다.

　　푸른 입술. 어리운 한숨. 음습한 방 안엔 술잔만 훤하였다. 질척척한 풀섶과 같은 방 안이다. 현화식물과 같은 계집은 알 수 없는 웃음으로 제 마음도 속여온다. 항구, 항구, 들르며 술과 계집을 찾아다니는 시꺼믄 얼굴. 윤락된 보헤미안의 절망적인 심화. —퇴폐한 향연 속. 모두 다 오줌싸개 모양 비척거리며 얇게 떨었다. 괴로운 분노를 숨기어가며 ……젖가슴이 이미 싸늘한 매음녀는 파충류처럼 포복한다.

—「매음부」 전문

　　야윈 청년들은 담수어처럼
　　힘없이 힘없이 광란된 ZAZZ에 헤엄쳐 가고
　　빨간 손톱을 날카로이 숨겨두는 손,
　　코카인과 한숨을 즐기어 상습하는 썩은 살덩이

—「해수」 부분

기생충이요. 추억이요. 독한 버섯들이요.

다릿한 꿈이요. 번뇌요. 아름다운 뉘우침이요.

손발조차 가는 몸에 숨기고, 내 뒤를 쫓는 것은 그대 아니요. 두엄자
리에 반사(半死)한 점성사(占星師), 나의 예감이요. 당신이요.

견딜 수 없는 것은 낼룽대는 혓바닥이요. 서릿발 같은 면도날이요.

괴로움이요. 괴로움이요. 피 흐르는 시인에게 이지(理智)의 프리즘
은 현기로웁소

어른거리는 무지개 속에, 손꾸락을 보시요. 주먹을 보시요.

남빛이요―빨갱이요. 잿빛이요. 잿빛이요. 빨갱이요.

　　　　　　　　　　　　　　　　―「불길한 노래」 부분


　비교적 오장환 초기의 작품들이라고 할 수 있는 위의 작품들에는
오장환의 초기 시가 가지고 있는 형식적·내용적 과격성이 모두 녹
아 있다. 「매음부」의 경우는 시집 『성벽』의 초반부에 자리한 일련의
시들과 같은 짧은 산문시형으로 씌어져 있다. 차갑고 축축한 파충류
의 촉감은 매음부의 육체성에 대해 도발적인 이미지이다. 항구로 떠
도는 보헤미안의 윤락과 절망이라는 서사를 배경으로 질척거리는
공간 속에 갇힌 청춘의 절망은 가망 없는 퇴폐와 쾌락의 저주의 이
미지를 드러내는 데 주력한다. 항구를 배경으로 한 절망적인 젊음
의 모습은 초기 시에서 빈번하게 발견되는 엑조틱한 이미지로 오장
환의 절망과 퇴폐가 어쩔 수 없는 수동적인 것에서 그치지 않고 자
발적인 적극성으로 추구되고 있다는 점에서 문제적이다. 인용된 「해
수」의 젊은이들은 감각적으로 제시된다. 재즈 음악을 배경으로 흐느
적거리는 무기력한 청년들, 날카로운 빨간 손톱, 썩은 살덩이의 이
미지는 다른 시인에게서 쉽게 찾아볼 수 없는 강력한 타락과 퇴폐의
이미지이다. 이른바 '퇴폐파'들의 데카당한 문학적 조류가 이미 이

전에 없었던 것은 아니지만, 그것이 다소 관념적으로 추구되고 있는 것에 비해, 오장환의 퇴폐는 매우 구체적이고 육체적인 감각으로 그려지고 있어서 그 충격이 크다. 「해수」나 「전쟁」과 같은 작품은 행간의 배치나 비약적 전개, 충격을 의도한 병치 등 주로 파편적 이미지의 제시를 그 기법으로 사용하고 있다. '해수'는 바다 괴물, 또는 바다짐승인데 이것은 젊은이들에게서 희망을 빼앗고 절망과 타락만을 주입하는 거대하고 폭압적인 세계의 알레고리거나 혹은 그러한 바다 위를 무기력하게 표류할 수밖에 없는 병든 청춘들의 알레고리라고 할 수 있다.

「불길한 노래」는 「매음부」와 「해수」에서 이미지를 제시하는 방법과는 달리 매우 촉급하고 짧은 직설 화법을 통해 그 절망과 불안을 묘사한다. 그대에게 고백하듯이 기도하듯이, 그러나 그 어조가 다분히 격정적인 목소리의 통일성을 이루고 있는 「불길한 노래」는 예의 그 엑조틱한 성서적 타락과 사탄의 이미지군이 얽힌 채 혼란스럽게 등장한다. 기생충과 독버섯에서 원죄적 타락의 이미지를 드러낸다. 특히 저 "낼룽대는 혓바닥"과 "서릿발 같은 면도날"의 이미지의 병치는 「해수」에서의 날카로운 손톱 이미지처럼 뱀의 혓바닥에 순간적으로 광물적인 날카로움을 부여한다. 오장환의 초기 시에서 지속적으로 추구되는 이 타락과 절망, 원죄와 탕아의 회개라는 이미지는 그 반대편에 극복이나 희망의 메시지를 소거한 채 성서적 모티프에 힘입어 그 절망과 공포를 극대화하려고 한다.

오장환의 시 쓰기는 다양한 화법과 모티프를 통해 육화되었다. 오장환 시의 다채로움은 무엇보다 그 지향만큼이나 그 지양을 염두에 둘 때 보다 선명한 취의가 발견될 수 있다. 가령 위에 인용한 작품에서 절망과 타락 속으로 적극적으로 맥질해 들어가는 마조히즘적 특

성이 보이지 않는다면 저 절망은 말 그대로 엑조틱한 흉내 내기에
그쳐 버릴 수도 있었을 것이다.[21] 오장환의 이 마조히즘은 일종의 자
기 고발로서 오장환 시 쓰기의 윤리성을 가늠하는 데 있어 중요한
특성으로 생각되며, 같은 이유에서 치기 어린 현시벽이나 자조적 영
탄과는 구별하여 인식할 필요가 있다. 이미지의 옷을 입는 데서 그
치지 않고 그 절망적 심경을 반드시 내면화하여 고통스러운 육성으
로 부르짖고자 한 오장환의 이러한 부정적 세계 인식은 해방 직후에
쓰인 「병든 서울」에서 절정에 이른다.

아, 저마다 손에 손에 깃발을 날리며
노래조차 없는 군중이 '만세'로 노래 부르며
이것도 하루아침의 가벼운 흥분이라면……
병든 서울아, 나는 보았다.
언제나 눈물 없이 지날 수 없는 너의 거리마다
오늘은 더욱 짐승보다 더러운 심사에
눈깔에 불을 켜들고 날뛰는 장사치와
나다니는 사람에게
호기 있게 먼지를 씌워주는 무슨 본부, 무슨 본부,
무슨 당, 무슨 당의 자동차

---

**21** 이찬이 김수영의 시적 특성으로 주목한 들뢰즈적 마조히즘 성향은 오장환에게서도
그대로 발견된다. 두 시인이 모두 자기표현에 적극적이었다는 것을 현시벽으로 보
아서는 곤란하다. 그것은 현시벽이 아니라, 반대로 그만큼 허위의식을 경멸하고 어
떤 허위나 권위도 없는 곳에 자신들의 글을 올려놓기 위한 기투였다고 보아야 옳
다. 이찬, 「김수영 시에 나타난 진리의 윤리학과 현대성의 인식 양상」, 『우리어문연
구』 36, 2010, pp.368-367의 16번 주석.

—「병든 서울」 부분

    환하게 트인 하늘에
    붉게 타오르는 진홍의 깃발!
    (중략)
    자유를 위한 오래인 싸움에서
    피로 물든 이 깃발
    원수와의 곤란한 싸움에서
    영광과 승리로 나부끼는
    이 깃발!
    (중략)
    새역사
    찬란히
    꽃 피어오르는
    공산주의 행복의 동산이여!

—「붉은 기」 부분

해방 직후의 서울을 그리고 있는 「병든 서울」의 한 연에서 화자는 해방이라는 역사적 사건을 하나의 단일한 관점에서 보지 않음으로써 이렇게 있는 그대로의 혼란상을 담아낼 수 있었다. 사물이나 현상을 그리기 위해서 시는 감정의 고양을 동원하지만, 해방을 맞이한 격앙된 화자의 심경은 그러나 동시에 해방 공간의 혼란상도 놓치지 않는다. 이 대립적인 세력들을 끌어안을 수 있는 힘, 이 이질적인 세계를 끌어안을 수 있는 힘은 자족적인 폐쇄성이 아니다. 그것은 고통스러운 삶을 있는 그대로 바라볼 줄 아는 직시의 힘을 통해서만 가능하다. 사물과 현상이 이처럼 있는 그대로를 드러낼 수 있을 때 시적 비전은 매우 투명하게 그 대상과 대상을 보는 주체의 감정을 풀어놓는다. 그것은 오장환의 시작 초기부터 지속적으로 견지된 부정적 현실을 직시하는 시선, 혹은 현실의 부조리를 거부하는 부정적 심리가 있기 때문이다. 부조리한 세계와 불화함으로써 사물과 현상은 훼손되지 않은 그 자체의 본모습을 긴 시간의 여과에도 불구하고 전달할 수 있게 된 것이다. 모스크바를 기행하고 쓴 시인 「붉은 기」에는 「병든 서울」과 대조적으로 부정 의식이든 찬미 의식이든 그 자체로 정향되어 있어서 주체의 반항적 자유 공간이 없다. 따라서 이 작품은 명시적으로는 찬양 일변도의 목소리를 유지하고 있지만, 미학적으로는 아무런 반성이나 재인식이 없다. 뿐만 아니라 '공산주의의 동산'에서 "영광과 승리로 나부끼는" 붉은 깃발은 그 긴장감을 유지할 대척점을 상실한 채 아무런 감흥이 없는 죽은 언어를 보여 준다. 이데올로기에 투항한 오장환의 시가 그 미학적 본령이라고 할 수 있는 부정성과 적극성을 잃어버렸다는 것은 오장환의 후기 시를 비판적으로 바라보는 데 있어서 반드시 참조해야 하는 사항이다.

김수영의 시가 지속적으로 추구했던 주제는 자유였으며, 이 자유는 정치적 자유인 동시에 시적 자유였다.[22] 정치적 자유와 시적 자유를 추구하기 위한 방편이 곧 부정성과 전위성이라고 할 수 있을 것이다.[23] 바꿔 말하면 김수영의 시적 주제인 자유가 무엇보다 정치적

---

22 이찬, 「20세기 후반 한국 현대시론 연구」, 고려대학교 박사학위논문, 2004, pp.99-126. 최근의 김행숙의 논의도 시와 정치를 자유의 대상으로 살펴보았다. 김행숙, 「'시적인 것'과 '정치적인 것'」, 「국제어문」 47, 2009 참조.
23 강웅식은 김수영 시론의 핵심적인 키워드를 현대성과 부정성으로 보았다. 강웅식, 「김수영 시론 연구─현대성과 부정성을 중심으로」, 「상허학보」 11, 2003.

의미에서의 자유라는 점에서 김수영의 '자유'는 이른바 아방가르드 문학이 추구했던 정치적 아방가르드와 예술적 아방가르드를 동시에 추구한다. 그러나 실험성에 경도되어 실험 그 자체를 위한 실험으로 방향성을 잃고 만, 예술적 아방가르드보다 후대의 시인으로서 김수영의 예술적 아방가르드는 실험성에만 골몰하거나, 이념적으로도 부르주아 예술(기성의, 확립된) 개념에 대해 무조건 저항하려고 하는 단순성으로 떨어지지 않았다. 그는 현실이 고정적인 대상이 아니라 동적이며, 그것도 치열한 격전의 장소라는 점을 뚜렷하게 인지하였다. 이 점이 무엇보다 김수영의 시가 갖는 전위성의 변별 지점이다. 김수영의 전위성은 시각적인 실험성에 의존하지 않는다. 하지만 김수영의 시적 문장들은 현실과 그 현실을 재현하는 언어의 틈을 벌리는 방식으로 쓰여 난해하다. 김수영에게 난해시는 그 스스로도 충분히 의식적으로 추구하였던 목표였다. 김수영은 현실의 무게를 감당하지 못하는 나약한 문장들을 더욱 경멸하였다. 그가 자신의 시론에서 시인에게 '기지의 것은 다 적'이라거나, 자유의 기술이 아니라 자유의 이행이 중요하다고 강조한 것은 모두가 다 시의 언어가 재현성을 넘어서는 지점에 도달하고자 한 의지를 잘 보여 준다고 하겠다.

한 시인의 삶이 애국지사 내지는 정치적 투사의 삶으로 온전히 바쳐진 것이라면 모르겠지만, 평범한 일상을 사는 시인에게 정치적 자유와 예술적 자유의 추구는 도달해야 할 '저기'의 문제 이전에 그 실체를 잘 보여 주지 않는 '여기'의 문제일 수밖에 없다. 줄여 말하자면 '여기'의 문제는 일상의 삶이 새로운 감정, 전환적인 인식의 계기가 없이는 '있는 그대로의 모습'조차 보여 주지 않는다는 사실이다. 그러니 이미 초기작인 「공자의 생활난」에서 스스로 천명했다시피 "사물을 바로 보는 것"이야말로 놀랍게도 얽히고설킨 왜곡을 벗기는 일이며, 가장 순간적인 현재에 이르면서 동시에 시간을 초월하는 길인 셈이다. 새로운 인식은 낡은 인식의 타파에서 시작되고, 정치적·예술적 자유의 추구는 시인의 일상과 글쓰기를 옭아맨 낡고 권위적인 사유의 인습과 싸우는 것에서 시작된다. 김수영은 이러한 싸움을 위해서 요란한 형식 파괴가 필요하지 않을 뿐만 아니라 그것이 오히려 하나의 도그마가 될 수 있다는 것을 잘 알고 있었던 시인이었다.

> 풍경이 풍경을 반성하지 않는 것처럼
> 곰팡이 곰팡을 반성하지 않는 것처럼
> 여름이 여름을 반성하지 않는 것처럼
> 속도가 속도를 반성하지 않는 것처럼
> 졸렬과 수치가 그들 자신을 반성하지 않는 것처럼
> 바람은 딴 데서 오고
> 구원은 예기치 않은 순간에 오고
> 절망은 끝까지 그 자신을 반성하지 않는다.
>
> ─「절망」 전문

김수영은 '지금-여기'를 놀랍도록 투명하게 봄으로써 지금까지의 그 어떤 언어도 도달하지 못했던 '투명한' 언어로 현실을 볼 수 있었던 시인이었다. 그리고 그 방법은 무엇보다 현실을 바로 보지 못하게 하는 허위의식과 포기할 줄 모르고 집요하게 싸우는 것으로 이루어 냈다. 이 작품에서 '풍경'과 '곰팡'과 '여름'과 '속도'가, 다시 '졸렬과 수치'가 '절망'이 스스로를 반성하지 않는다는 사실은 기묘하게도 저 "않는다"의 여운과 함께 힘을 발휘한다. 즉 사물과 본질이 반성과 무관하게 있다는 발견이 아니라 그 발견이 '않음' 속에서 드러났다는 사실이 중요하다. 반성이야 유한하고 약한 인간들이 하는 생각의 되새김인데, 인간을 제외한 눈앞의 어떤 자연도 스스로를 반성하지 않는, 주저하고 머뭇거리지 않는다는 사실, 본능이 시키는 대로 살 수 없는 것은 왜 인간뿐인가 하는 고민이 이 시에는 감춰져 있다. 하나의 사건을 드러내고 그 사건을 지극히 반성적인 국면에서 사유하여, 인간과 삶의 특정한 면을 성찰하는 '반성'이 이 시에는 없다. 사건을 매개하지 않는 이 시가 관념적일 것은 당연하지만, 그보다 더 중요한 것은 본질주의적이라는 것이다. 김수영이 이 시를 통해서 보고 있는 것은 모든 언어들이 가리키고 있는 저 '텅 빔'의 아이러니이다. 말하자면 절망과 반성은 그 대상과 이유가 텅 비어 있다는 지점에 가서야 완성된다. '나는 왜 아름다운가'라고 풍경이 반성하지 않듯 '나는 왜 곰팡이인가'라고 반성하지 않으며, 계속되는 반성은 반성 자체를 반성하는 자리에까지 이른다. 그리고 그 지점에서 '반성'의 의미는 드러난다. 곰팡이가 곰팡이라는 사실을 반성하는 것은 의미가 없다는 사실 말이다. 그런데 바로 그 본연주의적인 자리와 대면한 시인은 어떤 반성을 계속하고, 할 수밖에 없는 조건에 던져져 있다는 사실을 깨닫는다. 사물의 반성을 따라가서 자신의 반성과 만나고, 자신의 반성이 그조차도 철저하게 자발적인 것이라고 할 수 없는 조건과 만나는 자리에서 이 추상적인 그림은 완성된다. '풍경'에서 '곰팡이'라는 구체를 발견하고, 이를 감싸고 있는 '여름'을 떠올리는 것만으로 '확산'의 속도를 체감할 만큼 김수영의 언어들은 의식과 밀착되어 있으며, 도구적인 언어로 떨어지지 않는 자유로움을 얻는다. 반성을 끝까지 밀고 나가 반성과 반성의 바깥의 경계를 만나는 순간에, (얻어지는) '구원'의 깨달음은 자기 언어에 대한 치열한 절망만이 역설적으로 그 틈과 바깥을 보여 주는 순간을 통해 경험된다.

사람들은 내 말을 믿지 않는다
시평의 칭찬까지도 시집의 서문을 받은 사람까지도
내가 말한 정치의견을 믿지 않는다

봄은 오고 쥐새끼들이 총알만한 구멍의 조직을 만들고
풀이, 이름도 없는 낯익은 풀들이, 풀새끼들이
허물어진 담밑에서 사과껍질보다도 얇은

시멘트 가죽을 뚫고 일어나면 내 집과
나의 정신이 순간적으로 들렸다 놓인다
요는 정치 의견이 맞지 않는 나라에서는 못 산다

그러나 쥐구멍을 잠시 거짓말의 구멍이라고
바꾸어 생각해 보자 내가 써준 시집의 서문을
믿지 않는 사람의 얼굴을 사마귀나 여드름을—

그 사람도 거짓말의 총알을 까맣고 빨간 흔적을 가진 사람이라고—
그래서 우리의 혼란을 승화시켜 보자
그러나 그러나 그러나
일본말보다도 더 빨리 영어를 읽을 수 있게 된,
몇 차례의 언어의 이민을 한 내가
우리말을 너무 잘해서 곤란하게 된 내가

지금 불란서 소설을 읽으면서 아직도 말하지
못한 한 가지 말—정치 의견의 우리말이

생각이 안 난다 거짓말 거짓말

거짓말의 부피가 하늘을 덮는다 나는 눈을
가리고 변소에 갔다 온다
사람들은 내 말을 믿지 않고 내가 내 말을 안 믿는다

나는 아무것도 안 속였는데 모든 것을 속였다
이 죄에는 사과의 길이 없다 봄이 오고
쥐가 나돌고 풀이 솟는다 소리없이 소리없이

나는 한 가지를 안 속이려고 모든 것을 속였다
이 죄의 여운에는 사과의 길이 없다 불란서에 가더라도
금방 불란서에 가더라도 금방 자유가 온다 해도
　　　　　　　　　　　　　　　　　―「거짓말의 여운 속에서」 전문

　　김수영이 자기 고백적이면서도 자기중심적이 아닌 것처럼, 이 시
에서 거짓말은 '사람들'에게만 해당하지 않는다. 거짓말은 나와 사
람들 모두의 문제이다. 일반적으로 믿음은 단순한 생각의 찬동에서
만 만들어지지 않는다. 믿음은 생각의 뿌리를 공유할 때 쉽게 만들
어진다. 그러나 믿음이 가장 강해질 때는 의심과 회의를 통과할 때
이다. 그 의심과 회의의 자리에 거짓말이 있다. 세상의 문학개론서
들이 일반적으로 이야기하는 문학의 본질인 허구성처럼, 그것은 거
짓으로 꾸며 낸 말이면서 진실을 말한다는 아이러니, 거짓으로 꾸며
낸 말인데도 사실로서 존재하는 말보다 더 큰 파급력을 지닌다. 거
짓말의 본질적인 심급인 '참'과 일시적 본질인 '거짓'의 사이에는 마

땅히 시간과 사유의 여과가 필요하고, 바로 그 자리에 위치하는 것이 의심이다. "내 말을 믿지 않는" 사람들이 내 말을 믿게 되는 것은 내 말이 지니고 있는 진실의 힘 때문이지만, 그것을 악착같은 '거짓말'이라는 관점에서 본다면 '사람들이 내 말을 믿는 것'은 '내가 사람들을 속'이는 것이 된다. 믿음이 의심을 통과할 때 더 강해지는 것처럼, 거짓말을 한 사람조차 믿지 않는 의심을 통과할 때 거짓말은 더욱 강해질 것이다.

진실이 여러 가지 얼굴을 가지고 있다는 속세의 말처럼, 사물은 관점과 입장에 따라 다른 의미를 지니게 된다. 그런 만큼 정치적인 말만큼 거짓말과 가까이 있는 말도 없을 것이다. 그럼에도 불구하고 언제나 말이란 바꾸어 생각해 보는 한도 내에서만 소통된다. 1연에서 사람들이 나의 "정치의견"을 믿지 않는 것은 내가 가진 비전이 사람들과 다르기 때문이며, 이로써 사람들과는 다른 삶을 살고 있기 때문이다. 그러므로 4연의 저 "바꾸어 생각"함이 없이는 소통은 없다. 그런데 내가 듣는 말과 내가 하는 말이 '누군가'에게는 거짓말에 지나지 않을 수 있는 상황 속에서 그저 서로 떠들고 말면 그뿐이라면 말들은 더 이상 의미를 가지지 못하고 파산선고를 내려야 할 것이다. 그러나 바꾸어 생각하고 마침내 그 누군가의 말을 믿게 될 때에는 "내 집과/나의 정신이 순간적으로 들렸다 놓"이는 사건이 발생한다. 끊임없이 서로 바꾸어 생각하는 과정, 그래서 '속이고 속게 되는' 과정이 바로 승화이다. 예술의 승화가 언제나 불가능을 전제로 하는 것이듯, 저 승화는 믿지 못하는 상황을 전제로 이루어진다. 그러나 완전무결한 믿음은 없고, 언제나 의심과 믿음 다시 의심으로 이어지는 과정 위에서 진실을 향해 나아가는 것뿐이기에 저 승화는, 저 번역은 언제나 거짓말이라는 위험에 직면해 있다. 6연에서 "우리말을 너무 잘해서 곤란"하게 되는 이유가 바로 그것이다. 말이 사실을 초과하는 일은 언제나 있기 때문이다. "거짓말의 부피가 하늘을 덮"어도, 그러나 "시멘트 가죽을 뚫고" 풀이 솟듯이 거짓말을 뚫고 또 다른 거짓말이 솟아날 것이다. 김수영이 "나는 아무것도 안 속였는데 모든 것을 속였다"고 하고 "나는 한 가지를 안 속이려고 모든 것을 속였다"고도 하는 것은 거짓말이 유통되는 경로를 의미한다. '참'으로 이해되기 전까지의 말들, 혹은 '더 이상 참이 아닌' 말들이 다 거짓말이라면, 여기다 '입장의 차이'까지를 포함한다면 그야말로 "거짓말의 부피"는 '모든 말들의 부피'와 같을 것이다.

그래서 사과할 수 없는 조건에 대한 이해가, 자신의 말이 거짓일지 모른다는 의심이 언제나 선행해야 하는 것이다. 또한 믿음에 도달한 말일지라도 끊임없이 다른 입장과 관점에서 "바꾸어 생각"되어야 하는 것이다. 의심에서 믿음에 이르는 길, 또한 믿음에서 의심으로 나아가는 길이 승화의 길이다. 승화라는 말 속에 이미 어떤 불가능과 의도와는 다른 도착점이 포함되어 있는 것처럼 '거짓말'도 불가능과 불신과 대면하고 있으면서 의도와는 다른 이해와 믿음으로 나아가기도 하는 것이다. 사과할 수도 없게 말이다.

실험성에 경도되지 않으면서 동시에 정치적 진보에 대해 균형과 균제, 비판적 관점을 잃지 않음으로써 비로소 진정한 미래의 시를 성취하였다. 그것은 그다지 가시적이진 않지만, 행간의 비약과 걸침을 통한 시적 상상력의 도약과 아이러니를 동시에 성취한 미래적인 시로서 독창적인 세계를 열었던 것이다. 그의 이러한 진보적인 시적 혁신은 무엇보다 시적 상상력에 있어서 자유의 선언이나 보고가 아니라 '자유의 이행'이라는 그의 독자적인 인식과 감각을 통해서 성취되었다. 그가 역설한 '온몸의 시학'은 바로 이러한 이행의 방법론이

자 존재론임에 다름 아니다. 현실과 언어 사이에 존재하는 상상력의 공간을 세밀하게 분절하고, 이를 통해 언어와 현실의 허위성에 저항하면서 서러움이나 비애의 공간을 펼쳐 놓았던 점은 김수영 이전에는 찾아볼 수 없는 김수영만의 독자적인 영토 개척이라고 할 것이다.

시인으로서, 현실에 대응하는 말의 한계를 뚜렷하게 인지하는 것은, 결국 "자신이 '사유한 것'의 '외부'에 어떤 '사유되지 않은 것'이 실재할 수 있다는 자기 인식의 한계를 기꺼이 수용하려는" 태도와 다르지 않다. "어떤 고정된 이데올로기와 형식화된 율법 체계를 넘어서 끊임없이 자기 자신을 갱신하고 변혁할 수 있는 '힘'의 원천으로 작용"하는 김수영의 인식 태도는 그대로 그의 글쓰기의 한 방법이기도 한 것이다.[24]

바르트식으로 이야기한다면, 현실이나 삶을 그리는 문제는 그리 단순한 것이 아니다. 현실이나 삶이란 하나의 투쟁의 결과물인 것이지, 언제라도 있어서 쉽게 손에 넣을 수 있는 허여의 형식이 아니다. 그것은 붙잡았다고 생각하는 순간 거품처럼 사라져 버리는 존재의 형식을 가지고 있다. 그렇기 때문에 언어의 투명성이 중요하다. 사물과 삶을 되비출 수 있게 되는 투명성, 사물과 삶의 본질에 이르게 해 주는 어떤 필연성과 당위는 당연하게도 이행의 형식일 수밖에 없다. 이행의 형식이라는 것은 말 그대로 원근법적인 언어의 한계와 관계된다.

### 4. 결론

모리스 블랑쇼가 쓴 「아르토」라는 짧은 글에는 재미있는 일화가

---

24 이찬, 「김수영 시에 나타난 진리의 윤리학과 현대성의 인식 양상」, p.369.

소개되어 있다. 앵토냉 아르토가 27살에 『누벨 르뷔 프랑세즈』에 시를 보냈는데, 이 잡지의 편집장이 수록을 거절하자 아르토가 왜 자신이 결함 많은 이 시들을 고집하는지(쓸 수밖에 없는지) 설명하는 편지를 보내게 된다. 잡지의 편집장을 맡고 있던 자크 리비에르는 아르토의 시보다 이 시화에 더 매혹되어 이를 발표하자고 제안한다. 「아르토와 자크 리비에르와의 서신」은 한 작가가 자신의 해방을 추구하는 숨 막히는 과정을 흥미롭게 보여 준다. 인간의 사유가 진정으로 유일무이한 사유의 순간에 놓여 있을 때에는 그 주체가 사유하고 있다고 자각하지 못하는 것과 마찬가지로 시를 쓰는 순간에 경험되는 완강한 타자성을 블랑쇼는 다음과 같이 표현한다.

> 시가, 사유하기의 불가능성이라는 사유와 연결되어 있다는 것, 이는 드러날 수 없는 진실이다. 왜냐하면, 이것은 언제나 벗어나고 멀어지고 있으며, 그에게 그것을 진실로 체험하는 지점 아래쪽에서 체험하도록 강요하기 때문이다. 이것은 단순히 형이상학적인 곤란함이 아니라 어떤 고뇌가 만드는 황홀이다. 그리고 시는 이 부단한 고뇌이고 "어둠"이며, "영혼의 밤"이고 "절규하기 위한 목소리의 결여"이다.[25]

실제로 아무것도 쓰지 않을 수 없고, 어떤 것도 쓸 수 없는 완벽한 불가능성의 시간을 블랑쇼는 "급진적인 무"라고 표현한다. 언어가 언어의 기원 이전을 가리키는 순간이 곧 언어와 그 언어가 재현하는 세계 사이의 틈이 벌어지는 순간이며, 이 빈 공간이 바로 절대적·급진적인 무의 공간이라고 할 수 있다. "존재의 충일이 아니라 균열이

---

25 모리스 블랑쇼, 『도래할 책』, 심세광 역, 그린비, 2011, p.75.

며, 금이 간 곳이다. 부식이고 파열이다. 계속성이며 침식적인 박탈 작용이다. 존재는 존재자가 아니라 이러한 존재의 결여이다. 삶을 쇠퇴시키고 포착하기 힘든 무참한 금단으로부터 나오는 절규로밖에는 표현하기 어려운 것으로 만드는 살아 있는 결여인 것이다."[26]

오장환과 김수영은 삶을 새롭게 볼 수 있게 해 주는 사유로서의 새로움과 그러한 사유가 육화된 언어 모두를 구현하고자 한 시인들이다. 이들에 의해서 추구된 정치적·언어적 새로움은 정치적으로는 부정성에 힘입어, 언어적으로는 형식의 파괴와 해체를 통해서 이루어졌다. 오장환이 부정적인 세계를 전쟁의 알레고리와 마조히즘적 자기 폭로를 통해 보여 주려고 하였다면, 김수영은 말의 허위성에 가차 없는 의심을 가하고 말 자체의 물질성을 획득하는 데까지 나아감으로써, 그리하여 거짓말을 '믿는' 이행을 몸소 감행함으로써 이루고자 하였다.

오장환과 김수영의 시적 주제는 무엇보다 그 부정성과 전위성에 있어서 공통점을 가진다. 전자는 후자의 방법이자 절차이며 그 결과로 얻어지는 미학적 전위는 곧 정치적 자유로 귀결되었다. 오장환과 김수영은 공히 미학적 전위성과 정치적 전위성을 고양시키는 방법 속에서 자신들의 시적 형식을 얻었다. 그럼에도 불구하고 오장환이 알레고리(allegory)와 몽타주(montage)에 근거한 장시 「전쟁」이나 「해수」 「수부」 「황무지」와 같은 작품을 작성한 것에 반해, 김수영의 전위성의 추구는 이러한 형식적 특성으로부터 자유로운 것이었다. 김수영은 주로 행간의 비약, 생략과 엇붙임을 통해 난해시를 구축하였다. 안타까운 것은 부정성과 전위성을 내세운 이들의 냉철하고 적극

26 모리스 블랑쇼, 『도래할 책』, p.78.

적인 현실 인식은 한국전쟁을 기점으로 다른 양상을 만들어 놓았다
는 점이다. 김수영은 시적 전위성과 정치적 전위를 자신의 불온성
안에서 지양시키면서 절대적으로 투명한 시간과 언어에 도달하였으
며 이러한 과정을 일종의 사랑의 변증법으로 육화하였다. 반면 오장
환은 해방 이후 사회주의 이데올로기에 투신하면서 이념과 감각 경
험 간의 비판적 거리를 잃어버리게 되었다.

# 출전

「한국 현대시 율격론의 가능성—정지용의 시를 중심으로」, 『한국시학연구』 14, 한국시학회, 2005, pp.263-281: 한국시 운율론의 난제—정지용의 시를 중심으로.

「이용악 시의 발화 구조 연구—간접화법을 중심으로」, 『비교한국학』 14-2, 국제비교한국학회, 2005, pp.189-215: 이용악 시의 간접화법.

「오장환 시의 부정 의식 연구—초기 시를 중심으로」, 『한국시학연구』 25, 한국시학회, 2009, pp.227-248: 오장환 시의 부정 의식—초기 시를 중심으로.

「백석 시의 화자 연구」, 『어문논집』 62, 민족어문학회, 2010, pp.305-330: 화자론 비판과 백석 시의 유년 화자.

「백석 시의 언술 구조 연구—장면화를 중심으로」, 『한국시학연구』 29, 한국시학회, 2010, pp.265-288: 백석 시의 화법과 장면화.

「오장환의 「전쟁」 연구」, 『비평문학』 42, 한국비평문학회, 2011, pp.325-348: 아방가르드와 전쟁의 상상력—오장환의 장시 「전쟁」론.

「오장환과 김수영 시 비교 연구」, 『우리문학연구』 35, 우리문학회, 2012, pp.381-409: 삶의 시간 문학의 시간—오장환과 김수영의 시 비교 연구.

「김수영 시의 화자 연구」, 『Journal of Korean Culture』 19, 한국어문
학국제학술포럼, 2012, pp.235-257: 김수영 시의 연극적 화자.

「백석 시의 로컬리티」, 『한국근대문학연구』 25, 한국근대문학회,
2012, pp.119-147: 백석 시의 로컬리티.

「백석 시의 환상성 연구」, 『한국시학연구』 34, 한국시학회, 2012,
pp.133-153: 백석 시의 환상성.

「교양 교육의 문제와 시 교육의 가치」, 『한민족문화연구』 49, 한민족
문화학회, 2015, pp.311-334: 교양 교육에서 시 교육의 가능성.

「시 교육에 있어서 은유·상징·알레고리의 위상」, 『민족문화연구』 66,
고려대학교 민족문화연구원, 2015, pp.271-289: 시 교육에 있
어서 은유, 상징, 알레고리의 위상.

「서정주 시의 화자 연구—『화사집』을 중심으로」, 『한국근대문학연구』
32, 한국근대문학회, 2015, pp.59-80: 서정주 시의 미학적 화
자—『화사집』을 중심으로.

.